古典文學研究輯刊

二十編

曾永義主編

第5冊

安丘曹氏文學家族研究

主父志波著

國家圖書館出版品預行編目資料

安丘曹氏文學家族研究／主父志波 著 — 初版 — 新北市：花木蘭文化事業有限公司，2019〔民 108〕

目 2+278 面；19×26 公分

（古典文學研究輯刊 二十編；第 5 冊）

ISBN 978-986-485-879-8（精裝）

1. 明清文學 2. 家族史 3. 文學評論

820.8　　108011726

古典文學研究輯刊

二十編 第 五 冊　　ISBN：978-986-485-879-8

安丘曹氏文學家族研究

作　　者　主父志波

主　　編　曾永義

總 編 輯　杜潔祥

副總編輯　楊嘉樂

編　　輯　許郁翎、王筑、張雅淋　美術編輯　陳逸婷

出　　版　花木蘭文化事業有限公司

發 行 人　高小娟

聯絡地址　235 新北市中和區中安街七二號十三樓

電話：02-2923-1455／傳真：02-2923-1452

網　　址　http://www.huamulan.tw 信箱 hml 810518@gmail.com

印　　刷　普羅文化出版廣告事業

初　　版　2019 年 9 月

全書字數　238672 字

定　　價　二十編 19 冊（精裝）新台幣 40,000 元

安丘曹氏文學家族研究

主父志波 著

作者簡介

主父志波，男，1976 年出生於山東臨沂。先後就讀於山東大學文學院、文史哲研究院，2010 年獲得中國古典文獻學博士學位。現任教於山東政法學院傳媒學院。

提　要

以曹貞吉、曹申吉為代表的安丘曹氏，在清代是一個很重要的文學世家，《四庫全書》所收錄的唯一一部清人詞別集就是曹貞吉的《珂雪詞》。本書主要從安丘曹氏的世系、人物、著述、交遊唱和、文學淵源五個方面對安丘曹氏做了較為全面詳細的考述，力求還原眞相，釐清史實，考辨眞僞，澄清誤解，以期讓讀者對安丘曹氏有一個客觀全面的認識。

目次

緒 論

以曹貞吉爲代表的安丘曹氏，在清代是一個很重要的文學世家，《四庫全書》所收錄的唯一一部清人詞別集，就是安丘曹貞吉的《珂雪詞》。也許《珂雪詞》獨入《四庫》有著偶然性，但任何歷史的偶然性背後往往有著必然性的聯繫。清代塡詞之道復興，詞壇大家比比皆是，如陳維崧、朱彝尊等人，但《四庫全書》獨收珂雪之詞，足以證明曹貞吉在清初詞壇上的重要地位及成就。

山左在中國詞史上有著重要的地位，宋代曾出現過李清照、辛棄疾兩位重要詞人，分別以婉約、豪放之風傲視詞壇。在清代詞學振興之際，安丘曹氏又以「風華掩映，寄託遙深」之詞，與江南詞壇平分秋色，又與顧貞觀、納蘭性德被時人稱爲「京華三絕」。曹貞吉除了以《珂雪詞》著稱於世外，其詩歌創作在清初詩壇亦佔有重要位置，與清初由唐入宋的詩風轉變有著重要的關係。王士禛曾選刻《十子詩略》，入選者被稱爲「金臺十子」，曹貞吉就是其中一位。趙執信曾在《談龍錄》中稱「國朝詩人，山左爲盛」，又將曹貞吉與王士禛等人並舉。

曹貞吉的弟弟曹申吉，頗得順康兩帝的青睞，二十九歲即已身列九卿，康熙十年又出任貴州巡撫，當時的大臣皆謂其前途無量。不幸的是，康熙十九年夏，曹申吉「蠟書赴闕，密陳機宜，爲賊所覺，劫歸雲南」，事後竟罹難滇南，可見曹申吉與康熙一朝的國家命運休戚相關。曹申吉除了在政治上的特殊地位外，其在文學上的成就，亦值得研究。其實曹申吉的詩歌成就，要遠超其兄曹貞吉，但由於他身陷「從逆」這一歷史公案，當時人限於種種不便，一直對其有所隱晦。再加上自其罹難後，其《澹餘前集》四卷，版即漫湮無存，以致後來研究者，對其少有問津。

還有一件值得注意的事情，那就是曹氏兄弟又與清初山左詩人劉正宗有著重要的淵源關係。劉正宗是曹貞吉、曹申吉的外祖，深受順治帝的寵愛，曾一度權傾朝野，「詩主歷下，與太倉、婁東異帙」。自其遭遇彈劾後，由於門戶之見，「江南人選詩多不及之」，以致其在清初文壇上默默無聞。但曹申吉的創作，深受劉正宗影響，與其有著深厚的淵源。受家學淵源影響，安丘曹氏其他人也多有著述，雖成就不及曹貞吉、曹申吉，但都是構成這個文學世家不可缺少的成分。

安丘曹氏不僅是一個文學世家，同時又是一個廉潔愛民的仕宦之家。曹氏後人爲官者，雖然官位不高，沒有超過曹申吉者，但都能勤政愛民，深得百姓愛戴。如遂溪令曹湛，勤政愛民，當其謝病辭歸之日，當地居民爲其建立生祠，送行者不下千萬，更有送至兩百里之外者。在曹氏爲官者中，類此者比比皆是。所以，很有必要對安丘曹氏作整體的研究，無論是在文學史上，還是在家族發展史上，乃至於清初鼎革之際的國家命運，研究安丘曹氏都有著重要的意義。同時對於研究地域文化和發掘鄉邦文獻，也有著重要的意義。

不敏承乏，有幸參與了《山東文獻集成》的編纂。《山東文獻集成》影印了安丘曹氏著述三十餘種，其中不乏首次面世的稿本、鈔本，這爲研究安丘曹氏提供了可行性。我在參與《清人著述總目》的編纂時，也積累了大量安丘曹氏著述的資料，這也爲研究安丘曹氏提供了便利。在撰述本書時，本人通過多次民間走訪，發現了一部《安丘曹氏族譜》，而此譜不見於全國各家目錄。這部難得的文獻，也爲研究安丘曹氏提供了大量的材料。本書主要從安丘曹氏的世系、人物、著述、交遊唱和、文學淵源五個方面對安丘曹氏做了較爲全面詳細的考述，力求還原眞相，釐清史實，考辨眞僞，澄清誤解，以期讓讀者對安丘曹氏有一個客觀全面的認識。

安丘曹氏原本來自曹州，明洪武初年始奉牒遷安丘蓮池里。據統計，自明初至道光年間，其族得甲第者八人，鄉舉者八人，明經三十四人，國學一百零三人，鄉學一百五十人，出仕者二十三人，就職者二十五人，貤封者十二人，恩蔭二人。因爲曹氏家族鼎盛，聲望甚好，以致許多非本族的曹氏，使用種種手段，以期達到聯宗通譜的目的。更有甚者，竟然有異姓之人改姓，也要求與曹氏通譜，令人啼笑。到民國時期，且不論自安丘徙居外地者，僅居安丘的曹氏就有五千人之多。可見安丘曹氏無論在社會地位上，還是在人口數量上，都算得上是望族。安丘曹氏爲何能如此繁盛呢？其實這與政治、經濟、文化等因素密不可分。

安丘曹氏遷至安丘時，朱氏明朝已經定鼎，使得曹氏能在一個穩定的形勢下生存。且曹氏徙居安丘，並不是如逃荒之類的流民轉移，而是奉牒。據悉，安丘曹氏先世務農，而時局的穩定，對於農業的恢復和發展，更是起著決定性的作用。而人口和農業的發展，又離不開地理環境。據《安丘縣志》記載：「（安丘）晝地占星，列在虛危之次。襟濰帶汶，宛二水以中分。望岱瞻沂，攬四方之形勝」，可謂是水土豐美。如果以今天科學的角度來看，安丘位於山東省中部偏東，地處東經 118°、北緯 36°之間，屬於四季分明而又雨水充沛的地帶。若以今天的流行詞匯來形容，可以說是「最適合人類居住」的，當然更有利於農業生產和發展。

而農業的發展，使得人民生活殷實。孟子所謂「倉廩實而知禮節」，更何況安丘有著深厚的歷史、文化淵源。據史料記載，安丘在夏商兩朝爲斟尋國地，西周屬淳于國，春秋時境內分屬杞、莒、紀三國，戰國時大部分屬齊，少部分屬魯國，這也就是縣志中所謂的「考風問禮，介乎齊魯之間」。正是在這種文化背景下，安丘曹氏自五世開始以儒起家，而「教育」在儒家文化中佔有重要的地位。安丘曹氏的繁盛，除了外部的常規教育不論，與其家族內部的教育有著直接的關係。安丘曹氏八世曹一鳳曾立下宗法，云：「凡爲吾家子若孫者，其知吾祖宗造業之艱辛乎？各孝爾父母、各敬愛爾兄長、各畏官法、各睦宗族，信朋友、顧貧窮、恤孤獨、崇謙遜、尚節儉、謹言語，培養仁厚之風。毋酗酒、毋溺色、毋好鬥、毋欺誑、毋崇邪教、毋幸人之危、毋聽婦人之言而傷骨肉之心。各勉力去惡從善，以保爾先業。七歲以上者，使從學，學不期仕，期於明理，使知吾家創業艱苦之由與夫所以保守之道，以爲敬身立業之本。學而有用者，有司舉之則仕，不期大官，毋欺君、毋懷利、毋伐功、毋擠僚輩、毋黨上官而草視庶民；其居家也，毋囑託官府。學不通方者，退而歸諸農。農爲力本，盡其力以責效於天。毋爭畔、毋欺鄰、毋隱丁田、毋食君之粟而不入其供。然或農事不可以資身，則貿易之事，如膠鬲、寧戚、百里奚之徒，古之人有之者矣，須擇其不大害義、不損人利己者爲之。毋履險途、毋習爲市井之態而不良古者，以匹夫而化鄉里。凡我族人，宜共敦雍睦，以爲吾邑之倡繼……」曹氏的宗法教育起到了明顯的作用。安丘曹氏無論是爲官者還是里居者，都能孝敬父母、友愛昆季、生活節儉、好施善濟。儒家的「溫廉恭儉讓，仁義禮智信」，也都能在他們身上得以體現。曹氏注重儒家之教，還體現在他們子孫的取名方式上，如安丘曹氏第十世，就有很多名字中帶「儒」字，而後來竟直接用「孔、孟、顏、閔」等儒家代表人物的姓氏取名。之所以如此，我想是讓子子孫孫恪守儒訓。

《詩》、《書》之教，是儒家文化的重要部分。安丘曹氏尤其注重《詩》、《書》之教，當然並不僅限於《詩》、《書》。曹一鳳立下的宗法規定，必須定期舉行家族集會，在集會上「使幼子歌詩，或說古書一二段」。而安丘曹氏也正是在這種詩書之教的濡染薰陶下，走上了文學之道。而《詩》教的「溫柔敦厚」之旨，也一直貫穿在曹貞吉、曹申諸人的創作之中：慷慨激昂而無叫囂之聲，寄託遙深而有美刺之旨；風華掩映而無淫哇之辭，沉鬱頓挫而有悲憫之情。

如果考察一下安丘曹氏著述情況，曹氏有著述可尋者，始自八世，即曹一麟、曹一鳳。九世雖只有曹應聲有一部《訓兒小說》，但其他如曹應墳、曹應柷皆有文名。十世雖然並無著作可尋，但如曹銓、曹銓衡諸人，早年亦有文譽，且曹銓衡中天啓壬戌進士。十一世亦只有曹師彬有著作傳世，而曹貞吉的父親曹復植等人也大都能書會詩。曹氏著述最多，文名最著者，當數十一世曹貞吉、曹申吉。爲何至十一世突然文名籍甚呢？其實有著偶然與必然因素，同時也跟大的文化背景緊密相連。首先，像家族中這種創作成就的突顯並不是一蹴而就的，而應當在家族中有個文化積澱的過程，積累數代，也就促成了曹貞吉、曹申吉在文學上的成就。其次，曹貞吉的父親曹復植娶了劉正宗之女，這雖然有著一定的偶然性，但這種偶然對曹氏兄弟的創作卻起了重要的作用。而劉正宗恰恰有著一個深厚的文學背景，那就是前後七子、濟南詩派。劉正宗仕清之前，爲明翰林院編修，嘗與王鐸、薛所蘊、錢謙益等人共事。其時正值競尚新聲的竟陵派盛行，劉正宗等人爲矯時俗，相約定下了作詩爲文的準則，即前後七子之說，也就是鄧之誠所謂的「力主歷下，與虞山、婁東異帙。」但由於種種歷史原因造成了「門戶恩怨」，以致「江南人選詩多不及之」，所以文學史上幾乎沒有劉正宗的影子。但曹復植與劉正宗之女的結合，卻恰恰將曹氏兄弟植於這種深厚的文學淵源中，尤其是曹申吉。另外，曹氏兄弟的創作還有著一個明顯的時代背景，那就是趙執信在《談龍錄》裏所說的「本朝詩人，山左爲盛。」趙執信又云：「先清止公與萊陽宋觀察荔裳琬同時，繼之者新城王考功西樵士祿及其弟司寇，而安丘曹禮部升六貞吉、諸城李翰林漁村澄中、曲阜顏吏部修來光敏、德州謝刑部方山重輝、田侍郎、馮舍人後先並起。」值得注意的是，曹氏兄弟與趙執信所列舉的這些人物都有交往，這也許爲他們提供了一個可以互相借鑒的契機。除了這種大的文學背景，曹氏兄弟乃至劉正宗，還與青州（安丘隸屬青州）在山左文化中特殊的地域背景有關。據王士禛《古夫于亭雜錄》云：「吾鄉六郡，青州冠蓋最盛。明嘉靖、萬曆間，官至尚書者八九人。而世宗時，林下諸老爲海岱詩社，唱和尤盛，其人則馮閭山、黃海亭、石來山、劉山泉、范全、楊灑谷、陳東渚，而即墨藍北山亦以僑居與焉。」可見安丘曹氏兄弟與青州這種特有的地域文化背景有著深厚的淵源。

自曹貞吉、曹申吉之後，安丘曹氏文學創作開始衰微。古人曾云「君子之澤五世而斬」，曹氏文學創作亦未能逃脫此種規律。也許任何事物的發展都有著一個由盛轉衰的過程，但在這種規律背後往往隱藏著諸多導致此種結果的因素，比如經濟、政治等。經濟雖然不能直接決定著文學創作，但對文學著述的刊刻與流佈卻起著決定性的作用。如果結合曹氏著述的刊刻情況來看，此種現象尤爲明顯。曹貞吉之所以能刊刻《珂雪初集》、《珂雪二集》，完全是由其弟曹申吉的資助。因爲曹申吉官位高，俸祿也較豐腴。而曹申吉《澹餘前集》四卷的刊刻，其實又與其外祖劉正宗的資助有著密切的關係。當劉正宗遭彈劾抑鬱而終，繼而曹申吉又羈留黔中之後，曹氏的經濟狀況堪憂。這種情況最直接的後果是導致曹貞吉《珂雪詞》的刊刻一再推遲。康熙十七年歲暮，曹貞吉在寫給顏光敏的信中就曾提到《珂雪詞》遲遲未付梓的諸多原因，其中就有經濟原因，即「囊無餘貲」。而自曹貞吉、曹申吉之後的曹氏著述刊刻情況又怎樣呢？除了曹霦跟隨其父曹貞吉遊覽黃山的《黃山紀遊詞》曾刊刻於康熙時，其他人著述少有刻本行世。而《黃山紀遊詞》的刊刻，也全賴曹貞吉之力。曹氏後來雖然沒有出現過大官，但亦有許多地方官吏，而爲何又困乏到無力刊刻著述？原因很簡單，那就是曹氏爲官者都能廉潔奉公。如曹涵司揚州鹽運時，面對數十萬金的鹽課，竟纖毫無所取。再如遂溪令曹湛謝病歸里時，「士民建立生祠，攀轅製錦，祖帳東門外，送者不下千萬人，咸爲泣下，有送至二百里始返者。」再如曹桂醞「蒙上憲委辦五河、壽州等處釐局，薪水外一無所取，並嚴飭書差不得需索。」自明至清，曹氏爲官類此者比比皆是，何來貲金刻書。

除了經濟原因，曹氏創作的式微還與科舉有著密切的關聯。自曹貞吉、曹申吉後，曹氏大都科場不利，數困場闈，這就決定了他們的交遊範圍及層次不能同曹貞吉、曹申吉相比，不能與當時的文壇大家名宿相互切磋借鑒。作者的交遊範圍和層次，對其創作有著重要的作用，這一點在曹霦身上體現得最爲明顯。曹霦科場不利，後以蔭才得七品京官。然曹霦曾自幼跟隨其父曹貞吉，在得到曹貞吉指授的同時，又往來於其父諸好友間，如朱彝尊、王士禛、田雯等，故發爲詩詞，能恬淡古雅。曹氏後人能繼承《珂雪詞》衣缽者，也僅有曹霦一人。古文大家汪琬曾在《計甫草中州集序》中云：「信乎！詩文以好遊而益工也。」汪琬此處所指的「遊」雖爲遊覽，但更適合於交遊。

己亥蒲月

第一章　安丘曹氏世系考

概述

研究某一個家族，世系是首先要解決的問題，如果世系不解決，研究也無從談起。對於家族內部來說，世系有著序長幼、別親疏的重要作用。對於人口學來說，世系有助於研究某一家族的人口發展、人口遷徙等情況。同樣，世系對於研究家族內部的學術、文學、技藝等方面的授受傳承也有著重要的作用。這一作用，在安丘曹氏內部的文學授受傳承上顯得尤爲明顯。而解決世系的最直接簡單的方法就是查閱譜牒，所以譜牒對於研究世系是非常重要的。但由於種種歷史及家族本身的原因，並不是所有家族的族譜都能保存下來。即使有所存留，也往往未必完善，或僅是某一時段的記載，或僅爲某一支系的記錄。雖然有些名門望族的世系可以在各種史志記載中得以考述，但史志的記載往往缺略不全，不能盡如人意，更何況那些不見經傳孤門細族。《安丘曹氏族譜》即不見著錄，本章就族譜的發現過程稍作交代，也許能對尋找其他族譜提供一點啓發。在交代族譜的內容後，並對族譜的價值作了初步的研究。由於此譜不易得見，爲了給其他研究者提供方便，筆者參照族譜，繪製出曹氏簡譜。

第一節　《安丘曹氏族譜》的發現及其內容

二〇〇四年，我有幸參與了《清人著述總目》的編纂，並藉此機會，在各種公私目錄中，遍考全國曹氏家乘。全國各地的曹氏譜牒，著錄於各家書目者，有兩百種左右，唯獨不見安丘曹氏譜牒。在撰寫此文的最初階段，我花費了大量時間，勾稽各種史志，推衍出安丘曹氏自曹滕以下凡十一代世系，然終因資料匱乏，未能完備，且史志中時有誤記，張冠李戴者偶有發生。二〇〇八年秋，我試圖通過網絡尋找安丘曹氏族譜的蛛絲馬蹟，然安丘曹氏後人甚多，但大都不知道族譜的情況。期間，有安丘人士告訴我，可以將尋找族譜的消息發到當地的網絡論壇上，興許能有收穫。二〇〇八年歲末，有安丘曹勇與我聯繫，得聞安丘城某曹氏後人有曹氏家乘。隨後，我便急忙趕往安丘。時值隆冬，滴水成冰。抵安丘後，於曹氏後人曹詠春處，得見一部民國十七年重修曹一鳳支譜。此譜爲鈔本，字跡也不算工整，譜中僅勾勒世系，前有民國十七年端陽日安丘曹氏十七世曹喜康序言。隨後，在與曹氏後人閒聊之餘，得知另有一譜藏於蓮池里某曹姓人家。據聞，此譜乃是譜主於文革期間冒死藏匿，才得以傳至今日。但譜主惜之如命，不輕易示人，即使曹氏後人有續譜者欲得一睹，亦爲難事。聽到此言，不禁心頭涼意頓生，但亦不願輕易放棄。隨後慫恿曹氏後人曹勇，期望能一起去尋找此譜。曹勇欣然應答，但說能否成功，不敢保證。

隨後乘車急忙趕往蓮池里。時近暮色，路旁林木參差，路上罕有行人，唯見麻雀群起群落於殘雪覆蓋的麥田中。經過半小時的路程，我們來到蓮池里。村子不甚大，可以清晰聽到村邊的狗吠，我本想著能借機欣賞「蓮池」裏的殘荷，但舉目望去，多處是長滿枯草的頹垣斷壁和地上的枯枝敗葉，絕無東皋薄暮所望見的那種憧憬中的景色。多方打探，終於來到譜主家。譜主恰好不在家，家中只有他老伴一人。得知我們的來意，在片刻的周旋之後，便翻箱倒櫃一番，拿出兩本厚厚的家譜。其間心裏惴惴不安，惟恐譜主突然回家，將我們驅趕出去。此譜乃民國所續安丘曹氏第五世第三支支譜，譜爲鈔本，字跡精美，內容比起上本家譜更爲詳實，然亦僅記世系。能發現此本家譜，令人甚是欣喜，然欣喜之餘，不免有些失望，因爲此譜並非曹貞吉支派。

二〇〇九年七月，又有曹氏後人曹生成給我留言，說有曹氏族譜的消息。隨後又趕往安丘，覓得此本《安丘曹氏族譜》。是譜續於民國二十二年，據譜中所記，僅石印三十部。據曹氏後人所言，由於印數較少，又經文革洗劫，其餘大都散佚，此部族譜，極可能是現存唯一一部完整的曹氏族譜。是譜首列宗說、宗辨及各次修譜之序，次修纂凡例。卷一誥敕，卷二行狀，卷三志表，卷四列傳，卷五著作，卷六外傳，卷七至二十皆記世系。現將其內容詳列如下，以供參考。

卷一收錄明清兩朝敕、誥凡五十餘通及馬步元撰《公舉儀部公鄉賢呈文》，楊福祺撰《恭祝誥封奉直大夫國柱年伯大人六旬壽序》。明嘉靖四十三年丹山公曹汝勤封承德郎南京戶部廣西清吏司署郎中事主事敕命、副使公曹一鳳任南京戶部廣西清吏司署郎中事主事授承德郎敕命（闕文）、隆慶元年丹山公晉封曹汝勤奉政大夫南京吏部考功清吏司郎中敕命、副使公曹一鳳任南京吏部考功清吏司郎中授奉政大夫敕命誥命（闕文）、蓮塘公曹汝勵贈奉直大夫陝西同州知州誥命（闕文）、同州公任陝西同州知州授奉直大夫誥命（闕文）、天啓四年高太孺人奉孺人敕命、天啓四年助教公曹銓衡任北直寧晉縣知縣授文林郎敕命、崇禎年間遵化公曹應塤贈徵仕郎光祿寺大官署署正敕命、崇禎年間光祿公曹銓任光祿寺大官署署丞授徵仕郎敕命、盱眙封公贈文林郎南直盱眙縣知縣敕命（闕文）、吏部公任南直盱眙縣知縣授文林郎敕命（闕文）、順治十四年雲將公曹復植贈文林郎庶吉士加一級敕命、順治十四年中丞公曹申吉任翰林院庶吉士加一級授文林郎敕命、順治十八年光祿公曹銓晉贈通議大夫大理寺卿誥命、順治十八年雲將公曹復植晉贈通議大夫大理寺卿誥命、順治十八年中丞公曹申吉任大理寺卿授通議大夫誥命、康熙六年光祿公曹銓晉贈通奉大夫吏部右侍郎加一級誥命、康熙六年雲將公曹復植晉贈通奉大夫禮部右侍郎加一級誥命、康熙六年中丞公曹申吉任吏部右侍郎加一級授通奉大夫誥命、康熙十四年儀部公曹貞吉任內閣中書舍人授文林郎誥命、康熙二十七年儀部公任江南徽州府同知授奉政大夫誥命、康熙五十二年遂溪公曹湛任廣東雷州府遂溪縣知縣授文林郎誥命、雍正十三年梅谷公曹烸吉貤封修職郎東昌府臨清州知州敕命、乾隆年間儀部公曹貞吉晉贈中憲大夫江蘇揚州府知府加三級誥命（闕文）、乾隆年間揚州公任江蘇揚州府知府加三級授中憲大夫誥命（闕文）、乾隆十六年闇公公曹炟吉貤贈修職佐郎登州府訓導敕命、乾隆十九年郁文公曹復彬貤贈徵仕郎敕命、乾隆十九年昭遠公曹炳吉奉徵仕郎敕命、乾隆二十六年念庭公曹庭善贈文林郎陝西褒城縣知縣敕命、乾隆二十六年平遠公曹良任陝西漢中府褒城縣知縣授文林郎敕命、乾隆二十□年念庭公曹庭善贈奉直大夫貴州大定府平遠州知州敕命（闕文）、乾隆五十五年蓉從公曹三善貤贈奉直大夫工部都水司主事敕命、嘉慶四年尙素公曹懷樸贈修職郎濟南府新城縣教諭敕命、道光二年晦庵公曹益厚貤贈文林郎安徽潁州府潁上縣知縣敕命、道光二十五年廷颺公曹賡贈奉直大夫刑部安徽清吏司主事加一級誥命、道光二十五年國柱公曹石民封奉直大夫刑部安徽清吏司主事加一級誥命、道光三十年玉光公曹瑞霦貤封奉直大夫直隸正定府晉州知州誥命、咸豐三年伯荀公曹元龍貤贈中憲大夫刑科掌印給事中加一級誥命、咸豐年間鏡海公曹鑑貤封修職郎巨野縣教諭敕命（闕文）、咸豐七年玉川公曹澗貤贈儒林郎敕命、咸豐七年桑初公曹曾緗贈儒林郎敕命、同治十二年廷颺公曹賡貤贈中議大夫誥命、同治十二年國柱公曹石民封中憲大夫誥命、同治十二年刑部公曹尊彝贈中議大夫誥命、同治十二年藍圃公曹玉田贈奉直大夫中書科中書加四級誥命、同治十二年瀛海公曹環中書科中書職銜加四級授奉直大夫誥命、光緒元年藍圃公曹玉田貤贈奉政大夫同知道銜河南商城縣知縣誥命、光緒元年鏡海公曹鑑贈奉政大夫同知銜河南商城縣知縣誥命、光緒元年一山公曹桂馨貤贈奉直大夫誥命、光緒三年容亭公曹贊善貤贈中憲大夫員外郎銜刑部河南清吏司主事加四級誥命、光緒三年芸齋公曹文田贈中憲大夫員外郎銜刑部河南清吏司主事加四級誥命、光緒五年芸齋公曹文田贈中憲大夫員外郎銜刑部河南清吏司主事加四級誥命、光緒五年常太恭人貤封恭人誥命、光緒五年刑部公曹尊彝贈奉直大夫安徽亳州知州誥命、光緒年間法堂公貤封奉直大夫安徽亳州知州誥命（闕文）、光緒五年黼堂公曹官彝貤封奉直大夫安徽亳州知州誥命、光緒年間亳州公任安徽亳州知州授奉直大夫誥命（闕文）、光緒十五年芸齋公曹文田贈中憲大夫員外郎銜刑部河南清吏司主事加四級誥命、光緒十五年石卿公曹壽鏡員外郎銜現任刑部河南清吏司主事加四級授中憲大夫誥命、光緒二十年菱塘公曹心鏡貤贈中憲大夫員外郎銜刑部主事加四級誥命、光緒二十六年酉山公曹巽書貤贈中憲大夫宛平縣知縣加四級誥命、光緒二十六年臯九公曹鶴年封中憲大夫宛平縣知縣加四級誥命、光緒三十年小郭公曹桂馨貤封徵仕郎鴻臚寺序班加四級敕命、光緒三十年曹叔仁貤封徵仕郎鴻臚寺序班加四級敕命、光緒三十四年柳塘公曹慶和誥封奉政大夫候選同知誥命。

卷二行狀：《連塘公曹汝勵行狀》、《吳江公曹一麟行狀》、《鳳翔公曹應柷行狀》，浙江會稽余煌撰《曹銓衡行狀》、《助教公曹銓衡暨李孺人行狀》、《雲將公曹復植行狀》，湖南辰沅永靖兵部道王簡撰《曹復彬行狀》、《儀部公曹貞吉行狀》、《遂溪公曹湛行狀》、《揚州公曹涵行狀》，劉大紳撰《瀧社先正曹資善逸跡》，戶部員外郎漕運總督李湘棻撰《曹賡行狀》、《諍亭公曹成闇行狀》、《章之公曹大章行狀》、《刑部公曹尊彝行狀》、《立山公曹豫峰行狀》、《亳州公曹桂醞行狀》、《聯甲公曹會狀行狀》、《曹壽鏡行狀》、《崇甫公曹叔禮行狀》、《王太宜人行狀》、《張太孺人行狀》、《王太淑人行狀》、《劉太夫人行狀》、《王太恭人行狀》、《李孺人行狀》。

卷三志表：乾隆二十六年曹益厚撰《始祖墓碑文》，明翰林院國史檢討孟河馬一龍撰《升宥公（曹騰）墓誌銘》，明翰林院侍讀國史編修官濬儀刑一鳳撰《國華公（曹光漢）墓誌銘》，曹一麟撰《國澤公（曹光溥）墓碑文》，明兵部尚書北海劉應節撰《丹山公（曹汝勤）墓誌銘》，明督察院右僉督御史馬文煒《吳江公（曹一麟）墓誌銘》，明南京吏部考功清吏司主事長洲袁尊尼撰《副使公（曹一鳳）墓誌銘》，劉正宗撰《遵化公（曹應塤）墓表》，孫光祀撰《誥贈通議大夫大理寺卿籲明曹公暨配太淑人王太君合葬墓誌銘》、《祭貴州巡撫澹餘曹年兄文》，曹禾撰《雲將公（曹復植樹）墓誌銘》，張貞撰《智千公（曹士俊）墓誌銘》、《儀部公（曹貞吉）墓誌銘》、《中丞公（曹申吉）墓誌銘（附哀辭）》，曹錫田撰《儀部公（曹貞吉）墓表》，陳世倌撰《梅谷公烋墓誌銘》，孫光祀撰《揚州公哀辭》，馬春田撰《玉川公（曹澗）墓誌》、《桑初公（曹曾緗）墓誌》、《佳培公（曹菊）墓誌銘》，龔璁撰《琴舫公（曹錫田）墓誌銘》，馬步元撰《華圃曹府君（曹文田）墓誌銘》，無名氏撰《寶齋公（曹賢書）墓誌銘》，馬景文撰《禹山公（曹會）墓誌銘》，顧承曾撰《虎臣公（曹金符）墓表》，介孚撰《若雨公（曹恩沛）墓表》。

卷四列傳，是卷裒輯《山東通志》、《青州府志》、《安丘縣志》等史志中有關曹氏及其家眷傳記資料，另附《辛酉殉難蒙卹忠義祠題名》。另有時賢所撰傳記，如陸巢雲所撰《智千公（曹士俊）傳》、豫州謝希逸撰《琴舫公（曹錫田）傳》、安丘高朋萬撰《愼生公（曹廉）傳》、安丘馬步元撰《清中憲大夫石卿曹公（曹壽鏡）傳》、康熙辛未姚江黃宗羲撰《劉太夫人傳》。

卷五著作，是卷羅列曹氏著作，間注書版存亡，偶有節錄原著之文者，如曹一鳳所撰《閒言十九則》及《習勞軒初稿小引》。然是卷所著錄曹氏著述遺漏者甚多，僅十之一二。

卷六外傳，簡記曹氏配偶所自出。卷七至二十皆記世系，其可考者記其生卒年、字號及仕宦等。

第二節　《安丘曹氏族譜》的史料和社會學價値

《安丘曹氏族譜》的重現，使入《清史列傳・逆臣傳》的貴州巡撫曹申吉從逆之說得以澄清，亦爲研究清初京華三大詞人之一的曹貞吉提供了新的資料，如《鴻爪集》的命名，如曹貞吉與黃宗羲、施閏章和趙執信等人的交往。同時《族譜》還有著重要的社會學價値，如《族譜》記載了自明朝至民國間，要求與曹氏聯宗通譜的諸多社會現象。《族譜》亦爲研究清代人口平均壽命及人口繁衍遷徙，提供了重要而詳實的資料。《族譜》還爲研究地方家族勢力在抵抗清末捻軍時所起的作用，提供了新的社會學視角。

譜牒有著重要的價値，早在漢代的劉歆，就在《七略》中引用揚子雲家牒，知其生於甘露二年。到了六朝，由於士、庶之別，譜牒開始繁多，劉孝標注《世說》時，所徵引的家譜多至四五十部。到了唐代，譜牒發展到了極盛階段，以致《唐書・藝文志》史部，以譜牒別爲一門，《宰相世系表》皆詳細記載其子孫各支派。自明以來，譜、傳合一，族譜中保存了大量的文獻資料，尤其是傳記資料，更爲學者研究提供了重要的參考價値。山東安丘曹氏族譜，不見著錄，筆者通過民間走訪，得其十二次續譜二十卷。是譜續於民國二十二年，僅石印三十部，據曹氏後人言，此譜是現存惟一一部保存完整的曹氏族譜。是譜首列《宗說》、《宗辨》及各次修譜之序，各次修纂凡例。卷一誥敕，卷二行狀，卷三志表，卷四列傳，卷五著作，卷六外傳，卷七至二十皆記世系。是譜體例完備，資料詳實，具有史學、社會學等方面的研究價値。

一、史料價値

康熙十九年，時任貴州巡撫的曹申吉死於吳三桂之難，然其究竟是從逆還是殉節，歷來說法不一，歸納起來有三種說法：其一是曹申吉從逆之說。如《清史列傳・逆臣傳》云：「十一月，吳三桂反，十二月，犯貴州，申吉從賊。十三年正月，賊犯四川，（羅）森與總兵吳之茂並降。申吉喜爲詩，招致遊士，邀名譽；（羅）森亦有能吏聲，相繼從逆，聞者切齒。三桂性忌，降者多以事見殺。及三桂死，賊黨復自相屠戮，申吉、森後俱不知所終。」其二是含糊其辭的記載。如《國朝耆獻類徵・曹貞吉》云：其弟申吉，官貴州巡撫，淪沒異域，未見其止。另如鄧之誠《清詩紀事初編》亦持「從逆、殉難，兩難考實」的觀點。其三即曹申吉殉節之說。如劉健《庭聞錄》云：「召顧命大臣曹申吉等入滇輔政，皆託故不行，惟申吉入滇後，潛謀歸正，事泄，死。」〔註 1〕《吳逆取亡錄》亦云曹申吉、羅森、杜輝等各謀歸正，死於事泄。大興傳以禮在跋此書時，亦據《逆臣傳》責此書載申吉等人死因未盡核。〔註 2〕曹申吉同鄉好友張貞也在《曹申吉墓誌銘》中云：「庚申之夏，蠟書赴闕，密陳機宜，爲賊所覺，劫歸雲南，竟遇害於昆明之雙塔寺。」綜觀上述，持曹申吉殉節之說者占大多數。若曹申吉從逆，其同鄉好友張貞在撰墓誌時，何敢冒天下之大不韙，以徇私情。況張貞與曹氏兄弟爲髮小，定當深知曹申吉爲人。《安丘曹氏族譜》保存了民國柯劭忞爲曹申吉從逆之說所作辯解，使其殉節得以昭雪。

目前來看，柯劭忞是第一個爲曹申吉洗冤的人，這段文字恰恰保存於族譜中曹幹撰《中丞公殉節辨略》。據《貴陽府志》記載，李本深叛變時，曾以書信游說曹申吉從逆，此信後爲甘文焜所得。甘便派人到京告發李本深從逆，並出示李本深寫給曹申吉的游說信，這才引出了曹申吉從逆這一懸案。其實李本深從逆之時，曹申吉已經蠟書赴闕，只不過蠟書晚於甘文焜所遣驛使抵京。所以當康熙帝當庭詰問曹貞吉時，曹貞吉無言以對。柯劭忞云：「吳三桂之叛於滇南也，提督李本深說中丞降，且約先擒總督甘文焜爲贄。中丞馳書告變曰：『三桂造反，本深作亂。』其時總督不知也，本深與總督書必曰巡撫已降矣。聖祖先得總督密疏，值實庵廷對，故有汝弟已輔僞朝之詰。迨中丞之告變急奏至，則心跡大白，聖祖不究其事。遲之又久，始入《功臣傳》，祀昭忠祠，無言其從逆者。」對於曹申吉何以先入《功臣傳》，後又改入《逆臣傳》，柯劭忞亦道出了實情，其緣由是法式善與時任職於國史邵晉涵的一封信，此信見於法式善《存素堂集》。柯劭忞云：「獨至法式善祭酒，謂《功臣傳》有從逆之臣誤入者，蓋未覈其實也。詳考《評定三藩方略》，乃據甘忠果公之密疏載之，《實錄》又據《平定三藩方略》載之，《逆臣傳》又據《實錄》載之，重紕貤繆。」可見是法式善一時疏漏未檢，邵晉涵又輕信了法式善的觀點，從而致使曹申吉從逆成爲「史實」。諸多持曹申吉殉節之說的記載，皆言其「潛謀歸正」，然究竟如何潛謀歸正，並未給出細節。而族譜中的記載恰好可以彌補這一缺漏。《安丘曹氏族譜》之《殉節辨略》云：「先中丞滇南殉節，越二年靈櫬方通。據老僕所言，大人羈留黔中，歷有七載，陰養死士，

〔註 1〕劉建《庭聞錄》第 15 頁。
〔註 2〕傅以禮《華延年室題跋》第 155 頁。

期得當以報。不幸事泄，爲賊所圖，遂就義於雲南雙塔寺，當時情形慘不忍言。」可見，曹申吉是想通過陰養死士，來報效朝廷。不幸圖窮匕見，隨即罹難。

朝廷所頒佈的敕命、誥命，具有重要的史料價值，無論是瞭解個人的政治地位，還是瞭解家族的社會影響，敕、誥無疑是最直接的證據。明清兩朝對敕、誥的頒行有著嚴格的規定，一般是五品以上用誥命，六品以下用敕命。朝廷有專門機構司職敕、誥的起草，頒發和存檔。但由於改朝換代，敕、誥的存檔也即被毀壞。因爲敕、誥代表了很高的榮譽，修家譜者，往往將敕、誥收於家譜。據筆者統計，《安丘曹氏族譜》就保存了明清兩朝六十六通敕、誥，其中誥命四十通，敕命二十六通。其中曹申吉、曹貞吉等人的歷次升遷敕、誥，皆見於族譜。順治十五年，曹申吉補湖廣布政使司參議下荊南道，在任期間，招撫盜寇，盜寇相繼歸順。僅過了五個月，曹申吉便遷河南睢陳兵備副使。任副使期間，曹申吉雪洗冤獄，懲治驕奢官吏，從而政通人和。由於曹申吉政績顯著，頗有作爲，朝廷於順治十七年陞曹申吉爲大理寺卿，朝廷所頒誥命，就保存於《族譜》中，即《中丞公（曹申吉）任大理寺卿授通議大夫誥命》:「爾大理寺卿曹申吉，才猷淵裕，器宇端凝。掞藻夙馳譽於禁林，執經爰服勤乎講幄。宣勞於外聿，彰屏翰之能；納言在中，克副喉舌之寄。簡畀平反之重任，懋昭明允之休畩。茲以覃恩授爾爲通議大夫，錫之誥命。」此次升任，亦被記載於《清世祖實錄》:「順治十七年庚子冬十月。乙酉，陞通政使司左通政曹申吉爲大理寺卿。」〔註 3〕曹申吉除才能卓著外，其爲人嚴謹端莊，這也許是其得以重用的另一原因，正如其敕、誥中所云:「品行端凝」、「器宇端凝」、「性資端謹」。其他誥敕如：曹貞吉任內閣中書舍人誥命、曹貞吉任任江南徽州府同知誥命等，皆保存於《族譜》中。可見，族譜中的敕、誥可以很好的印證史實，有著重要的史料價值。

二、傳記資料

許多歷史人物的行履事蹟，雖然史志中有所記載，但往往過於簡略，而且也有失實之處。而家譜中的傳記資料，常常可以彌補史傳的不足。《安丘曹氏族譜》中就保存了大量的行狀、志表、列傳等人物傳記資料，其中行狀二十六篇、墓誌等二十五篇，多爲當時名公巨卿所撰。這些傳記資料，無論是

〔註 3〕《大清世祖章皇帝實錄》卷 141 第 2 頁。

彌補史闕，還是輯佚和校勘，都是不可多得的文獻。如《青州府志》所載曹銓衡事蹟甚爲簡略，而明會稽余煌所撰《明國子監助教鑑明曹公行狀》，敘述其事蹟頗詳。他如湖南辰沅永靖兵部道王簡所撰《曹復彬行狀》、戶部員外郎漕運總督李湘棻所撰《曹賡行狀》、劉大紳所撰《瀧社先正曹資善逸跡》、曹濂所撰《儀部公（曹貞吉）行狀》，皆可補史記之闕略。其中《曹貞吉行狀》，不但對於研究曹貞吉有重要的作用，而且也是研究曹貞吉同時諸人的資料補充，如認識曹貞吉與施閏章的關係，曹貞吉與趙執信的交往等等。

今人有考辨曹貞吉《鴻爪集》之命名者，如南京大學胡曉蓓女士在其論文《曹貞吉及其珂雪詞研究》中，認爲「鴻爪」之名出於蘇軾《和子由黽池懷舊》一詩，其寓意誠然無誤，然未若《曹貞吉行狀》之所云更爲直接確鑿：「丁卯暮春，有事於宛陵。宛陵故先大夫舊遊地也，郡中諸賢豪多於先大夫稱素心交。至是文酒流連，詩篇往復，清讌敬亭，有『鴻爪重尋感舊遊』之句，遂以『鴻爪』名集。」康熙二十六年穀雨日，曹貞吉同朱廣德立山、梅侍御桐厓、阮黃門于岳、梅孝廉瞿山等人，同遊敬亭山，此句便出自曹貞吉和瞿山之作，即《和瞿山韻》：「巨筆如椽存妙跡，扶衰更上一層樓。蓬根無定悲今雨，鴻爪重尋感舊遊。氣接方壺眞咫尺，身隨雲海共沉浮。蒼然平楚看何極，只有雙溪匝地流。」〔註 4〕（瞿山即梅清，見《清史列傳・文苑傳》：「梅清，字淵公，安徽宣城人。順治十一年舉人，再赴禮部試，不第。南北往還，周覽燕、齊、梁、宋之間，士大夫多與之交。新城王士禛、崑山徐元文尤傾服焉。」）可見其命名並非來源於「應似飛鴻踏雪泥」一詩。

施閏章於順治十三年出任山東按察使司，其主持鄉試時，時任太子少傅的曹貞吉外祖劉正宗，曾爲落選的親屬託請，被施閏章拒絕，當然也就得罪了劉正宗，以致施閏章後來仕途受到影響。《郎潛紀聞二筆》：「施愚山分守江西，政聲籍甚，時論以爲不日當開府，忽遭束閣。蓋安丘劉相國正宗，當愚山持節山左時，有所干請不遂，至是修怨焉，然亦見愚山之不畏彊禦矣。」〔註 5〕曹貞吉曾受知於施閏章，在施閏章謝世後，曹貞吉便不遺餘力地周濟其後人。族譜中《行狀》云：「（未舉進士之前）而於學憲施愚山先生，則尤受國士之知。」「（出任徽州同知時）因得展拜施愚山先生野殯，荒煙宿草，爲之大慟，賦詩三章，情詞淒惻。經濟其後人，不遺餘力。一時大江南北，莫

〔註 4〕曹貞吉《鴻爪集》第 4 頁。
〔註 5〕陳康祺《郎潛紀聞》卷 16 第 623 頁。

不高先大夫之義焉。」此事新安王煒在《鴻爪集序》中亦有記載。汪士鋐在評曹貞吉《拜愚山先生野殯》時云：「嘗從先生論施公往事，先生涕交頤，遂共飲泣，不復語。」曹貞吉認爲施閏章於己有恩，而其外祖劉正宗又致使施閏章「忽遭東閣」，無論恩怨，曹貞吉覺得都應該幫助施氏後人，更何況是因爲其外祖徇私舞弊。

被認爲「於近代文章家多所訾謷」〔註 6〕的趙執信，對王士禛及其周圍的人時有指謫，如評王士禛、朱彝尊爲「王愛好朱貪多」；批田雯「通惠河」之作「徒言河上風景，徵引故實，誇多鬥靡而已。」批批汪懋麟「諸葛銅鼓」之作「楊家姊妹顏妖狐」等。批洪昇「才力窘弱，對其篇幅，都無生氣。」（以上皆見於《談龍錄》）然趙執信閱曹貞吉《朝天集》諸作後，亦加讚賞，並賦詩相贈，此詩今不存於趙執信諸集中。《族譜》中《行狀》云：「益都趙秋谷先生投贈詩云『除卻鳴騶兼束帶，更無一點世間塵。』眞得先大夫之曠懷雅致也。」曹貞吉是王士禛周圍的人，當年王士禛曾選刻《十子詩略》，其中就有《實庵詩略》，曹貞吉等人因此有「金臺十子」、「輦下十子」之稱，也就形成了以王士禛爲首的文壇派系。其時王士禛、趙執信的關係開始惡化，雖然趙執信對王士禛非常不滿，也時常指謫其周圍的人，但並未影響曹貞吉與趙執信的交往，以及趙執信對曹貞吉詩歌創作的客觀評價。

《安丘曹氏族譜》卷三收錄的墓誌銘、墓表、碑文等有二十五篇，其中清代部分十九篇，除張貞所撰《曹申吉墓誌銘》收錄於《碑傳集》，其餘皆不見於碑傳諸集。其中明翰林院國史檢討孟河馬一龍撰《升宵公（曹騰）墓誌銘》，明翰林院侍讀國史編修官濬儀刑一鳳撰《國華公（曹光漢）墓誌銘》，明兵部尚書北海劉應節撰《丹山公（曹汝勤）墓誌銘》，明督察院右僉督御史馬文煒《吳江公（曹一麟）墓誌銘》，明南京吏部考功清吏司主事長洲袁尊尼撰《副使公（曹一鳳）墓誌銘》，多可作輯佚之用。《安丘曹氏族譜》卷四搜集《山東通志》、《青州府志》、《安丘縣志》等史志中有關曹氏及其家眷傳記資料，另附《辛酉殉難蒙卹忠義節烈祠題名》。另有時賢所撰傳記，如陸巢雲所撰《智千公（曹士俊）傳》、豫州謝希逸撰《琴舫公（曹錫田）傳》、安丘高朋萬撰《愼生公（曹廉）傳》、安丘馬步元撰《清中憲大夫石卿曹公（曹壽鏡）傳》、康熙辛未姚江黃宗羲撰《劉太夫人傳》。

曹貞吉在新安任同知時，結識了清初遺民黃宗羲，並受到了黃宗羲的賞

〔註 6〕王應奎《柳南隨筆》卷 1 第 1 頁。

識。後來曹貞吉的朋友張貞，還專門託曹貞吉讓他請黃宗羲爲其配寫墓誌。黃宗羲曾爲曹貞吉《珂雪詩》作過序，曹貞吉母親謝世後，黃宗羲又爲其撰《劉太夫人傳》。此傳收錄於《黃宗羲全集》，然《全集》與《族譜》時有異同，今可互相參閱。《全集》:「夫人之夫名復植」,《族譜》作:「夫人之夫曹公復植」;《全集》:「夫人出自相門，自幼陶然詩禮間事，閨閣之內，肅若朝典。」《族譜》作:「夫人出自相門，自幼陶然詩書，間事女紅，閨閣之內，肅若朝典。」《全集》:「不使婢僕營之」,《族譜》作:「不使奴婢營之」;《全集》:「從旁曰」,《族譜》作:「從旁勉勵曰」;《全集》:「太傅有孤女未嫁」,《族譜》作:「少傅有孤女未嫁」;《全集》:「收於青燈紡授之下」,《族譜》作:「收於青燈紡績之下」;《全集・校勘記》:「『震川』，定四景本、定馮本均作『震州』，誤，今正。」《族譜》作「震川」，不誤，亦可作校勘的旁證。

三、社會學價值

聯宗通譜，一直是中國古代社會普遍存在的現象，顧炎武在《日知錄・通譜》有過考述，將其歸溯於晉代，並對清初的通譜現象加以斥責，云:「今人好與同姓通譜，不知於史傳居何等也。近日同姓通譜最爲濫雜，其實皆植黨營私，爲蠹國害民之事，宜嚴爲之禁。」〔註 7〕聯宗通譜往往有兩種情況：其一是同姓聯宗通譜；其二是異姓聯宗通譜。所謂同姓聯宗通譜者，即同姓不同宗之間的聯宗通譜，這種現象比較多見，也比較合乎情理。所謂異姓聯宗通譜，即不同姓氏者之間的聯宗通譜。所謂的異姓，往往是因爲歷史原因造成的同姓不同氏，比如賜姓、改姓等原因。明清之際，聯宗通譜的現象在民間甚爲盛行。談遷在《北遊錄・紀聞・聯宗》記載:「近時凡文武科第姓同者，無論殊方遐域，輒聯宗敘叔侄兄弟。總漕尚書王文奎驟貴，附族甚眾。俄改姓沈，又諸沈附之。」〔註 8〕諸如此類的記載，清人筆記中多有涉及。

在《安丘曹氏族譜》序言及《宗辨》中，也提到聯宗通譜的現象，並講述了要求聯宗通譜者爲了達到目的，不惜作僞的種種手段，爲研究清代社會宗族現象提供了很好的個案事例。康熙二年曹申吉在族譜序中就曾提及荊陽曹氏要求通譜於安丘曹氏的事情，序言云:「居蓮池者，猶有前曹非吾族也，久將混爲一宗矣，此不可不辨也。他如荊陽曹家峪諸族，異派甚明，不待辨

〔註 7〕顧炎武《日知錄》卷 23 第 808 頁。
〔註 8〕談遷《北遊錄》第 352 頁。

也。」安丘曹氏實爲望族，所以要求聯宗通譜者自清初乃至民國，一直不絕如縷。同治十二年曹會又講述了荊陽曹氏後人曹立爲了達到通譜的目的，不惜巧立名目，杜撰族祖。曹會云：「公之序有言荊陽異派甚明，不待辨也。乃其後有名立者，得見吾族譜《升宵公墓表》有云四世祖生六子，長曰勝，譜中不載，其後是必未及成人而殤者也。立遂誣其始祖爲勝之後而作其譜。同治壬申，予將續吾族譜，彼送其譜來求合爲一，而予斥之。道光甲辰，荊陽奉其族譜，祈汗青公代爲訂正，其始祖名下未注爲勝之後也，注之自立始，其誣甚矣！」由於安丘曹氏的興旺，到了民國，亦時有要求通譜的。曹幹在《宗辨》中又補敘了諸多要求通譜的異派曹氏，如濰陽曹家村、昌樂楊家樓曹氏、昌邑夏坡曹氏、裴柯莊曹氏等。《宗辨》云：「因有非吾族而圖竄隙羼入者直可以枚舉也。濰陽一村名曹家，其人嘗問譜於余，以莫可求合，默然而退，後竟將吾五世祖墓碑竊行搨去。彼蓄意如何，吾惟整綱飭紀以防不虞已耳。昌樂楊家樓者，記其前五世與我譜同，惟云明祖生二子，其次曰光樂，爲伊六世祖。按吾明祖只一子，譜諱光霽，並無光樂一支。昌邑夏坡有曹姓稱伊六世祖爲吾朗祖之次子曰世侯，而吾朗祖亦只一子，譜諱章，又無曰世侯者。兩說顯然誣造，足證非族。裴柯莊有一家原籍係臨淄來安，乃稱其始祖諱明，明生廣濟。按吾明祖子光霽，彼作廣濟二字，又必有心者爲之梗概，先以字音竊合，隱伏混淆之機，適以重誣其先人也。」要求通譜的如此之多，當然是看中了安丘曹氏的社會地位及影響。據《安丘曹氏族譜》統計，至道光年間，其族得甲第者八人，鄉舉者八人，明經三十四人，國學一百零三人，鄉學一百五十人，出仕者二十三人，就職者二十五人，貤封者十二人，恩蔭二人。正因爲有如此高的社會地位，以至於非曹姓者要求通譜。《宗辨》中即提及這種有別於同姓聯宗通譜的現象，即本非曹姓者，因與曹家有「朱范之交」，改姓曹，既而要求通譜。《宗辨》云：「若蓮池里之曹寬，原姓某氏，村人皆知，因與吾曹有朱范之遇，遂依爲曹姓。後其子福茂，嘗延吾族人仁溥爲伊追續，前四世俱空白不書，至五世諱朋，六世曰廣澤，曰廣潤，又曰廣濟。據所編次，廣澤、廣潤支屬蕃殖，獨至廣濟絕世。更有異者，廣濟於彼云爲明祖子，於此又云爲朋祖子，足證妄誕已極。」由於曹氏家譜完備，世系甚明，所以作僞者常常自露馬腳。

清季捻軍突起，橫掃南北，時人莫不談捻色變。如果以社會學的角度而非階級鬥爭的視角，來研究作爲傳統儒家的仕宦家族主體在社會中的作用，尤其是在社會動亂時期，無疑更能客觀地反應當時的社會狀態。據《安丘縣續志》記載，咸豐十一年辛酉二月，捻軍攻陷安丘城，燒殺搶掠一番，越六日乃去，紳民婦女殉難者各數千人。安丘曹氏同樣不能幸免於難，據《安丘曹氏族譜》卷四所附《辛酉殉難蒙卹忠義祠節烈祠題名》，入忠義祠男性六十二人，入節烈祠死難女性就有四十一人。其中女性死因大都爲投井、自縊、投崖而死，還有很多是「遇賊不屈而死」。眾多女性之所以選擇自殺，其一主要是傳統儒家的節烈觀，其二蓋於捻軍殘酷有關。關於捻軍的諸多暴行，當時人多有記載，據方玉瀾《星烈日記彙要》載：「婦女之抗節不屈者，其死必也慘；而甘心受辱者，亦終遭其害。聞以婦女赤身，兩乳繫鈴，使供操作，鈴鐺鐺響以爲樂。」〔註 9〕面對如此令人髮指的行爲，即使是普通家庭的女性，也會殉節，何況是濡染於儒家觀念的仕宦家族中的女性。從《捻軍》資料來看，地方在初期抵抗捻軍階段，由於地方軍務廢弛，家族在防備、抵抗中起了主要作用。比如山東的地方防務，王東槐在《瀝陳山東地方官頑縱盜賊疏》中云：「臣聞山東捕務廢弛已極，該地方官毫無振作，以致盜賊縱橫……」〔註 10〕所以，當災難來臨時，只能靠自發組織，而這種自發組織往往又是以家族爲單位。雖然各地有練勇組織抵抗，但其作用並不能同地方家族抵抗力量相稱。當時安丘就有一練勇組織，臨陣而退。據《捻軍》載：「有安丘人李某，自陳練勇千人，願隨王（科爾沁忠親王）剿賊。王令攻城，甫薄濠，城匪槍炮及之，委棄雲梯火器潰，皆鄉農初未訓練也。王盛怒，斬數十人，全對遣散之。」安丘曹氏，在捻軍洗劫之後，亦遭重創。

早在乾隆時期的紀昀，即已知道譜牒對於瞭解家族繁衍盛衰的作用，《馬氏重修家乘序》：「然則門戶之盛衰與福祚之修短，蓋可於家乘驗之。」〔註 11〕安丘曹氏以儒起家，其族譜前有《宗說》一文，裏面詳細記載了曹氏家族的家規、家誡等儒家宗族法規。曹貞吉與曲阜顏光敏爲好友，顏光敏撰有《顏氏家誡》四卷。安丘曹氏，自五世始以儒起家，曲阜顏氏又是傳統儒家的典範，結合《安丘曹氏族譜》及《顏氏家誡》來看，嚴謹的家規及良好的家風以及早期教育，是安丘曹氏興盛重要原因。《安丘曹氏族譜》中有人丁統計表

〔註 9〕轉引范文瀾 翦伯贊《中國近代史資料叢刊・捻軍》第 1 冊第 311 頁。
〔註 10〕轉引范文瀾 翦伯贊《中國近代史資料叢刊・捻軍》第 1 冊第 327 頁。
〔註 11〕紀昀《紀曉嵐文集》第 1 冊第 167 頁。

及佔居地點統計表，爲研究人口繁衍及遷徙提供了直接的個案資料。據譜中《民國癸酉續譜全族現有人丁統計表》統計，至民國二十二年，安丘曹氏共有人口五千五百四十二人。自明初至民國，五百餘年的時間，安丘曹氏已發展到五千多人，雖中經數難，其人口繁衍可謂強盛。另據《民國癸酉續譜經過調查本族佔居地點一覽表》，安丘曹氏已徙居至江蘇、安徽、山西、遼寧、吉林、瀋陽等地，爲研究清代人口遷徙提供了確鑿的證據。另外，族譜世系中所記之人，很多都記載了生卒年及其壽命，這對於研究清代人口平均壽命，提供了直接的資料。據筆者計算，安丘曹氏在清代的平均壽命是六十四歲，遠遠高出清代人口平均壽命，其主要原因蓋於經濟條件有關。

第三節　世系考

曹氏出自周，其後離散分處於天下，皆宗譙國，從所著姓。安丘曹氏，明洪武初年奉牒自曹州遷徙至安丘，占籍邑之蓮池里。〔註 12〕曹申吉在初修族譜時，將曹子敬列爲安丘曹氏一世，其後續修者，又將曹德列爲一世。〔註 13〕其先世業農，五世始以儒起家。〔註 14〕據統計，至道光年間，安丘曹氏得甲第者八人，鄉舉者八人，明經三十四人，國學一百零三人，鄉學一百五十人，出仕者二十三人，就職者二十五人，貤封者十二人，恩蔭二人。安丘曹氏，自明初占籍安丘，子孫繩振，瓜瓞綿延，迄至今日，蓋已有三十餘世。《安丘曹氏族譜》，向無著錄，經筆者民間查訪，終得其十二次續譜。鑒於目前此譜僅存一部，藏於曹氏後人之家，即曹氏後人亦多不得見，茲簡勒其譜系，將曹貞吉之父曹復植以前曹氏諸人，悉列於以下簡譜，曹復植以後世系，限於篇幅，僅列曹貞吉、曹申吉，先後凡十五世，使讀者得知安丘曹氏門戶盛衰及福祚修短。

〔註 12〕《安丘曹氏族譜》卷首副使公《宗説》「吾曹氏起家貧賤，先世不學識字，遂不能傳記家跡。八世以上蓋不可考，自吾先氏所記，稱爲鼻祖者，始以洪武初年編户吾里，遂爲蓮池曹氏之居焉。」

〔註 13〕十四世曹曾綬撰《安丘曹氏族譜凡例》：「原譜之定於中丞公者，以子敬祖爲一世，至吳江公所撰《蓮塘公行狀》云有諱德者，實可紀之鼻祖，是生子敬，故追敘焉。」

〔註 14〕《安丘曹氏族譜・曹申吉序》：「吾曹之得氏，肇於振鐸之錫土，厥後支分析代爲華族矣。其在安丘，明以前無可考，洪武間始祖諱子敬者，占籍邑之蓮池里，遂世稱安丘人，以農爲業。越三世而遷邑居，始以儒顯，世習《尚書》、《家言》。」

安丘曹氏簡譜

一世：

曹德。

二世：

曹子敬。

三世：

曹彥剛。

四世：

曹端。

五世：

1.曹滕，字宗魯，弘治九年丙辰歲貢。2.曹明。3.曹郎。

六世：

曹滕：1.曹光漢，字過華，正德十六年辛巳歲貢，成化五年二月初五日生，嘉靖十二年三月二十七日卒。2.曹光溥，字國澤，號東野，庠生。

曹明：曹光霽。

曹朗：曹章。

七世：

光漢：1.曹汝勤，字希禹，號丹山。嘉靖二十七年戊申歲貢，弘治十四年二月七日生，萬里五年十一月二日卒。2.曹汝勵，字叔強，號蓮塘，廩生。

光溥：1.曹汝効。2.曹汝勑。

光霽：1.曹汝勸。2.曹汝動。3.曹汝助。4.曹汝勣。

曹章：1.曹汝寧。2.曹汝靜。

八世：

汝勤：1.曹一麒，字伯仁，號渠濱，廩生。2.曹一麟，字伯禎，號瑞嚴，嘉靖己酉舉人，丙辰進士。嘉靖五年六月十四日生，萬曆十六年七月三日卒。3.曹一鳳，字伯儀，號翔宇，嘉靖戊午舉人，乙未進士，嘉靖十三年十一月二十七日生，隆慶元年九月三十日卒。

汝勵：1.曹一豸。2.曹一鵠，字伯舉，萬里癸酉舉。3.曹一蛟。4.曹一駿。

汝効：1.曹一鶴。2.曹一鯨。3.曹一龍。

汝勑：曹一凰。

汝勸：1.曹一獅。2.曹一象。

汝勳：1.曹一鼇。2.曹一朝。3.曹一豹。

汝助：1.曹一官。2.曹一宦。3.曹一京。4.曹一揚。5.曹一言。6.曹一鶚。

汝勣：1.曹一江。2.曹一海。

汝寧：1.曹一藍。2.曹一駕。3.曹一潛。

汝靜：1.曹一坤。2.曹一鴻。

九世：

一麒：1.曹應篪。2.曹應笙。

一麟：1.曹應塤，字友甫，號肖岩，嘉靖二十八年十二月三日生，天啓五年三月十八日卒。2.曹應柷，字合甫，號如岩，天啓癸亥恩貢，嘉靖四十一年二月二十二日生，崇禎十一年七月三日卒。3.曹應敔。

一鳳：曹應鏞，字雛翔，歲貢。

一豸：1.曹應玉。2.曹應鐸。3.曹應聲。

一鵠：曹應昌。

一蛟：1.曹應奎。2.曹應壁。3.曹應亨。4.曹應運。

一駿：曹應連。

一鶴：1.曹應金。2.曹應韶。

一凰：曹應石。

一獅：曹應安。

一象：曹應平。

一鼇：曹應德。

一朝：曹應顯。

一豹：1.曹應珍。2.曹應春。

一官：1.曹應曜。2.曹應文。3.曹應都。

一宦：曹應舜。

一京：曹應先。

一揚：1.曹應祿。2.曹應華。

一鶚：曹應芝。
一江：1.曹應田。2.曹應香。
一海：曹應璿。
一藍：1.曹應時。2.曹應中。3.曹應登。
一駕：1.曹應節。2.曹應乾。3.曹應山。
一潛：曹應爵。
一坤：曹應珠。
一鴻：1.曹應震。2.曹應選。

十世：

應箎：1.曹廷翼。2.曹廷桂。3.曹廷輔，字滄濤，號君弼，萬曆丙午舉，天啓壬戌進士。4.曹廷英，字滄浪，崇禎戊辰貢。5.曹廷彩。
應塤：1.曹銓，籲明，天啓三年貢生，萬曆六年二月二十二日生，崇禎十五年十二月三十日卒。2.曹銓引，字翊明。3.曹銓揚，字翼明。
應柷：曹銓衡，字衷白，號鑑明，天啓壬戌進士，萬曆十四年九月七日生，天啓六年七月十四日卒。
應敔：1.曹銓樞。2.曹銓要。3.曹銓佐。
應鏞：1.曹銓澤，字子慶，萬曆四十七年五月五日生，崇禎十七年八月二十一日卒。2.曹銓潤，字延慶。
應玉：曹秉良。
應鐸：1.曹亮，字宗之。2.曹恪。
應聲：1.曹秉恭。2.曹秉儉。
應昌：1.曹熙。2.曹宣，字元凱。3.曹煦。
應奎：1.曹美。2.曹粹。
應壁：曹化朋。
應運：曹續。
應連：曹純。
應金：曹之裔。
應韶：1.曹淑胤。2.曹淑胄。3.曹淑嗣。4.曹淑佐。5.曹淑源。
應安：1.曹正儒。2.曹繼儒。3.曹作謀。4.曹碩儒。
應平：曹秀儒。
應德：曹林儒。

應顯：1.曹輔儒。2.曹佐儒。3.曹弼儒。

應珍：1.曹宏儒。2.曹相儒。

應春：曹才儒。

應文：曹學儒。

應都：1.曹漢儒。2.曹漢學。

應宦：曹超儒。

應祿：曹愷儒。

應華：曹純儒。

應田：曹聖儒。

應時：曹俊儒。

應中：1.曹彥儒。2.曹恪儒。

應登：曹孔儒。

應節：曹熙儒。

應乾：1.曹顏儒。2.曹選儒。

應山：曹明儒。

應爵：曹全儒。

應珠：1.曹孟禎。2.曹孟起。

應震：1.曹孟升。2.曹孟宣。

十一世：

廷翼：1.曹大成。2.曹大忠，字賡揚，庠生。3.曹大孝。4.曹大受。

廷輔：1.曹大益，庠生。2.曹大順，字觀濤，庠生。

廷彩：1.曹大泰。2.曹大來。3.曹大士。

曹銓：1.曹復植，字宗建、雲將，萬曆四十三年四月五日生，崇禎十五年十二月二十六日卒。2.曹復彬，字郁文，康熙乙丑歲貢，天氣元年二月二十六日生，康熙三十四年十一月十一日卒。3.曹師植，出嗣。4.曹師彬，字仁南，號又魯。

銓引：曹淑植。

銓揚：1.曹自成。2.曹復立。3.曹復振。4.曹淑植，出嗣。5.曹復起。6.曹復中，字起龍，庠生。7.曹復勛。8.曹復興。9.曹復亨。10.曹復勉。

銓衡：1.曹縉、字世紳，號惺鑑，庠生，萬曆三十五年四月十二日生，崇禎十四年十一月二日卒。2.曹纕，字世執，萬曆四十七年十月十六日生，康熙三十年八月四日卒。3.曹紘，字世冕，號企鑑。天氣二年七月十日生，康熙七年五月二十六日卒。

銓樞：曹成德，字聿修，監生。

銓要：曹世德。

銓佐：1.曹蘊德，字信公。2.曹明德。3.曹建德。4.曹祀德。5.曹裕德 6.曹憂德。

餘澤：曹承祖，字祐啓。

餘潤：曹裕祖。

秉良：曹大德。

曹亮：曹士俊，字智千。

曹恪：曹之驥，字雲駒。

秉公：曹之讓。

秉儉：曹之馴，原名之訓。

曹熙：曹之騋，字空北。

曹宣：1.曹之驊，字子千，庠生。2.曹之騮。

曹煦：曹大任，字莘野。

曹美：曹大友。

化朋：曹顯名。

之裔：1.曹籙。2.曹籍。

淑胤：1.曹若彬。2.曹若瑋。

淑冑：1.曹芳，字馨之。2.曹著，字顯之。

淑嗣：曹佶。

淑佐：曹楨。

正儒：曹玳。

繼儒：1.曹琚。2.曹瑞。3.曹瑀。

作謀：曹沖翚。

碩儒：曹瑾。

林儒：曹修。

輔儒：1.曹俊。2.曹傑。

佐儒：曹素。

弼儒：1.曹璿。2.曹任。

宏儒：1.曹大信。2.曹大德。3.曹大鳳。

相儒：曹大節。

才儒：曹楷。

學儒：曹璽。

漢儒：1.曹仍。2.曹盛。

起儒：曹喜。

愷儒：1.曹琳。2.曹璟。3.曹珙。

純儒：曹珍。

俊儒：曹大祈。

彥儒：1.曹士傑。2.曹士秀。

恪儒：曹士偉。

孔儒：1.曹大賢。2.曹大禮。3.曹大宗。

顏儒：曹大慶。

選儒：1.曹大祿。2.曹大福。

明儒：1.曹大正。2.曹大勝。3.曹大公。4.曹大化。

全儒：曹大富。

孟禎：曹日章。

孟起：曹成章。

孟升：曹士英，字俊儒。

孟宣：1.曹士魁。2.曹士偉。

十二世：

復植：1.曹貞吉，字迪清、升六，號實庵，康熙甲辰進士，崇禎七年正月二十二日生，康熙三十七年十一月四日卒。2.曹申吉，字錫餘，號澹餘，順治乙未進士，崇禎八年十一月十日生，康熙十九年十二月五日卒。

復彬出：1.曹炟吉，字闇公，監生，順治十五年七月二十六日生，康熙四十七年十一月二日卒。2.曹烪吉，字梅谷、中藻，康熙辛未歲貢，順治十七年七月十六日生，乾隆十二年十一月二十二日卒。3.曹煌吉，字觳寧，康熙癸巳恩科歲貢，順治十八年十二月四日生，康熙五十四年十一月十一日卒。4.曹輝吉，字君光，附監生，康熙三十年四月二十日生，乾隆四十二年十月八日卒。5.曹炳吉，字昭遠，號霽堂，監生，康熙三十四年五月十七日生，乾隆四十三年七月五日卒。

師彬：1.曹敏吉，字敬茲。2.曹邵吉，字農山。3.曹勦吉，字禹功。4.曹勖吉，字士勉。

師植：1.曹藹吉，字多士。2.曹績。

淑植：1.曹洊吉，字彙一，庠生。2.曹蘊吉。3.曹耀吉。4.曹迪吉。

十三世：

貞吉：1.曹濂，字廉水，號去矜，歲貢，順治九年四月九日生，雍正十二年九月二日卒。2.曹霂，字掌霖、仲益，號去浮，順治十二年四月四日生，康熙四十二年六月二十八日卒。3.曹霈，字暘若、叔甘，號去怠。4.曹湛，字露繁、季沖，號去疾，康熙辛酉舉，順治十八年十一月一日生，乾隆二年十一月二十九日卒。5.曹澶，字廣淵，號去競，康熙二十四年六月二十七日生，乾隆十年二月六日卒。6.曹澣，字幼旬，號去病、雪舫。7.曹涵，字巨源、季和，號去逸、瞿園，雍正丙午順天舉。

申吉：1.曹澐，字庭始、山來，號去華，順治十四年正月生，康熙十□年六月八日卒。2.曹潊，字湘鄰、履霜、酈渠，號去靡，康熙十一年七月四日生，雍正元年六月七日卒。

炟吉：1.曹廣善，字百越，雍正乙卯優貢，康熙十九年五月二日生，乾隆十九年十一月五日卒。2.曹庭善，字念庭，康熙二十七年二月十五日生，乾隆十五年九月十七日卒。

煠吉：1.曹三善，字信民，號葉雲，廩生，雍正癸卯舉，康熙十八年九月五日生，乾隆十九年三月二日卒。2.曹與善，字同人，號學山，乾隆壬戌歲貢，康熙二十年六月十七日生，乾隆九年十二月二十九日卒。3.曹果善，字碩夫、松麓，監生，康熙二十三年七月二十五日生，乾隆三十三年五月四日卒。

煌吉：1.曹鼎善，字燮臣，庠生，康熙十九年七月六日生，雍正五年十月三日卒。2.曹性善，字近思，監生，康熙二十六年十一月七日生，乾隆十年九月十六日卒。3.曹元善，字學山，庠生，康熙三十二年二月七日生，乾隆四年二月二十九日卒。4.曹泰，字虞罇，監生，康熙四十一年四月二日生，乾隆三十六年九月二十六日卒。

輝吉：1.曹從善，字如登，例貢，康熙四十九年九月二十日生，乾隆四十四年二月十六日卒。2.曹至善，字敬止，附貢，雍正元年十一月十二日生，嘉慶四年六月二十三日卒。3.曹淑善，字子湛，監生，雍正六年三月三十日生，嘉慶九年六月二十二日卒。4.曹資善，字逢源，號東溪、孝堂，乾隆丙子舉。5.曹贊善，字翼公，號容亭，監生，乾隆五年十一月十三日生，道光元年八月六日卒。

炳吉：曹明善，字子初，號旭亭，例貢，雍正十年七月七日生，嘉慶五年二月二十六日卒。

敏吉：1.曹泮。2.曹瀾，字孟波。3.曹溧。

邵吉：1.曹溶，字奠陽。2.曹溼。

勦吉：1.曹渶，字御清。2.曹星曜，字麗青，號蒼岩，監生。

勖吉：1.曹渶，出嗣。2.曹正倫。3.曹正義。

藹吉：1.曹浹。2.曹淇，字衛泉。3.曹洂。4.曹澗。

十四世：

曹濂：1.曹曾符，字揆一，號虎竹。2.曹曾譽，字非繡。

曹霂：1.曹曾衍，出嗣。2.曹曾怡，字喜候。3.曹曾祚，出嗣。4.曹曾桂，字桂林。5.曹曾祜，字亦純、默臨，庠生。

曹霈：1.曹曾環，字方回，監生。2.曹曾祚，字福臣、衮師。

曹湛：曹曾紹，字陟庭，歲貢。

曹澶：1.曹曾綬，字漢符，號紫昂，乾隆甲申歲貢。2.曹曾紱，字東田，庠生，康熙五十九年六月十四日生，乾隆五十三年九月二十一日卒。3.曹曾紀，字輝左。4.曹曾統，字建三。

曹澣：1.曹曾翊，字孟輔。2.曹曾緒。3.曹曾綎，字國寶。

曹涵：1.曹曾祺，字石年，號壽民，監生。2.曹曾禴，字式穀，號醒齋，監生。

曹澐：曹曾衍，字士行，號祁如，廩生。

曹潡：1.曹曾裕，字問則，號容齋。2.曹曾禕，字費如、蜀臣，庠生。

廣善：1.曹擐，字士介，監生。2.曹振，字覺山、翰如，監生，康熙四十五年二月十七日生，乾隆三十三年五月十一日卒。

庭善：1.曹良，字易齋雍正丙辰舉，康熙四十八年九月八日生，乾隆三十八年三月二十一日卒。2.曹扆，字對侯，庠生。3.曹衷，字和齋、寅協，庠生，康熙辛丑十一月九日生，乾隆辛丑八年二十六日卒。4.曹畏，字愼齋，監生，雍正八年六月十七日生，嘉慶六年正月十四日卒。

三善：1.曹肅甡，字中林，監生，康熙三十九年九月二十三日生，乾隆十六年七月二十五日卒。2.曹溫甡，字沂泉，康熙十三年正月十三日生，乾隆四十五年三月十五日卒。3.曹近甡，字聖居。4.曹震，字爲雷。5.曹艮，字爲山。

與善：1.曹已生，龍友，監生，康熙三十九年十一月十七日生，乾隆四十一年三月二十四日卒。2.曹禾，字介石，號穗嘉，廩監生，康熙四十一年八月五日生，乾隆四十六年十二月二十七日卒。3.曹謙，字聞譽。4.曹稆，字穡林，號秀川。5.曹秠，字穎齋。6.曹秉，字彝德。

果善：1.曹愨，字德聰。2.曹憲，字景文，號繩武。3.曹慜，字景行，監生。4.曹慤，字仲新。5.曹愈，字淑儀。6.曹讓，字淑謙。

鼎善：曹行生。字默齋，康熙五十七年三月九日生，乾隆四十二年三月二十二日卒。

性善：1.曹紋，字繡章，康熙四十七年二月二十一日生，乾隆五十一年九月六日卒。2.曹鳴，字聲皐，康熙四十八年三月三日生，乾隆五十年七月二十三日卒。3.曹經，字緯公，監生，康熙五十六年五月二十九日生，乾隆三十二年十月二日卒。

元善：曹掄士，字秀升，監生，康熙五十九年正月十八日生，乾隆十七年七月十二日卒。

曹泰：曹綺，字漢皓，監生，康熙六十年三月二十二日生，乾隆三十三年四月五日卒。

從善：1.曹賡，字廷颺、虞歌，號阜東，附貢，乾隆十九年二月四日生，道光十二年正月二十日卒。2.曹寅，字亮工，號檜菴。

至善：1.曹雍，字墨圃，乾隆六年二月二十七日生，嘉慶二十二年八月十一日卒。2.曹亹，字中言、希文，庠生，乾隆十四年九月十六日生，嘉慶五年八月十一日卒。3.曹京，字夢龍，號文明，乾隆十七年九月二日生，嘉慶元年二月九日卒。4.曹辛。

淑善：1.曹見龍，字於田，監生，乾隆十二年九月六日生，乾隆五十三年三月二日卒。2.曹登龍，字潤蒼，庠生，乾隆十七年二月二十六日生，道光元年八月二十九日卒。3.曹人龍。4.曹攀龍。5.曹夔龍，字若颺、伯讓，乾隆三十一年十月一日生，嘉慶八年正月十四日卒。6.曹用龍。7.曹化龍。

資善：曹敷鈞，監生。

贊善：1.曹玉田，字琢菴，號藍圃，例貢，乾隆三十七年九月七日生，咸豐八年十二月十一卒。2.曹錫田，字建福，號琴舫，嘉慶丁丑進士，乾隆四十三年九月一日生，咸豐十年十一月二十七日卒。3.曹文田，字華圃，號芸齋，乾隆五十五年十二月二十七日生，同治二年十二月三日卒。

明善：1.曹元龍，字伯荀，庠生。2.曹成龍，字仲荀，監生，乾隆十四年七月四日生，道光十五年五月三日卒。3.曹雲龍，字季荀。

曹泮：曹曾憙。

曹瀾：1.曹曾慧。2.曹曾憙，出嗣。3.曹曾念。4.曹曾忞。

曹溶：1.曹曾慤。2.曹曾憲，出嗣。3.曹曾懋。

曹涇：曹曾憲。

曹渼：1.曹善相，字近堂。2.曹彥相。3.曹宜相。4.曹壽相，字如山。

星曜：曹安世，字定宇。

正倫：曹曾志。

正義：曹曾願。

曹浹：1.曹初豊，字劍光。2.曹爲東，字義平。3.曹世忠。4.曹世傑。

曹淇：1.曹初榮，字叔桓。2.曹初東。

曹淛：1.曹初桂。2.曹初梓。3.曹初棫。

曹澗：曹世福。

十五世：

曾符：1.曹篤厚，字棐思，監生，康熙四十七年十月八日生，乾隆五十一年十一月十二日卒。2.曹和厚，字春融，號翕然，監生。3.曹樸厚，字棫芃，監生，康熙五十一年十二月三十日生。4.曹懷厚，字永思。

曾譽出：1.曹崇厚，字景姚。2.曹保厚，字祐。3.曹存厚，字皐如。4.曹勝厚，字任思。

曾怡：1.曹勉厚，字勵思。2.曹履厚，字坤公，號坦園。

曾桂：1.曹博厚，字希望。2.曹醇厚，字太初，廩生。

曾祐：1.曹寬厚，字元博、景倪。2.曹容厚，字景南。3.曹守厚，字養約。

曾環：曹坤厚，字寧一。

曾祚：1.曹凝厚，字匡儀，號紫山。2.曹基厚，字養齋。3.曹仁厚，字壽山，庠生。

曾紹：1.曹秉厚，字子彝，監生。2.曹德厚。3.曹重厚，字子威。4.曹益厚，字子謙，號受堂，廩貢生。

曾綬：1.曹單厚，字錫嘏。2.曹根厚，字丹培。

曾紱：1.曹毓厚。2.曹蘊厚，字潛齋。

曾紀：曹豐厚。

曾統：1.曹程厚。2.曹力厚。3.曹孔厚。4.曹敦厚

曾翊：1.曹特。2.曹詒厚。3.曹留厚，出嗣曹曾綖。

曾祺：曹揚，字子維，號素亭，監生。

曾礽：1.曹平，字安孟，號坦夫。2.曹豐。3.曹午。

曾衍：1.曹寶厚，字稼維，監生。2.曹處厚，字德載。3.曹簡厚，字默齋。

曾裕：1.曹欽厚，字敬亭。2.曹卓厚，字立然。

曾禕：曹本厚，字子立。

第二章　安丘曹氏人物考

概述

安丘曹氏，自明洪武初年占籍安丘蓮池里，迄至今日已有三十餘世，可謂是家門鼎盛，人口眾多。安丘曹氏先世業農，五世始以儒起家，雖然歷朝都有仕宦者，然終以文學顯於世，在清代可算得上是文學世家。尤其是曹貞吉，更以《珂雪詞》獨冠山左，可謂是繼李清照、辛棄疾之後的第三大詞人。曹申吉雖官至九卿，然其詩歌成就要高於其兄曹貞吉。但限於種種歷史原因，未能如曹貞吉一樣，以文學名於世。自曹申吉之後，曹氏雖然沒有顯官，但爲官者皆能廉政愛民，鞠躬盡瘁，救民於水火之中。如遂溪令曹湛，勤政愛民，當其謝病辭歸之日，當地居民爲其建立生祠，送行者不下千萬，更有送至兩百里之外者。每一次翻閱曹湛行狀，每一次都被他的言行感動，令人酸鼻良久，感慨不已。如果稍加留意，就會發現凡有傳記的安丘曹氏，無論是爲官者，抑或是里居者，大都爲人仁愛至孝。如早年因貧困不能婚娶的曹成闓，當其生活好轉之後，並沒有急於婚娶，而是以自己無後爲由，用自己的資產接濟貧困的族人，並且終身未娶。安丘曹氏其先世以儒起家，其後世更以儒行世，溫廉恭儉讓，仁義禮智信，這些儒家的基本特徵，都能在安丘曹氏人物的身上得以體現。本章參考各種史志資料和《安丘曹氏族譜》，將有傳記資料的人物，大致分成文學、廉吏、篤行等四類，進行考述。見於多個出處者，取長補短，取詳補略，去粗取精，加以融鑄。爲了使行文簡潔，文風一致，力求保持各傳記原貌，儘量使用文言，尤其是人物對話，大都直接引用，並參考劉聲木《桐城文學淵源考》的體例，將文獻出處，羅列於後。對於曹貞吉、曹申吉二人，詳細考察各種文獻記載，如《大清實錄》、清人筆記、縣志等，對他們的事蹟行履進行腳注，以求詳實完備。

第一節　文學

一、曹貞吉

曹貞吉，字迪清，一字升六，又字升階，別號實庵，明思宗崇禎七年甲戌正月二十二日生於安丘蓮池里，康熙三十七年戊寅十一月四日以疾卒。〔註 1〕父曹復植，母劉守貞，劉正宗次女。生而英挺絕倫，讀書過目不忘。七歲偕其弟申吉出就外傅，〔註 2〕規行距步，履蹈有恆，鄉鄰有識者知其能成大器。貞吉九歲時，逢其父喪，哀毀如成人。時值鼎革之際，滿地兵戈，母劉氏攜煢煢兩孤，不遑寧處。爲避兵戈，時常徙居，然必載遺書以行，兩少孤未嘗以亂廢學。順治乙酉，貞吉年十二，即有奇童之稱，與諸生同試，輒列前茅。順治丁亥，補邑博士弟子員。順治戊子，貞吉年十五，娶妻王氏。順治乙未，其弟申吉成進士，而曹貞吉科場失利，潦倒諸生間。人有以閥閱相稱者，面輒發赤，矢志苦讀，篝燈雒誦，常漏下三十刻。是以文名日起，試輒冠軍，而於學憲施閏章，則尤受國士之知。康熙癸卯，曹貞吉舉山東鄉試第一。〔註 3〕康熙甲辰，曹貞吉中進士。〔註 4〕是年冬，居其王母憂，讀禮之暇，鉤貫經史，搜擷苑部，於一切周秦兩漢六朝唐宋諸書，靡不縱觀。康熙戊申六月夜，山東大震，聲如雷霆，貞吉先覺，恐母受驚，徒跣急叩雙扉，大聲哀號，其母幸免於難，而貞吉傷臂。〔註 5〕

康熙庚戌，貞吉考授秘書院中書，並迎其母劉氏於京，與其弟申吉同舍而居，朝夕承歡，連床夜語八閱月。康熙辛亥，曹申吉出撫黔中，奉母以歸。

〔註 1〕《安丘曹氏族譜》：「崇禎七年正月二十二日生，康熙三十七年十一月四日卒。」

〔註 2〕曹申吉《珂雪初集跋》：「憶余六齡時，偕家兄就外塾，自此同几硯者十有四載。」

〔註 3〕曹申吉《珂雪二集序》：「康熙癸卯，兄舉於鄉，爲第一人。」

〔註 4〕朱保炯、謝沛霖《明清進士題名碑錄索引》第 1844 頁。
《康熙續安丘縣志》卷十二《秩官考》：「康熙三年，進士：曹貞吉，字升階，授秘書院中書舍人。」

〔註 5〕曹申吉《珂雪二集序》：「是歲六月，予鄉有地震之異，山崩地坼，廬舍爲墟，兄亦傷臂。」

貞吉送至盧溝橋下，別離之際，固難以爲懷，初不意慈母悌弟，遂成永訣。貞吉獨留京邸，常鬱鬱不樂。迨甲寅亂後，南天鮮雁足之書，故鄉有垂白之母，貞吉日夕惟以淚洗面。草餘間則同新城王士禛、德州田雯、商丘宋犖、秀水朱彝尊、宜興陳維崧、江都汪懋麟及一時名宿商量風雅，消減歲月，雖著述日富，而心實傷。康熙己卯，詔加一級，授文林郎。〔註 6〕康熙己未，奉命纂修玉牒，竣後賜白金二十兩。

康熙庚申十月，其母劉氏捐幃。訃至，貞吉一慟而絕，再藥始甦。急僦牛車一輛，冒雪星奔，憑軾號咷，感傷行路。其抵家也，望廬而哭，血淚交流。舉家百口，踴擗助哀。地坼天崩，生氣都盡。辛酉七月，得申吉罹難之信，貞吉痛切鴒原，朝夕號泣，中秋遙奠，作《痛哭詩》七律五首。即後此，申吉既葬數年，貞吉每過墓所，未嘗不長慟失聲。壬戌葬母，癸亥葬其弟申吉後，復補原官。甲子分校北闈，得解元王顓等正副榜十二人。〔註 7〕乙丑四月陞內閣典籍，六月陞徽州府同知。〔註 8〕十月抵徽，適當輯瑞之期，未踰月，復隨計冊入覲。雨雪往而楊柳還，吟詠不輟，《朝天集》成於此際。康熙丙寅回新安視篆祁門。祁岩邑也，山高灘急，土瘠民貧，素稱難治。貞吉至則慎重詞獄，屏絕羨耗，罷門攤船課之徵，免磁土水車之稅，洗手奉公，不名一錢。祁人作《卻金歌》以美之。簿書稍暇，延接士類，與之談文講藝，恂恂若儒生。及其履堂皇，親案牘，則星瞳戟髯，老吏滑胥，咸股栗不敢仰視。而邑中不逞子弟，亦皆屏跡。郊關之外，數月間無敢入公府者。

丁卯暮春，有事於宛陵，宛陵乃其舊遊地。郡中諸賢豪多與曹貞吉稱素心交。至是文酒流連，詩篇往復，清宴敬亭，有「鴻爪重尋感舊遊」之句。因得展拜施閏章野殯，荒煙宿草，爲之大慟，賦詩三章，情詞淒惻。經濟其後人，不遺餘力，一時大江南北莫不高其義。〔註 9〕當其去祁門，代者爲某君，

〔註 6〕《安丘曹氏族譜》卷一《曹貞吉任內閣中書舍人授文林郎誥命》。

〔註 7〕法式善《清秘述聞》卷二：「康熙二十三年甲子刻鄉試。順天考官：諭德秦松齡字留仙，江南無錫人，己未鴻博。編修　王沛恩字汝敬，山東諸城人，己未進士。題『性相近也』一節，『舟車所至』八句，『天子適諸，守也』。解元王顓，趙州人。」

〔註 8〕《【康熙】徽州府志》卷三《郡職官・同知》：「曹貞吉，字升六，山東安丘人，進士，康熙二十四年任。」

〔註 9〕《拜施愚山先生野殯・汪士鋐評》：「《野殯》三章，低徊欲絕。嘗從先生論施公往事，先生涕交頤，遂共欷泣，不復語。施公沒，先生經紀其後，不遺餘力。嗚呼！此眞古人情事，而作詩者之本也。」

臨歧請益，曹貞吉具以所治祁者告之。某君弗善也，既乃果反貞吉之所爲，不半年激成民變，圍署罷市，夷黿塞井。某君不堪其辱，投繯已死。死之日人情洶洶，幾致不測。太守謂貞吉曰：「非先生無能定此變者。」曹貞吉乃引車就道，而故示之以暇，紆道往遊白嶽，次日始抵縣，徐置首惡於法而民畏，盡芟煩苛之令而民悅。咸洗心革面，以聽約束。而貞吉撫懷備至，一如前日。戊辰夏大旱，新令尹將至，行有日矣。貞吉愀然曰：「我豈以五日京兆而於祁漠不相關耶！」憶東坡《寓惠集》中有虎頭祈雨之術，乃禱告於西峰九龍之潭。虎首甫沉，風霆驟作，大雨傾盆，遠近霑足。祁人異之，立石放生池畔，以記其事。曹貞吉亦爲長歌以誌喜，有「使君無德及爾祁，此事乃關於職司」之句，是歲乃有秋。九月復視篆於池之青陽。下車之日，諸史抱牘以進曰：「刻日兌糟，例徵白金三十以濟公私之費。」貞吉啞然笑曰：「猾吏無狀，乃敢以腐鼠嘗我耶！水次近在縣門，何須多金。若督糧監稅，或悉我之清貧，不過督也。至慮丁弁跳樑，則吾得制梃而撻之矣。橫征奚爲哉！」是歲兌漕，宿弊一空，而事卒辨。會值校試童子，貞吉手自批閱，不假幕賓，一縣孤寒，有獎拔之感。

戊辰冬十月晉封奉政大夫。〔註 10〕返署檢點行篋，惟有摺疊扇數十握，則出俸金所購。長夏多暇日，與歙令靳熊封及新安諸名士，坐修篁濃翠中，講求聲韻之學。客去則弄紅絲小研，磨方、程諸家舊墨，而衡其甲乙。磨已復洗，躭玩不厭，雖瓶甑生塵，不問也。庚午署安慶府篆，曹貞吉正己率屬，交勵清節，一時僚幕諸賢、六邑大令，咸凜凜奉法，無敢隕越。十月分校武闈，得士八人。辛未之秋又一視黟篆，比其返也，黟人爭置旗匾，以榮其行。朱彩迷離，照耀川谷，數十里不絕。

壬申視歙篆未竟，遷戶部廣東司員外郎。甲戌升禮部儀制司郎中。是時，相國桐城張公方正位容臺，與曹貞吉故爲同年好友，雅相推重，凡儀曹所上條奏，經貞吉所手定，無不畫可上聞。貞吉每從奏對之後，咫尺天威，進止合度，在廷咸矚目焉。會遇皇太子大婚之期，貞吉以儀臣專司其事，晨昏趨署，勤勞有加。禮成，欽賜文綺二表裏。是秋，復分校武試，得會元倪君錦等二十六人。闈中詠懷詩有『頻經馬稍神猶王，三過龍門鬢已霜』之句，曹貞吉至是已三司文柄。儀曹固號清華，而所領職務殊不爲簡，其中貢舉學政，

〔註 10〕《安丘曹氏族譜》卷一《（康熙二十七年）曹貞吉任江南徽州府同知授奉政大夫誥命》。

尤事之大者。貞吉蒞事一切悉遵舊章，政尚寬大。胥吏輩有毛舉細故中人以法者，輒格不行。乙亥夏，吏部選郎闕人，上諭五部大臣各舉才望正郎一員，以備簡用。於是大宗伯佛公，以貞吉應詔，引見暢春苑。上親詢籍貫出身，貞吉以次對畢。佛公復跪奏曰：『此故貴州撫臣曹申吉之兄也。』上慘然動容久之，諭貞吉曰：『好生做官。』而天顏和霽，告語溫文，在廷諸臣以為將有不次之擢。

丙子正月，偶以飲食失調，兩足癱軟，狀有似於風痰，服藥廿劑，旋即平復，日猶趨署。供職五月，奉命典試粵西，次趙州，疾作，延醫調理數日，病良已。冒熱兼程，車煩馬殆，而瘴雨蠻煙，又不能無所感觸，雖參苓日進，元氣不能再復，三閱月始抵桂林。閉鎖闈者旬有五日，比事竣，得士劉如晏等正副榜四十八人。〔註 11〕撤棘之後，即星馳覆命，入署辦事。會磨勘直省試卷兼考核各學差，辰入酉出以為常，而食少事煩。十一月升湖廣提學道。三楚人士夙聞貞吉盛名，又以新經持衡，右廣八林人才搜羅殆盡，莫不引領傾心，樂就皐比。迨引見之日，以膝軟故，跪不能起，上顧左右侍衛曰：『此虛症也，何不扶之？』於是侍衛周、鮑二人，扶掖而起，送出中左門。而貞吉病實不支，遂解組而歸。

貞吉宿負文章經濟，而西清一席，浮沉金馬者十餘載，悠悠索米，無所見長。及官典午，晉郎署，雖循分盡職，少有建樹，而抱負未盡展舒。乃二豎相侵，不竟其用，朝野惜之。丁丑三月，貞吉始抵里門，疾勢稍減，至戚好友，時相過從，笑言終日。又與劉崑石、張杞園及一時諸耆宿，仿白社遺意，結老人之會，月凡再舉，未嘗不扶杖以從。舉鄉飲大賓，猶能成禮而歸。或獨乘肩輿，遣興郊原，或時過野墅，與田夫野老，閒話農桑，怡然自適。戊寅之秋，舊疾復作，床褥支離，藥餌無效，沉綿數月。貞吉素性恬淡，通籍三十餘年，所至屢空，不識阿堵為何物。與郡邑大夫交，即極相引重，而甘貧守約，竿牘不至公門。處友交遊間，落落穆穆，不輕為然諾。然遇人有緩急，則周旋患難，身任不辭，生死窮通，不以易念，或義所當為，不俟請求，往往陰為之地而究亦不以告之。貞吉隆準豐頤，氣體凝重，居恒正襟危坐，靜若苦禪，啜茗焚香，意泊如也。一生愛惜物命，細逮昆蟲，即放魚之

〔註 11〕法式善《清秘述聞》卷三：「康熙三十五年丙子科鄉試。廣西考官：編修吳昺字永年，江南金焦人，辛未進士。禮部郎中曹貞吉字升六，山東安丘人，甲辰進士。題『詩可以興』二句，『發強剛毅』二句，『非聖人而』二句。解元劉如宴字愧嬰，遂溪人。」

作，屢形篇什。

（事見：《清史稿・文苑傳》、《清史列傳》、《國朝先正事略》、《青州府志・人物傳》、《青州府志・文學傳》、《安丘新志・事功傳》、張貞《曹貞吉墓誌銘》、張貞《祭曹實庵先生文》、曹濂《曹貞吉行狀》、曹錫田《儀部公墓表》）

二、曹申吉

曹申吉，字錫餘，號澹餘，崇禎八年十一月十日生，康熙十九年十二月五日卒。〔註 12〕生而穎異，美風姿。八歲喪父，其母劉氏延師課讀。日記數百言，爲文援筆立就，辭意兼美。張貞嘗見而詫曰：「曹氏之賈誼也。」順治八年舉於鄉試。〔註 13〕順治十二年進士，選內翰林庶吉士。〔註 14〕當其應庶常之選，順治帝方向意文學，親閱其卷，擢置第一，自慶得人，錫以錦袍，令內侍量其長短，等身衣之。每月一御試，申吉仍屢居第一，金帛羊酒之賜，無虛日。順治十四年授國史館編修，〔註 15〕旋擢日講官，〔註 16〕充扈從。順治十五年出爲湖廣右參議，分守荊南道。〔註 17〕是年元旦，順治帝在南苑忽

〔註 12〕《安丘曹氏族譜》卷七。

〔註 13〕曹禾《曹復植墓誌銘》：「辛卯，次子申吉舉於鄉。」
曹貞吉《珂雪初集・歲暮感舊書懷二十八韻》：「迨乎辛卯秋，初較文壇藝。季世先著鞭，而余獨滯留。」
張貞《曹貞吉墓誌銘》：「辛卯，澹餘膺鄉薦，而公獨不利於有司。」

〔註 14〕朱保炯、謝沛霖 《明清進士題名碑錄索引》第 1850 頁：曹申吉二甲五十五名。
曹禾《曹復植墓誌銘》：「乙未，（申吉）成進士，入翰林。」
曹申吉《澹餘筆記》：「二十一歲，不佞申吉成進士，爲庶吉士。」
曹申吉《珂雪二集序》：「順治乙未，予蒙恩入館。」
《世祖章皇帝實錄》卷九十一：「四月壬戌，上親選董色、吳大闡、莫樂洪、逵爾布、拖必泰、查漢、曹申吉等俱爲庶吉士，同滿漢一甲進士讀書。」

〔註 15〕《世祖章皇帝實錄》卷一百十一：「八月乙酉，已授修撰編修外，王澤弘、劉芳躅、田逢吉、邱象升、馮源濟、曹申吉、沈世奕、胡簡敬，俱著授編修。」
《安丘曹氏族譜》卷一《（順治十四年）曹申吉任翰林院庶吉士加一級授文林郎敕命》

〔註 16〕《世祖章皇帝實錄》卷一百十三：「十一月壬申，諭內三院，日講官侍朕左右，以備顧問。應增設多員，史大成、劉芳躅、田逢吉、馮源濟、曹申吉、沈世奕、綦汝楫、鄧種麟、黨以讓、項景襄，俱著充日講官。」

〔註 17〕《世祖章皇帝實錄》：「卷一百十七第 3 頁：順治十五年五月庚子，茲朕親行裁定，吳正治、曹申吉等，俱才堪外任，著察照前例，遇缺即與補用。
《世祖章皇帝實錄》卷一百二十一：「順治十五年十月癸酉，翰林院編修曹申吉爲湖廣布政使司參議，下荊南道。」

傳，宣申吉以字不以名。中使倉遽問寓直曹庶子，誰爲曹錫餘者，庶子以申吉對。比使及門，已丙夜，乃馳馬入直。時新膺殊寵，中外謂當有不次之遷。俄命外轉，舉朝莫測。一日順治帝謂大學士胡兆龍曰：「朕慮曹某年少，未諳民事，姑試之耳。」於是咸知聖意所在。十月補湖廣下荊南道參議。時竹溪、竹山胥爲賊窟，申吉相機招撫，相繼歸命。順治十六年歷河南睢陳兵備道副使，〔註 18〕至則抑驕弁，雪冤獄，新政犁然。順治十七年轉左通政晉大理寺卿。〔註 19〕順治十八年以疾告歸。

康熙三年病痊，選故職。〔註 20〕康熙四年春，京師地震，肆赦凡十惡，株連者雖笞不原，公疏言非法之平，於是流罪以下並宥，永著爲令。法司讞牘山積，申吉不俟終日，裁決當可。奏對之際，人主矚目。故能聲最著於廷尉。康熙六年殿試進士，充讀卷官，遷禮部右侍郎。〔註 21〕一切典禮多出申吉之手。大宗伯郝公嘗謂人曰：「予於兵刑錢穀未嘗讓人，至於典禮不能不讓曹公一頭地也。」八月奉旨祭告南嶽。〔註 22〕康熙七年同李霨等人一同堪驗吳明烜曆日。〔註 23〕康熙九年會試天下士，爲知貢舉官，調吏部右侍郎。〔註 24〕康熙十年巡撫貴州。〔註 25〕賜宴保和殿，命坐諸侍衛上，仍賜御前珍

〔註 18〕《世祖章皇帝實錄》卷一百二十七：「七月辛巳，陞湖廣下荊南道參議曹申吉爲河南按察使司副使分巡睢陳兵備道。」

〔註 19〕《世祖章皇帝實錄》卷一百三十三：「三月丙辰，諭吏部，馬葉曾、吳正治、王无咎、曹申吉、李昌祚、胡亶，由翰林官轉用，今在外練習有年，俱著內陞。五月戊辰，陞河南睢陳道副使曹申吉爲通政使司左通政。」
《世祖章皇帝實錄》卷一百四一：「十月乙酉，陞通政使司左通政曹申吉爲大理寺卿。」
曹申吉《澹餘筆記》：「二十六歲爲大理寺卿。」
《安丘曹氏族譜》卷一《曹申吉任大理寺卿授通議大夫誥命》。

〔註 20〕曹申吉《珂雪二集序》：「甲辰春，公車北指，予策一驢，行積雪中，遂至昌樂西郊外，賦詩爲別。」
《聖祖仁皇帝實錄》卷十：「十二月甲申，原任大理寺卿曹申吉補原官。」

〔註 21〕《聖祖仁皇帝實錄》卷二十一：「三月丙申，轉禮部右侍郎董安國爲左侍郎，升大理寺卿曹申吉爲禮部右侍郎。」
《安丘曹氏族譜》卷一《曹申吉任吏部右侍郎加一級授通奉大夫誥命》。

〔註 22〕曹申吉《珂雪二集序》：「丁未，予奉使祭告南嶽，兄亦爲吳越之遊。」

〔註 23〕《聖祖仁皇帝實錄》卷二十七：「九月壬辰，和碩康親王杰書等，遵旨覆奏南懷仁所稱吳明烜推算曆日，種種差錯，曆法精微，遽難定議，應差大臣同伊等測驗。得旨著海圖、李霨、曹申吉等，同往測驗。」

〔註 24〕《聖祖仁皇帝實錄》卷三十四：「十一月辛巳，轉吏部右侍郎王清爲左侍郎，禮部右侍郎曹申吉爲吏部右侍郎。」

〔註 25〕《聖祖仁皇帝實錄》卷三十五：「正月庚辰，以吏部右侍郎曹申吉爲貴州巡撫。」
《清史稿》卷六《聖祖本紀》：「（正月），以曹申吉爲貴州巡撫。」

果並鞍馬蟒服彩緞白金。瀕行再賜宴，召至榻前僅咫尺，手金鐘浮白以賜。天顏和霽，詰語溫文，有家人婦子風。申吉抵貴陽後，悉心籌畫，多所釐定，所上之疏，〔註 26〕俱得允行。凱里、廣順等苗相繼蠢動，兵至即竄入穴箐。諸將欲大其功，競陳搜剿之策。申吉力持撫議，殲魁而止，地方安堵。貴陽士不知學，又無從購書，申吉舉行月課，獎誘多方，復擇房牘鏤頒，自是人沐教澤，絃誦比屋。

康熙十二年冬，吳逆難作，近制撫軍，既不得握兵柄，而黔南大帥又已從賊，中潰，遂束手被執。當聞變之初，申吉夜遣家僮，飛章入奏，疾馳六千里，十六日而達都門。上始命將出師，扼要固守。雖賊氛披猖，終不得逞志長驅者，多賴申吉之力。申吉陷沒賊中，無日不伺間圖賊。康熙十九年夏，蠟書赴闕，密陳機宜，爲賊所覺，劫歸雲南，竟遇害於昆明之雙塔寺，時十二月五日，年僅四十有六。康熙二十二年四月二十五日，葬於先塋之次，以兩夫人祔焉。

申吉性純孝，家政非稟其母命不敢行，與兄處終身無間言。申吉工於書，其爲文章，清通粹美，而尤長歌詩。早學右丞、嘉州，自南嶽回，沉鬱頓挫，人比之少陵夔州以後。蓋申吉酷嗜讀書，日新富有，遂臻絕境，非盡得江山之助。所著有《澹餘詩集》、《南行日記》、《黔行集》、《黔寄集》等。

（事見：張貞《曹申吉墓誌銘》、張貞《曹申吉哀辭》、孫光祀《祭貴州巡撫曹澹餘年兄文》、《安丘縣志・事功傳》、《山東通志・人物》、《續山東通志・人物傳》、《功臣館傳》、《清史列傳・逆臣傳》）

〔註 26〕《貴州通志》卷三十一《藝文》：曹申吉所上疏有：《改設縣治疏》、《革場稅疏》、《更正經費疏》。

《聖祖仁皇帝實錄》卷三十七：「十二月戊寅，吏部議覆，貴州巡撫曹申吉疏言，龍里、清平、平越、普定、都均五衛，應居改爲縣，各設知縣、典史一員，以安莊衛歸併鎮寧州，黃平所歸併黃平州，新城所歸併普安縣，其守備等官俱裁。應如所請。」

《聖祖仁皇帝實錄》卷四十一：「（康熙十二年）二月庚戌，户部議覆，貴州巡撫曹申吉疏言，設官分職，上下相維，天下之通義，獨黔省知府、知縣，各有親轄地方，分徵錢糧，並無經徵督徵之異，非所以定經制而專責成也，請將貴陽、安順、平越、都均、鎮遠、司南、銅仁七府知府經管之地方錢糧，各歸附郭之新貴。普定、平越、都均、鎮遠、安仁、銅仁，七縣知縣管理，其知府止司督徵之責，庶規制畫一，永遠可行。應如所請，從之。」

三、曹霂

曹霂，字掌霖、仲益，號去浮，貞吉次子，順治十二年四月生，康熙四十二年六月卒。蔭七品京官。有異質，濡染家學，又周旋於朱竹垞、王漁洋、田山薑諸人，故發爲詩詞，恬淡古雅。宋牧仲稱其黃山諸作，謂能奪玉田之席。所著有《棗花田舍詩》、《冰絲詞》、《黃山紀遊詞》諸集。

（事見：《安丘曹氏族譜》卷四《家學守待小傳》）

四、曹澣

曹澣，字幼旬，貞吉六子。生而穎異，甫屬文，即出人頭地。曹貞吉鍾愛之，曰：「此吾家千里駒也。」應童子試，府縣具冠其曹。受知於陳夫子，補弟子員。然性不好務帖括，以詩歌爲性命。匡床兀坐，手一編不釋，雖嚴寒盛暑，無間也。面冷心和，人乍見，疑爲貴介，不敢靠近。近之則藹吉之休撲眉宇，坦率之誠入肺腑，詼諧之談沁心脾，三日不晤者，有鄙吝復生之歎。及壯歲，交遊日廣，名譽日隆，齊魯間好詩學者，於先生首屈一指，然一生心血俱爲吟詠而耗盡。未五十鬚髮皤然，猶推敲不少休，而終以是得疾卒，蓋渠邱風雅絕矣。所著《雪舫集》若干卷，蓼亭馬夫子爲壽諸梨棗者，只千百中十一。

（事見：《安丘曹氏族譜》卷三《幼旬公傳》）

五、曹與善

曹與善，字同人，號學山，康熙二十年六月生，乾隆九年十二月卒。性孝友，少讀書與兄三善齊名，同見知於浙右陸巢雲。與善因親老絕意進取，偕弟果善色養備至，以明經教學里門，多所成就。著有《學山堂古文》、《芳園制義》等。

（事見：《安丘曹氏族譜》卷四《家學守待小傳》）

六、曹曾衍

曹曾衍，字士行，曹霂子。以高才饘邑庠，試輒高等，以場屋數不利，乃棄舉子業，專肆力於詩詞。論者謂不愧家法。晚厭城市，徙居汶陽，偃仰棲遲，翛然有塵外之致。著有《秋浦詩》、《秋浦詞》。

（事見：《安丘曹氏家譜》卷四《家學守待小傳》）

七、曹尊彝

曹尊彝，原名純一，避八世祖諱而改，字子秬，號醴堂，別號荔堂，曹賡孫，嘉慶癸酉十月十二日生，道光丁未十一月二十日卒。生而穎異，讀書過目成誦。為學厭時俗陋習，習舉業外多讀先秦兩漢之書，故發而為文，渾堅樸茂，力追先正典型。丙申以郡試第一入邑庠，丁酉科試旋以第一人食餼，是秋領鄉薦。然卒以文格不合，恒蹊數困禮部試。甲辰始以第四人魁南宮，授刑部安徽司主事。方冀大展其用，造福生民，乃供職三年，竟以積勞致疾病逝。尊彝性沉毅，美鬚眉，莊嚴若不可近，近之則和氣謙光，使人意消。尤篤於友愛，事父母纖微必周，有孝子之稱。其在刑部時，整肅嚴明，務持大體。值秋審鞫死囚，反覆為之求生理，每至夜分，猶輾轉不能成寐。或謂：「死囚罪有應得，何自苦為？」尊彝曰:「民命可草菅視耶？歐陽公不云乎『求其生而不得，則死者與我皆無恨也！』何可執例殺人而漠不關心哉！」於書無所不讀，自經史子集以及百家眾技之學，無所不研。嘗網羅安丘文獻，以俟纂修縣志。又搜討安丘曹氏著述，詳加校正，匯為十二卷，名曰《家學守待》，將付剞劂，未幾而毀於寇亂。以詩古文詞為性命，每一篇出，輒喧傳都下，嘗見賞於杜受田、黃樹齊、畢東河等人。著有《愛思樓古文》一卷、《愛思樓制藝》二卷、《愛思樓古近體詩》六卷、《愛思樓詩餘》一卷。

（事見：《安丘曹氏族譜》卷二曹桂馧《刑部公行狀》）

八、曹益厚

曹益厚，字子謙，曹湛孫，廩貢。少負絕異之姿，承其祖貞吉家學，於書無所不讀，成童學而為詩、古文、詞。中年應舉不第，棄帖括，益縱其才，以窺古人堂奧，與其鄉人李澨、孫自務相頡頏。其詩激昂沉著，無所依傍。上林張鵬展刊入《續山左詩鈔》者，其一斑也。生平篤於內行，有康濟才。知府某究心水利，益厚上策言治青州之水，小清為急，而諸水次之，要在識其源，辨其性，諳其形，分以使弱，廓以使受，濬以使通，閘以使束。而高燥之田宜溝洫，低下之田宜塘堰，又參之以圩田之法，疊耕之議，支河之說，芍陂之規，然后土成膏腴，地無遺力。復條舉治水十三器，而伸言其去淤、固堤、蓄洩、灌溉、測量之術，誠能因地制宜，悉心規畫，量時勢而為之，百世之利也。某嘉其言不能行，時論惜之。著有《悔軒文集》、《悔軒詩集》。

（事見：《青州府志・人物傳》、《安丘曹氏族譜》卷四《家學守待小傳》）

九、曹桂馧

曹桂馧，字仲芳，號小堂，道光二十年九月十七日生，光緒二十八年七月二十四日。生而穎異，髫齡時，其父曹尊彝即口授唐詩數百首。七歲父喪，哀毀如成人。去京歸里後，受讀於陳仲木。咸豐甲寅，受知於學使徐壽蘅，得補邑博士弟子員，時年十五歲。由是讀書益勤，恒至寅夜不輟，歲科兩試皆列前茅。辛酉歲，捻軍攻邑之東境，其兄罹難。迫於時勢，徙於蓬萊。然以道遠思親而得痰嗽之疾，居二載便歸里。從邑之前賢受讀，然鄉試屢不售。

同治六年，其父門人英翰，時任安徽巡撫，招桂馧往參戎幕，深加倚任，遂得由增貢生授布政司經歷，旋以東南肅清案內出力。蒙英翰保奏，奉旨著免補本班，以知州分發補用。七年，又以直東肅清案內出力，復蒙保奏。奉旨著以本班留安，遇缺先前即補，並蒙特恩賞給三品封典兼賞戴花翎，特用直隸州知州。桂馧嘗以未得科名爲憾，英翰誡之曰：「曹大夫慷慨報國，自足顯名當世，顧必沾沾慕科名耶？」桂馧乃消此念。同治八年五月二十日，由吏部帶領引見，九月初十日到皖。自是常望雲興思，無日稍慰。及蒙上憲委辦五河、壽州等處釐局，薪水外一無所取，並嚴飭書差不得需索。同治九年十月，署安慶府望江縣知縣。斷訟有「汲長孺臥治之風」。勸課農桑，不遺餘力。事有妨農害民者，輒出示嚴禁。遇縣試甄拔寒畯，縣有檀璣、檀球兩高才，時方未遇，桂馧爲言於英翰，招入撫署讀書，後皆成名。同治十年八月離任，父老攀轅餞送，多揮淚者。自後寓省垣，數月復蒙委辦壽州釐稅。諸商聞其復至，咸歌呼歡迎，觀者謂：「彷彿郭細侯竹馬故事。」同治十二年冬，補授穎州府亳州知州，未抵任調署鳳陽府宿州知州。州人多種罌粟牟利，聞桂馧最惡鴉片，皆預自芟除，易植他物。到任之後，悉心經畫，不縱容胥吏門丁，事成而民不擾。州境曠潤多盜，桂馧親令兵丁擒賊，一時棍匪土豪咸畏伏。州人敬憚桂馧，至懸旗於州門，大書「包海遺風」。案牘之餘，尤留意文教，每月進諸生童考課之，厚加獎賚。桂馧治宿二載，案無留牘，獄無死囚，以此得良吏稱。

歸田後以書卷自娛，其父尊彝，嘗輯《家學守待》，但毀於捻軍之亂。桂馧復掇拾遺稿，手自鈔訂，作五十韻詩紀其事。著有《香谷初草》、《望淮集》等。

（事見：《安丘曹氏族譜》卷二曹守禮《亳州公行狀》）

十、曹元詢

曹元詢，字嘉賓，榜名業，曹良從孫。嘉慶六年舉人。事親孝，友愛兩弟，怡怡無間言。善騎射，旁通風角，尤深於經世之學，以《山左水利策》受知於當事。博聞強記，天資高朗，於書無所不讀，長於《公羊春秋》，好金石文字。中年學爲古文，不名一家，詩在唐宋之間，其七言多類大蘇。道光元年，舉孝廉方正，廷試一等，以知縣用。母喪，哀毀至疾而卒。文有《惕齋集》、《觀海集》，詩《蘿月山房集》、《黃葉村集》若干卷。

（事見：《青州府志・人物傳》、《安丘曹氏族譜》卷四《家學守待小傳》）

第二節　廉吏

一、曹一麟

曹一麟，曹汝勤次子，字伯禎，一字伯禮，號端嚴。嘉靖五年六月十四日生，萬曆十六年七月三日卒。一麟生而穎異，能日記百言，及其長，則從憲臺王某受伏生《書》。補博士弟子，試輒爲冠，其後更加發奮讀書，至丙夜不已。嘉靖二十八年己酉舉於鄉，嘉靖三十五年丙辰三甲四十六名進士，授吳江知縣。

吳江素稱繁劇難治，又多貴倨冠蓋，羽檄摩肩，令可拜跪槁也。一麟至則矢心任事，造請縟儀，一切謝去。日坐堂皇，宣敘民事。又廉得奸黠，把訟大猾數十輩，下之理，邑中不寒而慄。自是兩造紛呶，而前者一麟但出片言，無不心折而去。一麟性至狷潔，見有凌民者，疾之如仇。一時羨緡積累不下數千，而一麟毫無所染，惟飲吳水而已。吳江一邑之賦，至數十萬，前任因逋賦稅解職者比比皆是。一麟至，先布教，屆期惟社長一至公庭，其敢後者，治以常刑，數年積賦爲之一清。吳江爲南北都會，萬貨鱗集，奸宄叢處其中，或假官府符牒以索商人賄，一麟亟置諸法。既而倭寇大起，麻陽兵乘隙鼓亂，其掊擊勢更近於倭。一麟爲之繕城堡，修敵樓，練習水兵，以備倭寇。而麻陽兵屢過城下，秋毫不敢犯。一時上官薦剡數十上，稱爲江南治行第一。簿書之暇，集士子課藝，面爲甲乙，所拔皆東南名雋。三年之內，士安於庠，農安於畝，商賈安於市。上官廉訪得實，前後七八薦剡，推爲江左治行第一。其後以代督他縣逋賦，忤逆權貴罷歸，眾人爲之惋惜，而一麟處之泰然。

其性嚴毅不苟，舉動必循禮度。其父曹汝勤，家政頗肅，一麟事之曲盡其孝。兄弟俱先歿，麟撫育諸侄一如己出，朝夕訓誨，必以忠厚孝友爲本。而諸婦亦教以恭敬禮讓，邑人稱內政素擁者，必以一麟家爲首。一麟性好施予，嘗捐附郭田數畝爲貧者掩骼。人以急告，未嘗以無爲解。每歲出粟數十斛，接濟戚族之貧者。諸親姻貧者，生有粟帛，死有櫘賵。晚益恂恂謹厚，鄉人重之。捐館之日，識與不識，莫不流涕。其後子孫顯榮，眾以爲善良嘉祥之報。

（事見：《安丘縣志・篤行傳》、《青州府志・人物傳》、《山東通志・人物傳》、《安丘曹氏族譜》卷二鳳翔公撰《吳江公行狀》、《安丘曹氏族譜》卷三馬文煒《吳江公曹一麟墓誌銘》。）

二、曹一鳳

曹一鳳，字伯儀，號翔宇，嘉靖十三甲午年十一月二十七日生，隆慶元年丁卯九月三十日卒。一鳳少不甚慧，又患耳疾，其父因此每日僅課授其兄。居數歲，耳疾忽愈，警敏異常，授之書即能誦讀講解。嘉靖三十七年戊午舉於鄉，嘉靖三十八年己未二甲三十三名進士，授南京戶部湖廣司主事。在任勤習吏事，講求時宜，不肯少休，而愈勵清操，矢心精白，惟正是守，思以功名事業表現於當世，不欲汶汶於流俗。不久，奉命督逋稅於楚中。楚民故敝，一鳳至則詳爲隱度，多方區畫，勤其文告，以代鞭撲，不苛不縱，甚得民心。一鳳以國計未贏，民瘼未卹，內切隱憂，志圖其大，周爰咨詢。逾二歲而返，蓋既勩且瘁焉。後轉禮部精膳司，又轉吏部考功司。其蒞考功，益修廉隅，飭威儀，謹言動，慎防檢，以雍容表率爲己任，縉紳皆嚴敬之。其馭諸郡，小吏整肅嚴明，務存大體，持綱不馳，莫敢嘩者。嘗曰：「吾生平之行無以踰人，非其力不食，非其知不爲而已。」未幾，擢河南副使，命未下，以疾卒。隆慶中入鄉賢祠。一鳳少而好學，入官之後更嗜學不倦，其學以孝悌節儉爲本。而及於政，體國經野，務求實用，不尚浮華。長逝之日，言不及私。弱子在前，曾弗爲意，惟泣下曰：「思見父母。」又慨然曰：「常懷中正而已。」一鳳遇事通解，而性獨持重，好守舊章，器度詳淹，而其氣甚勁，不畏彊禦。與人恥爲詭隨而務盡施報，周恤危難，提攜顧念，情好藹然。平居克自矜攝而辭氣恂恂，蹈履平易，雖臧獲微賤，未嘗輕有所譴。所著有《客楚輯》等。

（事見：袁尊尼《副使公曹一鳳墓誌銘》、《安丘縣志》、《青州府志・人物傳》）

三、曹銓

曹銓，字籲明，應塤子，萬曆六年戊寅二月二十二日生，崇禎十五年壬午十二月三十日卒。曹銓少有異稟，爲童子時，既能以端重自持，性孝友，嗜學不倦。早歲補博士弟子，試學使皆高等，文譽翔起。然歷赴省闈，數奇不售，乃發憤遊北雍，尋授光祿寺大官署署丞。署務煩碎，銓夙夜恪共，其職修舉，會考績，封父爲徵仕郎光祿寺署丞，如其官，潘母封太孺人，始少自慰藉，曰：「吾未能博一第以遂顯揚之志，今獲沐恩綸，其稍有以報我二人矣。」以外遷補邳州倅，鳩工治河，不遑寧處。邳俗積頑，其胥役頑鈍相循，率不以官長爲意。自曹銓到任，御之以法，不少假貸。雖佐理未足殫其長，而隨事釐飭，治狀日著。銓居官清苦，好自檢束，自爲光祿以及佐州，俸入無多，凡一切資用，皆取之於家，冰蘗之操守而弗變。久之，賦《歸來》曰：「吾竭蹶奉公，既不以脂余自潤，又不肯以骫狗事上官，若僕僕何爲者？」即解組歸里。其居恒鍵戶靜坐，門無雜賓，所交遊皆賢士大夫。翻閱經史，日以吟詠自娛，教子弟爲文章，垂老益勤，曰：「吾家累世積行，豈無起而光大吾門者耶？」雖生於世宦，而自奉儉約，即一敝櫛至二十年不易，其至性樸素類如此。家無厚藏，至周恤困乏，則惟日不足。當庚辰、辛巳，連歲大祲，人至相食，曹銓竭倉廩以賑貧者，先族人，次姻親，暨鄉鄰農佃待舉火以存活者，蓋數百人有奇。生平操履方潔，少所許可，嚴氣正性，不肯以口給御人。人有過則面折其非，已而與之相忘，胸無城府，而人亦以是信之，則服其誠也。

（事見：孫光祀《誥贈通議大夫大理寺卿籲明曹公暨配太淑人王太君合葬墓誌銘》）

四、曹銓衡

曹銓衡，字衷白，號鑑明，應梲子，萬曆十四年丙戌九月初七日生，天啓六年丙寅七月十四日卒。天性穎異，書一過目終身不忘。天啓改元，選郡國士有學行者，領順天鄉薦，陞於成均。天啓二年三甲五十一名進士，與伯兄廷輔同舉雙璧。自幼端凝，異眾兒。遇有事，父母譴呵之，必和顏順受，不以自明。長益修飭，夔夔色養，凡父母所欲，必先意承志，務得其歡心。其父有姑姊妹而寡及諸甥之孤者，皆收養。銓衡以父母所愛，一一拊循。與群從兄弟，內外姻婭相得甚歡，人人以銓衡爲親己，蓋其天性孝友。既貴，益折節，常沖然以自下。閭里中有先逞志於銓衡家者，或請報之，笑而應曰：「彼鬭我衷，若何效鬭。」卒無所問，人以此知其識度。性又簡易，不屑問家人產。尋常溫然如處子，言訥訥不出口，及爲寧晉令時，爲民陳說厲害，較若黑白，引義固爭於上官之前，犯顏而無所屈焉。授寧晉知縣，潔己愛民，收糧盡除火耗，訟無贖鍰。遇有徵逮，以木寓隸，則持以往，民不知擾。斷獄之時霽色虛心，期於得情，爲曉譬曲直，人人悅服。他邑不決之獄，咸來質成。縣有驛遞之累，前任者白於臺，請增歲賦千金。議定，臺使者復以分畀他縣。銓衡爭曰：「百姓自剜其肉，爲人補瘡，可乎？」臺使者不能奪，竟歸之。銓衡以其半甦駟累馳，其半於民，百姓喁喁感頌。其時高邑趙公爲太宰，勢焰薰灼，長吏無不曲事之，銓衡所爲若弗聞也者。縣主薄某出其門，甚爲驕橫，假其勢以害民，漁獵無度。銓衡正色抑之。主薄恚，求去。即爲請之上臺而許之。主薄益恚，奔愬於趙。趙既夙銜之，又以讒搆興其凶怒，即移書撫按，請去之。撫按曰：「此第一賢令也，如公論何。」撫按以間語銓衡，使自爲解。銓衡曰：「令雖不法太宰，非所獲罪也！」不爲動。會代巡按潘雷龍當入朝報命之際，竟薦銓衡。太宰大恚，欲並螫潘。潘爲謝病去，而鹽使者受其意指，竟以白簡從事。百姓聞之，皆號哭如失其父母。銓衡離去之日，眾人臥轍攀轅不得行。及太宰敗，得除汝寧教授，踰年，升國子監助教。及入京，甫廷謝而病，後竟不起。病中呼父母不置，謂僕曰：「死亦常事，惟不得與父母一訣耳。」當時銓衡寓郭外佛寺中，囊篋蕭然，無以爲殮，賴同年友數人爲經濟周助之得以就木。

（事見：《安丘曹氏族譜》卷二余煌《曹銓衡行狀》、《安丘曹氏族譜》卷二曹紳《助教公曹銓衡暨李孺人行狀》、《助教公鄉賢小傳》、《青州府志・人物傳》、《安丘縣新志・事功傳》）

五、曹湛

曹湛，字露熲，又字季沖，號去矜，順治十八年十一月一日生，乾隆二年十一月十九日卒。湛幼而岐嶷，屹然有成人之目，爲父母所鍾愛，常隨其父宦遊南北。讀書過目成誦，初學爲文，即警拔不凡。年二十一，歲辛酉舉於鄉，受知於江陰曹禾。是後文益進，名益起，每會試文出，曹貞吉恒擊節歎賞，一時先達皆爲拭目，然卒困於公車。辛未、甲戌兩科得而復失，曹湛無奈賦詩云：「公車十上老名場」。年近五十，始令廣東之遂溪。遂溪三面濱海，荒陋之區，曹湛並不鄙夷其民，催科撫字，兼有良法，清淨無爲而民自化。歲壬辰，風潮爲患，諸同事皆驚，未敢向上稟報。曹湛曰：「頑災殃民，非吾所爲，但得百姓安堵，即以此去官，何恤哉！」於是減從輕騎，徧勘通詳，民得不至流離失所。時米價騰踊，民食艱難，非開倉平糴窮民勢不可支。顧開倉必先奏報，准批乃敢糶賣，而往返之間，動經數月。曹湛曰：「汲黯發粟獨非前事乎？」不待報文，即出粟減價，以平市値。因致再三駁詰，幾因此得罪。又於未經允災之先，即設廠煮粥，民賴以全活者不可勝算。後道府兩憲亦皆設廠賑饑，事起於曹湛。邑倉存粟不過數千石，自曹湛平糶煮粥，遂致空匱。知交皆以爲危，曰：「子未奉明文而空倉儲，其於愛民則得矣，其於國帑何，其於身家性命何？」明歲竟得豐年，斗粟數錢，清還倉項，人皆以爲曹湛感召太和，天固不忍困循吏也。待士有禮，每進士子訓以德行，一時士風大變。每於鄉試，擇其孤貧無力者，厚贈之，使行李無憂。又遂邑矜監，多充社長，以致錢糧不依限輸納。曹湛徐徐化導，不加誚讓，俱各愧服，陋習頓改。五年冰蘗自矢，杜絕苞苴，有罪者蒲鞭示辱而已。謝病之日，士民建立生祠，攀轅製錦，祖帳東門外，送者不下千萬人，咸爲泣下，有送至二百里始返者。曹湛有詩云：「五年瘴海歷風埃，面黑頭斑萬里回。非憶蓴鱸解組去，只緣衰病乞身來。使君無德留棠蔭，父老多情勸酒杯。珍重山城折柳處，白沙翠竹共徘徊。」一時官民相依之情可想而知。

曹湛性至孝，事父備極色養，事母尤多孺慕之懷，每離膝下，雖片刻輒惶，遽形於色。當乙丑謁選時，非其母強之在三，幾不果行。曹湛適粵之日，車馬已具，送者在門，而曹湛一種依戀之狀，見者莫不感動泣下。到任後，每有家書至，其母必勉以盡心居官，毋生內顧之憂，而曹湛白雲之望，未嘗一刻忘。五年中獨居深念，一似重有憂者，即酒宴詩場，亦未嘗多開笑口。曹湛嘗慨然曰：「吾安能違色養而鬱鬱久居此乎？」乃以終養請。格於成例，不得遂，遂決計以病免。上憲百計慰留不可得遂。人知詩者，多作韻語以美之。曹湛未仕時，外家中落，其母欲周之而未言，曹湛亟捐私囊數十金以濟其困。與諸兄弟相處甚密，終身無間言。曹湛於家學多所承繼，一時筆酣墨飽，千言立就。自歸家後絕不作，即間有所著，亦多不存稿，嘗曰：「我太平老民也，得優游以終天年足矣，何必耗心血與英俊角將以爲名乎！」以是稿多不存。其子嘗於故紙中檢存數卷，錄爲三冊，藏於家。曹湛於鄉黨朋友之間，雅量高質，無世俗狎昵態，而誼情惇篤，每談笑往還，不見有疾言遽色，稍知義理者咸推長者。

（事見：《安丘曹氏族譜》卷二曹曾紹《遂溪公行狀》。）

六、曹涵

曹涵，字巨源，號季和，貞吉子。雍正丙午科獲舉京兆鄉試，會試後蒙恩賜官，命往奉天，以知縣用。曹涵遂往奉天候補，府尹王某深加器重，即差往各州縣盤查倉糧，意有虧空，即以更代。曹涵雅不欲軋人以便己，因稍寬時日，令其補苴，事竣復委署錦州府印務。先是，錦縣令與府公潘不相能，業列款揭參，値潘以他事離任，上憲委曹涵按欵查察，事悉烏有，遂據實申覆，令得無恙。又委署奉天治中，並監督木廠稅務。治中表率九屬，兼司盛京，與刑部會審旗民事件。有旗人某圖奸同村室女未成，女忿自縊，某詭以女來盜瓜被羞而縊。部員前後數審，終不能決。曹涵令繪其地形，相去遠近，乃瓜地在女室之西北，圖奸之所在女室之東，兩不相及，圖奸是實，爰書遂定。蓋平缺令尹，上憲以曹涵題補。方下車進署之時，見一切鋪陳器用，無不完備，訊知爲里下沿例所備辦者，即令盡數發還，不存一件。日用薪菜，皆給現錢，不以絲粟勞民。郡上官修葺等役，間有取諸里下者，咸出己俸，代之供應。地方凋敝，新舊逋賦累累，清丈之後，賦又加重。曹涵爲之設法調劑，加意撫綏，然後漸有起色。邑東連山數百里，地接朝鮮，旗民雜處，豪猾爲梗，或強佔妻子，或椎埋人命，置法於不顧。曹涵不時入山，各處巡查。有班姓兄弟謀殺流寓某，焚屍滅跡，曹涵詳加審問，於雇工口中訊得實情，遂置班氏於法。升寧遠州知州，稅浮於額者，咸裁之，頌聲大作。中旨調宛平縣，政務塡委，不勞而事辦。遷昌平州，以卓異升揚州府同知。委督仙女廟河工，建議主截挑法，九月而成，節帑金無算。特簡揚州府知府署鹽運司事，三月鹽課積數十萬金，羨則歸公，纖毫無所取，並除瓜州稅務舊弊。再署常鎮道，饑民攘竊官倉粟，當事將捕治焉。涵請往，坐倡首者一人，余咸宥之，民用怗然。涵於行次十三，縣人稱廉吏者，未嘗不曰曹十三。

（事見：《安丘曹氏族譜》卷二曹曾祺《揚州公行狀》、《青州府志人物傳》、《安丘曹氏族譜》卷三袁涵《揚州公哀辭》）

七、曹錫田

曹錫田，字建福，曹贊善子，乾隆四十三年九月一日生，咸豐十年十一月二十二日卒。安丘故文獻邑，鄉薦聯綿，類多英俊，然特難於春闈，數十年希不一售，或為之憤曰：「破荒手段，不知當在誰何矣。」時錫田方應童子試，便躍然有自負意，雖被揶揄，亦恬不為怪。弱冠鄉試，輒以偉文邀堂鑒，硯友嫉之，次科設計，屬謄錄者割裂卷幅，屈被落遺，又次科始得。嘗遊濵南劉大紳之門。劉大紳為山左循吏，博通經史，尤長古文，居官以廉潔為本，素有劉青天之目。甲子鄉試，劉大紳以武定府佐闈內監試，日夜關防，職守之外，毫無攙越。撤棘在即，偶步第二房檐，檢得一卷，見其悃愊精深，得未曾有，屬逕薦之人。本房謂：「是卷之佳，有目共賞，特以硃書錯誤過多，故遲未及薦，今榜次已定，薦恐失之瀆贅。」大紳曰：「僕素有直名，憐才破格，無疑也。」迫同薦呈，主司為之拍案擊節，撤去已中者一名，以補其闕。後復困於禮闈，屢以額滿見遺。丁丑成進士，年已逾壯，授巴東令。謁上憲，上憲課以吏治，條疏立廉隅、防胥役、察冤伏、勸農講學諸善政，深為時韙。巴瀕川江，每逢任交，市儈屬奸吏稿論，請判各船埠頭。錫田亟為革除一切匣規陋費、乾沒影射，諸弊政並革除殆盡。舊有鹽課常規三千兩，錫田亦不受。及去，終封置庫中。署據險阻，不便聲訴，於附近沱渚連桴設幕，號「帆下琴」，以決疑獄。每夜靜更深，往往於疏荻叢蓼、漁火明滅間隱隱聞對簿聲。萬艘推蓬，傾聽悅服，何樂如之。出檢必乘臥篷，緣路聽斷，遇老幼婦孺口角細故，立予判辭，無廢時業。歷近設有卡寓，牽連株逮，動經拖斃。錫田為之痛心疾首，親提研訊開釋，勞卡為之一空。在任數月，統計新舊案件，賴錫田停質者共七百二十餘條，內有十九大獄更得平反不屈。後調任興山，旋即請假，曰：「赴任一擔，解組一擔，無愧寄庵（劉大紳）先生足矣，外此又復何求？」錫田為人不喜談熱場事，朋輩有道及陞官發財等語者，輒付之呵欠陣。勇於改過，凡心上過不去之事，輒於夢寐中作驚悸聲。施不望報，受小惠於人，必加倍償還。偶有橫逆至，則曰：「此狂猘也！」閉門謝之。嘗曰：「寧吃人如許虧，不惹人半字埋怨。」可見其持心之正。歷科鄉、會薦師與劉大紳並勒之知己亭，以示不忘。安丘東墅石刻有「琴舫秋水」四字，即巴江旅客所贈於帆下者。晚年故國蘆花，以書畫自娛，著有《琴舫集》十餘卷。

（事見：《安丘曹氏族譜》卷三龔璁《琴舫公墓誌銘》、《安丘曹氏族譜》卷四謝希逸《琴舫公傳》）

八、曹良

曹良，字易齋，曹復彬曾孫，乾隆元年舉人，後舉明通榜，由曲阜教諭升直隸樂亭知縣，以優去，起復授褒城知縣。金川之役，褒城設屯兵，良鬻故產殆盡，猶不足供。後敘勞遷貴州平遠州知州，卒於官，宦橐如洗。子其侃竭蹶扶櫬歸，及荊州，哀毀而卒，人共悼之。

（事見：《青州府志・人物傳》。）

九、曹賢書

曹賢書，字廷受，號寶齋，一號森甫，曹贊善曾孫，曹鑑子。生而穎異，坦蕩和平，與物無競，而持己端正。道光己亥，授巨野縣教諭。後又授河南商城知縣，邑治後，奉檄調任巨野，老幼歡呼載道，相迎於城四十里處。後調涉縣，縣道多土匪出沒，商賈時遭劫掠，賢書各路安置卡房，調派兵民迭防。後調寶豐，賢書曰：「宦海風波，吾豈可以屢試乎？」遂告歸。歷宰三縣，不及三年而神君之號、慈父之名流播遠近，所至民樂，所去民思。光緒二十二年十一月十三日無疾卒。

（事見：《安丘曹氏族譜》卷三《寶齋公墓誌銘》。）

第三節　篤行

一、曹汝勵

曹汝勵，字叔強，別號蓮塘主人。汝勵少穎敏，甚得其父鍾愛，懷抱中其父即授之句讀，然汝勵亦不敢恃愛失父母心。汝勵稍長，其父授之田何《易》。及弱冠，文日益有名，冠蓋其儕，然後數困棘闈。生平讀書惟求大義，教人每以孝廉忠義爲先，至謂文藝則曰：「此其第二也。」樂與人爲善，而恒成人之美。宗親子弟中有質美而未學者，輒多方誘之，使就學。其孤而貧者，或旦夕給之饘粥。以故多所造就，族人皆德之。對後輩勤勉施教，日課月試，或誦聖賢成法，或談當世要務，講道討儒，至忘寢廢食。汝勵雖棲身畎畝，然常懷當世之憂。廊廟措置之馳張，官府政治之得失，亦時時往來於其懷。其性方剛，而心則惻怛，意忠厚而氣正直。邑有橫政，每摭輿論以相匡正，置一身利害於度外，而維時黔細全活者不可勝數。里中有嫁娶喪葬弗能舉，貧窮之弗能自存者，量力接濟。至其暮年，厭塵俗之薄惡，乃退居山莊。邑令聞其賢，屢造而不獲一見。會舉鄉飲禮，敦請數次，乃冠帶而出。邑令慨然歎曰:「耆儒碩彥，蒼顏下心，何相見之晚也。古今稱可父事者，非其人耶？」益禮重汝勵。

（事見:《安丘曹氏族譜》卷二吳江公曹一麟撰《蓮塘公行狀》。）

二、曹應塤

曹應塤，字友甫，別號肖岩，曹一麟子，嘉靖二十八年己酉十二月三日生，天啓五年乙丑三月十八日卒。應塤少游膠庠，有聲。萬曆中附貢，歷華陰遵化縣丞。應塤性磊落伉爽，不競細行，坦夷樂易。與人交，洞見情愫，意少不可，雖權貴，鮮所避。然事過即忘，於城府未嘗設也。慷慨好施予，濟人之困，常若不及。中外之待以舉火者，若而人囊無長物，甚至阿堵美惡，亦茫然不辨。逮解組歸，適益豪邁，有一往酣暢之致。與知交日復酣飲，飲律可及中戶，顧時時引荷鍤事以自況。年七十有八，而勝情談笑無少減於平時。易簀之日，猶冠幘，飲食怡然坦化，類如所謂聞道達生者。其難能者，尤在篤於孝友。其父始病之時，應塤時卒業成均，忽齧指心動，遂歸覲其父，知其父之屬意兩少子也。應塤跪曰:「塤之得奉弓裘，以暨於茲日也，實惟大人賜以玉於成，顧兩弟弗更事，其敢以朝夕貽大人憂。塤幸得繳大人賜胼胝，所儲足以少給，薛苞之義，吾無取焉，惟大人命。」其從父曹一鵠曰:「能如是乎？」則對曰:「古人有言，死而可生，生且不愧，吾其敢欺生父乎！」悉推予膏產，無所受，於是中外共賢之。又傷其太公之宦未達，而志有弗竟也，則爲請諸賢士大夫，載諸邑乘，以徵獻焉。

（事見:劉正宗《遵化公曹應塤墓表》、《青州府志・人物傳》、《續安丘新志・孝義傳》）

三、曹應柷

曹應柷，字合甫，號如岩。生有異質，讀書目數行下，補博士弟子員，聲名籍甚，試學使，輒高等，然入棘闈輒不利。嘗拊曹銓衡而歎曰:「乃祖有公輔才而未竟其用，乃父復偃蹇名場，所籍以光大吾門者，實在汝！」未幾銓衡成進士，多賴應柷之教。應柷爲人有至性，事繼母張孺人以孝稱，且倜儻有俠氣。人告以緩急者，輒推解付之。至於脫人之危，濟人之乏，事不可枚舉。其性又至友愛，與季弟曹應敔同居終身無間言，及析箸，以所居讓弟，而父子廬郭外湫隘中宴如也。有姑姊妹貧而寡及諸甥之孤者，咸收養之，終其世。爲鳳翔尹時，值流寇蹂秦中，所過無堅城，而應梘受事日即從事睥睨，間爲戰守具，凡盡銳以當賊衝者九閱月，竟以積勞成疾，遂解組歸里。

（事見：《安丘曹氏族譜》卷二曹紳撰《鳳翔公行狀》。）

四、曹復植

曹復植，字宗建，一字雲將，萬曆四十三年乙卯四月五日生，崇禎十五年壬午十二月二十六日卒。復植生而穎異，白皙，美鬚眉，姿狀若天人。天性孝友，沉毅寡言，出於自然，不務矯飾。讀書下數行，終其身不忘。十四歲受知於督學李世臣，入上庠，每試輒高等，與孫嘉淦、高珩相頡頏。戊寅、己卯間，邑侯三原房公屢拔冠軍，以國士相期許。然凡三入棘闈，皆不售，僅饟於庠，而志益堅，文益進。壬午闈義，見賞於高密令匡山何公，機遇矣，又以細故擯落，遂坎壈以終。性好聚書，連屋充棟，成童以後，即坐臥其間。於書手不停披，經史子集莫不通究，尤留心經世，談古今利害成敗，瞭若指掌。流寇犯河南，嘗歎曰：「天下如一身，燕趙首也，齊晉臂指也，中州心腹也。安有心腹壞而能久存乎？殆將亂矣。」其父光祿公，好營屋宇，方鳩工興作，復植歎曰：「營此何爲？」既而明亡，天下大亂，邑里爲丘墟，其先見如此。復植性廉潔，口不道阿堵物。曹貞吉六歲時，自外家持百錢歸，復植見之輒不喜，曰：「兒何不廉，既飲且食，又攜錢歸耶，速反之！」復植善擇交，少許可，於宵壬之類，去之唯恐不遠。復植平居安於儉薄，室無媵侍，與其妻相敬如賓。復植工書能詩，嘗手寫唐詩七言一冊，令曹貞吉幼誦之，並傳於其弟申吉。其所著作，阨於喪亂，不存隻字。

（事見：曹禾《曹復植墓誌銘》、曹貞吉《雲將公（曹復植）行狀》、《青州府志・人物傳》。）

五、曹復彬

曹復彬，字郁文，曹銓子，天啓元年辛酉二月二十六日生，康熙三十四年乙亥十一月十一日卒。康熙乙丑歲貢。復彬生有至性，能得堂上歡。讀書明大義，不事章句。弱冠遊庠，文譽日起，與兄復植齊名。值明末造，流寇蜂起。其父曹籲明，因致仕在籍，與邑人爲城守計，聚家族，告之曰：「吾受朝廷恩，當與城共存亡，爾曹其各自爲謀。」乃命曹復植赴安東衛，曹復彬遷邑之西南山中，間日歸省。聞兄在安東有噩耗，毅然請往，中途被虜。健僕邱虎山，刻不暫離。兩人之役，邱以身任，行數日，將出關，乃竊馬授復彬，握刀斷後，夜行數十里得脫。復彬及家，其父已捐館舍。復彬迭經父兄之喪，哀毀幾絕。尋遇鼎革，無意進取，故以明經終身。變後家道中落，饔飱之謀至於不給。復彬一意經營，力復先業，未及十年，殷裕倍於平時。復彬自勵勤儉，與人和易，績學敦行，一時重望，五舉鄉飲大賓。以孫明善貴，敕贈徵仕郎。

（事見：《安丘曹氏族譜》卷二王簡《曹復彬行狀》。）

六、曹士俊

曹士俊，字智千，曹亮子，崇禎五年壬申九月十八日生，康熙三十七年戊寅四月五日卒。士俊十一歲而孤，事母至孝。母劉氏教以讀書砥行，言動不苟。早通經義，出應童子試，即冠其儕。復就試郡城，母倚門而望，至損眠食，遂絕意進取，不復試。母以亂後，迷其鄉族。士俊於境外多方物色，得戚黨數人，歲時過從，以慰母意。母好操作，老而彌勤，士俊屢諫不聽。遇母親蠶事，凡採炙箔窖繭，捉績練絲，士俊胥以身先之。母惜其勞，即爲少休。一妹夭亡，母痛幾不欲生，每嗷然而哭。士俊輒應聲長號，母哀亦爲頓減。其委曲承順皆此類也。母寢疾，竭志營療，籲天請代卒。及母亡，室中服用，未嘗移置，至臥榻枕簟，夜設曉斂，一如平日，既葬猶然。歲時祭祀，一依朱子家禮。又以祖父早世不逮養，祭祀以時，出入必告。嘗料揀藏籍，忽整衣拜前，命子拜後，詔之曰：「書中二字，汝曾王父手澤也，敢慢易視之也？」其內行如此。居常正襟危坐，言動不苟。性不任俠，而親故急難，指囷解裘無吝色。至與人交，落落穆穆，不以握手出肺肝爲信。然好爲人緩急，排患釋難，傾身瀝腎弗恤也。曹申吉巡撫貴州時，曾邀士俊入府，後以母老謝絕。晚年尤與張貞善，張貞居杞城時，無事時便造訪士俊，或遣童子招士俊。張貞料其出行，必憑欄以待，及士俊將至，張貞輒下樓相迎，二人相處甚歡。及其卒，鄰里爲之廢舂。

（事見：《青州府志・人物傳》、《續安丘新志・孝義傳》、張貞《曹士俊墓誌銘》、陸巢雲《曹士俊傳》）

七、曹𪸩吉

曹𪸩吉，字梅谷，復彬子，康熙三十年歲貢。生而穎異，讀書過目成誦。少攻舉子業，數奇不售，以明經終老。遂旁羅史傳，下及《莊》《騷》諸子，靡不窺尋。暮年課諸孫，猶能挑燈鋪赫蹏作烏蠻書，文不加點，一時名宿咸歎服。天性篤摯，重大節，修門內之行。至與人接，油油樂易。不榮通，不醜窮，不嗜美利，不弋取浮名，足不履長吏庭。有田一區，距城十餘里，時一蹇驢、一蒼頭相隨，往來其間，有閒閒泄泄之致，蓋其恬淡如此。又性慷慨，尤好施予，親族貧乏者，輒存卹之。歲癸未，齊地大饑，出積粟煮粥，以食餓者，多所全活。乾隆丁卯十一月二十三日卒。子三善，雍正元年舉人，歷任修文、永從知縣，皆有聲，以親老改臨清州學正。三善弟與善，歲貢，內行克篤，與兄齊名。

（事見：《安丘曹氏族譜》卷三陳世倌撰《梅谷公墓誌銘附哀辭》、《青州府志・人物傳》、《續安丘新志・篤行傳》。）

八、曹煇吉

曹煇吉，字君光，復彬子，副貢。天性孝友，少失怙，奉母朝夕侍側，無間寒暑，三十年如一日。能讓產於三兄，人尤稱之。弟炳吉，監生，事母亦孝，讓三兄產，與煇吉同。少力學，尤邃於易。炳吉子明善，例貢，授河南裕州州判，被檄修河，以家財倍其役食，工成甚速。未竟其用而歸。明善子元龍，生員，事母孝。母有肝疾，善怒，怒輒不食，元龍亦不食，跪自引咎，母霽顏，乃起。又能贍族，其子弟知向學者，必資給焉。後有尊彝者，字醴堂，煇吉五世孫，道光二十四年進士，授刑部主事，廉隅自飭，居官亦勤，年三十六卒，士論惜之。

（事見：《青州府志・人物傳》、《續安丘新志・篤行傳》）

九、曹賡

曹賡，字庭颺，一字虞歌，晚號阜東老人，以別墅在西亭，亦號西亭。生而穎異，爲父母所鍾愛。六歲就傅，即解字義。爲文昌明俊偉，思議絕人。二十四歲入邑庠，試輒高等。自其父捐館後，躬持門戶，遂援例入成均，選鹽運司經歷，以其母年高不就。當其父病革時，曹賡應試在郡，聞信徒步百六十餘里至家。其母持家甚嚴，曹賡曲意承歡，稍不懌，即率後輩長跪於庭，母慍色解乃起。及母歿，曹賡旦夕號慟，水漿俱絕，親族見此，皆爲之泣下。生平足不涉官府，而事關民社，輒與士大夫詳陳利害於當事。好施予，緩人之急。子侄輩六歲以上者，皆授以規矩。嘗構一室，四壁皆書，時與二三同好聚首談心，酒酣輒命題分韻以爲樂。工篆刻，不事應酬，性嗜翰墨，購前賢名跡數十種，潛心玩索，年逾七十，猶作小楷。凡鍾愛之書，皆手自裝訂，爲之句讀。少傳本者，轉借鈔之。丁亥秋病，猶強坐榻上，取《白虎通》口授諸孫，曰「學問無窮，寸陰可惜。」晚年博覽方書，而專精痘疹，遇患痘時，求者踵至，常施藥以救貧乏者。治家嚴肅，僧道巫瞽不得至門。優待佃戶，歲終必置酒勞之。道光壬辰正月二十日以無疾卒。著有《歷代年號錢幣通考》一卷、《詩法集成》四卷。

（事見：《安丘曹氏族譜》卷二李湘棻《曹賡行狀》）

十、曹成闇

曹成闇，字諍亭，乾隆四十一年丙申十月二十六日生，道光二十九年己酉九月十一日卒。少失怙，適家道中落，又拙於謀生，故常苦飢寒，致不能婚娶。但猶能誦讀不輟，通經典文藝，旁及詩賦古文辭，然以不善書不得進取。其後學益富，得束金頗多，而未嘗妄費一錢，人以爲將爲室家計。然其兄弟先後凋謝，一切喪葬之具多爲成闇所營辦。即歲時祭祀，上自高曾，旁及昆季，其資用皆出自成闇。嘉慶乙丑，其兄得風疾，成闇聞之，倉皇夜歸，湯藥侍疾，衣帶不解者十餘日。乙未、丙申、丁酉，比年飢饉，昆季各家懸罄，成闇又出己所存蓄以濟之。有人勸他自留爲後計，成闇曰：「我無子無以承先人祀，此嗷嗷者皆先人後也，豈得視其阨而不救？」兄弟多賴之得以存活。成闇精於制藝，其教授及得入泮者眾多。成闇門生昌樂廩生趙中嶽，言於同人曰：「諍亭夫子年逾五旬不婚娶，而時留意於《法華》、《楞嚴》諸經，殆仙佛之亞歟？」時有秀才郝某曰：「子未知諍亭心也，吾嘗與同館潘生家。其赴館有句云：『可憐舊日無家客，從此朝朝說憶家』，又有七律，中聯云：『湘竹不花春有恨，姮娥久寡月無情』，又云：『南山射虎人空老，北塞和親事不平』，觀此豈無室家之意者？其留意諸經，時無聊以自遣耳，豈惑於二氏者哉！」

（事見：《安丘曹氏族譜》卷二《諍亭公行狀》）

十一、曹大章

曹大章，字章之，乾隆二十七年閏五月十七日生，道光二十二年正月四日卒。生而資性醇厚，既長，尚忠心，敦孝悌。性好施濟，救人之急，不計家之有無，雖簞豆不惜分給。嘗有性粗暴者，每有求取，大章已應之多次，後以不滿其意，突發狂悖，旁觀者代爲不平，欲共毆之。大章曰：「我無以化其桀驁之性，又無以厭其升斗之求，反之吾心，實多內愧，顧又與之爲難耶？」遂解衣質錢與之。其人尋自慚悔，更相親睦。生平感人以德，類皆如此。生平恂恂，謙謹持身，嘗戒後輩曰：「勿詐諼，勿遊惰，勿廢詩書，勿以刻薄待人，勿以驕侈敗己。」邑庠生，三舉鄉飲介賓。

（事見：《安丘曹氏族譜》卷二曹錫疇《章之公行狀》、《續安丘新志・篤行傳》）

十二、曹豫峰

曹豫峰、字立山，別號希白，曹一麟十世孫，嘉慶壬申生。少適母喪，七歲時，其父於夜臥時，口授前人彝訓及唐宋人韻語。九歲從李星奎受《周易》，至年十二，則《十三經》皆成誦，又旁通《國語》、《戰國策》，下逮秦漢唐宋諸家古文詞。後得《朱子遺書》，晝夜研幾，曰：「聖賢之道，至平至近，孝悌而已，眞實無妄而已。」凡所講誦，悉欲見諸行事，一行一止，務就規矩。事父至孝，逢父喪，家貧，鬻田供喪。居喪恪禮甚嚴，其始人咸以爲得狂疾，久之乃更相敬愛。豫峰素畏蛇，嘗有蛇出入其父墓穴，豫峰以手擒之，人謂之爲仁者之勇。性好施，有求之者，雖升斗之儲，亦能推半與之，身所著衣解與人不惜。引人於善，多方善誘，爲善未能者助之，有善未彰者揚之，有誤入不德者，多方勸誡。有孝子王某，露宿親墓，豫峰自率兩弟，爲之築廬。豫峰嘗言：「五倫以夫婦始，夫婦以有別始，人而無別，鳥獸行矣。」凡與之遊者，皆謂：「與立山談，如坐春風中，和氣煦人。」至義所不可，則嚴正之氣，雖賁育不能奪。

（事見：《安丘曹氏族譜》卷二《立山公行狀》、《續安丘新志・孝義傳》）

十三、曹錫疇

曹錫疇，原名會，字聯甲，一字敘九，別號彝臣，曹大章孫，嘉慶二十五年十一月十七日生，光緒十七年八月二十五日卒。少聰穎，過目成誦，因家貧未能專儒業，晚乃補博士弟子員。爲人敦厚，能和睦昆季，爲鄉里所稱讚。性篤實，與人無貴賤長幼，一以誠待之。嘗助人爲善，孝子貞婦不彰者，多賴之以垂不朽。又重祭祀，未敢以貧廢祀。嘗團練，以抵抗捻軍，臨危不懼。人謂其：「心細如髮，膽大如斗。」亂後督辦修建忠義祠、節烈祠及修繕關帝廟等，不以功自居。嘗撰《勸孝俚言》一篇。

（事見：《安丘曹氏族譜》卷二《聯甲公行狀》）

十四、曹文田

曹文田，字華圃，一字芸齋，一麟八世孫，贊善子，乾隆五十五年十二月二十七日生，同治二年十一月三日卒。幼而簡重，數歲如成人，就傅後益知規矩，尺寸不逾。事母甚孝，親歿後，三年無悅色，值諱日，屏處一室，蔬食慘容，終身如一。能親睦昆季，常周其匱乏。嗜好讀書，然薄記誦之學，爲文獨抒胸臆，不事揣摩，故試輒不就。退而縱覽群籍，尤邃於史，上下數千年治亂得失之故，莫不究其所以然。遇前人言行可法者，即手錄之，奉爲楷模。中歲後援例爲府同知，然淡於榮進，未嘗干謁。治家嚴整，教子孫跬步由禮。崇儉尚樸，然事關利濟則竭力爲之。咸豐、丙辰、丁巳間，歲飢饉，嘗出私倉爲義倉。邑因捻亂，凋敗殘破，爰舉歷年乞假未償及以田質錢者，悉還其券。生平恕以接物，即評騭古人，亦不爲刻薄之論。法書、名畫、彝鼎之屬，過目輒辨時代，故所蓄眞跡最多，收藏家服其精審。雅善圍棋，嘗著《學弈會心》四卷，人多稱之。

（事見：《安丘曹氏族譜》卷四馬步元《華圃曹府君墓誌銘》）

十五、曹會

曹會，字東麓。生員。秉性嚴毅，讀書刻苦，以躬行實踐爲歸。幼學得族人汗青力，汗青歿，孫孤失學，曹會乃裹糧往教三年然後去。族侄振棫殉捻軍，遺孤貧不能娶，曹會以婢妻之。其母舅鄒希孟貧無子，曹會出資爲購一妾。咸豐辛酉避亂爲捻軍所逼，其妻李氏以一死脫會於難。曹會感其義，終身不復娶。平生儉樸，賓客過從，仿率眞會遺意，以二簋爲度。其或設饌相邀，二簋外亦不下箸。晚歲精岐黃術，求無不應，或致謝忱，必堅卻之。著有《東麓見聞》二卷。

（事見：《續安丘新志・篤行傳》、《安丘曹氏族譜》卷三馬景文《曹會墓誌銘》）

第四節　其他

一、曹資善

曹資善，字逢源，號東溪，又號孝堂，曹輝吉子。乾隆丙子，以五經魁山左。甫逾壯，應銓不就。或爲之推轂曰：「試之不可而後退，未爲晚也。」資善曰：「不可而後退，非知退者矣，一入黨家廚，雖萬斛西江水何能洗及寸許腸胃。」後有言及此者，但笑頷之。資善初居城，閉戶垂簾，目不窺探市井，惟芳晨令節，率子侄輩遊東溪別墅，以追沂水祓禊風。渠丘文壁郭外，官柳兩行夾馳道，以東不四五里，有南北通渠，長里許，闊七丈，柳蔭密組如廣廈，結墅於左，蔚然深秀，非尋常村落所可擬。然資善遊此，率芒鞋簑笠，緩步沉吟，以詩瓢隨其後，雖得得一鞭，亦摒之弗用，如是者幾三十年而始家焉。盛夏多默坐午後，清風一簟，出納晚涼，或呼小童垂釣臥柳上。柳粗十餘圍，俯壓水面，如浮槎。霖雨一傾，浩淼上接，直令人有控赴銀潢氣概。八月開延香閣，閣畔老桂五株，短樁嶙峋，腹裂如谿谷，開時簾幕四垂，出匣中古玉，相與摩挲。東武有畫士蘇賡，資善請其作《荊花五老圖》。資善兄弟五人，年皆八十上下，次第去世。資善諳通琴棋之理，圍棋十數著，即斷之曰：「此棋黑白勝負當有幾子。」局終果如其言。冬月梅花紙帳，用水晶瓶貯簷雪一大捧，曰：「此吾耐寒本色。」一日散步溪上，微倦思臥，溘然長逝。嘗作「勤愼廉敏」、「慈惠嚴明」、「除暴安良」等論五十餘篇。

（事見：《安丘曹氏族譜》卷二《瀧社先正曹資善逸跡》）

二、曹應聲

曹應聲，字振寰。布衣，有《訓兒小說》一書。張觀海理天雄時刻而序之，稱其：「業儒未就，逃名遠村溪山自娛，足跡不履城市，詩書耕讀而外，淡然無營。其說據理尊而不僻，位身峻而不傲，洞徹物情而不涉於怒罵叫囂，語語皆尋常軌物，而大學誠正之義寓乎其中。凡體味乎茲者，庶幾知海寓山城中不乏尚德之隱君子乎？」識者以爲確論。

（事見：《安丘新志・高士傳》）

三、曹緒武

曹緒武，字繩祖，號裕齋。善治痘疹，能望氣決人生死，療治多奇驗。著有《曹氏痧疹》一卷行於世。

（事見：《續安丘新志・技術傳》）

第三章　安丘曹氏著述考

概述

本章詳細考察了眾多書目、史志及傳記資料，對安丘曹氏著述做了鉤沉。曹氏著述有跡可尋者幾近百種，大部分是文學著作，間有小學、經學、史學、醫學等方面的著作。其實曹氏著述遠非如此，曹氏能文者眾多，對於有作品而無明確書目者，爲了力求嚴謹，並未將其列入曹氏著述考的範圍內。比如曹貞吉的叔叔曹師彬，亦是能詩之人。他在與曹申吉、李良年同在貴州的時候，時常飲酒唱和。《山左詩鈔》也曾收錄他的一首詩作，《族譜》只是說他有詩一卷，並沒有明確的詩集名目，所以在他的著述考中，只給出有確切書名的兩部著作。再如遂溪令曹湛，《安丘新志・藝文志》僅著錄了他的《粵遊詩集》，但他的著述並不只此。據《曹湛行狀》所云：「先君於詩詞實得家學，一時筆酣墨寶，千言立就。自歸家後，絕不作，即間有所著，亦多不存稿，曰：『我太平老民也，得優游以終天年足矣，何必耗心血與英俊角將以爲名乎？』以是稿多零落。不孝從故紙中檢存數卷，錄爲三冊，用藏於家。」可見他的著作不僅只有《粵遊詩集》。據考察，安丘曹氏著述存世者並不多見，如果剔除重複，僅存二十餘種。而以刻本行世者則更少，有的刻本由於歷史原因已經亡佚，如曹申吉《澹餘前集》四卷，自他滇南遇難後，版既漫漶。另外曹氏著述還有很多佚文不見於存世著作中，如曹申吉爲《續安丘縣志》、《貴州通志》、《宋稗類鈔》等所做序言，並不見於曹申吉諸集中，其他諸如此類者還有不少。本章亦糾正了許多著錄者的錯誤，如諸多館藏及書目都認定《珂雪詞》有康熙十五年刻本。而在康熙十七年歲末，曹貞吉與顏光敏的信中，曾提到《珂雪詞》遲遲未付梨棗的諸多原因，並且還要等顏光敏入都後再加斧斤，可見康熙十七年末，《珂雪詞》仍未付梓。再如《十子詩略》成員的問題，各家所記稍有異同，馬大勇曾在《中國詩學》第十輯中也曾談到過，但限於資料匱乏，並未能解決問題。本章在曹貞吉著述考之《實庵詩略》處，給以考辨，使「十子」異名問題得以澄清。

第一節　曹貞吉著述考

曹貞吉，字迪清、升六、升階，號實庵，復植子，申吉兄。

一、《可雪初集》（亦名《珂雪集》）一卷，曹貞吉撰，曹申吉訂，王士禛評。

是集收錄曹貞吉中進士後，正式進入官場之前的詩作一百六十二首，即康熙三年至康熙八年這一段時間內諸作，多爲寄贈紀遊之作。是集爲曹貞吉弟曹申吉與王士禛共同選定，部分詩作有王士禛評語。後有曹申吉《珂雪初集跋》：「甲辰歲，兄冠進賢返里，拈筆即工。此後凡兩遊燕市，一至秣陵、宣城間，一至西子湖上，流覽景物，低徊山川，興至情深，多成歌詠。予每受而讀之，賞其造句精警，結體遐亮，秀逸入庾、謝之室，高華效王、李之席，顧予數年所制，同蛩鳴草間耳。兄五年中著述盈篋，予同阮亭王子擇其優雅者若干篇，付之梓人，而爲識志大概如此。康熙己酉歲上巳日弟申吉謹跋。」以上提要據康熙十一年刻本。是書主要版本及館藏有：康熙八年刻本，北圖藏，《清人詩文集總目提要》、《販書偶記》等著錄；康熙十一年刻本，北圖、山東大、山東圖等藏，《山東文獻集成》據此本影印，《清人別集總目》等著錄；宣統三年鈔本，北大藏，《清人別集總目》、《清人詩文集總目提要》等著錄。

二、《珂雪二集》一卷，曹貞吉撰，曹申吉校。

是集收錄曹貞吉康熙八年己酉二月至康熙十一年壬子四月間詩作，凡二百三十首，由曹申吉與李良年共同論定刊行，是集前有李良年及曹申吉序。李良年序云：「予讀曹舍人升階先生集，竊喜詩教之復振也。（中略）先生之詩，發源初盛，折入眉山、劍南，無摩擬之跡，而動與之合，可謂矯然風氣之外者。竊觀先生之意，寧特以自工其言，抑亦轉移風尚，將有籍於此。異時予客京師，追隨文酒之末，伏見一時大雅，並以推陳致新，起衰救弊爲任，而齊魯稱詩最富。若安丘、新城，著述聚於一門，此其尤盛者。」曹申吉序云：「是集也，始於己酉之二月，迄於壬子之四月。予與李武曾論定而付之梓人，得若干篇，因歷敘生平聚散之感而繫諸簡末。」以上提要據康熙十一年刻本。是集標誌著曹貞吉詩風開始轉變，即由唐入宋。是書版本及館藏有：康熙十一年刻本，山東圖、復旦等藏，《山東文獻集成》據此影印，《清人詩文集總目提要》、《清人別集總目》、《販書偶記》等著錄；宣統三年鈔本，北大藏。《清人別集總目》、《清人詩文集總目提要》等著錄。

三、《珂雪三集》四卷，曹貞吉撰。

據柯愈春《清人詩文集總目提要》云，此書所收錄「則康熙十二年後二十餘年之詩。」但考察此集中所收作品，有《七夕前一日同蛟門、渭清、杞園集雪客寓齋，用渭清韻》及《七夕和蛟門步韻》，此時七夕當是康熙十一年壬子七夕，參見《曹貞吉交遊唱和考》。此集開篇之作爲《夏日偶成》，據此推測，此時夏日當爲康熙十一年壬子夏。由此推斷，是集當緊承《珂雪二集》收錄下限，即康熙十一年壬子四月。是集版本及館藏有：安丘曹尊彝鈔本，山東圖藏，《山東文獻集成》據以影印，《清人詩文集總目提要》等著錄；宣統三年鈔本，北大藏。《清人詩文集總目提要》、《清人別集總目》等著錄。

四、《實庵詩略》一卷，曹貞吉撰，王士禛訂。

是集爲王士禛所選定《十子詩略》的第三卷，收錄《珂雪初集》、《珂雪二集》一百零四首詩作，另有兩集之後新作八十九首。據王士禛《居易錄》等書記載，此書於康熙十六年選定。〔註 1〕關於《十子詩略》成員問題，各家

〔註 1〕王士禛《居易錄》卷五：「丙辰、丁巳間，商丘宋犖牧仲（今巡撫江西右副都御使）、郃陽王又旦幼華（後官户科給事中）、安丘曹貞吉升六（今徽州府同知）、曲阜顏光敏修來（後官吏部考功郎中）、黃岡葉封井叔（後官工部主事）、德州田雯子綸（今巡撫貴州右僉都御使）、謝重輝千仞（今刑部員外郎）、晉江丁煒雁水（官湖廣按察使），及門人江陰曹禾頌嘉（後官國子祭酒）、江都汪懋麟季甪（刑部主事），皆來談藝。予定爲《十子詩》，刻之。」
《漁洋山人自撰年譜》：「康熙十六年丁巳，四十四歲。在户部。凡爲同人選定詩文集，如宋荔裳、施愚山、孫豹人、陶季葦，前後數十家。惠棟注：是年宋牧仲犖、王幼華又旦、曹升六貞吉、顏修來光敏、葉井叔封、田子綸雯、謝千仞重輝、丁雁水煒（《漫堂年譜》作林蜚伯堯英）、曹頌嘉禾、汪季甪懋

所記稍有異同，馬大勇曾在《中國詩學》第十輯中談論過此問題，但亦未提出實質性解決，只云：「由於視閾的狹隘與文獻匱乏，在此只能提出這些疑問以備將來考辨。」今就此問題略作考辨。

王士禛在《居易錄》中提及的十子之名，與宋犖《漫堂年譜》中所云十子成員有不同，王士禛所云十子有丁煒，而宋犖所云並無丁煒而有林堯英，惠棟在注《漁洋年譜》時注意到此問題，只於丁煒處作小注，云：「《漫堂年譜》作林堯英」，主要還是參照了王士禛《居易錄》裏的名單。另外王士禛在撰《汪比部傳》時云：「君稱詩輦下，與今刑部侍郎田公綸霞、今巡撫都御使宋公牧仲、前國子祭酒曹君頌嘉、湖廣按察使丁君澹汝、故給事中王君幼華、吏部郎中顏君修來、工部主事葉君井叔、今禮部郎中曹君升六、刑部郎中謝君千仞相唱和，時號『十子』。」王士禛所提十子成員，皆有丁煒而無林堯英。宋犖在康熙二十二年癸亥秋所作《海上雜詩》，其中一首小注就有林堯英而無丁煒。〔註 2〕田雯《古歡堂集》卷六有七言古詩《題顏修來小照》，詩中提及林堯英，卻無丁煒。〔註 3〕顏光敏謝世後，其子顏肇維撰《顏修來先生年譜》，譜中有林堯英而無丁煒，《譜》云：「康熙乙卯，府君年三十六歲。退食之暇，從宣城施公閏章、新城王公士禛論詩。世傳『都門十子』，爲田公雯、曹公禾、王公又旦、曹公貞吉、汪公懋麟、謝公重輝、宋公犖、林公堯英、葉公封暨先府君。」另李克敬所撰《曲阜三顏公傳吏部郎中光敏》亦云有林堯英，《傳》云：「（顏光敏）日同諸名士唱和，若宋尚書犖、田侍郎雯、曹祭酒禾、林提學堯英、王給諫又旦、曹郎中貞吉、謝郎中重輝、汪主事懋麟、葉主事封號爲『十子』，刻有《十子詩略》，世多稱之。」

以上諸多資料顯示，除了王士禛本人稱十子時，言丁而不言林，其他諸

麟，皆來談藝。先生爲定《十子詩略》，刻之。」見《王士禛全集》第 5083 頁。

宋犖《漫堂年譜》：「十六年丁巳。余四十四歲。王阮亭祭酒選刻長安《十子詩略》，余及葉井叔封、林蜚伯堯英、曹升六貞吉、田子綸雯、王幼華又旦、草頌嘉禾、顏修來光敏、汪季甪懋麟、謝方山重輝也。」

〔註 2〕宋犖《西皮類稿》卷六《海上雜詩》：「客路偏增感，西風況海陀。重泉添骨肉，故里曠煙蘿。斑駁三年鬢，蒼茫萬里波。佩萱徒浪語，斷腸黑洋河。十子成高會，（葉井叔、林蜚伯、曹升六、田子綸、王幼華、曹頌嘉、顏修來、汪季甪、謝方山及余也。）千秋有素期。況從王祭酒，風雅得宗師。熊白雪中賦，仙岩花下披。幾多離索感，暮雨聽潮時。」

〔註 3〕《古歡堂集》卷五《題顏修來小照》：「嶔崎磊落顏司勳，我曹十子子不群。子才上上我下下，千夫握齪徒紛紛。葉林汪王宋曹謝，眾妙固無蕕與薰……」

人皆云有林無丁。選定十子，本漁洋所爲，爲何自己所云與眾人所云有異？林堯英究竟在不在十子之列？檢《顏氏家藏尺牘》卷二，中有王士禛與顏光敏信札，其一云：「至《十子》之刻，葉慕廬、林澹亭、宋牧仲諸君，皆已刻竣，惟大集未梓，殊爲憾事。且年兄實首商此舉，詎可反遺而登他人。」可見林堯英當在十子之列，而且其集刻成要早於顏光敏的集子。

《實庵詩略》版本有：康熙刻乾隆三十五年印本，山東圖藏，《山東文獻集成》據以影印；康熙刻《百名家詩鈔》本，北圖等藏，《清人別集總目》、《北京圖書館古籍善本書目》、《中國叢書廣錄》等著錄；清刻本，《曲師大目》、《復旦簡目》等著錄。

五、《朝天集》一卷，曹貞吉撰，汪懋麟、趙執信評。

是集收錄曹貞吉康熙二十四年出任徽州，旋即進京覲見時所得七十七首詩作。是書有袁啓旭所撰《朝天集引》及靳治荊康熙丙寅夏五月所撰《朝天集跋》。袁《引》云：「因得捧讀《朝天》一集，高蒼清勁，一往情深。」靳《跋》云：「是年輯瑞期近，公尋奉牒入覲。雨雪往而楊柳還。於其途次所經歷，京邸所興懷，共得詩若干首，題曰《朝天集》，志爲王事勞，非無故而行也。」趙執信在閱此集後，題詩稱讚：「除卻鳴騶兼束帶，更無一點世間塵。」〔註 4〕以上提要據《山東文獻集成》本。此書版本及館藏有：康熙二十五（六）年刻本，復旦、山東圖、北圖等藏，《山東文獻集成》據山東圖藏本影印，《清人詩文集總目提要》、《清人別集總目》等著錄；光緒鈔《安丘曹氏家集》本，山東大藏，《中國古籍善本書目》等著錄。

六、《鴻爪集》一卷，曹貞吉撰。

是集刻於康熙二十六年，收錄曹貞吉出任徽州時諸作四十四首。〔註 5〕因集中有「鴻爪重尋感舊遊」之句，遂以『鴻爪』名集。〔註 6〕是集有康熙丁

〔註 4〕《安丘曹氏族譜》卷二《曹貞吉行狀》。

〔註 5〕《鴻爪集題辭》：「是集乃曹公實庵先生往來陵陽所作也。名曰《鴻爪》，計詩四十四首，備具諸體，其間爲贈答，爲聯吟，或憶往昔，或紀目前，以至賦物詠懷，無不淋漓盡致，感慨繫之。」

〔註 6〕《曹貞吉行狀》：「丁卯暮春，有事於宛陵。宛陵故先大夫舊遊地也，郡中諸賢豪多於先大夫稱素心交。至是文酒流連，詩篇往復，清讌敬亭，有『鴻爪重尋感舊遊』之句，遂以『鴻爪』名集。」筆者按：康熙二十六年穀雨日，曹貞吉同朱廣德立山、梅侍御桐厓、阮黃門於岳、梅孝廉瞿山等人，同遊敬

卯秋七月靳治荊序及夏五月《題辭》，另有王煒序。靳序云：「今年春，公適赴期會，詣陵陽，駐節閱月歸。治荊出迎左道，即以一編見示，題云《鴻爪集》。治荊敬受讀之，詩約四十餘首，而中間之或遊覽，或酬贈，或睹物賦詠，或即事感懷，詩人之情致已略盡之。」靳治荊稱讚其詩：「至其詩之爲奔逸，爲離奇，爲高蒼，爲沉著，爲幽折而雋永，爲淡宕而渾脫，一皆不意出之，總非依門傍戶者之所可及。公之於詩，何若是其周通而善變乎！」靳治荊在《題辭》中稱讚曹貞吉詩能鎔鑄韓、杜、蘇、陸四家精華。〔註 7〕王煒亦在序中評其詩兼唐宋各家之風格。〔註 8〕以上提要據康熙二十六年刻本。是集版本館藏有：康熙二十六年刻本，復旦、山東圖、北圖等藏，《山東文獻集成》據以影印，《清史稿藝文志拾遺》、《清人詩文集總目提要》、《販書偶記》等著錄；光緒間鈔《安丘曹氏家集》本，山東大藏，《中國古籍善本書目》等著錄。

七、《黃山紀遊詩》一卷，曹貞吉撰。

是集所收三十七首詩，乃曹貞吉於康熙二十九年庚午遊覽黃山時所作。〔註 9〕是集有汪士鋐序，江闓和吳啓鵬跋。汪在序中稱其詩讀之使人「不覺動心駭目，魄斷色非」，並評其詩兼眾家之長。〔註 10〕江闓在跋中贊云：「三十七首中，無一意不創，無一語不奧，無一字不生，咳唾總非凡響。」宋犖曾在與曹貞吉的信札中極力讚賞其黃山諸作：「每念足下奇人，黃山奇境，必有不朽之篇，爲山靈增重。（中略）此山名作寥寥，向推虞山，今被實菴壓倒矣。」〔註 11〕是書版本館藏有：康熙刻本，山東圖藏，《山東文獻集成》據以影印，《中國科學院圖書館中文古籍善本書目》、《中國古籍善本書目》等著錄。

亭山，此句便出自曹貞吉和瞿山之作，即《和瞿山韻》。

〔註 7〕《鴻爪集題辭》：「昔人讀唐詩至韓杜，讀宋詩至蘇陸，每有望洋之歎，以其無所不該，無一不爲世寶也。茲四十四首中，而吸精硾髓，各盡四家之精華，而兼臻其妙。」

〔註 8〕《鴻爪集序》：「先生至性篤行，以恬漠無營之懷，抱道親民，得於心，見於行。事成效於國家，有時吐爲詩篇，旁無枝葉，亦無定格，如是集之可杜、可韓、可白、可蘇陸，筆之所至，胸臆學力俱出眞如，鴻飛冥冥，世人空求爪跡於停雪之上，不亦爲識者所笑耶！」

〔註 9〕汪士鋐《黃山紀遊詩序》：「吾師安丘曹夫子以西清名彥，佐郡新安，庚午晚秋，公事之暇，爲黃山遊，遊凡七日，得詩三十七首。」

〔註 10〕同上：「讀至《登峰》、《觀海》諸詩，千態萬狀……兼康樂、少陵、昌黎、坡公之長，細入無間而一氣包舉，力大而思深，自尊其骨采性靈，以出於四公之外。」

〔註 11〕宋犖《西陂類稿》卷二十九《尺牘・荅曹實庵書》。

八、《珂雪文稿》一卷，曹貞吉撰，曹尊彝鈔本。

《文稿》收錄曹貞吉所作序跋等文二十五篇，《續修四庫全書提要》云此書已經失散。〔註 12〕此書山東省圖藏有曹尊彝鈔本，《山東文獻集成》影印。今列其篇目如下，以資參考：《代賀鄧方伯榮升偏撫序》、《桂留堂文集序》、《張亢友天都贈別集序》、《又何軒詩序》、《參戎周常芾去思詩集序》、《中洲大和尚綠蘿庵詩集序》、《華荊山詞序》、《靳熊封入關集序》、《韓環集序》、《代壽大司農王公八十序》、《袁信庵先生詩序》、《馬竹船詩序》、《高槎客詞跋》、《江氏祗紹堂記》、《上宋大中丞書》、《答陳滌岑先生書》、《賀青州道啓》、《代祭李太夫人文》、《王敷彝先生墓表》、《清故歲貢生漪園李公墓誌銘》、《邑庠生馬愼祗暨配劉氏合葬墓誌銘》、《鴻臚馬公墓誌銘》、《李孺人誄言並序》、《雲將公行述》、《劉太夫人行述》，另附錄楹聯三幅。

九、《珂雪詞》二卷，曹貞吉撰、王士禛等人選評。

《四庫全書》所收錄的唯一一部清人詞別集即《珂雪詞》。《四庫提要》云：「上卷凡一百三十四首，下卷凡一百五首。其詞大抵風華掩映，寄託遙深。古調之中，緯以新意，不必模周範柳，學步邯鄲，而自不失爲雅製，蓋其天分於是事獨近也。」陳廷焯曾在《白雨齋詞話》中認爲曹貞吉詞作「取徑較正」，是其獨入《四庫》的原因。〔註 13〕是集有高珩、王熚序。高序云：「已乃過實庵所，求諸作，盡讀之，無體不工。而田居世外之音，往往而遇，如聞魚山之梵，兩腋生風，五濁欲洗。又疑非金馬直廬間人也……」王序云：「予受《珂雪詞》讀之，眞如仰崑崙泛溟渤，莫測其所際，肮髒磊落，雄渾蒼茫，是其本色，而語多奇氣。」是集版本及館藏有：康熙刻本，北圖、北大、南圖等藏，《山東文獻集成》據以影印，《中國古籍善本書目》、《清詞別集知見目錄彙編》、《山東大學圖書館古籍善本書目》等著錄。

按：諸多圖書館及書目皆云此書有康熙十五年丙辰刻本，如：上圖、川大、內蒙圖、社科院文學所及《販書偶記》等，然《珂雪詞》中有很多康熙十五年丙辰以後詞作，所以是集不可能刻於康熙十五年丙辰，其誤認的原因

〔註 12〕《續修四庫全書提要》：「《文稿》所載，計有序跋、書啓、祭文、誌銘等類，寥寥二十餘篇，恐已失散矣。惟稿中有詞集序跋頗多，於塡詞一道，發揮至深，亦殊有價値也。」

〔註 13〕陳廷焯《白雨齋詞話》卷三：「曹升六《珂雪詞》，在國初諸老中，最爲大雅，才力不逮朱、陳，而取徑較正。國朝不乏詞家，四庫獨收《珂雪詞》，良有以也。」

蓋由曹禾《珂雪詞話》一則簽署日是「康熙歲次丙辰夏五江上年弟禾具章。」另外，康熙十七年歲暮，曹貞吉曾與好友顏光敏有過書信往來，在其信札中云：「詩餘一道，向因少事，藉以送日，結習所在，筆墨遂多。其年、錫鬯日督付梓，所以未即災梨者，作者林立，羞事雷同。一囊無餘貲，難修不急；二心懶憚於檢校；三草草結構，不敢自信；四俟年兄入都後再加斧斤，方可出以示人耳。」〔註 14〕可見在康熙十七年末，《珂雪詞》仍未刊行。《珂雪詞》版本情況甚爲複雜，南京大學胡曉蓓女士在其《珂雪詞的編刻與流傳》一文中，考辨甚詳，頗資借鑒。據其統計，《珂雪詞》版本另有：康熙張潮刻本、《四庫全書》本、《四庫存目叢書》、《四部備要》本、吳氏石蓮庵刻《山左詞人》本、《清名家詞》本、《萬有文庫》本、《曹貞吉集》本、《全清詞・順康卷》本。另外《珂雪詞》選本有：《百名家詞鈔》、《詠物十詞》、《瑤華集》、《國朝詞綜》、《篋中詞》、《詞則》、《清詞四家錄》、《全清詞鈔》。

十、《珂雪詞補遺》一卷，曹貞吉等撰。

此本與《珂雪詞》康熙刻本合刻，《四庫全書》所收山東巡撫採進本《珂雪詞》，乃不全之本，其《珂雪詞補遺》僅有目無辭，《四庫提要》云：「其總目所載《補遺》，尚有《卜算子》、《浪淘沙》、《木蘭花》、《春草碧》、《滿江紅》、《百字令》、《木蘭花慢》、《臺城路》等八調，而皆有錄無書。殆以附在卷末，裒輯者偶佚之歟？」〔註 15〕今所見康熙刻本《珂雪詞補遺》除了《四庫提要》所列舉的八調外，尚附有曹濂《滿江紅》、曹霦《金明池》、曹沛《買陂塘》、曹湛《金縷曲》四首詞。《珂雪詞補遺》另有曹尊彝鈔本一卷，編在《家學守待》之中，其詞有：《百字令》、《雙渠怨》、《買陂塘》，共三首詞，且《百字令》一調與康熙刻《珂雪詞補遺》本同。

十一、《曹貞吉詩稿》不分卷，曹貞吉撰。

《詩稿》中曹貞吉諸詩皆見於《珂雪初集》，然編次有所不同，如《珂雪初集》首爲《張起元印典成詩以贈之》，而此《詩稿》置之稍後，其首爲《閒居感懷之作六首》，其首題記云：「予棲遲遺勝園中凡數年，風晨月夕，竹籟松濤，頗適懷抱。自癸卯初秋，遂成永隔，塵埃兀兀，回首伴鶴齋如蓬壺方丈矣。閒居有懷，悵然成詠。」今本《珂雪初集》作：「予棲遲遺勝園中凡數

〔註 14〕《顏氏家藏尺牘》卷二。

〔註 15〕《四庫總目提要》第 1823 頁。

年，自癸卯初秋，遂成永隔。閒居有懷，悵然成詠六首。」今以康熙刻本《珂雪初集》與此稿本對堪，《初集》中諸多字句與此稿本不同。如《珂雪初集》中《張起元印典成詩以贈之》:「博物何人號冠軍，風流張緒若爲群」，稿本作：「博物何人號冠軍，風流張緒獨軼群」。蓋曹申吉與王士禛編訂《珂雪初集》時，有所刪改。此書版本及藏所有：稿本，山東博物館藏，《山東文獻集成》據以影印，《山東文獻書目》、《中國古籍善本書目》等著錄。

十二、《花間詞選》無卷數，曹貞吉選。

康熙間稿本，朱祖謀跋，今存復旦大學圖書館。

第二節　曹申吉著述考

曹申吉字錫餘，號澹餘，順治乙未進士，貞吉弟。

一、《澹餘詩集》四卷，曹申吉撰。

是集順治十七年刻本（或稱作《澹餘前集》）前有薛所蘊序、胡世安序及曹申吉自序，此集爲曹申吉外祖劉正宗選定，〔註 16〕收錄曹申吉順治十一年甲午至十六年己亥之作。〔註 17〕自康熙十九年曹申吉罹難後，其前集板既漫漶而不可得。〔註 18〕今所見《澹餘詩集》乃王士禛所續訂，〔註 19〕收錄順治十七年庚子至康熙七年戊申歲除之作。薛所蘊稱曹申吉詩淵源於其外祖劉正宗，有幽燕老將之風。〔註 20〕是集版本有：順治十七年自刻本，《續修四庫全

〔註 16〕胡世安《澹餘詩集序》:「獨於言志一道，有不欲自覆者，匯梓館課宦遊諸什，就正於外祖。」

〔註 17〕《澹餘詩集自序》：憶自甲午，初學聲律，及入館後，以詩爲課，性情所至，時成吟詠。己亥歲杪，自楚移豫，偶檢笥中，遂復成帙，春正之暇，出而汰之，付諸剞劂。」

〔註 18〕曹益厚《安丘曹氏家學守待題記》:「生平撰著，亦既譽溢當時，聲施後世，而一經兵燹，遂復銷沉散佚，不盡流佈。有足悲者，中丞詩凡數種，自吳難後，澹餘前集板既漫漶，最後《黔行》、《黔寄》二集，原板亦湮滅無存。」

〔註 19〕曹益厚《安丘曹氏家學守待題記》:「故今所見唯《南行日記》與漁洋續訂《澹餘詩集》四卷。四卷原無序曰，暫以前集胡、薛兩相國序並中丞自序弁其端，與《南行日記》並傳，而謹記其顛末於此。乾隆三十五年曹益厚謹識。」

〔註 20〕薛所蘊《澹餘詩集序》:「今海內士大夫鼓吹休明，振起風雅，渢渢乎欲比隴唐人。而樹幟登壇，執此道牛耳者，咸首推相國劉憲石先生。憲石與余共相切劘者二十餘年，論詩必先格調，通之性情，期於近法李唐，以遠追三百篇

書總目提要》、《清人詩文集總目提要》等著錄；康熙刻《安丘曹氏遺集》本，北圖等藏，《中國古籍善本書目》、《販書偶記》等著錄；乾隆三十五年曹益厚補刻本，《山東文獻集成》據以影印，山東圖、中科院等藏，《清人詩文集總目提要》等著錄。

二、《黔行集古近體詩》一卷，曹申吉撰，鄧漢儀選評。

是集爲曹申吉赴黔道中所作，計詩三十首，詩後大都有鄧漢儀評語。今所見《黔行集》，乃曹氏後人曹尊彝自鄧漢儀《詩觀》三集鈔錄而出。〔註21〕此書版本及館藏有：鄧漢儀《詩觀三集》本；安丘曹尊彝鈔本，《山東文獻集成》據以影印，山東圖藏，《山東通志・藝文志》等著錄。

三、《黔寄集》四卷，曹申吉撰。

是集收錄曹申吉康熙十年辛亥巡撫貴州時諸作。第一卷收康熙辛亥七月至十二月詩作，第二卷收康熙壬子正月至六月詩作，第三卷收康熙壬子七月至歲暮諸作。是集第四卷爲《黔寄集古今體詩》，詩始康熙十二年癸丑，終康熙十三年甲寅。康熙年間，曹貞吉出任徽州同知，得到江闓所保存的《黔行集》和《黔寄集》二冊，經鄧漢儀選評後刻入《詩觀三集》。乾隆年間，曹益厚補刻《澹餘詩集》時，云此集已不可得見，謂僅《詩觀三集》收錄《黔行集》、《黔寄集》詩共六十餘首。（見《黔行集》小注）今所見四卷本《黔寄集》，乃曹尊彝鈔本。據曹益厚所言，蓋原本《黔寄集》僅三卷，〔註22〕今所見第四卷爲《黔寄集古今體詩》，蓋爲尊彝補鈔所成。王士禛嘗評此二集云：「深思老筆，揉以青蒼。」〔註23〕此書版本及館藏有：安丘曹尊彝鈔本，《山東文

遺音，務使言有盡而意無窮。斯非苟作者常操是法，以相海內人之詩，合焉者之謂正派，離焉者之謂時派，不失尺寸，故憲石蔚爲斯道主盟。其相業之端正特介，亦復如是。今讀錫餘詩，古、近體皆雋上奇警，才氣過人，而撿以法度，無錙銖毫髮爽。如程不識之兵，鉦鼓嚴明，坐作進退，皆合步伐。此幽燕老將之風，豈少年時賢所可幾及耶？蓋錫餘以憲石相國爲外王父，淵源所自，於詩一道，固有獨得者。（中略）何難與外王父輝映先後，寧獨詩耶？」

〔註21〕曹益厚《安丘曹氏家學守待題記》：「有足悲者，中丞詩凡數種，自吳難後，澹餘前集板既漫漶，最後《黔行》、《黔寄》二集，原板亦湮滅無存。當我曾大父儀部公出貳新安，遇鄧孝威先生於邗上，得江闓孝廉在貴竹中丞所授二冊，爲刻入《詩觀》六十餘首。」

〔註22〕曹益厚《安丘曹氏家學守待題記》：「《黔寄集》三卷遂無從追覓矣，故今所存唯《南行日記》與漁洋續訂《澹餘詩集》四卷。」

〔註23〕鄧漢儀《詩觀三集》卷十一：「張山來先生潮曰：『二集久埋塵土，今一出而

獻集成》據以影印，山東圖藏，《山東通志・藝文志》等著錄；光緒鈔《安丘曹氏家集》本，山東大藏。《中國古籍善本書目》等著錄。

四、《又何軒古近體詩》一卷，曹申吉撰。

是集乃曹申吉羈陷黔中時諸作，曹申吉遇難後，其僕人將此詩稿交與曹貞吉。此集前有曹貞吉題記，云：「錫餘之喪歸，一老僕攜兩孤兒向余大慟。詢其相從患難之狀舉，非人世所忍聞者。出示詩草十紙，謂皆隨時輯存，尚多行草行毀，不及收拾之作。」是書版本及藏所有：曹尊彝鈔本，《山東文獻集成》據以影印，山東圖藏，《續修四庫全書總目提要》、《清人詩文集總目提要》等著錄。

五、《澹餘文集》一卷，曹申吉撰。

是集乃曹氏後人掇拾曹申吉諸篇序跋等文而成，僅四篇，其目如下：《珂雪集跋》、《珂雪詩集序》、《續安丘縣志序》、《李母劉太君八十袠壽序》。其實曹申吉佚文尚多，如曹申吉爲《安丘曹氏族譜》、《安丘縣志》等所作序言。是集有安丘曹尊彝鈔本，《山東文獻集成》據以影印。

六、《南行日記》一卷，曹申吉撰。

曹申吉於康熙六年丁未八月奉命祭南嶽，此日記乃是其途中所記行旅風物見聞等。紀事起康熙六年八月十七日，迄康熙七年三月四日。此集於紀事時，緯以詩歌，前有高珩序。〔註 24〕鄧漢儀曾將此《記》中二十餘首詩作選評並編入《詩觀初集》卷六。此書版本及藏所有：康熙刻《安丘曹氏遺集》本，北圖、南圖、青島等藏，《中國古籍善本書目》、《東北目》、《清人別集總目》等著錄；乾隆三十五年曹益厚補刻本，《山東文獻集成》據以影印，北圖、山東圖、中科院等藏，《清人別集總目》、《山東圖》、《清史稿藝文志拾遺》等著錄。

光彩射人，深思老筆，揉以青蒼，西樵評盡之矣。』」

〔註 24〕高珩《南行日記序》：「近惟沚亭孫相國《南行紀略》，取裁道元，以事爲經而詩緯之。雖篇章亦止十一，然而結體芳韶，無非風人之致，但不盡五七爲句耳，此固獨有千古，難與爭鋒也。私念他日遠遊，當仿恵之，改塑法以詩爲經，以事爲緯，詳注其下，或可分道揚鑣，異曲同工……迨入都解驂，得先生一編，乃莞爾笑曰：『是矣！是矣！』」

七、《澹餘筆記》一卷，曹申吉撰。

是書所記皆順治一朝軼聞逸事，卷首有曹申吉康熙二年序言，云：「世祖皇帝十八年中，不佞耳目所偶及者，付識楮端，以備異日纂輯之助。然所記不過一朝之事，且非有載籍可稽，掛一漏萬，在所不免。」是書版本及藏所有：光緒宣統間刻《藕香零拾》本，北圖、首圖、上圖等藏，《中國叢書綜錄》、《續修四庫全書總目提要》、《江蘇省立國學圖書館圖書總目》等著錄。

八、《安丘曹氏族譜》無卷數，曹申吉等撰。

明嘉靖間曹一鳳擬修安丘曹氏族譜未果，其所撰《宗說》一篇，存於其《客楚輯》中。《安丘曹氏族譜》第一次纂修，當在康熙二年，由曹申吉纂修，其序言至今仍弁於《安丘曹氏族譜》。《安丘曹氏族譜》先後凡十二次纂修，其纂修時間分別爲：康熙二年癸卯初修、康熙五十六年丁酉二修、雍正十二年甲寅三修、乾隆二十年乙亥四修、乾隆（四十八年癸卯）五十年乙巳五修、嘉慶十三年戊辰六修、嘉慶二十一年丙子七修、道光二十五年乙巳八修、咸豐六年丙辰九修、同治十一年壬申十修、光緒三十年甲辰十一修、民國二十二年癸酉十二修。

九、《澹餘自著年譜》無卷數，曹申吉撰。

《山東通志》卷一百三十二，《中國歷代人物年譜考錄》著錄。按：此書蓋已亡佚。

十、《同學錄》無卷數，曹申吉撰。

《安丘新志・藝文志》著錄。

十一、【康熙十二年】《貴州通志》三十三卷，安丘曹申吉修，貴陽潘馴，吳中藩纂。

康熙十二年刻本，北圖、上圖、湖北圖等藏，《中國地方志總目提要》、《中國地方志綜錄》、《中國地方志聯合目錄》著錄；鈔本，雲南圖藏，《中國地方志聯合目錄》著錄；曬印本，津圖藏，《中國地方志聯合目錄》著錄。

第三節　安丘曹氏其他人著述考

一、曹一麟著述考

一麟，字伯禎，號瑞嚴，一鳳兄，嘉靖丙辰進士。

1.《目涉手鈔》無卷數。

據民國續修《安全曹氏族譜》記載，其版不存。

2.《省愆堂集》無卷數。

據民國續修《安丘曹氏族譜》記載，其版已不存。

3.《明農堂古文》無卷數。

據民國續修《安全曹氏族譜》記載，僅存三篇。

二、曹一鳳著述考

一鳳，字伯儀，號翔宇，一麟弟，嘉靖乙未進士。

1.《安丘曹氏族譜宗說》一篇。

是文錄於《安丘曹氏族譜》卷首。

2.《閒言》十九則。

此十九則全錄於《安丘曹氏族譜》卷五。

3.《客楚輯》無卷數。

據民國續修《安全曹氏族譜》載，是書爲曹一鳳任南京戶部主事時，督賦楚中而作，有鈔本行世。

4.《兩京及家居詩文稿》無卷數。

《安丘曹氏族譜》著錄，其版不存。

5.《習勞軒古近體詩》無卷數。

《安丘曹氏族譜》著錄。

6.《習勞軒詩餘》無卷數。

《安丘曹氏族譜》著錄。

三、曹應聲著述考

應聲，曹一豸子。

《訓兒小說》無卷數。

據《安丘新志》卷十九《藝文考》載：「張緒論代刻，版存張氏家塾。」另《安丘新志‧高士傳‧曹應聲》云：「張觀海理天雄時刻而序之，稱其業儒未就，逃名遠村溪山自娛，足跡不履城市，詩書耕讀而外淡然無營，其說據理尊而不僻，立身峻而不傲，洞徹物情而不涉於怒罵叫囂，語語皆尋常軌物，而大學誠正之義寓乎其中，凡體味乎茲者，庶幾知海寓山城中不乏尙德之隱君子乎？識者以爲確論。」乾隆年間，其族人曹賡曾重刻此書。〔註 25〕

四、曹師彬著述考

師彬，字仁南，號又魯，曹復植四弟。

1.《黔行紀略》無卷數。

康熙十年辛亥春，李良年離京前往貴州巡撫曹申吉幕，途經山東，次於安丘曹氏。曹師彬平生足不出戶，藉此機會，與李良年等一同前往貴州。此書乃其途中所記行履見聞，於名物古蹟，多有記載，如記雲門山望海亭有王鳳洲詩，且李良年倚韻和之，並題於壁上。考今本《秋錦山房集》有《雲門山》一詩，蓋即此和作。其於民俗風情，亦有涉及，如記生苗習俗：「至於生苗，俱屬野人，居深山大箐中，不時出掠焚劫村寨，成地方之隱憂也。」是《紀》於途中行程，詳記地名及里數，對於研究清代交通，頗資借鑒。是書版本及藏所有：光緒間鈔《安丘曹氏家集》本，《山東文獻集成》據以影印，山東大藏，《安丘曹氏族譜》等著錄。

2.《貴陽雜記》無卷數。《族譜》著錄。

是書記載曹師彬在貴州所見聞，蓋今已亡佚。

五、曹濂著述考

曹濂，字廉水，號去矜，貞吉長子，曹霦兄。

《儀部公行狀》一卷。

光緒鈔《安丘曹氏家集》本，《山東文獻集成》據以影印，山東大藏，《中國古籍善本書目》、《山東文獻書目》、《拾遺》等著錄。

〔註 25〕《安丘曹氏族譜》卷二《清鹽運司經歷附貢生顯考庭颺府君行狀（代）》：「前明振寰公有《訓兒小說》之刻，鼎革後原板已毀，府君購於他氏，重鐫之。」

六、曹霦著述考

曹霦，字掌霖，貞吉二子，曹濂弟。

1.《棗花田舍古近體詩》一卷。

曹霦因其父貞吉，得蔭七品京官，常跟隨其父，故得以濡染家學。又來往於其父執交好友間，如朱彝尊、王漁洋、田雯等，故發爲詩詞，恬淡古雅。其詩多爲七言，大都行旅寄懷酬唱之作。此書版本及藏所有：稿本，山東博藏，《中國古籍善本書目》、《清人別集總目》、《清史稿藝文志拾遺》等著錄；安丘曹尊彝鈔本，《山東文獻集成》據以影印，山東圖藏。

2.《黃山紀遊詞》一卷。

是卷爲曹霦隨其父遊覽黃山時所作，僅三十餘首，多爲吟詠黃山景物之作。卷首有靳治荊《遊黃山詞序》，云：「掌霖先生，才比陳思，學陵曹鄴，情鍾南服之奇，輿駕東山而上……看行間之駭浪，翠欲黏天；尋字裏之危峰，蒼眞拔地。偶吟一闋，都成鸞鶴之音；細覽全編，悉帶煙霞之氣。稼軒之雄放遜此纏綿，蘇玉局之悲涼無斯奇創，傳之樂府，休誇疏雨微雲。歌出雙鬟，不數曉風殘月，斯爲勝地之綺言，實則名山之韻事。」又宋犖稱其「能奪玉田之席」。此書版本及藏所有：康熙刻《安丘曹氏遺集》本，《山東文獻集成》據以影印，山東大、北圖藏。《中國古籍善本書目》、《北京圖書館古籍善本書目》等著錄；乾隆刻本，《山東文獻集成》據以影印；清刻本，山東圖藏，《清詞別集知見目錄彙編》等著錄。

3.《冰絲詞》一卷。

是卷前題詞有：武塘柯煜《解連環》一詞，武密靳治荊《掃花遊》一詞，澄溪吳啓鵬《掃花遊》一詞。此書亦將《黃山紀遊詞》編入。是書版本及藏所有：安丘曹尊彝鈔本，《山東文獻集成》據以影印，山東圖藏，《山東通志·藝文志》等著錄。

七、曹湛著述考

曹湛，字露繁、季沖，號去疾，貞吉四子。

《粵遊詩集》無卷數。《安丘新志·藝文考》著錄。

按：《曹湛行狀》云：「先君於詩詞實得家學，一時筆酣墨寶，千言立就。自歸家後，絕不作，即間有所著，亦多不存稿，曰：『我太平老民也，得優游以終天年足矣，何必耗心血與英俊角將以爲名乎？』以是稿多零落。不孝從故紙中檢存數卷，錄爲三冊，用藏於家。」可見曹湛著述不僅只有《粵遊詩集》，亦當有詞作，惜今已不存。

八、曹澣著述考

曹澣，字幼旬，號去病、雪舫，貞吉六子。

《雲舫集》無卷數，《山東通志・藝文志》著錄。

按：似當爲《雪舫集》，另《安丘新志》卷十《藝文考》作《雪舫詩詞》。

「壽光安青士蕢尤稱其詩放翁而後，無與爭席對以弄斧者。惜家貧未有刻稿，今已寥落無幾矣。」《安丘新志・文苑傳》。

九、曹涵著述考

曹涵，字巨源、季和，號去逸、瞿園，貞吉七子。

1.《樹蕙堂古文附古近體詩》不分卷。

安丘曹氏鈔本，《續修四庫全書總目提要》、《清史稿藝文志補編》等著錄。

據《續修四庫全書總目提要》云：「是編所收古文，只禁酒論五首，詩共九十餘首，後附王獻華評語。涵於政事之暇，間作小詩自遣，嘗謂不善爲此，聊以自適其興。今讀集中諸詩，眞氣拂拂，頗帶《珂雪集》中風味。於古詩只平平敘去，而法律森嚴，意與古會，深可自成一家也。集中《陛見紀恩一律》，有云：『當年奏對綴鴛班，曠典欽承特地頒。謬政豈堪聞黼座，散材重得覲天顏。微風不動螭頭下，湛露橫飛雉尾間。此日小臣惟戰慄，君恩何以答如山。』蓋癸丑二月引見。集中所載禁酒論五篇，似非涵所作。蓋涵官揚州知府時，曾諭禁酒。其時日照丁愷曾在其幕中，蓋爲丁愷曾代撰。」今不見此鈔本，蓋已經散佚。

2.《曹涵詩稿》無卷數。

是集載曹涵詩八十餘首，首有「曹涵」、「季和」、「巨源」印，間有曹涵注，另有王獻華、王半顛、紀遐庵等人評注。《清明口號》詩後，附有在中、獻華詩各一首，《郊行》後附《獻華、在中和韻》兩首，《春暮燕不至》後附《在中、獻華和韻》兩首。在《謝病後寓寧遠之吉相庵見庭有孤松感懷》之作後，錄有王獻華題記：「王獻華曰：『先生胸懷高逸，雖熱鬧場中，心地常覺清涼……吾於先生孤松之詠，而不禁三歎也。」王半顛評其《有鳥飛去復來》詩云：「先生於古詩，只平平寫去，而法律森嚴，意與古會。」王獻華評其《壬子新正四日遼陽道中書所見》云：「古詩之法，備於此矣。」蓋曹涵善五古。原此詩稿與曹貞吉、曹潡等詩稿編錄在一起，名曰《曹貞吉夫子詩稿》。《續修四庫全書總目提要》所稱引《樹蕙堂古今體詩》之《陛見紀恩一律》亦在此詩稿中，蓋《樹蕙堂古今體詩》依此鈔行。另《續修四庫全書總目提要》所云《樹蕙堂古今體詩》有詩九十餘首，今此詩稿曹涵詩僅八十餘首，蓋亦將王獻華等人之作計算在內。是書版本及藏所有：稿本，《山東文獻集成》據以影印，山東博物館藏，《山東文獻書目》、《中國古籍善本書目》等著錄。

按：《安丘新志》卷十《藝文考》作《瞿園集》。

十、曹潡著述考

曹潡，字湘鄰、履霜、酈渠，號去靡，申吉次子。

1.《蟲吟草古近體詩》一卷。

是卷前有曹貞吉子曹澣序，云：「湘鄰兄生於黔甫一歲而難作，流離轉徙，依人以活，事平乃得奉櫬治喪歸里。長益自刻厲，期以學問事功竟前人未竟之緒，乃蹉跎不遇，至於貧病以死。死而遺墨散亂，無復成帙，即文字之傳，亦有不可知者矣。訂是冊於家集之末，以備採擇。」據曹潡自序云，其六歲時，曹申吉嘗手錄唐詩一帙，朝夕提授。然其中經數難，屢躓場屋，貧病困厄，詩多悲痛至情之語，發爲吟詠，令人爲之酸楚。然與稿本《蟲吟草》相堪，篇章多有不同，字句亦有差異，如鈔本《蟲吟草》之《漫興》末句作：「塵氛不染心常靜，獨坐晴窗聊賦詞」，而稿本作：「塵氛不染心常靜，獨坐晴窗賦小詞。」其中有差別較大者如《清明紀事》一詩，稿本作：「城南草色已全青，拖屐來尋舊芰亭。紅雨沾衣渾欲濕，暖風吹酒未全醒。喜晴鳥雀啼芳樹，倒影樓臺落野汀。罨畫溪山空好在，落花飛絮晚冥冥。」而鈔本則作：「城南草色已全青，著屐來尋舊水亭。細雨沾衣渾欲濕，暖風吹酒未全醒。向人鳥鵲啼芳樹，倒影樓臺落野汀。罨畫溪山空好在，落花飛絮晚冥冥。」稿本四卷，按時間排輯，依次爲己卯八月至乙酉八月稿、丙申稿、庚子稿、癸卯稿，其中癸卯稿後有安丘馬長沛評語，云：「大作嫩美鮮鬱，如出水芙蓉。（中略）但以年方英妙，故覺清秀之至有餘，而蒼老之氣尚欠一分。君之才清麗穩妥，臆度他日所就，唐則王孟，宋則歐陸，明則大復山人，今代則愚山、牧仲之間乎。要之得之家學，兩先生固有由來矣。」是書版本及藏所有：稿本，山東省博物館藏；安丘曹尊彝鈔本，《山東文獻集成》據以影印，山東圖藏，《山東通志・藝文志》等著錄。

2.《蟲吟草詩餘》一卷。

此詩餘僅《沁園春》、《念奴嬌》、《渡江雲》、《望海潮》、《減字木蘭花》、《平調滿江紅》六調。版本及藏所有：安丘曹尊彝鈔本。《山東文獻集成》據以影印，山東圖藏。

十一、曹與善著述考

與善，字同人，號學山，乾隆壬戌歲貢。

1.《學山堂韻書》無卷數，《續安丘新志・藝文考》著錄。

2.《學山堂古文》無卷數，《安丘曹氏族譜》著錄。

3.《芳園制義》無卷數，《安丘曹氏族譜》著錄。

十二、曹資善著述考

資善，字逢原，乾二十一丙子舉，曹輝吉五子。

《東溪文鈔》無卷數，《山東通志・藝文志》著錄。

十三、曹曾衍著述考

曾衍，字士行，曹霦子。

1.《秋浦詩》無卷數，《安全曹氏族譜》著錄。

2.《秋浦詞》無卷數，《安丘曹氏族譜》著錄。

十四、曹其倜著述考

1.《觀梅堂外科》無卷數，《分省醫籍》、《山東通志・藝文志》等著錄。

十五、曹元詢著述考

元詢，字嘉賓，榜名業，良從孫，嘉慶六年舉人。

1.《蘿月山房古文》一卷。

是書收曹元詢所撰賦、頌、策、序、疏、議、墓誌等文，其中《山左水利策》、《蓄清敵黃疏》、《膠萊河議》，於山東水利利害，及治理措施，敘述甚詳。其在《山左水利策》中提出治理山東水利的原則：「東省水利有便漕之法，無便民之法，漕便而民自便；有補偏救弊之法，無一勞永逸之法，害去而利自興。」是書另有書信若干，如《與汪孟慈農部書》、《上朱純甫先生書》、《與李方赤比部書》。是書版本及藏所有：光緒鈔《安丘曹氏家集》本，《山東文獻集成》據以影印，山東大藏，《中國古籍善本書目》、《中國叢書廣錄》、《清人詩文集總目提要》等著錄。

按：《續安丘新志》卷十《藝文考》著錄《蘿月山房文集》。

2.《蘿月山房古近體詩》一卷。

是集多即景感懷之作，頗多古體，其詩在唐宋之間，七言頗似蘇軾。光緒間鈔《安丘曹氏家集》本，《山東文獻集成》據以影印，山東大藏，《中國古籍善本書目》、《中國叢書廣錄》、《清人詩文集總目提要》等著錄。

按：《山東通志・藝文志》著錄《蘿月山房集》無卷數。

3.《惕齋集》無卷數，《山東通志・藝文志》著錄。

4.《黃葉村集》無卷數，《山東通志・藝文志》著錄。

按：《續安丘新志・藝文考》著錄作《黃葉村詩集》。

5.《觀海集》無卷數，《山東通志・藝文志》著錄。

6.《春秋公羊經傳解詁疏證》無卷數。

7.《公羊春秋疏證》無卷數。

8.《左傳凡例》無卷數。

9.《公羊傳說》無卷數。

10.《郊禘考》無卷數。

11.《春秋賈服補遺》無卷數。

以上均見《山東通志・藝文志》。

十六、曹緒武著述考

曹緒武，字繩祖，號裕齋。

《曹氏痧疹》一卷，《中國分省醫籍考》著錄。

十七、曹錫田著述考

錫田，字建福，嘉慶二十二年進。

1.《琴舫古文》一卷。

今此集蓋已散佚，但據《續修四庫全書總目提要》可知其大略。《續修四庫全書總目提要》云：「是集計古文九篇，有關其邑中掌故者三篇，其餘六篇皆爲吏治之文，大半爲其宦蜀楚時，留心民生大計時所撰也。如《湖北利弊說》，論革糴事，謂：『衡越之區，患在刀幣有餘而菽粟不足；遼曠之區，患在菽粟有餘而刀幣不足。』又謂：『革糴爲厲政，任糴與平價互用，爲善政。外販勒價漁利，不得已而爲懲逐，則爲權時之政。厲政禁用，善政久用，權宜暫用，詳察時勢，通變適宜，所爲人人之政，而無之不可用。』又如《吏治說》，謂：『貪吏尤甚於盜賊，盜賊可以竊取強取，而不能以例爲取，故爲害猶小。若吏者例也，一錢之加，受害者不啻數百萬人，且不止數十百年』云云，皆極痛切之言」。是書版本及著錄者有：清刻本，《清人詩文集總目提要》著錄；曹氏家鈔本，《續修四庫全書總目提要》著錄。

按：《續安丘新志・藝文考》著錄作《琴舫文集》，不著錄卷數。

2.《隨分堂詩集》一卷。

是集蓋亦散佚，今不得而見，但據續修四庫全書總目提要所云，詩共五十三首，古今體均有。《續修四庫全書總目提要》云：「錫田孤介，篤學好古，不偕世俗。乞歸後杜門不與外接，爲以吟詠自怡。錫田官巴東時，嘗慮投牒者，或有壅遏，於附近沱渚間，連桴設幕，就以決獄，號帆下琴舫，每夜吏散，月明擊棹，悠然恬吟，與短笛漁歌相應答。其所爲詩，亦得唐人矩矱，而怡情山水，感懷朋舊諸什，尤足徵。其襟懷之曠渺，集中如《六朝雜詠》及《懷古》十一首登詩，雖性靈稍減，較之累幅應酬者，終勝一籌也。」此集版本及著錄者有：清刻本，《清人詩文集總目提要》著錄；曹氏家鈔本，《續修四庫全書總目提要》著錄。

按：《續安丘新志・藝文考》著錄作《隨分堂詩稿》，不著錄卷數。

十八、曹文田著述考

文田，曹錫田弟。

《學弈會心》四卷，《安丘曹氏族譜》著錄。

十九、曹暲著述考

曹暲，字闇亭，號耐軒，諸生。

《耐軒詩草》無卷數，《山東通志・藝文志》、《續安丘新志・藝文考》著錄。

二十、曹桂馥著述考

桂馥，字仲芳，號小堂。

1.《香谷園集》九卷，曹氏家鈔本，《續修四庫全書總目提要》、《清人詩文集總目提要》等著錄。

此編計《香谷園古文》一卷、《香谷園古近體詩》七卷、《感秋詞》一卷。

按：《續安丘新志・藝文考》著錄作一卷。

2.《望淮集》一卷。

3.《倚蘭集》一卷。

4.《龍津集》一卷。

以上皆爲光緒鈔《安丘曹氏家集》本，《山東文獻集成》據以影印，山東大藏，《中國叢書廣錄》、《清史稿藝文志拾遺》、《中國古籍善本書目》等著錄。

5.《香谷初草》一卷。

6.《咄泉雜詠》一卷。

7.《二茗餘課》一卷。

8.《退思偶存草》一卷。

9.《古文存草》二卷。

10.《制義初集》二卷。

11.《制義二集》二卷。

按：以上皆《安丘曹氏族譜》著錄。

二十一、曹益厚著述考

益厚，字子謙，號受堂，廩貢生，曹湛孫。

1.《悔軒文集》無卷數，《山東通志・藝文志》著錄。

2.《悔軒詩集》無卷數，《山東通志・藝文志》著錄。

3.《悔軒遺詩》無卷數。

道光二十六年刻本，東北師大藏，《東北地區古籍線裝書聯合目錄》、《東北師範大學圖書館藏古籍分類目錄》著錄。

按：《安丘新志》卷十《藝文考》作《悔齋全集》。

4.《安丘曹氏遺集三種》九卷，曹益厚輯。

是集收曹貞吉《朝天集》一卷、《鴻爪集》一卷、《黃山紀遊詩》一卷，曹申吉《澹餘詩集》四卷、《南行日記》一卷，曹霦《黃山紀遊詞》一卷。所收諸書皆康熙刻本，北圖有藏，《中國古籍善本書目》、《拾遺》、《北京圖書館古籍善本書目》、《山東文獻書目》等著錄。

二十二、曹曾紹著述考

曾紹，字陟庭，曹湛子。

《受堂草》無卷數，《安丘新志・藝文考》著錄。

二十三、曹尊彝著述考

尊彝，字子秬，號醴堂，別號荔堂，曹賡孫。

1.《愛思樓古文》一卷。《續安丘新志・藝文考》著錄。

2.《愛思樓古今體詩》一卷，《安丘曹氏家集》本，《山東文獻集成》據以影印，山東大藏。

按：是集《續安丘新志・藝文考》作六卷。

3.《愛思樓詩餘》一卷。《安丘曹氏家集》本，《山東文獻集成》據以影印，山東大藏。

4.《愛思樓雜說》一卷。《續安丘新志・藝文考》著錄。

5.《安丘曹氏家學守待》十二卷。

按：《曹尊彝行狀》云：「吾家自五世以來，著述代有，迭經兵火。先大夫遠紹旁搜，上自前明，下迄本朝，積有成帙，詳加校正，匯爲十二卷，名曰《家學守待》。」今山東省圖書館所藏有三十二卷本《家學守待》，山東文獻集成據以影印，其書目爲：《珂雪詞》二卷《補遺》一卷、《珂雪集》一卷、《珂雪二集》一卷、《朝天集》一卷、《鴻爪集》一卷、《十子詩略卷三》、《黃山紀遊詩》一卷、《黃山紀遊詞》一卷、《澹餘詩集》四卷、《南行日記》一卷、

《珂雪文稿》一卷、《珂雪三集》四卷、《珂雪詞補遺》一卷、《黔行集古近體詩》一卷、《黔寄集》四卷、《又何軒古近體詩》一卷、《澹餘文集》一卷、《棗花田舍古近體詩》一卷、《冰絲詞》一卷、《蟲吟草古近體詩》一卷、《蟲吟草詩餘》一卷，共計二十一種三十二卷。已非曹尊彝原本《家學守待》，蓋曹氏後人又有所編輯。

二十四、曹會著述考

曹會，嘉慶十八年生，曹一麟十一世孫。

《東麓見聞》二卷。《續安丘新志・藝文考》著錄。

二十五、曹鐶著述考

曹鐶，同治間人。

1.《官梅閣詩集》無卷數。

2.《字辨》無卷數。

3.《象佩印存》無卷數。

以上皆《續安丘新志・藝文考》著錄。

二十六、曹恩沛著述考

恩沛，字若雨，曹金符子，民國七年卒。

1.《史話訓蒙》無卷數。

2.《幼學紺珠》無卷數。

3.《字類輯略》無卷數。

4.《樵牧聞覽》無卷數。

以上皆《安丘曹氏族譜》著錄。

第四章　安丘曹氏交遊唱和考

概述

交遊唱和的考辨，無論是對於澄清文壇上的某些文學現象，還是認識作者本人，都有著重要的作用。解決這些問題，從交遊唱和入手，往往比直接從作品入手要更具說服力。安丘曹氏主要是個文學世家，而最顯著者莫過於曹貞吉、曹申吉。由於種種的歷史原因以及曹貞吉本人的素養，決定了曹貞吉與清初文壇有著密切的聯繫，其交遊範圍也十分廣泛，其中有詩人、詞人、理學家、戲曲作家、說書藝人等等。而曹申吉由於在世時間短，交遊唱和情況顯得相對集中，與其唱和較多者，主要是王士禛和李良年。所以本章主要考察了曹貞吉、曹申吉的交遊唱和情況。安丘曹氏人物眾多，有作品傳世者亦有不少，爲何要集中在曹貞吉、曹申吉二人呢？原因有以下幾點：其一是由他們的文學地位及身份所決定的，他們的地位與身份同樣也決定著與他們交往人士的地位與身份。比如曹貞吉與文壇盟主王士禛的交遊，與浙西派領袖朱彝尊、陽羨派領袖陳維崧的交往。而這種交遊又往往反過來影響作者本人的創作動向及風格，如王士禛發起的紅橋唱和對曹貞吉從事詞作的影響，汪懋麟等人對待宋詩的態度對曹貞吉詩風由唐入宋的影響等等。其二是他們兄弟兩人的人格品行因素。比如曹貞吉不善干謁，竿牘不入公門，與其交往的諸人中，就有很多此類人物，如田雯、張貞、李良年等人。其三就是他們兩人著述傳世者相對較多，可以較完整地考察與某人的交遊唱和情況。比如曹申吉與李良年的交遊唱和，主要集中在去貴州的途中以及二人同在貴州任職的期間。而這段時間內兩個人的作品也都相對完整地保存下來，如曹申吉的《黔行集》、《黔寄集》。這一點也是其他曹氏後人所不能具備的，比如遂溪令曹湛歸里後不輕易創作，即使偶有所作，也多不存稿。在考察安丘曹氏交遊情況時，發現這樣一個事實，那就是科舉對於士人的交遊有著重要的作用。考中進士，無疑給二人的交往提供了一個廣闊的天地。再如康熙十八年的鴻博，使全國各地的文人都聚集京師。曹貞吉本人由於無人舉薦，未應鴻博，但他正是藉此機會，結識了陳維崧等人。科舉所提供的交遊契機，也是安丘曹氏其他人士可望而不可即的。其他有著作傳世的諸多安丘曹氏，大都科場不利，數困場闈，這就決定了他們的交遊範圍及層次，這也是交遊唱和考不以他們為重點的另一個原因。而科場不利也並非都是壞事，比如曹元詢與汪喜孫的交遊情況，就戲劇性地跟二人的科場不利有關。據悉，汪喜孫八試禮部不第，曹元詢也曾十試禮部。可想而知，二人每次在考場都能遇到對方，久而久之也就熟悉起來，並且建立起深厚的感情，可以說是頗具戲劇性的難兄難弟了。

雖然曹貞吉在清初文壇有著重要的地位，並且與當時的文壇大家也都有著密切的交往，但到目前為止，還沒有其他研究者仔細梳理過曹貞吉的交遊唱和。其實曹貞吉的交遊唱和情況對於研究清初文壇有著重要的意義，比如曹貞吉與朱彝尊的交遊唱和。在曹貞吉與朱彝尊結識的這麼多年內，據現有資料來看，在二人的諸多唱和中，曹貞吉只為朱彝尊寫過一首送別詩，而其他唱和皆是以詞的形式。而曹貞吉在與當時另一位大詞人陳維崧的唱和中，卻詩詞互現。朱、曹二人的唱和之所以如此，據考察，蓋與二人在詩歌上的主張不同。曹貞吉在康熙十年結交朱彝尊時即已開始學習宋詩，而朱彝尊則「無時無刻」地反對宋詩。所以交遊唱和的考述，對於文學研究非常重要。本部分主要以年譜的形式行文，詳細考察了曹貞吉、曹申吉的交遊唱和，並且重點在於事實的考辨，至於曹氏兄弟所交往諸人對於他們的文學影響，將在第五章裏考察。又因為曹貞吉比曹申吉在世時間長，而且交遊廣泛，本章又分門別類重點考察了曹貞吉的交遊唱和情況。目前雖有研究者就曹貞吉行履人做過考述，但大都過於簡要。與曹貞吉有交往的幾個文壇大家，如王士禛、陳維崧、朱彝尊、汪懋麟等人，雖然今人都編過較為詳盡的年譜等，但有涉曹貞吉的地方，亦往往疏漏不全，而且時有乖訛。在考察曹氏交遊唱和時，有些地方看似簡單的按時排列，其實是為了行文的簡要，省略的大量煩瑣的推測過程。因爲諸多清人文集，尤其是詞集，大都按體、按調編排，而非以時繫，即使按時間編排的，也往往有編排混亂的地方，這對於考辨他們唱和的時間及地點帶來了很大麻煩。以年譜的形式行文有這樣的好處：一是爲以後編寫曹貞吉、曹申吉年譜帶來極大方便，二是使研究者一目了然，便於參考。

在考察曹氏與諸人的交往時，詳細考辨了他們交往的時間，並且考察了影響他們交往的諸多因素。比如曹貞吉與王士禛交遊甚密，但是自康熙十九，曹貞吉與王士禛的關係開始疏遠。其原因是當時京師流傳曹申吉已經從逆，作爲明哲保身的王士禛，更是靈敏地覺察到此點，所以致使王士禛與曹貞吉關係有所疏遠，雖然後來二人關係有所緩和，但足以看出王士禛爲官謹慎。以王士禛門人自居的汪懋麟，是與曹貞吉唱和最多的一個人，然自康熙十九年始，亦與曹貞吉關係疏遠。雖然汪懋麟應鴻博後授職，但也不至於忙得跟曹貞吉連面都不見了，其實亦跟曹申吉事件有關。而汪懋麟又是王士禛的門人，王士禛提醒自己的門人遠離不必要的麻煩，也是很正常的事情。據考察，此時的汪懋麟並不是多麼繁忙的人，只不過與他交往的人士發生了變化。陳康祺在《郎潛紀聞》中曾提到康熙二十一年禹之鼎爲王士禛、陳廷敬、徐乾學、王又旦、汪懋麟作《五客話舊圖》一事，可以得知此時汪懋麟的交遊情況。而在康熙二十二年，曹貞吉偶然看到王士禛寫給汪懋麟的一首詩時，也和作了一首，詩云：「日射觚稜金碧分，故人名在九重雲。當年筆墨縱橫甚，何處仍尋舊練裙？」可見這位昔日的好友，此際已在「九重雲」了。在考察諸人交遊唱和的同時，亦注重人物的性格、生活方式以及人格品性對交往產生的影響，比如柳敬亭的豪爽，吳雯的邋遢生活方式，以及李良年不善干謁的品行等等。

在考察諸人交遊的同時，充分利用了清人筆記中的相關記載和現在的網絡資源，對他們交往的背景給出必要的交代。比如陳康祺《郎潛紀聞》中所提到的「康熙朝三圖」，其中就有曹貞吉爲陳維崧題詞的《塡詞圖》，還有曹申吉爲李良年題詞的《灌園圖》。而《灌園圖》有汪琬所作《灌園圖記》，但此《記》今已不存於汪琬諸集中。而上海崇源藝術品拍賣公司曾於二〇〇二年拍賣過此圖，而在拍品的網頁中恰有此圖的歷次題記。在考察交遊的同時，亦對與曹氏交往的人士做了一定的推測。比如與曹貞吉關係甚好的田雯，曾作《移居詩》，和者眾多。田雯自號山薑，在其《移居詩》中又提到「牆角獨立山薑花」，而田雯爲何要在院落中種植山薑，又爲何自號山薑呢？據其與諸友人的書信考察，田雯時常手臂疼痛，蓋患有風濕類的疾病。而據諸多藥典記載，山薑能解大毒，行血消淤，透筋骨，能治風濕及四肢痳木，可見田雯爲何要在院落種植山薑了。在考察交遊唱和時，亦糾正了許多今人研究成果中的錯誤之處，如曹貞吉贈柳敬亭詞的寫作時間的辯證，另如曹貞吉與鄧漢儀的交往等等。有人認爲曹貞吉《哭漢儀》一詩是寫鄧漢儀的，進而根據鄧漢儀去世的時間，懷疑此詩在《珂雪集》中的編排錯誤，其實是非常錯誤的觀點。曹貞吉在提到鄧漢儀的地方都是稱「孝威」，也就是鄧漢儀的字，而此詩中卻一反常態直稱「漢儀」，雖然古人有詩書不諱、臨文不諱的說法，但不合情理。據考察，此處所稱的「漢儀」當是指曹貞吉、曹申吉共同的朋友「李漢儀」。

第一節　曹貞吉交遊唱和考

一、曹貞吉與清初詩人交遊唱和考

（一）曹貞吉與王士禛交遊唱和考

王士禛，字子貞，一字貽上，號阮亭，中年又號漁洋山人，山東新城人。順治十五年進士。十六年授揚州推官。康熙三年，內升禮部主事。八年，司榷清江關，還，遷戶部郎中。十五年六月，補戶部郎中。十七年，授翰林院侍講。十九年十二月，遷國子監祭酒。二十三年十月，遷少詹事。二十九年，遷督察院左副都御使。三十一年調戶部右侍郎。三十七年擢左都御使。五十年卒於家。〔註 1〕

曹貞吉與王漁洋交遊唱和，大致可以分爲兩個階段。其一是曹貞吉在京任職至康熙十九年歲暮，其弟曹申吉罹難（曹申吉之死，對曹、王交往產生了微妙的影響），其二是康熙二十年直至康熙三十七年曹貞吉謝世。

第一階段，康熙五年至康熙十九年歲暮，此一階段是曹、王交往最密切，酬唱最頻繁的時期。

曹貞吉與王漁洋交遊當晚於其弟曹申吉與王漁洋的交遊。王漁洋中順治十二年進士，選內翰林庶吉士，十四年授國史院編修，旋擢日講官充扈從，

〔註 1〕《清史列傳》卷九第 658 頁。

而曹貞吉是康熙三年的進士〔註 2〕，康熙五年丙午再次進京〔註 3〕。雖然曹貞吉在中進士之前，曾進京探望過曹申吉，但就現有的資料考證，曹貞吉與王漁洋初交，當在康熙五年。

康熙五年丙午十一月十一立冬日，王漁洋曾與崔老山、綦松友、曹貞吉、曹申吉集滴翠園詩宴。《澹餘詩集》卷三《立冬日集滴翠園同崔老山、綦松友、王阮亭暨家兄升階二首》，對此次集會有記載，另外曹貞吉在《觀松友學士題壁有感》的詩注中亦提及此次聚會。〔註 4〕（但蔣寅《王漁洋事蹟徵略》：「十一月十一立冬日，（王漁洋）與崔老山綦松友曹貞吉申吉兄弟集滴翠園詩宴。時以居先王妣憂未赴選。始以詩揚名。」蔣寅誤曹貞吉事為王漁洋事。此年王漁洋揚州推官任滿歸里，五月其妹卒，並非「居先王妣憂」，〔註 5〕居先王妣憂者乃曹貞吉，曹申吉《珂雪二集序》：「丙午，兄來京邸，時方居先大母憂，未赴選人，而兄之稱詩，自此始矣。」）在此次集會上，曹貞吉有詩作二首。〔註 6〕此次集會，據目前資料看，很可能是曹貞吉與王士禛的第一次會面，這次集會，為以後曹、王交往拉開序幕。此次聚會之後，曹申吉送梅花與王士禛，王士禛賦詩答謝，並向曹貞吉示好，仍稱曹貞吉為曹解元。

《漁洋詩集》卷十九丙午稿有《答曹淡餘廷尉送梅之作，兼示令兄升六解元》：「江南雪霰春凌亂，憶向蟠螭穩泛舟。雙屐曉穿光福樹，萬株香壓太湖流。瑤華久別應無恙，佳句遙傳一畔愁。竹屋紙窗燈火裏，與君斟酌話前遊。」

〔註 2〕《明清進士題名碑錄索引》：曹貞吉列三甲八十三名。同榜有德州田雯（二甲四名）、新城王士驥（二甲三十六名）、海寧王筠（三甲七十二名）、江陰曹禾（三甲八十五名）。按：同考者還有新城王士祜，但並未及第。

〔註 3〕曹申吉《珂雪二集序》：「丙午，兄來京邸，時方居先大母憂，未赴選人。」《澹餘詩集》卷三：《九月三十日作》（時家兄初至都）。

〔註 4〕《珂雪二集》有《觀松友學士題壁有感》：「熒熒壁上墨光明，學士才華冰雪清。黃絹欲題文漶漫，銀鉤猶辨草縱橫。魂歸鶴表愁冥漠，客過郵亭識姓名。記得梁園風雨夜，巡簷擊缽讓先鳴。（丙午冬集梁園，學士詩先成。余倚韻和之，猶昨日耳。）」

〔註 5〕王士禛《漁洋山人自撰年譜》卷上。

〔註 6〕《珂雪初集》：《立冬日過滴翠園和家弟韻東望石侍御二首》：「名園秋色暮，落日散高涼。敧柳寒侵水，饑烏夜話霜。煙生蘆荻岸，月滿薜蘿牆。彳亍長橋上，微風動客裳。」
入門塵念寂，波影一庭閒。雲薄寒殘照，霜明映小山。竹林嵐氣和，石磴蘚痕斑。盡日陪高躅，疏籬正未關。」

康熙六年丁未初夏，曹貞吉將作吳越之遊。此時王漁洋在禮部任職。曹貞吉南遊時，步王漁洋紅橋唱和之韻，賦《浣溪沙》二首。

張貞《祭曹實庵先生文》：「憶丁未首夏，先生需次里居，結伴南遊，泛棹長淮……」

《漁洋山人自撰年譜》卷上：「康熙六年丁未，三十四歲，在禮部。宋別駕舉牧仲自黃州入覲京師，始定交。」

《珂雪詞》卷上有《浣溪紗五調・步阮亭紅橋韻二調》：「幾曲清溪泛畫橈，綠楊深處見紅橋，酒簾歌扇暗香銷。白雨跳波荷冉冉，青山擁髻水迢迢，三生如夢廣陵潮。

水過雷塘嗚咽流，繁華人逝幾經秋，二分明月自揚州。玉樹歌來猶有恨，錦帆牽去已無愁，平山堂下是迷樓。」

然《珂雪詞》按調編排，不知此詞具體作於何時。有人推測此詞作於康熙七年二月間，〔註 7〕然據詞中所述「幾曲清溪泛畫橈，綠楊深處見紅橋」、「白雨跳波荷冉冉，青山擁髻水迢迢」，及張貞在《祭曹實庵先生文》中所述時間，當知作於康熙六年丁未夏。王漁洋諸人紅橋唱和，在康熙元年，王漁洋任揚州推官時，王漁洋詞見《衍波詞》卷一《浣溪沙・紅橋同籜庵、茶村、伯璣、其年、秋崖賦》。《珂雪初集》另有《過平山堂懷阮亭儀部》，〔註 8〕亦作於此次南遊之時。

張貞《祭曹實庵先生文》：「憶丁未首夏，先生需次里居，結伴南遊，泛棹長淮，艤舟邗上，時四方名士多僑寓其間，投壺贈縞，論交甚眾，相與登紅橋，過竹西，上下平山堂，籃輿畫舫，瓠尊竹杖，歡聚月餘，始各散去。」

《過平山堂懷阮亭儀部》：「蜀岡南下俯平沙，策杖登臨繫鉤艖。自是山光能悅客，非關遊子不思家。天垂白練江流闊，門對丹楓驛路斜。太息法曹今已去，空餘灌木聚寒鴉。」

王士禛發起的兩次唱和即秋柳唱和及紅橋唱和，奠定了他在文壇的地位。此時曹貞吉南遊，踵武漁洋故跡，然當年王漁洋發起的紅橋唱和之事，

〔註 7〕胡曉蓓《曹貞吉年譜》：「康熙七年戊申，二月，其（曹貞吉）經揚州時又作《浣溪沙・步阮亭紅橋韻》。」

〔註 8〕蔣寅《王漁洋事蹟徵略》第 153 頁：「康熙七年戊申二月，曹貞吉有吳越之遊，經揚州作《客廣陵送杞園之金陵》詩送張貞，又有《過平山堂懷阮亭儀部》。」

足以使曹貞吉明白紅橋唱和在文壇上的意義及影響。雖時隔五年之久，仍步其後塵和作，與其說是睹物思情的感懷之作，不如說是失之東隅得之桑榆的擠進文壇之舉。一紅橋和作，一懷人之作，此時曹貞吉已服膺漁洋在文壇上的地位，並成爲王士禛文壇盟主的羽翼。

康熙八年己酉二月，曹申吉爲其兄裒輯康熙甲辰以來詩作編爲《珂雪初集》，並囑王漁洋選定刊行。是歲秋，曹貞吉赴京就試。是年王漁洋「榷清江浦關，專司船廠。」〔註 9〕

> 曹申吉《珂雪初集跋》:「迨甲辰歲，兄冠進賢返里，拈筆即工……兄五年中著述盈篋，予同阮亭王子擇其優雅者若干篇，付之梓人而爲識志大概如此。康熙己酉歲上巳日弟申吉謹跋。」

> 曹申吉《珂雪二集序》:「自是，而兄之詩格日益進，氣日益老，予同阮亭王子論定其數年所作而刊之吳中，即《珂雪初集》也。」

> 曹申吉《珂雪二集序》:「己酉秋，兄至都就試。」

曹貞吉之作，其實完全可以不由王漁洋選定刊行，之所以如此，其一曹申吉於其兄用心良苦，其二曹氏兄弟二人深知王漁洋在文壇上地位及影響，曹申吉想藉此擴大曹貞吉的影響，並奠定其在文壇上的地位。由於曹貞吉的文學造詣，王漁洋亦欣然應答，足以看出王氏好獎掖提攜後進。另一個原因是王氏與曹申吉的交情及曹申吉當時在京城地位。雖然曹氏外祖劉正宗已被罷黜，然曹申吉卻官運亨通，也許是朝廷用人之道，此時的曹申吉早以由大理寺卿擢升禮部右侍郎。對曹申吉的政治前途，王漁洋定能洞悉，所以這也是王士禛欣然應答的一個因素。

康熙十年辛亥，曹貞吉任中書舍人，李良年從曹申吉入黔。王漁洋遷戶部福建司郎中，王士祿在吏部任職。是年曹貞吉在京經常與王氏兄弟等人相唱遊。撰於康熙十二年的《王考功年譜》提及曹貞吉，然撰於康熙四十四年的《漁洋山人自撰年譜》，卻並未提及曹貞吉。王士禛此時於自己的年譜中卻不提曹貞吉，蓋曹貞吉與王士禛關係後來有所疏遠。

> 《王考功年譜》:「是歲宣城施愚山閏章、武鄉程崑崙康莊及宋荔裳皆至京師，華亭沈繹堂、澤州陳說岩廷敬、合肥李容菴天馥官翰林，泗州施匪莪端教官司城，德州謝方山重輝、安丘曹實庵貞吉、

〔註 9〕王士禛《漁洋山人自撰年譜》卷上。

江陰曹峩眉禾與汪蛟門皆官中書舍人，而程湟榛適爲職方郎中，皆與先生雅故，數以歌詩相贈答。」〔註10〕

《漁洋山人自撰年譜》卷上：「康熙十年辛亥，三十八歲。遷户部福建司郎中。時郝公惟訥敏公爲尚書，程周量可則以員外郎爲同舍，朝夕唱和。而宋荔裳琬、曹顧菴爾堪、施愚山閏章、沈繹堂荃皆在京師，與山人兄弟爲文酒之會，皆有詩唱和。」

康熙十一年壬子初春四日，王漁洋同諸人遊西山，道中賦詩。清明過後，曹貞吉宴飲於宋琬席上，並依王漁洋韻作詞。

《漁洋續詩集》卷二《初春四日休沐，同荔裳、方山、西樵往西山道中作》：「遙山雁齒列，遠水魚鱗波。朝朝國西門，馬上呈嵯峨。卻掃閉簾閣，幽夢紛陂陀。坐羨雲間禽，歸飛向岩阿。上春寡人事，勝侶時來過。望山馬注坡，投林鳥驚羅。行行近磊砢，清輝一何多。豈識絕塞山，娟靜如媌娥。禽夏如可期，遑復知其他。」

《珂雪詞》卷上《蝶戀花・荔裳席上作用阮亭韻》：「吹面東風能解纈，雨弄柔絲，過了清明節。脆滑鶯兒聲不歇，池塘淡淡霏香雪。好倩吳儂翻一闋，宮錦氍毹，顧影神清絕。銀燭光消銀箭徹，一鉤斜掛城邊月。」

康熙十二年癸丑，曹貞吉任內閣中書，王漁洋里居守制，王士祿於是年七月卒。就此，曹氏兄弟與王士祿的交遊已盡。

《漁洋山人自撰年譜》卷上：「居廬。長兄考功以毀致疾，七月卒。」

康熙十四年乙卯，漁洋未赴里奔喪時，曾與曹貞吉有過聚會，並有詩作。

《漁洋續詩集》卷八《與曹升六舍人食蟹》：「海上有蝤蛑，力可製於菟。縱橫凌風潮，一殼能專車。失勢稻芒侯，八跪充庖廚。津門連渤碣，珍錯首蟹胥。誰遣三十輩，束縛就寒蒲。磊落堆盤中，香味宜葵菹。易酒碧玉色，無錢亦須沽。與君對接螯，風味思江湖。野人厭藜莧，腸饑鳴轆轤。今朝食指動，襟袖霑膏腴。酒船數帆健，絕勝三日酺。寄謝虞嘯父，未須誇鯛魚。」

是歲秋，王漁洋需次歸里覲省，曹貞吉作詞送行，並由衷感懷漁洋知遇

〔註10〕《王士禛全集》第2512頁。

之恩。

《珂雪詞》卷下《賀新涼・送阮亭東歸，兼悼西樵》：「倦客歸轅裏，恰三秋，霜林葉散，鯉魚風起。四角紅氈騾子背，躑躅河橋之際。趁不上、東華宵騎。三疊淒涼渭城曲，感生平、清淚如鉛水。知我者，唯兄耳。重逢蕭寺人憔悴，憶君家、中郎阿大，清言何綺。杳矣人琴千載恨，宿草呑聲未已。離緒到、中年如此。生不成名身已老，歎虎頭、食肉非吾事。空擊筑，長安市。」

康熙十五年丙辰，曹貞吉任內閣中書職，王漁洋正月赴京師，五月補戶部四川司郎中。〔註 11〕是歲春，王漁洋曾於庭院移栽竹子，並賦詩。曹貞吉過訪漁洋，並依漁洋詩韻賦詞。

《漁洋續詩集》卷九丙辰京集《移竹戲題》：「齋居飽藜藿，兼旬食無肉。昨從季主卜，筮得蒼莨竹。入世二十年，磬折仍負俗。愛君霜雪姿，磊砢多節目。秋雨日瀟瀟，臥起篔簹谷。露下更婆娑，官奴試然燭。」

《滿江紅・題阮亭寓竹》：「何物琅玕，偏愛傍、子猷書屋。微雨後，月痕低照，亭亭新沐。洛女凌波鳴雜佩，湘人鼓瑟敲寒玉。早風雷、一夜起龍孫，森然綠。何處是，秦川曲。休更覓，篔簹谷。只閒庭半畝，差堪醫俗。振籜未隨秋寂寞，窺簾似共人幽獨。待他年、玉版好同參，寧爲腹。」

是歲九月十日，田雯邀王漁洋、曹貞吉、林堯英、朱彝尊、汪懋麟、謝重輝、顏光敏等泛遊通惠河，賦詩唱和。〔註 12〕此次泛遊通惠河，諸人和作皆編於田雯《古歡堂集》，然未見王士禛之作，檢王士禛諸集，亦未見其遊通惠河之作。曹貞吉賦《泛舟行》一首。〔註 13〕

〔註 11〕《漁洋山人自撰年譜》卷上。

〔註 12〕田雯《古歡堂集》卷五有《九月十日同北山阮亭兩先生、實庵、蛟門、方山、修來、子昭、良哉諸子、介眉家兄，泛通惠河，屬郁生作圖歌以紀之》詩，次於《丙辰生日放言》後，附曹貞吉、林堯英、朱彝尊、汪懋麟、顏光敏、謝重輝、丁煒諸人和作。蔣寅：《王漁洋事蹟徵略》第 220 頁。

〔註 13〕曹貞吉《珂雪三集》卷一《泛舟行》：「官河浩蕩城東隅，舳艫銜尾舟人呼。五閘屹屹蓄水利，奔流直下跳圓珠。九日已過氣蕭瑟，田郎治具招我徒。方舟次第羅几案，琉璃色映紅氍毹。微風舒舒旗腳轉，波浪淡折靴紋粗。鳧鷖亂流唼荇藻，枯楊夾岸森千株。欸乃聲中漁網急，恍惚身入江南圖。溪橋小市足蝦菜，人聲往往雜燕吳。過峽灘平水清淺，牽以百丈驅兩驢。諸君觴行康熙十六年丁巳，王漁洋在戶部，曹貞吉任內閣中書。據漁洋詩作推算，是年二月，曹貞吉與謝重輝攜酒飲王漁洋宅，過程可謂酣暢淋漓，天昏地暗。王漁洋有詩記此詩宴，現錄其中一首。

《漁洋詩續集》卷十之《曹升六、謝千仞攜酒過飲，宋牧仲、張杞園亦至，同賦長句二首》:「陵州羅酒玉雪清，青州金露琥珀頳。直沽冰開酒船到，屬車捆載連瓶罌。二子提攜肯過我，鴟夷交臥紛縱橫。我愛徐景山，不知曹事唯酒鎗。復愛謝西安，玩弄元子如老兵。眼中況是我輩客，談天炙轂聲彭魧。一斗枯腸芒角生，五斗胸中鱗甲平。一石眶若遊八極，逍遙齊物無虧成。幽州二月草始萌，小桃照地如紅鞓。天涯酒人不易得，何必琴築琵琶箏。十擲輒犍詎緣拙，三語作椽誰所令。蠟淚成堆冠幘墮，西南月作金盆傾。」

是年三月份，曹正子邀王漁洋等人遊豐臺看芍藥，〔註 14〕漁洋有詩提及此事。〔註 15〕據蔣寅《王漁洋詩集徵略》考證，此次看花是在三月，不知曹貞吉參與其遊否。然《珂雪三集》有《上巳前一日北山招，同諸子郊外看花之作》:「選勝名園當永晝，春風拂徑落花多。峥嶸古塔千霄上，煙靄長蕪載酒過……」另有《豐臺看花口號》四首，現錄其一:「綠楊踠地草芊綿，淡沱風光四月天。自歎癡頑閒老子，十年幾度到花前。」可見，此年三四月間，曹貞吉常與友人春遊唱和，其間很可能常與漁洋遊宴。

是年王漁洋選定《十子詩略》，據蔣寅《王漁洋事蹟徵略》考證，當在十月份。對於「金臺十子」異名的問題，馬大勇曾在《中國詩學》第十輯發表的《汪懋麟、曹貞吉、曹禾論——兼談「金臺十子」的異名問題》中指出，但並未進行考辨，〔註 16〕關於「十子」的確切人物，參見本文《曹貞吉著述

乃無筭，發狂大叫驚僮奴。潞河浮圖倏在眼，峭帆恨不凌江湖。返棹折蘿登古堞，蒼然秋色來平蕪。夕陽欲下寒山紫，回光激蕩紛有無。郊壇陵廟雄製作，風雲慘淡群靈居。龍蟠虎踞勢應爾，不然何以稱皇都。結束短後上馬去，城頭暮笳吹嗚嗚。」

〔註 14〕王士禛《香祖筆記》卷一:「京師鬻花者，以豐臺芍藥爲最，南中所產，惟梅桂、建蘭、茉莉、梔子之屬、近日亦有佛桑、榕樹。」
錢泳《履園叢話》卷十九《古蹟》:「豐臺在京城西便門外，爲京師看花之所。鑿池開沼，連畛接畦，花無不備，而芍藥尤勝於揚州。相傳即金時之拜郊臺，當時有豐宜門、遠風臺諸名，故曰豐臺也。」

〔註 15〕《漁洋續詩集》卷十《曹正子邀，同家兄弟子側及諸君子豐臺看芍藥，晚過祖氏園亭八首》。

〔註 16〕《中國詩學》第十輯馬大勇《汪懋麟、曹貞吉、曹禾論——兼談「金臺十子」的

考》之《實庵詩略》部分。至於漁洋如何熱衷於編選同人詩集，其一蓋於揚州任推官時，得益於錢謙益的勉勵，見《錢牧齋先生尺牘》卷一《與王貽上》：「近日詩家如稻痳葦粟，狂易瞀眩，今得法眼刊定，又有伯璣、玄覺共爲鑒裁，廣陵當又築文選臺矣。」其二，蓋與顏光敏倡導有關，見《顏氏家藏尺牘》卷二王士禛：「至『十子』之刻，葉慕廬、林淡亭、宋牧菴諸君，皆已刻竣，惟大集未梓，殊爲憾事。且年兄實首商此舉，詎可反遺而登他人。」漁洋選刻《十子詩略》，協辦者即有曹貞吉、田雯等人，見王士禛與顏光敏信札：「祈以集稿即寄曹實庵、田漪亭，刻資先予五金，余襄事後，全寄之亦無不可。」

《居易錄》卷五：「丙辰、丁巳間，商丘宋犖牧仲（今巡撫江西右副都御使）、郃陽王又旦幼華（後官户科給事中）、安丘曹貞吉升六（今徽州府同知）、曲阜顏光敏修來（後官吏部考功郎中）、黃岡葉封井叔（後官工部主事）、德州田雯子綸（今巡撫貴州右僉都御史）、謝重輝千仞（今刑部員外郎）、晉江丁煒雁水（官湖廣按察使）及門人江陰曹禾頌嘉（後官國子祭酒）、江都汪懋麟季用（刑部主事），皆來談藝，予爲定《十子詩》刻之。」

惠棟《漁洋山人自撰年譜》注：「是年宋牧仲犖、王幼華又旦、曹升六貞吉、顏修來光敏、葉井叔封、田子綸雯、謝千仞重輝、丁雁水煒、曹頌嘉禾、汪季用懋麟皆來談藝，先生爲之定《十子詩略》。」

宋犖《西陂類稿》卷四十七《漫堂年譜》：「王阮亭祭酒選刻長安《十子詩略》，余及葉井叔封、林蜚伯堯英、曹升六貞吉、田子綸雯、王幼華又旦、曹頌嘉禾、顏修來光敏、汪季角懋麟、謝千仞重輝也。」

李克敬《曲阜三顏公傳吏部郎中光敏》：「（顏光敏）日同諸名士唱和，若宋尚書犖、田侍郎雯、曹祭酒禾、林提學堯英、王給諫又旦、曹郎中貞吉、謝郎中重輝、汪主事懋麟、葉主事封號爲『十子』，刻有《十子詩略》，世多稱之。」

王漁洋新婦陳氏，於是年十月至京師，甚有婦行，（康熙十七年歲二月，王漁洋得太公家書，謂：「新婦于歸未幾，而汝登侍從，此宜家之祥也。」）詳見《蠶尾文集》卷六《亡室陳孺人行實》。是歲曹貞吉賦詩祝賀。

異名問題》：「由於視閾的狹隘與文獻匱乏，在此只能提出這些疑問以備將來考辨。」

《珂雪三集》卷下《賀阮亭納姬》:「神光離合影空濛，海水巫雲許略同。遂使朱弦抛永夜，將無團扇掩秋風。頰留獺髓三分色，鈿壓蛾眉一曲工。琢重個人名字好，縱教耳畔喚東東。」(疑有誤)

據蔣寅《王漁洋事蹟徵略》考訂，是年十二月，洪昇由京取道大梁南返，擬卜築武康。曹貞吉以詞，王漁洋、方象瑛與楊瑄以詩送行。漁洋詩見《漁洋續詩集》卷十，曹貞吉詞見《珂雪詞》卷下《賀新涼·送洪方思念歸吳興》。此次洪昇南歸，蓋由王漁洋、曹貞吉等人一同爲其餞行，並賦詩詞以贈。是歲末，田雯歸鄉寧覲，曹貞吉、王漁洋等亦有詩送行。

《珂雪三集》卷二《送子綸歸省》:「年來頻折柳，別緒正紛紛。歲序逢搖落，含情復送君。霜天圍野水，雁陣入歸雲。余亦思家客，離亭手重分。」

《漁洋續詩集》卷十《送田子綸郎中歸省》:「能詩何水部，恩許片帆歸。慈竹捨前長，脊令沙際飛。梅花迎驛路，臘酒熟柴扉。獨有離居者，依依心曲違。」

《珂雪三集》卷二有曹貞吉《題文姬歸漢圖同阮亭作》一首，《漁洋續詩集》卷十丁巳京集有《文姬歸漢圖（宋南渡祗侯司張某畫)》，據推算，此詩蓋作於是年秋冬之際。

《漁洋詩話》卷下:「安丘二曹：禮部貞吉，字升六；中丞申吉，字錫餘，兄弟齊名。禮部在京師，和余《文姬歸漢圖》等長歌，極有筆力。」

康熙十七年戊午，曹貞吉任內閣中書，王漁洋遷翰林侍讀。是歲秋，曹貞吉於王漁洋書齋詠山鷓詞一首，見《珂雪詞》卷上。王漁洋有《山鷓》詩，見《漁洋續詩集》卷十一戊午京集。

《山鷓》:「秋葉下庭樹，飛來山鷓鴣。寧因避珠彈，只合傍金鋪。清淚雲中鶴，晨飛煙渚鳧。微生各性情，太息羽毛殊。」

《月華請·王阮亭侍讀書齋詠山鷓》:「織翠爲裳，凝丹作距，飛來何處煙冥。金索珊珊，落下碧梧銀井。憶蜀國待詔圖中，共棘雀山花相映。難定，試洗卻濃妝，雪衣嫌影。掛向玉堂深處，莫百鞫輈，惱人幽靚。夢結梨雲，怕是數聲驚醒。若覓句、負手巡簷，更攤書、茶清香冷。風靜，好低徊一曲，伴他寒磬。」

康熙十八年己未，曹貞吉任內閣中書，王漁洋在翰林，充《明史》纂修官。是歲，吳雯因鴻博下第，將歸中條山。曹貞吉爲其餞行並賦詩。〔註 17〕據蔣寅《漁洋事蹟徵略》所列一起送別吳雯者有王士禛、徐釚、李良年，並未有曹貞吉，蓋曹貞吉並未同王士禛一行送別吳雯。吳雯後又來京，康熙二十三年甲子春，曾同王士禛、曹貞吉等人一起郊遊。〔註 18〕

是歲七月，田雯因地震移居粉房巷，並於壁上題詩。王漁洋見而和之，傳遍都下，和者絡繹不絕。施閏章、曹貞吉、林堯英、汪楫、曹禾、汪懋麟、陳維崧、孫蕙、朱彝尊、丁煒等和者近百人，陳維崧序之。此次唱和，若沒有漁洋首倡，估計和者無幾。此次唱和，雖不是漁洋首發，但實因其推動而形成，雖然並沒有像秋柳唱和、紅橋唱和在文壇上有著重大意義，但也許是當時士人的一種心理折射。移居是一個很平常的題材話題，但其中卻寄存著無限的寓意。此時移居雖然因地震引起，但對於安土重遷的民族心理來說，何嘗不是國運巨變之後士人心態的委婉流露。或者，與其說是吟詠震後的感懷，不如說是對「王事靡盬，不遑啓處」一種委婉調侃。今人提及漁洋唱和，皆知其有秋柳唱和、紅橋唱和，其實除了這兩大唱和外，移居唱和當爲其第三次唱和。此次唱和的意義，日後可作詳盡探討。

田雯《古歡堂集雜著》卷四：「己未余領冬曹節慎庫，七月地震，自橫街移居粉房巷。先至其處，督奴子搬家具，悶坐久，作詩一篇題壁上，有『東野家具少於車』、『牆角殘立山薑花』之句。俄漁洋至，見而和之。次日遍傳都下，和者百人。」

《漁洋續詩集》卷十二己未：《和田子綸郎中移居》：「田郎詩格如雪車，昨來新句傳移家。夢向漪亭坐秋水，蒼葭萬個眠麓麑。冬官事少踏壁臥，日未卓午先放衙。殘書滿前自穿穴，紛如雁字風

〔註 17〕《珂雪三集》：《寒夜飲酒歌即送吳天章歸河中，時陶季蒼石在座》：「中條千仞青冥開，長河雪浪如驚雷。山川盤鬱古蒲坂，扶輿間氣生奇才。吳生卓犖名公子，詞源屈注蛟龍摧。垂棘之璧不入貢，行年三十猶蒿萊。燕山雪花大如手，騎驢一弔昭王臺。荊高築聲未銷歇，行吟碣石悲風來。我有濁醪色味劣，藏之不減葡萄醅。夜闌與子共斟酌，徑須飲滿三百杯。短裘蒙茸亂鬅髮，高談跌宕凌鄒枚。贈我新詩力扛鼎，五十六字琅玕排。行間蕭散復兀奡，猩紅小飲吳綾裁。維時歲莫佳客集，形骸脫落無嫌猜。處士淮南掛席至，舍人河北從軍回。草草定交良不惡，縱橫酒氣浮罇罍。出門驚沙撲燈滅，大星磊落垂天街。拂衣明日歸山去，人生聚散何爲哉。」

〔註 18〕《珂雪三集古今體詩》卷上《暮春雨中阮亭招，同臥雲、幼華、孝堪、修來、悔人、杞園、天章、仲符遊善果寺，分韻得禪字》。

中斜。未要沈範相賞識，風亭月觀吟梅花。盧如瓜牛足搖膝，畢逋愛伴城頭鴉。鷙鳥累百詎比數，蹀躞聊試終參撾。牽蘿補屋絕代子，憤莫無匹悲庖媧。」

《珂雪三集》卷二《和子綸移居》:「東鄰跋象牽雙車，西鄰官冷頻移家。門外草深藏鬼火，牆頭雨壞窺山麑。六鼇贔屭公破碎，問誰蓬户誰高衙。老屋巍然良不惡，疏籬一任風吹斜。有時蚱蜢送白墮，可無吟眺酬黃花。點綴長空景幽細，晚紅天色三兩鴉。拍張暫學鸜鵒舞，夔牛霜重返堪撾。久欲從君徵僻事，圓蓋果否勞女媧。」

《珂雪三集》卷二有《阿濫堆爲阮亭作》一詩，據推算，此詩當作於康熙十七十八年間。

《阿濫堆爲阮亭作》「一曲人傳阿濫堆，怨入琵琶小忽雷。見説關山多雨雪，凌風何處卻飛來。」

康熙十九年庚申。曹貞吉任內閣中書，王漁洋任翰林院侍讀。是歲五月，宋犖奉命由里還京，〔註 19〕曹貞吉、王漁洋等人集林堯英寓所飲酒賦詩，諸人爲其題《雙江唱和集》，曹貞吉有詩附其後。然《漁洋續詩集》卷十三庚申詩中並無王漁洋題詩。《雙江唱和集》後附施閏章、陳維崧、林堯英、曹貞吉、謝重輝、汪懋麟、曹禾題詩。

約是歲夏，曹貞吉與王漁洋諸人同遊三原貞靖祠，二人皆有題詩。

《珂雪三集》有《題貞靖祠白松》:「我聞新甫之柏何蒼蒼，蛟皮黛色凌風霜。又聞龍門之桐高百尺，落砢離奇世無匹。房家白松將毋同，雙抽玉樹摩蒼穹。其堅鐵石質冰雪，五鬣風響聲鍾鏞。貞靖祠前勢拱揖，彷彿翁仲來秦宮。星辰箕尾時上下，霓旌素節紛相從。公之神靈所呵護，千秋不損針蒙茸。憶昔雙鳧飛北海，土膏土德培厚風。召伯甘棠誰剪伐，三槐磯律猶能恭。峿城父老謹伏臘，鼓聲坎坎疑豐隆。魂魄依稀還戀此，雲車不隔關西東。嗚呼！松兮松兮觀亦止，杝幹凡材安足齒。他日名垂天壤中，豈讓新甫之柏龍門桐。」

《漁洋續詩集》卷十三《三原貞靖房先生祠白松詩》:「貞靖祠堂俯濁涇，雙松如蓋晝冥冥。歲寒不競春華色，浩劫長棲白帝靈。丞相錦城凋古柏，昭陵玉匣哭冬青。蒼茫一物關今昔，且把長鑱斲

〔註 19〕宋犖《西陂類稿》卷四十七《漫堂年譜》:「五月復如都。」

茯苓。」

是歲秋，曹貞吉曾與王漁洋會飲，曹貞吉有詩記之，見《珂雪三集》：

《阮亭病酒走筆調之》：「十日不相見，聞君中聖人。那能受蕉葉，乃與麯生親。尺八還聆響，筌篌乍吐茵。歸來未岑寂，耳熟對橫陳。」

是歲王漁洋常與高珩唱和來往，曹貞吉亦嘗與其間。曹貞吉有詩和高珩，見《珂雪三集》之《和念東先生郊外韻》。王漁洋此年有關高珩的詩作近十首。

是歲八月二十八日，王漁洋四十七歲生日。曹貞吉、施閏章、陳維崧、陸嘉淑等人以詩詞祝賀。

《珂雪詞》卷上《百字令・閏八月壽阮亭》：「銀蟾的皪，記何時此月，重啓珠宮？羽葆虬幢紛去住，石麟飛下天中。四十七年，匆匆過卻，回首憶生崧。仙家晝水，雕弧近日初逢。等到人歷花磚，文登金鏡，乃許醉紅顏。李杜詩篇聞帝語，蓂莢才發銅龍。縹緲蓬山，從容赤舄，幾見桂輪同。他年假話，依然玉露秋風。」

十月七日，曹貞吉與王漁洋、高珩、宋犖、謝重輝夜集聯句。〔註 20〕十月七日晚，曹貞吉、王漁洋諸人從高珩齋歸，曹貞吉過訪阮亭齋，並飲酒賦詩。此一時期的曹貞吉因爲久已失去其弟曹申吉的音訊，內心非常苦寂，蓋常常借酒澆愁。

《珂雪三集》之《雪夜飲阮亭齋頭，以風雪夜歸人爲韻》：

「楗户慘不樂，出門迷西東。堅冰結層陰，馬毛拳北風。饑烏啞然集，落落蒼煙中。所思渺無端，未見心則沖。

〔註 20〕《珂雪三集》之《初冬夜集聯句（念東、實庵、阮亭、方山、牧仲）》。
《漁洋續詩集》卷十三：《十月七日雪過念東先生》。
《漁洋續詩集》卷十三：《聖安寺僧舍聯句（高念東先生、施愚山、宋牧仲、王阮亭、謝方山、錢介維、袁士旦。）》、《説餅聯句（王阮亭、曹峨眉、謝方山、潘次耕）》、《即席賦送念東先生還山聯句（高念東先生、施愚山、宋牧仲、王阮亭、謝方山。）》、《筵上詠鐵腳聯句（周紫海、宋牧仲、王阮亭、謝方山、錢介維、程山尊、袁士旦）》。
宋犖《綿津山人詩集・聯句集・小引》：「康熙庚申冬，偶讀韓孟聯句詩，遂與諸君子傚之，矜新鬥險，嘗刻燭至丙夜。無何，高念東先生、曹實庵舍人去，此興索然矣……」
袁起旭《朝天集引》：「今上之庚申，旭彈劍入都門。是時安丘曹公實庵，掌敕綸扉，與新城王學士、商丘宋比部、予里施侍讀日事酬唱，文酒過從，殆無虛日。」

> 頹陽十日溫，釀此一尺雪。圓璧與方圭，觸物成皓潔。貂敝絮不如，納袖冷於鐵。爐存火微紅，那得炙手熱。
>
> 鸜鵒畏網羅，黃雀憂彈射。奔車太行側，張帆瞿塘下。伊余七不堪，常乞三日假。簌簌聽簷花，金鐎響深夜。
>
> 空明白硾窗，蒙茸紅地衣。兩叟竹間坐，掩映生容輝。晶盤行素鱗，橘柚香霧霏。興至輒復飲，酒盡還當歸。
>
> 天街浩茫茫，深巷空無人。一燈明滅間，黯淡疑青燐。豈不愛瑤華，翻憂墊我巾。虎橋石徑滑，差勝十丈塵。」
>
> 《漁洋續詩集》卷十三《雪夕實庵見過小飲》：「柴門帶暝色，積雪滿空庭。上客回相訪，茅堂晚未扃。紙窗猶淅瀝，燈火自青熒。明日沖泥過，應逢濁酒醒。」

以上是曹貞吉與王士禛交遊的第一個階段，這一階段也是二人關係最好的時期。在此期間，兩人從相識到相知，時相過從，相互唱和。而自康熙二十年始，曹貞吉與王士禛的關係開始發生微妙的變化，其因不能不歸之於曹申吉死於吳難。

康熙二十年辛酉，曹貞吉居內閣中書職，王漁洋在成均。是歲七月，曹貞吉得知其弟申吉死於三藩之亂，後作《中秋慟哭詩》五首，其情辭甚哀絕。曹申吉死於康熙十九年庚申十二月五日，康熙二十年七月，曹貞吉得到曹申吉死訊。王漁洋其間定知曹申吉死難，但並未有悼念之作。曹申吉在京時，與王漁洋交情匪淺，時相唱和往來，王漁洋得其訃聞，並無悼念之辭，亦無寬慰曹貞吉之作。當年其兄西樵卒時，曹貞吉作詞送王漁洋併兼懷西樵。曹申吉之死，到底是投敵還是忠於清廷，還未有定論。王漁洋明哲保身，態度謹慎，如同其當年任職揚州，並未急於見錢謙益，而僅是書信往來。〔註 21〕是歲九月二日，新城王東亭卒，王漁洋請尤侗、邵長蘅作傳，見《漁洋山人自撰年譜》卷下。曹貞吉並無詩文記載此事，亦無悼念之作，蓋曹貞吉與東亭未曾相交，抑或此時與王漁洋關係有所疏遠。

自是至康熙二十四年秋出任徽州府同知，曹貞吉深居簡出，很少參與唱和集會活動，其間交往者亦僅張貞等人。蓋因痛失親人之故，悲痛欲絕。昔日諸人流連唱和，如今門庭冷落，在這人情淡漠之際，交往最親密的莫過於

〔註 21〕蔣寅《王漁洋與康熙詩壇》第 9 頁。

其童年摯友張貞了。

康熙二十二癸亥年，王漁洋有詩贈蛟門，曹貞吉讀之並和作《讀阮亭祭酒贈蛟門詩有作》，見《珂雪三集》卷三。是歲冬，楊水心有蝶畫送王漁洋，次年春，曹貞吉為王漁洋題詩。

《讀阮亭祭酒贈蛟門詩有作》：「日射觚稜金碧分，故人名在九重雲。當年筆墨縱橫甚，何處仍尋舊練裙？」

《珂雪三集古今體詩》卷上《寒夜集阮亭書舟，題王武畫菊》：「十月天氣寒，白日匿西陸。朔風掠樹杪，畢哺鳥尾禿。深巷悄無聲，哀析如啄木。率爾登君堂，窔然如空谷。連床富縹緗，舟車寧非屋？黃花淡似人，靜致魅幽獨。掩映壁間畫，兩兩悅心目。遠寄自山中，生綃裁巨幅。五色鬱披離，數枝紛樸蔌。磊砢伴蒼官，偃蹇蛟龍伏。吾徒飽塵土，愧此松與菊。筆墨定何物，使我歸心觸。迢迢夜渠央，爛醉馳冠服。」

《漁洋續詩集》卷十六《幼華、升六過予書舟，同舍人姪菊下小飲》：「獵圍行炙錦驛裹，樺燭傳觴金橐馳。何似茅齋風雪夜，一杯殘菊影婆娑。」

康熙二十三年甲子，曹貞吉仍居中書，王漁洋於此年冬遷詹事府少詹事兼翰林院侍講學士。是歲初，曹貞吉為王士禛題楊水心畫。是歲三月，王漁洋邀曹貞吉、顏光敏、王又旦、謝重輝、趙執信、吳雯、朱載震等人雨中聖果寺看桃花，王士禛與曹貞吉皆有詩作。〔註22〕

〔註22〕《蠶尾詩集》卷一《甲子暮春邀修來、幼華、升六、千仞、仲符、天章、悔人聖果寺看桃花二絕句》：「古寺尋春已後期，東風猶為絳桃遲。禪扉靜掩殘春雨，細逐茶煙嬰鬢絲。京華宮裏細腰身，移入招提又幾春？一樹夭斜忒無賴，也須著莫白頭人。」
《珂雪三集古今體詩》卷上《暮春雨中阮亭招，同臥雲、幼華、孝堪、修來、悔人、杞園、天章、仲符遊善果寺，分韻得禪字》：「緊余性懶慢，好結物外緣。夙昔慕精廬，寂寞心所便。暮春三月半，雨腳當空懸。霏霏上人衣，淡蕩疑輕煙。雅遊集少長，勝果瞻人天。碑存成化字，寺創蕭梁年。廊空鼠雀饑，像古精神全。柳密已藏鴉，槐疏未庇蟬。高閣領眾妙，遐矚窮幽燕。雉堞莽回互，群山秀嬛娟。雲氣幻蒼白，人聲如市廛。僧雛供伊蒲，一飽輒欣然。天宇忽澄霽，塔頂爭孤圓。空中響鈴鐸，微風語喧闐。妙畫出靈跡，法書辨前賢。蹴踏龍象沒，磯硉蛟螭纏。絹理鵝膜細，墨燦兒睛妍。發狂各大叫，得未曾有焉。古人勤小物，於藝必精專。而況蘇黃流，名字垂星躔。煌煌法門寶，呵護勞金仙。吾徒塵中人，鑒別愧老禪。上馬更惆悵，迢迢暮鐘傳。」

《珂雪三集古今體詩》卷上《題楊水心畫蝶爲阮亭作》:「園林遲日尋常見,入眼生綃略許同。兒女輕紈無用處,任他栩栩菜花中。」

是歲十一月，王漁洋奉命祭告南海，至康熙二十四年六月始自粵北歸，並於是年九月乞假歸省，至康熙二十七年正月赴京。曹貞吉於康熙二十四年秋由中書舍人出爲徽州同知，至康熙三十二年癸酉改任禮部儀制司郎中，直至康熙三十七年戊寅曹貞吉去世，其間與王漁洋交遊唱和並不多見。只於康熙三十一年壬申十二月二十六日，王漁洋招曹貞吉、孔尚任、謝重輝、馮廷櫆、袁啓旭、蔣景祁諸友夜飲，以「夜闌更秉燭」分韻賦詩。

袁啓旭《中江紀年詩集》壬申詩《臘月二十六日阮亭先生招，同曹實庵、謝方山兩員外，孔東塘博士，馮大木舍人，蔣京少司馬宴集，用夜闌更秉燭爲韻，各賦五首》。〔註23〕

《珂雪三集古今體詩》卷下《壬申歲暮同士旦、京少、方山、大木、東塘集新城司農邸舍，以夜闌更秉燭爲韻》:「歲暮寒氣銛，濃霜堆屋瓦。短裘各蒙茸，旅酒供傾瀉。萍散近十年，星聚始今夜。

湖海久憔悴，羞澀及柔翰。老懷入秋冬，逢人易悲歎。�譊塵聲中，良宵倏已闌。

蠻語苦未忘，終風乃爾勁。榠樝味久疏，橘柚咀已更。悉縮等生狙，貧也而非病。

江南美岩壑，黃山實靈境。桐帽與棕鞋，逌然愜素秉。回頭石筍矼，使我夢魂冷。

避人鑷白髭，來逐五斗粟。殘月及曉風，未抵將跋燭。金鑣響琅璫，宵行良刺促。」

康熙二十四年乙丑秋，曹貞吉出爲徽州同知，於其「途次所經歷，京邸所興懷，共得詩若干首，題曰《朝天集》，志爲王事勞，非無故而行也。」《朝天集》成書於康熙二十五年丙寅，是歲夏，以此集示友人靳治荊，靳並作跋。在此集中，有《三家店壁間讀阮亭先生題詩有感》。此詩作於曹貞吉旅途中，至於王漁洋題壁詩〔註24〕，王漁洋著作中已無考，不知道具體作於何時。然

〔註23〕轉引自蔣寅《王漁洋事蹟徵略》第388頁。

〔註24〕《池北偶談》卷十八《題壁逸詩》:「予少時與先兄考功同上公車，每到驛亭，輒題素壁，筆墨狼藉，逸去多矣……」。

王晫《今世說》卷六:「新城王西樵、阮亭，每過郵亭野店，輒題詩壁上。詩

據推算，大概作於王漁洋奉使祭告南海北歸途中。康熙二十三年春，王漁洋曾招曹貞吉等人聖果寺看桃花，是歲十一月十九日，王漁洋發京師祭南海，見《粵行三志・南來志》。所以曹貞吉詩中云「隔歲秋風高，吹我去江鄉」、「先生賦歸來，乃在堊室旁。」據《粵行三志・北歸志》：「四月初一日，庚寅。出廣州府南門，登舟……」。

《三家店壁間讀阮亭先生題詩有感》：「崇朝若驚飆，日暮神弗揚。塵土上須麋，行李無輝光。土銼引我睡，四壁垂星芒。輪囷劈窠書，署字爲漁洋。起坐乃更讀，金薤何琳琅。使公刺客傳，處士易水章。築聲未消歇，羽歌正激昂。一唱而三歎，讀之心焉傷。隔歲秋風高，吹我去江鄉。匆匆數語別，離緒毒中腸。一北復一南，譬彼鴻雁翔。先生賦歸來。先生賦歸來，乃在堊室旁。臥病遂經年，雞骨尚支床。惓懷不能寐，負手巡簷廊。珠斗橫闌干，金柝驚琅璫。疲馬齕南榮，昏燈掛東牆。何時魯連陂，巾車共徜徉。」

康熙二十六年丁卯，曹貞吉因事之陵陽，前後月餘，「行蹤所至，率意抒寫」，得詩四十餘首，因《和瞿山韻》詩中有「鴻爪重尋感舊遊」，遂命其集曰《鴻爪集》。集中有《爲雪坪題長安論詩圖，兼懷阮亭先生二首》：

「日下秋風遠別離，思君臥病魯連陂。那堪漂泊江南後，重讀漁洋幼婦詞。

鬚枯眉落見當時，畫壁旗亭足夢思。開卷恍然成一笑，分明雙樹影參差。」

康熙三十七年戊寅十一月四日，曹貞吉以疾卒於里，時年六十五歲。此時王漁洋官督察院左都御史。然王漁洋著作中，竟無一言提及曹貞吉謝世，抑或曹氏家人並未報之訃文？曹貞吉墓誌銘及祭文皆由其童年摯友張貞所撰。按說昔日好友，時相遊覽唱和，其謝世後竟無片言楮字悼念之情，曹貞吉在王漁洋心裏所佔的位置，可想而知了。然曹貞吉卻對王漁洋的知遇之恩，一直感懷於心。對於漁洋來說，曹貞吉並不算是其摯友，正如王漁洋在《分甘餘話》卷二所言：「余平生交友，不敢自居於薄，在京師遇施愚山、沈繹堂、李容齋、葉訒菴數公之喪，哭必盡哀。今人雖至交，指天日，盟肺腑，及勢分相埒，聲名相亞，遂忘夙好而反下石者，有之矣。可歎也！」

既驚人，使筆斗大，龍拿虎攫。尤悔庵道經燕齋見之，解鞍造食，坐對移晷不能去。」轉引自蔣寅《王漁洋事蹟徵略》。

除了以上能有具體時間的唱和外，曹貞吉集中還有一些有關王漁洋的詞作，如《珂雪詞》卷上有《御街行・和阮亭贈雁》，不知此詞具體作於何時。考《衍波詞》卷下，有《御街行・贈雁》一詞，兩詞同調同韻，當是同詠一事。

《御街行・贈雁》:「銀河一雁歸湘楚，似向離人語。獨將二十五弦彈，玉軫金徽清苦。水明沙碧，參横月落，遠向瀟江去。衡陽南望峰無數，楓葉秋如雨。不勝清怨卻飛來，應記江南煙浦。春社才過，又逢秋社，燕雁行相遇。」

《御街行・和阮亭贈雁》:「寒蕪極目連三楚，雁陣驚相語。一聲長笛出高樓，渺渺斷雲天暮。江深月黑，霜寒人靜，獨自銜蘆去。遙峰恰是衡陽數，寂寞瀟湘雨。無端孤客最先聞，嘹嚦亂帆南浦。隻影横空，相逢何處，紅蓼洲邊路。」

王漁洋在其他著作中亦偶提及曹貞吉事，如《池北偶談》、《居易錄》、《漁洋詩話》，然都簡短而過。據蔣寅《王漁洋與康熙詩壇》考證，王漁洋評曹貞吉《珂雪詞》是康熙十二年至十五年間事，這可能是曹貞吉對王漁洋一直感懷於心的事。

（二）曹貞吉與田雯交遊唱和考

田雯，字綸霞，號山薑，山東德州人。康熙三年進士，授中書。累遷工部郎中。督江南學政，所取士多異才。每按試，從兩螺，二僕隨之，戒有司勿供張。授湖廣督糧道，遷光祿寺卿，巡撫江寧，調貴州。康熙中，士禛負海內重名，其論詩主風調。雯負其縱横排奡之氣，欲以奇麗抗之。著有《古歡堂集》等。〔註 25〕

田雯與曹貞吉同爲「十子」成員，田雯在康熙詩壇，雖名不及王士禛，但亦是一名家，《四庫總目》云:「其名雖不及士禛，然偏師馳突，亦王士禛之勁敵也。」田雯爲詩尊宋而力主山谷，王士禛嘗謂其作詩文好新異，〔註 26〕與王士禛論詩每持異同。施閏章出任山東學政時，田雯與曹貞吉同受知於施閏章，〔註 27〕其間二人不知是否有過交往，據推測，施閏章很可能在彼此間提起對方。二人同爲康熙三年進士，其間進京赴試時，二人大概有過短暫面

〔註 25〕《清史稿》卷四百八十四第 1330 頁。

〔註 26〕王士禛《香祖筆記》卷九。

〔註 27〕黃金元《王士禛與田雯交遊考論》:「田雯早在順治十六年省試時受知於時任山東學政的施閏章。」《山東大學學報》2009 年第 2 期。

晤。據現有資料看，曹與田交遊唱和，主要集中在二人同在京師時，也就是康熙八年至康熙二十四年，此間二人時相過從，相與唱和。田雯好與同人論詩，其中就包括曹貞吉。康熙十八年，田雯以工部郎中應博學鴻詞，既而被落。〔註28〕其間與顏光敏的一封書信中云：「名落孫山，甚合本意……家居樂趣，不可勝言，此味只淡泊寧靜人知之。世情太熱者，昧昧也。託疾極是，而良晤頓慳，殊悵悵耳。同人落落，閉戶岑寂，即升六輩亦難見面，矧論詩耶。」據此推測，田雯平時與曹貞吉相處時，二人論詩是很平常的事情，曹貞吉詩風由唐入宋也定會受到田雯的影響。

康熙十一年壬子，張貞拔貢入京，時曹貞吉名滿京師，嘗爲張貞延譽。曹貞吉蓋於田雯前推許過張貞，因爲此時田雯已是曹貞吉更相迭和者。

> 張貞《祭曹實庵先生文》：「壬子，余以選拔充賦入都，先生以余名未彰，爲遊揚於公卿間。至今猶有知余姓字者，先生力也。」

> 張貞《曹貞吉墓誌銘》：「壬子，余充貢賦入京師，見公之暇，專力攻詩，與今户部侍郎田公綸霞、巡撫都御使宋公牧仲、刑部郎中謝公千仞、故國子祭酒曹公頌嘉、給事中王公幼華、刑部主事汪公季角更相迭和，都人有十子之目。」

是年六月，宋琬出任四川按察使，臨行前，招龔鼎孳、汪懋麟、王士禛、曹貞吉、梁清標、田雯等飲於梁家園。席上觀宋琬所編祭皋陶雜劇，並賦詩詞送別。

康熙十五年丙辰三月初二，曹貞吉同田雯、顏光敏郊原看花，晚至廣恩寺，三人分別賦詩爲紀。

> 《珂雪三集》卷一《春日郊原看花，晚至廣恩寺，同子綸、修來賦》：「漫漫春晝長，三月初破二。祓禊未及期，出郭了花事。名園結伴人，飛英已滿地。杯酒溫旅顏，嫩草供濃睡。花影落深卮，淡沲難成醉。是日重陰合，雨腳森欲墜。塵沙浩茫茫，郊原但一氣。白塔郁崢嶸，丹樓聳蒼翠。俱似霧中看，殊有蕭然意。探幽興不違，駕言尋古寺。數折得石橋，山門封薜荔。拄杖僧頭白，指點說榮瘁。畫壁辨龍蛇，斷碑臥贔屭。當階覆老松，虬枝工位置。危蹬苔衣滑，

〔註28〕《漁洋詩話》卷下：「己未博學宏辭之舉，田綸霞雯以工部郎中與焉。已而被落，《題溫飛卿集後》云：『一代才名乾饌子，八吟叉手亦徒然。不教詞賦陪彫輦，空讀南華第二篇。』然不十年，官至巡撫江南，僉都御使。」

空廊鼠塵細。健足等猿猱，未遽愁顛躓。所憂暝色迫，荏苒春城閉。何當結茅屋，遂署休休字。」

田雯《古歡堂集》卷二《村西看杏花晚至廣恩寺》：「出郭五里餘，芳甸恣遊衍。不知春淺深，翛然馬蹄遠。翠微有數峰，峰態何婉孌。安得同眾鳥，矯翼臨絕巘。名園花百株，繁英紛難辨。席地自怡悅，蹴茵飛觴轉。水涼酒力微，風定樹香善。登臺縱遐矚，煙霞續復斷。日蒸山氣流，沙平蹟草短。塵居苦物役，良會歘忘返。舒嘯學古狂，吾徒似嵇阮。」

是年春夏之交，曹貞吉又同田雯、顏光敏集會，並作《乳燕》一詩，田雯、顏光敏皆和作。如果將二人詠燕之詩稍作比較，不難發現曹貞吉詠燕詩的寓意所在。曹貞吉九歲喪父，其母劉氏含辛茹苦，將兄弟二人撫養成人，曹氏兄弟與其母有著深厚的情感，二人皆至孝之人。其母劉氏謝世時，曹貞吉曾一慟而絕。〔註 29〕在曹貞吉的詩中，有這樣一句：「其母獵飛蟲，呢喃遞相哺」，而田雯的詩中則側重描寫了雄燕：「其雄飛且鳴，呢喃石欄側」，可見母愛對曹貞吉的影響至深，其父過早的離世，也在曹貞吉的內心留下不可磨滅的傷痕。

《珂雪三集》卷上《乳燕同子綸修來作》：「海燕雙紅襟，依我梁間住。僦舍靜無囂，蛛網交回互。借君數月棲，只似盟鷗鷺。豈慰稻梁求，諒無金丸懼。一壘費經營，勞勞朝復暮。掠水帶芹泥，舞風唼柳絮。知非王謝堂，安之若厥素。荏苒新雛生，軟語侏儷訴。始焉黃齊口，既而紫頷露。其母獵飛蟲，呢喃遞相哺。乃悟大造功，隨物見生趣。佇看毛羽豐，提提榆枋路。秋社倏及期，烏衣結伴去。主人謝不敏，舊巢謹將護。名歲杏花濃，遲汝桑乾渡。」

田雯《古歡堂集》卷二《乳燕和曹升六》：「僻巷棲數椽，花砌樹深柵。雙燕爾何來，同作僦舍客。簷靜蛛網懸，巢定香泥積。其雌掠水回，風軟紅襟濕。其雄飛且鳴，呢喃石欄側。環顧若有屬，卜築意良造。錯比玳瑁梁，豈論王謝齋。匝月得四雛，黃口待哺食。

〔註 29〕《安丘曹氏族譜》卷二曹濂《曹貞吉行狀》：「庚申冬十月，先王母捐幃，訃至，先大夫一慟而絕，再藥始甦，急僦牛車一輛，冒雪星奔，憑軾號咷，感傷行路。其抵家也，望廬而哭，血淚交流。舉家百口，踴擗助哀，地坼天崩，生氣都盡。」

草青贏蟲肥，野曠風雨逼。差池羽毛豐，銜花落巾幘。主人方病肺，鍵户若岑寂。盆榴綴小紅，沼荷浮圓碧。烏衣相流連，對之慰晨夕。矯翼海壖闊，回首榆枋隔。社後還相期，舊壘長護惜。」

另《古歡堂集》卷十一《見燕子作》：「曲徑閒花細雨侵，翻飛春社動鳴禽。依人卜築風巢定，趁日銜泥草閣深。枝上鶊鶬同寂寞，巷中王謝歎銷沉。經旬看爾將雛去，紫陌烏衣何處尋。」

按：此詩《古歡堂集》置於《村西看杏花晚至廣恩寺》之前，其編排不當，當置其後。

是年九月十日，田雯邀王漁洋、曹貞吉、林堯英、朱彝尊、汪懋麟、謝重輝、顏光敏等泛遊通惠河，眾人賦詩唱和。〔註 30〕王士禛對田雯此詩評價甚高：「予讀之，悱惻深至，有《大東》之思焉……世自有知音，予故不具論云。」〔註 31〕但卻遭到趙執信的譏諷，趙執信曾在《談龍錄》中這樣評田雯詩作：「徒言河上風景，徵引故實，誇多鬥靡而已。」

田雯《蒙齋年譜》十三頁：「（康熙十五年）丙辰四十二歲。奉差監督大通橋漕運事務，九月報竣，作五言古詩一篇，勒石官廨。招集同人泛舟通濟河，繪圖，題七言歌行一篇。和者甚眾。」

康熙十六年丁巳十月，田雯因病還鄉歸省，曹貞吉賦詩送行，曹貞吉在詩中亦流露出自己的思鄉之情。此時的曹申吉羈留黔中，與外界已經失去聯繫。曹貞吉得不到曹申吉的音信，心情自是憤懣愁苦，而家中尚有垂白老母，此時看到朋友歸省，心中肯定有著一種「欲說還休」的痛苦。

田雯《蒙齋年譜》十四頁：「丁巳，四十三歲。八月升工部營繕司郎中，十月假省歸里。」

〔註 30〕田雯《古歡堂集》卷五《九月十日同北山、阮亭兩先生，實庵、蛟門、方山、修來、子昭、良哉諸子，介眉家兄泛通惠河，屬郁生作圖，歌以紀之》：「賤子行役鈍無用，老牛服箱鞭不動。鴟軋泥塗垂轡銜，白汗翻漿四蹄重。五閘瀨激長河通，一橋雲聳白墖共。中流破版鴨嘴船，搖櫓唱籌日倥偬。官帖例耗水衡錢，短車苦捉天庾貢。一百七十萬石米，常抱東南民力痛。自春徂夏風日佳，吏人趨走蠻觸閧。夾岸柳花半蒿水，何暇延賞作清供。重陽料峭西風急，老菊叢開燕麥種。客來快馬著輕衫，大呼上船氣豪縱。崖崩禿樹黃葉翻，瓦罌濁酒白衣送。掠柁開頭百丈牽，欸乃無聲雙蹇鞚。長年三老不曾識，赤腳奴子爲此弄。豈是操船張水嬉，但同打鼓騎屋棟。可笑茲遊亦草草，蕭騷野態集騶從。日暮入城寒雁來，軟塵撲面同一夢。郁生爲埽秋汎圖，我欲作歌招屈宋。」

〔註 31〕轉引自黃金元《王士禛與田雯交遊考論》，《山東大學學報》2009 年第 2 期。

《珂雪三集》卷二《送子綸歸省》:「年來頻折柳，別緒正紛紛。歲序逢搖落，含情復送君。霜天圍野水，雁陣入歸雲。余亦思家客，離亭手重分。」

康熙十八年己未七月二十八日京師地震，田雯因寓所毀於地震而移居粉房巷。此次唱和，雖由田雯首倡，實由漁洋推波助瀾，既而和者甚眾。〔註32〕在田雯與曹貞吉的詩中，都描寫了地震過後的一片殘垣斷壁、頹敗淒涼的情景。而田雯詩中所謂「牆角殘立山薑花」，可謂是對自己大難不死的寫照。田雯自號山薑，〔註33〕又在院落內種植山薑，又爲何要在院落種植山薑？據瞭解，田雯患有臂腕之痛，時常疼痛難忍，蓋即風濕之類的病。〔註34〕據《草木便方》云，山薑能解大毒，行血消淤，透筋骨，能治風濕及四肢麻木。田雯種植山薑，很可能是爲了祛除病痛。有研究者認爲田雯號山薑，是因爲《移居詩》中有「牆角殘立山薑花」的詩句，別人才開始這樣稱他爲田山薑。〔註35〕

田雯《蒙齋年譜》十四五頁:「七月地震，作《山薑》、《移居詩》篇，和者百餘首。」

田雯《古歡堂集》卷六《移居詩》:「東野家具少於車，學打僧包何爲家。一捆亂書十瓦缽，奚奴負走如奔麑。小巷偪塞通破寺，鄰人指說來官衙。自操箕帚埽土銼，糊窗吹紙西風斜。雨淋屋塌亂瓦礫，牆角殘立山薑花。日暮天寒驗霜信，匝飛禿樹啼老鴉。短檠無油月相照，二更三更城鼓撾。魚目鰥鰥瞠不睡，直從萬古尋羲媧。」

《珂雪三集》卷二《和子綸移居》:「東鄰跛象牽雙車，西鄰官

〔註32〕田雯《古歡堂集》卷十九雜著詩話:「己未，余領冬曹節慎庫。七月地震，自橫街移居粉房巷。先至其處，督奴子搬家具，悶坐久，作一詩篇題壁上，有『東野家具少於車，牆角殘立山薑花』之句。俄漁洋至，見而和之。次日遍傳都下，和者百人。己巳在黔，見一孝廉詩集內亦和一篇，詰其從來，云昔自江左傳誦者，不知原唱誰也。因語其故，共嗟賞久之。十年之前，萬里而外，竟有此唱和之詩，余之謫官夜郎，詎非定數然歟？」

〔註33〕田雯《古歡堂集》卷二十雜著《山薑》:「余以山薑自號，不過學襲美之見於詩句而已。」

〔註34〕田雯在與顏光敏的信札中，曾多次提及臂腕疼痛，如「邇來臂腕作痛，精神衰憊」,「手指痛已五月，此生與寫字無緣」,「眼昏腕痛」等等，見《顏氏家藏尺牘·田侍郎雯》。

〔註35〕《東嶽論叢》2004年第9期黃金元《清初山左詩人田雯及其詩歌創作》:「從此人們稱田雯爲田山薑。」

冷頻移家。門外草深藏鬼火，牆頭雨壞窺山麆。六鼇贔屭公破碎，問誰蓬户誰高衙。老屋巍然良不惡，疏籬一任風吹斜。有時蚱蜢送白墮，可無吟眺酬黃花。點綴長空景幽細，晚紅天色三兩鴉。拍張暫學鸜鵒舞，夔牛霜重返堪撾。久欲從君徵僻事，圓蓋果否勞女媧。」

是年秋，汪懋麟抵京。〔註 36〕九月七日，陳維崧、曹貞吉、田雯、曹禾、喬萊、汪楫，爲汪懋麟接風，集飲於曹禾邸宅。〔註 37〕重陽日，田雯又約陳維崧、曹貞吉、汪懋麟等人遊黑龍潭。

田雯《古歡堂集》卷六《九日同其年、升六、舟次、蛟門、石林集黑龍潭和韻》:「黃桑白羊嚮不歇，老龍貪睡寒湫沒。撰杖登高俱半醉，那惜青鞋與布襪。詼排佳客非孤斟，撐拄枯腸飽糠覈。諸公食豕如食人，嫌我避俗似避蠍。枳櫪一徑到古寺，青紅兩壁閃靈闕。頳虯山精動鈴旗，訶殿神官擁鬼卒。高臺行酒久狼藉，狐鼠晝出攫肴核。烏鴉在樹蝙蝠飛，西山疊髻蒼鷹搰。野曠不慮搖地軸，夜清豈憂見天孛。乞兒綽板比伶唱，廟巫鷸冠學官謁。薄寒可畏借一裘，寬杯難數辭百罰。撞鐘吹螺聞城南，瓦雀格磔朔風發。街泥沒骭天昏黑，不歸途有關柝訐。秋水葦花自颯爽，晚山夕春太超乎。欲向澄潭照鬢髭，回看戍樓舌戟鉞。帴寄爾龍秋雨多，且抱頷珠伏其窟。風氏小園探怪松，糾纏鐵幹地十笏。」

《玎雪三集》卷二《九日同諸子黑龍潭登高，仍次前韻》:「濃陰暫爲重陽歇，鯉魚風捲殘雲沒。登高有約成故事，摒擋青鞋與布襪。健足哪能追麐鹿，老懷只願飽糟麧。聽松此際似聞鐘，炤壁何人喜見蠍。城陰石甃老龍睡，靈雨年年護瑤闕。瑟瑟白楊作秋雨，腹空大可羅肴核。冢中骨朽燐火青，夜深或與行人搰。對此吾徒敢不樂，而況天驚隕怪孛。紛紛裙屐自來去，勝遊何必煩請謁。我飲不過兩蕉葉，笸籮今日寧辭罰。隔岸斷畦菘芽白，霜前靡靡天街發。烏帽半攲各耳熱，藏鉤拇戰疑攻訐。饑鴉掠風集高樹，聚散如人亦倏忽。老子但索十斛米，諸君行秉千秋鉞。興闌步屧草痕濕，愼勿誤踏精靈窟。小閣雖傾攝衣上，搘頤倒卻參君笏。」

〔註 36〕《東方學報》第 59 太平桂一《汪蛟門懋麟年譜初稿》。

〔註 37〕汪懋麟《百尺梧桐閣遺集》卷一《重九前二日其年、升六、子綸、頌嘉、子靜、舟次、家兄喜余抵京，集飲頌嘉邸齋，同用六月韻》。

田雯《古歡堂集》卷十一有《酒熟邀升六、頌嘉飲過》一詩，其編排於《丁巳人日試筆》之前，蓋此詩作於康熙十六年之前。

> 《酒熟邀升六、頌嘉飲過》：「蒲薦松床瓦甕圓，小槽滴瀝酒如泉。二參便可留髡醉，一斗何須貰杖錢。看爾持螯勞左手，笑予覓句聳山肩。昔人荷鍤君知否？莫負黃花九月天。」

> 《古歡堂集》卷十一《同頌嘉飲綸霞齋讀新詩》(調金縷曲)：「羅酒清如乳，共燈前、宣窯一色，十觴連舉，我醉倒持銅綽板，擬倩花奴擊鼓。竟弟勸、兄酬無數。疑是吾州從事者，問何年、卻向平原住。鄉耆舊，還相遇。主人鸚鵡初成賦，動光芒，天孫五色，長篇短句。比似峨眉天半雪，奇秀差堪儔伍。高歌罷，眉峰欲舞。一卷漢書傾一斗，借斯文，下酒君須誤。扶上馬，夜方午。」按：此調不見珂雪諸集，當爲貞吉佚詞。

康熙二十四年乙丑，田雯將任武昌，諸人賦詩送行，曹貞吉亦有詩作，並在詩中勉力田雯「行矣努力期建樹」，期望田雯能有所作爲。

> 田雯《蒙齋年譜》：「(康熙二十三年) 甲子，五十歲。七月入都候補，十一月授湖廣湖北督糧道布政使司參議。(康熙二十四年) 乙丑，五十一歲。正月自都返里。五月初七日蒞任。」

> 《珂雪三集》卷三《送田綸霞之武昌任分韻得鹽字》：「乙丑獻歲寒風銛，長空的皪飛銀蟾。維時天子大賜酺，兒童歌舞歡茅簷。地安門外陳百戲，五花爨弄魚龍噞。火樹星橋達南苑，群工拜舞金莖霑。烏啼月落不知曙，氍毹匝地香塵黏。春光如此良不惡，何爲促治晨裝嚴。我友告我方出鎮，燕山楚水程郵籤。此地由來開大府，舳艫百萬常相銜。太倉玉粒仰供億，帆檣直壓東流恬。況復川流猝回亙，十年烽火連滇黔。天戈一指碧雞靜，光輝翼軫妖氛熸。大江亦然走日夜，烏林赤壁軍聲潛。古來戰地劇蕭瑟，英風綽犖懷紫髯。杯酒惟澆處士冢，斯人不作憂慘慘。西南民力賴長養，鮮于子駿群所瞻。君富文學饒意氣，風流江左褰車襜。龍尾巉岩哪容上，一麾江漢司米鹽。洞庭杯勺在指顧，遙峰半露衡山尖。興來拄笏但清嘯，湘流差似臣心廉。黃鶴樓子須搥碎，小巫囁嚅羞詹詹。余老較君一歲長，頭童齒豁行腰鐮。敝裘如蝟飽塵土，斑騅小憩尋青簾。人生聚散非麋鹿，乘車戴笠安能兼。行矣努力期建樹，相思倘肯勞針砭。」

田雯出任武昌後，曹貞吉於是年秋出任徽州同知，二人在外人期間，很可能有書信往來，但是今天所見二人諸集中，並沒二人信札的記錄。

至於田雯與曹貞吉的交往，還有一點値得注意，那就是田雯爲人頗與「甘貧受約，竿牘不至公門」〔註 38〕的曹貞吉相似。田雯曾在《丙辰生日放言》中這樣寫到：「通籍廁名等贅疣，投刺畏人如縮蝟。作賈量無猗頓術，貪榮豈有灌夫勢？」〔註 39〕另外惠周惕《紅豆山莊集》亦對田雯有過如此描述：「康熙朝初開大科，一時名士，率皆懷刺跨馬，日夜詣司枋者之門，乞聲譽以進。德州田山薑侍郎，方以工部郎中應薦辟，屏居蕭寺，不見一客。」〔註 40〕可見二人品性甚有相似之處。

（三）曹貞吉與汪懋麟交遊唱和考

汪懋麟，字季甪。康熙六年進士，授內閣中書。舉鴻博，持服不與試。服闋，復用徐乾學薦，以刑部主事入史館爲纂修官。懋麟積學有干才。懋麟從王士禛學詩，而才氣橫逸，視士禛爲別格。有《百尺梧桐閣集》。〔註 41〕

汪懋麟於康熙八年入京，並寓居慈仁寺。康熙九年二月應閣試，與曹貞吉同官中書舍人。〔註 42〕曹貞吉結識汪懋麟，大概當在此時。康熙八年二人是否有過來往，就現有資料看，並無記載。但據推測，汪懋麟初入京時，初來乍到，人地兩生，又迫於應酬，周旋於公卿間，也許未必有機會結識曹貞吉。況且汪懋麟於康熙八年冬一入都時，即作詩獻給李蔚、魏裔介，〔註 43〕而魏裔介恰恰是當年彈劾劉正宗的主要人物。此時曹貞吉對汪懋麟並不瞭解，也許限於種種原因，二人並未來往。汪懋麟於康熙九年清明後一日歸里，並於康熙九年六七月之交入京，由於舟車勞頓，尋得病，汪懋麟病中賦詩遣悶。稍後，曹貞吉亦病，曹貞吉依汪懋麟詩韻和作。此時二人因同居中書，開始密切交往，並且在曹貞吉的交遊圈子裏，汪懋麟是與曹貞吉唱和最多人，其唱和之頻繁，過往之密切，遠遠超過與王士禛等人的交往。

《百尺梧桐閣集》卷八《病中遣悶呈子靜》：「不信微官能病客，

〔註 38〕《安丘曹氏族譜》卷二《曹貞吉行狀》。

〔註 39〕田雯《古歡堂集》卷五《丙辰生日放言》。

〔註 40〕陳康祺《郎潛紀聞初筆》卷三。

〔註 41〕《清史稿》卷四百八十四第 13352 頁。

〔註 42〕太平桂一《汪蛟門懋麟年譜初稿》第 30 頁。

〔註 43〕汪懋麟《百尺梧桐閣集》卷七《上高陽李公三十二韻》、《上柏鄉魏公四十八韻》。

半因秋氣正凋零。懶從童僕呼饘粥，賴有親朋與伏靈。雨瀝空階窗早黑，燈殘孤幔影還青。南鄰北里何多事，急管繇弦不耐聽。」

《珂雪二集》:《病中步蛟門韻》:「蝎來秋暮仍多病，蕭摵寒燈夜雨零。酒債放除餘汗漫，藥囊羞澀到參苓。貧中作客頭堪白，廡下何人眼倍青？伏枕幾回求入夢，哀鴻雲際可能聽？」

康熙九年秋末，汪懋麟的朋友劉玉少在遷安寄酒與汪懋麟，汪懋麟賦詩答謝。也許劉某亦認識曹貞吉，曹貞吉亦有詩作寄與劉某，且此詩是用的汪懋麟詩韻。〔註 44〕後汪懋麟將此詩與自己的詩作一同寄與劉某。是歲十一月末，曹禾招汪懋麟、黃仍續、鄒嶧、喬萊、周弘、曹貞吉、張英等宴集於獨笑亭，汪懋麟、曹貞吉等人分韻賦詩。

《百尺梧桐閣集》卷八《嘉頌招，同繼武、六皆、桐崖、子靜、周子重、曹升六、趙武昔、張敦復、吳意輔夜集獨笑亭分韻二首》:「小亭臨獨樹，疏快得吾儕。臘近春生甕，簾開月到階。夜寒宜博弈，官冷任詼諧。豈更嫌眞率，高歌見素懷。

連宵渾是醉，衣上酒痕留。笑語狂夫慣，盤餐小婦謀。煮魚供晚飯，剝果作嘉羞。坐客尋常滿，空尊莫謾愁。」

《珂雪二集》:《寒夜集頌嘉獨笑亭限韻二首》:「三徑蓬蒿在，西園此再來。酒杯分橘柚，雪氣上樽罍。哀玉聲隨缽，爐香影亂梅。沉冥吾輩事，遮莫晚鐘催。

青樽歡永夜，曲檻一燈明。歲暮同爲客，天涯問舊盟。酒因風力減，寒逐敝裘生。歸路緇塵絕，依依月影橫。」

汪懋麟曾在《百尺梧桐閣詩集凡例》中云:「庚戌（康熙九年）官京師，旅居多暇，漸就簸唐涉筆於昌黎、香山、東坡、放翁之間，原非邀譽，聊以

〔註 44〕汪懋麟《百尺梧桐閣集》卷八《玉少客遷安以潞酒二缾見餉賦答三首》:「一年羈魏闕，七月度居庸。近塞風霜早，當關劍戟重。疲民棲舊壘，戰鬼哭殘烽。君是書生輩，逢秋易慘容。聞道遷安縣，荒蕪數百家。空城多鳥雀，瘦地少桑麻。塵礙邊風起，雲陰隴日斜。此鄉難久客，早晚到京華。驛書頻逐雁，潞酒遠封泥。到眼濃無敵，開嘗醉欲迷。只須傾一醆，何況荷雙攜。忽念山川隔，停杯意轉淒。」
曹貞吉《珂雪二集》:《寄劉玉少遷安用蛟門韻二首》:「君別維揚久，頻年未到家。懷人勞雁鯉，逢客問桑麻。雪擁關河冷，風吹塞草斜。傳經吾輩事，直北尚京華。驚聞襆被出，晨起欲沖泥。行李蕭條在，關山道路迷。時清須左馬，客久荷招攜。余亦逃名者，眞慚秘省棲。」

自娛。詎意重忤時好，群肆譏評，故茲集前後並存，俾賢者知余本末，而自驗所學一變再變，誠不自知其非矣。」從這句話可以看出，汪懋麟此時開始師法宋人，而曹貞吉的詩風也在稍後的時間內發生轉變，開始由唐入宋，汪懋麟與曹貞吉同居中書，關係甚好，時相唱和，汪懋麟的創作動向，勢必對曹貞吉有所影響。

康熙十年正月十五日夜，汪懋麟寓直，〔註 45〕是夜觀看禁中燃放焰火，汪懋麟賦詩以紀。〔註 46〕前此二日，曹貞吉亦有觀禁中煙火詩。〔註 47〕其後曹申吉觀汪懋麟詩後爲其題詩，汪懋麟又和曹申吉之作，〔註 48〕曹貞吉亦依曹申吉詩韻賦詩呈汪懋麟。

> 《珂雪二集》:《余與蛟門作禁中煙火詩，家弟澹餘題以長句，蛟門依韻和之得二首，余復步家弟韻卻呈蛟門二首》:「九微燈徹翠華明，雲際簫韶入夜清。月轉玉衡臨閣道，天回珠斗靜嚴城。晶瑩鳷鵲千重觀，角抵魚龍一片聲。自是恩波開浩蕩，小臣何以頌升平。
>
> 火樹迷離照眼明，金蓮拂地映西清。一天煙藹長揚館，萬頃琉璃不夜城。倦客久慚鸚鵡賦，舍人高唱鳳皇聲。吾儕襆被年年事，喜見瑤階瑞草平。」

康熙十年辛亥清明，汪懋麟偕同曹貞吉、李良年、曹禾、喬萊、高層雲等人，南郊野集，爲朱彝尊揚州之行餞行。〔註 49〕也正是在此次集會上，曹貞吉結識了李良年。在此之前，曹申吉授貴州巡撫，汪懋麟、曹貞吉等人爲曹申吉餞行，汪懋麟賦詩送別。〔註 50〕是歲夏末，曹貞吉、汪懋麟集會，以

〔註 45〕太平桂一《汪蛟門懋麟年譜初稿》第 34 頁。

〔註 46〕汪懋麟《百尺梧桐閣集》卷九《元夜寓直觀禁中放花火歌》。

〔註 47〕《珂雪二集》:《元宵前二日內直獲觀御前煙火恭紀》。

〔註 48〕汪懋麟《百尺梧桐閣集》卷九《曹侍郎觀余元夜入直長歌卻題四韻見贈奉和二首》:「月傍丹霄影更明，風搖金鑰動西清。雲中燈火雙龍馭，天上笙簫五鳳城。幸籍恩波瞻夜色，愧無詞賦奏新聲。侍郎自有詩如錦，笑染霜豪紀太平。每同大宋入端明，春殿迢迢晝漏清。傳說試燈過禁院，何期聽樂到仙城。酒徒懶草黃麻詔，才子齊高白雪聲。已識陽春原寡和，敢從晨夕數平生。」

〔註 49〕太平桂一《汪蛟門懋麟年譜初稿》第 35 頁。

〔註 50〕汪懋麟《百尺梧桐閣集》卷九《送黔撫》:「朝廷重嚴疆，屏翰在諸路。安危指掌間，唯此大節度。控御非親臣，旄鉞不肯付。廓爾牂牁郡，險寨孰敢赴。蠻谿箭弩急，窮山齒牙布。群苗雜種類，窟穴竄狐兔。有如蚤虱屯，爬搔莫能措。黔中舊凋敝，軍興稅務無數。㮚（左米右臭）從何出，艱難八郡賦。帝曰汝往哉，庶幾免南顧。惟公富才傑，早年領鴛鷺。出撫豈常例，建牙實寵遇。古來名公卿，邊勳往往樹。土境非全荒，風景亦樸素。靈泉甘且清，

明前七子之李夢陽《秋懷》詩句「溪山散馬群」賦詩。

《珂雪二集》:《賦得日落溪山散馬群,限嘶字,同蛟門作》:「關河一片暮雲低,望去驪黃杳自迷。乍脫金羈還噴沫,遙憐芳草驟聞嘶。平岡蹀躞來千帳,野水空明走萬蹄。苜蓿正肥沙正軟,恍疑身在大宛西。(汪懋麟之作集中未見,蓋已散佚。)

是歲六月,汪懋麟移居城南,曹貞吉爲其題《修竹吾廬圖》。

《珂雪二集》:《爲蛟門題修竹吾廬圖二首》:「一天濃翠小亭陰,中有幽人抱膝吟。欲共此君商寂歷,清秋明月照同心。

誰寫蛟龍千尺影,蒼然獨對子雲亭。依稀舊隱堪尋處,夜雨疏簾酒半醒。」

是歲一秋夜,汪懋麟與友人夜集,汪聞鄰女彈琵琶,有感賦詩,繼而曹貞吉和作。

《百尺梧桐閣集》卷九《夜聞鄰女琵琶同陶季作》:「瑩瑩素月光含煙,羅帷風動愁不眠。忽聽纖歌撥銀甲,美人夜弄鹍雞弦。我有錦瑟久寂寞,朱絲塵網金鈿落。此夕聲疑碧玉歌,隔垂淚斷珍珠索。寄語美人且勿彈,彈之如越關山難。安得解衣滅紅燭,空惜雲鬟風露寒。」

《珂雪二集》:《聽鄰女琵琶和蛟門》:「西風吹云云不起,河漢無聲露光紫。誰家女兒銀甲寒,一弦一弦清於水。欲歌不歌殢人嬌,賀老傳來曲作調。金猊香冷那成寐,一彈再鼓冰輪高。霓裳入破音相續,忽雷斜抱腰如束。閨裏何知人斷腸,但扣檀槽作哀玉。楚客東牆思惘然,願爲卻月當胸前。廣陵歸夢遙千里,錦瑟無端似往年。」

是歲秋,汪懋麟納姬,曹貞吉賀作三首,同賀者還有龔鼎孳、嚴我斯、吳之振等。是時汪懋麟貧病交加,靠賣文以度日。〔註 51〕汪懋麟自進京後,生活十分困窘落魄,在其《與黃繼武書》中這樣寫道:「自去年五月,倉皇北走,寄食朋友,忽忽一載。(中略)憂愁已深,繼以疾病,始患心痛,少涉思慮,心扉動搖,意緒枯槁。男女飲食,人之至情,今一切痛割。舉目荒涼,

---

石門迴回步。竹箭美可採,丹砂顏可駐。謝柳有高文,川谷愜幽趣。教化須臾行,薄牘豈能污。威信懾番長,創痍起婦孺。功成報九重,允錫以大輅。出歌東山詩,入獻天保句。壯年取將相,黑頭豈雲莫?」

〔註 51〕汪懋麟《百尺梧桐閣集》卷九《除夕前一日賣文得貲即命僕治具自嘲二首》。

誰爲親暱？每獨坐沉思，宵眠不寐，涕不能止。」其實此番言語，頗可以詮釋其夜聞琵琶之作，同樣也有助於理解曹貞吉詩中所謂「才子乘秋賦好逑，閉門十日坐溫柔。不知冷雨黃昏後，憔悴何人倦倚樓」的背景。

《珂雪二集》：《賀蛟門新婚三首》：「苧蘿春色大江南，山自空濛水蔚藍。試問柴桑宅畔柳，長條拂地可毿毿。

香殘寶襪卸頭初，一握冰綃玉不如。雲滿巫山渾未醒，斜風吹上侍臣車。

才子乘秋賦好逑，閉門十日坐溫柔。不知冷雨黃昏後，憔悴何人倦倚樓？」

康熙十一年二三月之交，汪懋麟偕曹貞吉、喬萊遊覽黑龍潭，晚過刺梅園，賦詩爲紀。按：黑龍潭在金山口北，依岡有龍王廟，碧殿丹垣，廟前爲潭，乾四丈，水二尺。土人云，有黑龍潛其中。〔註 52〕中書舍人屬於文書之類的職位，平常負責繕寫冊文、敕誥等，屬於清閒之職，所以曹貞吉與汪懋麟等人有時間交遊宴飲，正如曹貞吉在詩中云：「緩步風潭近，都人無此閒。」

《百尺梧桐閣集》卷十《同升六、子靜遊黑龍潭飲觀中小閣，晚過刺梅園五首》：「晏起少人事，況當風日晴。送寒烏帽重，乍暖袷衣輕。忽有空潭興，相邀酒伴行。才臨疏快地，倦眼一時明。

莽莽虛壇靜，陰陰積翠濃。到來非聽鳥，坐久爲看松。無脈通流水，空傳有毒龍。高低原上冢，山鬼嘯殘鐘。

小閣臨空闊，虛窗總不關。逶迤瞻北闕，明滅見西山。已倦鳴珂入，常思策杖還。浮名隨世上，吾意在眞閒。

北地風光異，年年負好春。華時無碧草，晴日有黃塵。野嘯宜狂客，襜車困貴人。從來麋鹿性，軒冕不能馴。

落日下高臺，回車看刺梅。春分自駘蕩，華蕊不曾開。攜酒思前度，尋松感再來。長安林壑少，此地足銜杯。」

《珂雪二集》：《春日同蛟門、石林再遊黑龍潭，還過刺梅園，用蛟門韻五首》：「好鳥試新晴，虛窗受午明。舊遊思隔歲，佳興自平生。遂有探幽客，相隨款段行。才依芳草地，頓覺一身輕。

〔註 52〕朱彝尊《日下舊聞考》卷一百六。

老樹仍遮屋，風聲萬壑鐘。殿門當晝閉，遊屐入春濃，曲徑穿幽閣，高譚恐蟄龍。舊時狂飲處，擬倩薜蘿封。

緩步風潭近，都人無此閒。吾徒策杖入，只似到空山。雙闕晴雲裏，千峰夕照間。東風如醉客，駘宕不知還。

遙憶淮南好，紅橋賦冶春。蝎來同寂寞，終日飽風塵。此地聊舒嘯，何年更問津。竹西歌吹地，野性一時馴。

剌梅花未發，有約故人來。落葉紛如夢，松風對舉杯。城陰春似水，石蹬雨生苔。三經遙相待，蓬門盡日開。」

是年七夕前一日，曹貞吉同汪懋麟等集友人齋，並用李澄中詩韻賦詩。

《珂雪三集》卷一《七夕前一日同蛟門、渭清、杞園集雪客寓齋，用渭清韻》:「幾人依曲徑，幽興各披襟。雪酒初開甕，銀桃乍出林。涼宵星漢過，匹練水雲深。犢鼻明當曬，居然愁夕霖。」

是年七夕，汪懋麟賦《七夕》一首，曹貞吉和作。

《百尺梧桐閣集》卷十《七夕》:「一番疏雨娛涼多，抹麗風飄蛺蜨羅。貪看雙星移碧漢，不知纖月墮銀河。流螢欲度慵回扇，錦瑟低揉醉聽歌。最是茶瓜好時節，三年總向客中過。」

《珂雪三集》卷一《七夕和蛟門步韻》:「笛簟涼生入夜多，風微團扇逗輕羅。朝聞烏鵲隨青輦，晚知黃姑隔絳河。一枕漫憑桑落酒，三年空負雪兒歌。摩訶池畔君休憶，私語新從小院過。

風吹抹麗暗香多，熠熠螢飛上越羅。遠樹微茫低片月，長流屈注走明河。病來久廢婆娑舞，臥去猶聽宛轉歌。兒女避人還乞巧，不知身在客中過。」

是年閏七夕，汪懋麟作《閏七夕》一首，曹貞吉再和作。

《百尺梧桐閣集》卷十《閏七夕》:「金風玉露更悠悠，落葉依然在井頭。翠羽還填新鵲駕，巧絲仍結舊針樓。重來不盡前宵意，再別翻增後會愁。天帝亦知離思苦，願教歲歲兩逢秋。」

《珂雪三集》卷一《閏七夕再和蛟門》:「杳藹星雲碧欲流，又看河漢引槎頭。何人更問支機石，有約還登乞巧樓。再駕翠軿仍帶露，重來烏鵲倍含愁。獨憐織盡天襄錦，屈指茫茫定幾秋。」

是歲秋九月，汪懋麟病中夢入廣庭，四面列大幾，几上古硯多不可數，墨光瀅瀅，爰取其中十二，醒後遂名其齋曰「十二硯齋」，四方諸名士，曹貞吉、朱彝尊、吳紀嘉等人爲之作詩。〔註 53〕汪懋麟爲此先後撰寫了《十二硯齋記》、《後十二硯齋記》，其在《十二硯齋記》中云：「余故鄉高梧深竹之廬，而走京師塵土蒙翳之鄉，攜敝簏缺硯，從二三老奴賃屋以處，今日徙而西，明日徙而東，如饑雀倦鳥，驚飛擇木，不能指某樹某枝爲棲息之地。（中略）亦幻且怪矣，而四方賢士之與余友者，不以爲幻爲怪，多樂爲傳道兼爲作記與詩。」〔註 54〕

《百尺梧桐閣集》卷十《夢得十二硯》：「秋室病臥睡無著，忽然夢得十二硯。巨璞一一禹所鑿，異狀紛陳眼稀見。初然將身入廣夏，中有大幾排四面。几上橫陳端谿石，墨瀋新磨吾所羡，意中似是挍士場。試席淋漓罷酣戰，紛紛好硯胡不收。就中竊取亦非僭，最先選取得六石。龍虎蛟螭刻雕變。潑水濡墨攜將歸，餘者摩挲復無厭。又取六石似蒼玉，火焰蕉紋眾星現。不惜衿褏猝包裹，寇物提攜手多顫。我有一硯行將焚，顧此十二重留戀。天公毋乃故戲弄，使我白首老書椽。張華之筆行當還，文字豈容久誇衒。留此多石何爲乎？酢酒揩牀兼擣練。」

《珂雪三集》卷一《蛟門夢得十二硯，戲爲短歌》：「汪生三載承明廬，濡染大筆讎群書。金泥玉冊紛著作，兩手一硯爭三餘。何乃夢入清都恣漁獵，端谿落落同璠璵。潑墨淋漓盈懷袖，發狂大笑驚妻孥。我聞自古至人乃無夢，爲因爲想皆紛挐。日之所思夜所夢，未聞鼠穴可乘輿。君寧素有胠篋癖，夢中苟得胡爲與？若曰爾文通帝座，陶泓處士眞爾徒。錫之十二良不忝，龍賓麟角相匡扶。不然但置棐几作清供，纍纍頑石安用渠。」

是歲爲暖冬，到了仲冬時才開始下雪，汪懋麟見雪賦詩懷人。是日黃昏時，汪懋麟攜詩卷過訪而曹貞吉，曹貞吉和作。是日夜晚，曹禾又投詩於汪懋麟，要求和作，並答應送酒作爲報酬。曹禾得和詩後送酒，汪懋麟又賦詩答謝。〔註 55〕與曹貞吉詩作不同的是，汪懋麟在詩中流露出一種深沉的鄉思之情和眷戀家人的傷痛。翌日早，汪懋麟聽到鄰居木魚聲，再一次懷念自己

〔註 53〕太平桂一《汪蛟門懋麟年譜初稿》第 45 頁。

〔註 54〕汪懋麟《百尺梧桐閣集》卷三。

〔註 55〕汪懋麟《百尺梧桐閣集》卷十《雪夜頌嘉投詩索和，許惠酒，走筆賦答，用東坡韻》、《頌嘉得和詩，以酒來餉，再答一首》。

的老母。〔註 56〕

《百尺梧桐閣集》卷十古今體詩《喜雪有懷家園寄叔定兄》:「今年晴暖到冬仲，吹氣不見髭鬚凍。連夜月色非常明，照我床幃影空洞。侵晨忽聞窗紙鳴，饑雀聲僵作寒哢。我方枕上徐欠申，尖雪已從簾外送。犯曉披裘莽起坐，翻笑平時戀餘夢。通紅榾柮添薰爐，澄碧蘭陵倒殘甕。卻怪此日偏清齋，花豬好肉不敢動。黎祁（豆腐名）買來煮作脯，安肅菜芽美入貢。欣然一飽就溫室，企腳題詩朗然誦。忽爾望遠憶舊鄉，見山樓前老梅重。園中亂竹壓不掃，石畔梧桐葉全空。吾兄讀書樓上頭，念我騎驢薄微俸。我復思家懷二親，妻女紛紛食口眾。中年屢失雝鳳歡，前月新增鶺鴒慟（時有三兄之變）。男兒成名不得力，有如彈鳥引虛控。事親不能五鼎食，養子亦須半菽共。何時雪夜侍高堂，列燭吹笙照華棟。」

《珂雪三集》卷一《快雪行和蛟門》:「壬子之歲冬過半，才見長空飛雪霰。薄暮瓊瑤三寸多，老夫僵臥黃罏畔。黃昏忽聽打門聲，乃得汪生詩一卷。持向西窗就暝色，細讀何能已三歎。余性懶慢最喜雪，對之輒覺鬚眉換。憶在家園值飛絮，高樓置酒窮歡讌。今來長安僦舍中，破屋兩間風撩亂。敗裘多年冷於鐵，捉筆無何增手顫。老瓦盆中火不紅，一家骨肉惟相看。大兒十歲頗癡肥，摶雪猶能作壽麵。小兒眉宇飽塵垢，背我時時來攫炭。當此令人意色惡，安能搖膝恣吟翰。君家逸氣不可當，落紙千言光燦爛。有人擁膝嬌如花，大筆明窗調筆硯。手擘蠻箋打篆文，焚沉烹芥羅青玩。傭書之債苦未酬，云何對雪思鄉縣。余亦大笑拂衣起，積雪門前沒至骭。呼酒持螯還一醉，平明騎馬入東觀。」

是歲除夕，汪懋麟蓋與曹貞吉一起集飲，曹貞吉想起遠在黔中親人，賦詩以瀉懷念之情，汪懋麟和作。二人在詩中都流露出了自己的窘困之狀，曹貞吉詩云:「貧來冰雪欺蓬戶，老去文章愧蠶絲」，汪懋麟在詩中調侃道:「與君共是蕭條客，冰雪蓬門我倍之。」

《珂雪三集》卷一《壬子除夕》:「長安過眼三除夕，壬子堂堂歲又除。漫酌屠蘇千日酒，雙懸鬱壘舊年書。燒殘榾柮仍餘火，夢入華胥穩跨驢。珥筆小臣今白髮，不堪舞拜向勾臚。

〔註 56〕汪懋麟《百尺梧桐閣集》卷十《早起聞鄰家木魚聲有懷老母》。

回頭三十仍餘九，幾許悲歡戲夢思。擊筑聲高屠狗在，啜醨客倦楚漁知。貧來冰雪欺蓬户，老去文章愧繭絲。最是鳳城香霧滿，踟躕羸馬欲何之？

爆竹聲中物色新，孤燈明滅劇懷人。全家半入烏蠻署，兩載重看銅鼓春。北使人誰傳橘柚，東風思不到鱸蓴。梅花一樹垂垂發，卻憶連床索句頻。」

《百尺梧桐閣集》卷十古今體詩《除夕和升六韻三首》:「十年六作京華客，一住京華四歲除。自笑題詩常乞米，翻憐爲吏等傭書。浮名看熟蕉中鹿，好夢終輸店裏驢。免俗未能還早起，籃輿也復混高車。

看歷忽驚三十過，茫茫人事豈堪思。縱爲七十今將半，況復飛騰未可知。學道最難心似石，長貧容易鬢先絲。與君共是蕭條者，冰雪蓬門我倍之。」

康熙十二年癸丑元旦，曹貞吉賦詩，汪懋麟和作。曹貞吉在詩中發出了傷時不遇、歲月蹉跎之感，詩云:「古人四十稱強仕，三載微官余過之。」汪懋麟則有一種苦中作樂，強爲歡笑的無奈之感，在詩中調侃道:「狂吟但覺春來好，爛醉誰知世上賢。檢點梁閒過此日，尙餘百個賣文錢。」

《珂雪三集》卷一《癸丑元旦》:「一萬四千三十日，昨宵爆竹已全收。飛騰我自無長策，鄉里人誰似少游。獻歲椒花仍得醉，中年絲竹倍關愁。獨憐冰雪閒曹署，手版沿門卒未休。

古人四十稱強仕，三載微官余過之。聞道雖慚千里謬，知非尚教十年遲。每思蓬島來青鳥，何處塵中見肉芝。莫向東風怨離索，潘郎鬢影盡成絲。

錮東流水閱年年，令下天街倍蕭然。花底秦宮諳布素，曲中賀老罷貂蟬。定知風俗同前古，無那篇章愧昔賢。但願春晴過人日，不愁辦納大農錢。」

《百尺梧桐閣集》卷十一古今體詩《元日和升六韻二首》:「青陽一夜催寒去，城闕晴空宿霧收。風日儼然如二月，飛揚忽謾想春遊。最嫌車馬紛投刺，何處鶯花可散愁。對酒探鉤兼射覆，少年情性未全休。

占晴萬户祝豐年，唯我無田意不然。何用力耕方肉食，未須識字亦貂蟬。狂吟但覺春來好，爛醉誰知世上賢。檢點梁間過此日，尚餘百個賣文錢。」

是歲初，曹貞吉、汪懋麟等人送李召林任廣東。〔註 57〕是歲夏，汪懋麟作《石車行》，曹貞吉和作。

《百尺梧桐閣集》卷十一古今體詩《石車行》:「四輪轟轟連二車，兩行百二青驪騧。中載巨石屹山嶽，車上一人聲讙呀。手持大竿鞭眾馬，竿繩搖動如長蛇。車聲動地作闢歷，所過街市揚黃沙。試問輦石此何用，甲第新築侯王家。山上白石採已盡，城中土木方無涯。」

《珂雪三集》卷一《石車行和蛟門》:「宣武門前少人過，石車磷磷來嵯峨。重如舳艫壓積水，巍然勢與天闔摩。旃角斜飛鑼鳴急，長繩兩道驅百羸。邪許聲中亂鞭起，前者僵僕後者蹉。一夫屹屹轅端立，口吟臂指兼譙訶。鴻濛削鑿山鬼哭，金鋪玉砌羅笙歌。嗚呼！此車所獲亦已多，石兮石兮將奈何。」

是歲秋，汪懋麟賦《天未明行》，曹貞吉等人和作。二人雖爲珥筆小臣，但時常不遑啓處，正所謂「余亦策馬犯聲露，日日出門天未明」，「出門上馬理殘夢，禁鍾歷歷聞砰訇。」

《百尺梧桐閣集》卷十一古今體詩《天未明行，與升六、頌嘉、蒼石同作》:「東家蹇驢中夜鳴，西鄰喔喔來惡聲。北里狺狺吠如豹，南城打鼓才四更。居士睡美惱亂聒，攬衣執燭行前楹。門前呵殿兩聲急，知有封事朝上請。余亦策馬犯聲露，日日出門天未明。噫嘻！胡爲日日出門天未明。」

《珂雪三集》卷一《天未明行和蛟門》:「天街牛鐸忽亂鳴，簷端低垂三五星。白露漫空河射角，西風暗入千林驚。勞人土銼眠乍熟，老婢聲急穿窗櫺。衣裳顛倒不自得，曹騰負爾茶香清。出門上馬理殘夢，禁鍾歷歷聞砰訇。吾徒日奉一囊粟，經年蹩躠非人情。嗚呼！天未明，腐儒起，大官已在銅龍里。君不見公卿白髮歸林邱，睡到天明惱欲死。」

〔註 57〕曹貞吉《珂雪三集》卷一《送李召林之任粵東》。
汪懋麟《百尺梧桐閣集》卷十一《送李侍衛左遷粵東四十韻》。

是歲八月十五日，汪懋麟聞母李氏得病，賦《哀詩》十首，有「肝肺摧裂魂難收」之痛。〔註58〕不久其母病逝，汪懋麟奔喪，〔註59〕曹貞吉與石林、峨嵋送汪懋麟歸江都，賦詩送行。曹貞吉想起一起相聚的「三萬六千日」，惜別之情油然而生，並期待能早日再與汪懋麟同遊。

《珂雪三集》卷一《長歌行送蛟門歸江都》:「人生百年無別離，頭亦可不白，顏亦不可凋，相聚三萬六千日，終日痛飲讀《離騷》。胡爲乎有刺船竟去之成連，杳冥海岸聞驚濤。又胡爲乎有《驪駒》之唱，《折柳》之謠，《陽關》之稠疊，祖帳之蕭條！令人不得久行樂，終古傷心萬里橋。我於中歲得汪子，飛揚跋扈眞吾曹。石林翩翩美才調，峨嵋颯沓挺風標。三年擊筑長安市，頻遭白眼叢譏嘲。金門轗軻不得志，予唱汝和寧鬱陶。今年秋氣莽蕭槭，紛然落葉東西飄。廣寧門外送子靜，維時八月風初高。草草杯酒不成別，三旬夢魂爲之勞。驚聞子又拂衣去，短轅躑躅城西郊。老僕三五驅蹇衛，來時書卷纏牛腰。丈夫困悴理應耳，但惜所號爲官僚。君歸且侍老親側，無煩兩地如瓜瓠。射陽湖水建瓴下，扁舟時泛邗江潮。竹西亭子未索莫，紅橋斗酒還招邀。我有阿連共晨夕，平分好友心無聊。嗚呼！平分好友心無聊，何時翩翩二妙同遊遨。」

康熙十五年丙辰夏末秋初，汪懋麟在故鄉賦詩寄與諸友人兼懷曹禾。〔註60〕

康熙十五年七月七日，汪懋麟入京師。〔註61〕曹貞吉題清初著名肖像畫家禹之鼎爲汪懋麟所作《少壯三好圖》〔註62〕。

〔註58〕汪懋麟《百尺梧桐閣集》卷十一。

〔註59〕太平桂一《汪蛟門懋麟年譜初稿》第52頁。

〔註60〕《百尺梧桐閣集》卷十四《醉歌行簡田子綸、曹升六、林澹亭、顏修來、謝方山兼懷頌嘉南歸》:「懋也金門老饑朔，歸田荷鋤圃初學。捨耳捲舌絕四笑，苦遭官府莽催捉。衡炎北征尋舊遊，半理長鑱半橫槊。鳳皇池上今寂寥，老鶴廟前且跉踔。巷南卻喜鄰田郎，朝莫停車聞剝啄。還攜曹謝竝馬來，永夜傾壺不嫌數。衿情傾寫各倒極，命世心期誓河嶽。峨眉山人惜早歸，學仙豈遂尋孫邈。孤標仍有顏氏子，咫尺街西手可握。茱萸香滿急沽酒，休論聖賢清與濁。對門林子還可呼，中夜雞聲惱咿喔。」

〔註61〕太平桂一《汪蛟門懋麟年譜初稿》第62頁。

〔註62〕蕭穀《淺談禹之鼎肖像畫的文人品格》:「如曾爲汪懋麟所作《少壯三好圖》，書、酒、音律素爲汪生所好，而這也恰是中古文人一致的雅好。禹只需抓住汪生的文人氣質，便可以在畫中通過這些道具來恰切地表現其文人雅致了。」見《時代文學》電子版。

《珂雪三集》卷一《題蛟門少壯三好圖》:「汪子逢人乞作照,禹生落筆神能肖。音律書酒致不同,兼之乃可稱三好。經營慘淡尺幅中,美人奏技臨春風。朱暈耳根有差別,周放士女天然豐。一姬洞簫吹欲徹,一姬檀口歌將發。其一背面理箜篌,雲鬟掠削肌如雪。解識回眸一笑時,陽城下蔡皆癡絕。主人安坐紅氍毹,丰姿玉潤鬑鬑鬍。鸚鵡螺色金不落,憑陵酒氣高陽徒。罇前侍者鴉頭奴,濃纖合度千金軀。意態盈盈不可畫,東風駘蕩銷魂初。別爲大幾羅筆硯,縹緗架插牙籤遍。萬卷由來敵百城,五車之多寧足羨。舍人於此良不凡,胸蟠武庫才華擅。一人擁卷慧且柔,耳邊似不聞清謳。掌箋娘子司香史,閨中林下堪同流。嗚呼!自古男兒讀書取將相,致深身往往天人儔。不然飲醇近婦女,亦可消磨萬古之閒愁。伊余真是山中叟,蕭條絲竹杯無酒。小時誦書如貫珠,追憶渾如箝在口。君之所好我則無,蒲團靜悟還能否?」

康熙丙辰十五年九月十日,田雯邀汪懋麟、曹貞吉等人汎通惠河。〔註 63〕是年十二月請求終養,得允,十二月五日,其父卒於家。〔註 64〕汪懋麟在家寄詩與曹貞吉併兼懷諸同人,抒發了「布帽蒙頭萬念寂,君輩使我常鬱陶」的感慨。

《百尺梧桐閣集》卷十五古今體詩《寄曹大升六,兼懷葉井叔、牧仲、澹亭、子綸、修來、方山》:「天街雪殘風乍消,星稀月明鐘漏遙。門前快馬夜特特,燈下美酒思迢迢。黃紙久操計莫遣,白鬚漸出誰相招。布帽蒙頭萬念寂,君輩使我常鬱陶。」

康熙十八年己未九月六日傍晚,汪懋麟應博鴻之召抵京,與曹貞吉等人集飲曹禾齋。多年不見,今日重逢,諸人痛飲至深夜,酩酊大醉,以致曹貞吉夜晚回家時,驚動起了整條巷子的狗叫。是歲重九,汪懋麟與曹貞吉等人遊黑龍潭並賦詩。〔註 65〕

〔註 63〕田雯《古歡堂集》卷五《九月十日同北山、阮亭兩先生,實庵、蛟門、方山、修來、子昭、良哉諸子,介眉家兄泛通惠河,屬郁生作圖,歌以紀之》、汪懋麟《百尺梧桐閣集》卷十四《子綸員外招同諸公東河汎舟作歌》、曹貞吉《珂雪三集》卷一《泛舟行》。

〔註 64〕太平桂一《汪蛟門懋麟年譜初稿》第 65 頁。

〔註 65〕汪懋麟《百尺梧桐閣遺集》卷一《九日遊黑龍潭同其年、升六、子綸、頌嘉、子靜、舟次家兄再疊前韻》、《珂雪三集》卷二《九日同諸子黑龍潭登高仍次前韻》、《珂雪詞》卷下《笛家・九日蛟門招集諸子游黑龍潭》。

《百尺梧桐閣遺集》卷之一己未《重九前二日，其年、升六、子綸、頌嘉、子靜、舟次家兄喜余抵京，集飲頌嘉邸齋，同用六月韻》:「舟車兩月幾曾歇，昨到城門日將沒。下馬踉蹌解弓箭，入坐從容整巾襪。故人驚我未老瘦，似謂平生厭糠麧。蹤跡豈料同觸羊，時命早知遇磨蠍。三年偃臥棲碧山，十度遲回望丹闕。不堪見面稱臺郎，直可藏身作街卒。不才那足邀人知，無狀定須行自核。感彼馬得復馬失，莫歎狐埋與狐榾。方驚地軸翻巨鼇，聽說天門掃流孛。吾徒對酒聊偷安，夙昔逢場笑干謁。嵇生自顧玉山秀，李侯豈受金谷罰。虛名不欲歌《五噫》，妄語何勞矜《七發》。爭奇角勝齊開張，摘伏攻瑕顯嘲訐。到底同心比唇齒，豈有他時異矛鉞。一生著屐能幾兩，百計營生苦多窟。及時且插頭上花，何難直棄囊中笏。」

《珂雪三集》卷二《喜蛟門至，同諸子集峨嵋齋頭，限六月》:「城頭慘淡霜鐘歇，天街水流馬腹沒。失喜故人峭帆落，躍起藜牀腳不襪。便欲邀留十日飲，狼藉壺觴枕糠麧。喚明那得林邊鵲，緣壁還愁夜中蠍。峨嵋山人促治具，蕭爽高齋背城闕。賤子癡鈍類凍蠅，諸公組練饒精卒。劇談星斗掛簷霤，大嚼肥羶雜果核。頷頤撐柱僅能車，老手尊拳未相榾。入月困輿稍寧謐，卯色青天潛妖孛。杯酒夜闌失酣睡，五更甚幸無朝謁。只恐漏盡金吾訶，俸錢重向糾曹罰。款段歸來燈火滅，華胥未到雞聲發。老屈風聲疑簸蕩，深巷犬爭如訟訐。白露下窗影飄忽，彷彿蓐收手金鉞。支骨寧當數雁喉，驅車何必窺鼠穴。明日城南汗漫遊，浣溪沙成更弄笏。」

如果加以考察，就會發現在康熙十八年重九日汪懋麟同曹貞吉諸人遊黑龍潭之後，直至康熙二十四年曹貞吉出任徽州同知的路上，經過揚州時，汪懋麟爲曹貞吉餞行，在此很長的一段時期內，並無二人集飲及郊遊的記載，只是在康熙二十二年，曹貞吉看到王士禛贈與汪懋麟的詩時，有感而作《讀阮亭祭酒贈蛟門詩有作》一詩。爲什麼關係甚密，時相唱和的二人會突然關係冷淡？可能有以下幾個原因：其一是汪懋麟在博鴻之後，授職史館，曹貞吉因無人薦舉博鴻，仍居中書舍人，二人不在同一部門任職，蓋由於汪懋麟事務繁忙，二人見面機會甚少。其二是此時的曹申吉羈留黔中，京城已經有謠傳其已從逆，無人舉薦曹貞吉應博鴻，亦因爲此。康熙十九年，曹申吉又遇害於滇南，而此時京城依舊認爲是曹申吉從逆，致使周圍的友人不敢輕易接近曹貞吉。曹貞吉抑或有意閉門不出，少與人來往。如果再加以考察，此時的汪懋麟與王士禛、陳廷敬、徐乾學、張英、梁清標等人交往頗密，時相宴飲同遊，禹之鼎還曾作《五客話舊圖》以紀之。〔註 66〕而汪懋麟恰是王士禛的門人，王士禛此時亦因曹申吉事，與曹貞吉關係疏遠。汪懋麟與曹貞吉關係疏遠，也許是出於自己對時勢利害的清醒，也許是出於王士禛的好意提醒，當然提醒自己的門人遠離不必要的是非是很正常的事情。而此時曹貞吉對昔日好友的感慨又是如何呢？也許那首作於康熙二十二年的詩最能表達曹貞吉的無奈心情了，詩云：「日射觚稜金碧分，故人名在九重雲。當年筆墨縱橫甚，何處仍尋舊練裙？」〔註 67〕如今昔日好友已在「九重雲」，到何處找回當年那種「筆墨縱橫甚」呢？

康熙二十三年九月十三日，汪懋麟與汪耀麟、韓魏離京歸揚州。〔註 68〕康熙二十四年乙丑秋，曹貞吉途經揚州，至汪懋麟齋，〔註 69〕汪懋麟爲之餞行。

> 《百尺梧桐閣遺集》卷之七己丑《喜升六至，即奉送之官徽州，和西厓韻》:「到門久矣無此客，駐馬忽爾來北曹。草堂塵積不願掃，頃刻明淨無纖毫。往事浮雲那足道，此際但可談莊騷。小別匆匆僅一歲，何至爾我俱二毛。窮達聚散總難料，不信果有神鬼操。咄嗟餉客少正味，草率作具陳邪蒿。客當偶餞索粔籹，我正欲飲斟醥醪。持螯豈須更擇手，說彘不復能加尻。已無酸鹹別嗜好，豈有戈槊相攻鏖。此行且分一郡竹，投贈爲卜三州刀。久知所學具本末，不在官職論卑高。況君持重不妄語，焉用三復師宮滔。清風扇動紫陽俗，自此不敢言魯褒。軒轅高臺一萬丈，上有千歲之令桃。我欲乘風一飽啖，猛如鷹脫不可絛。倘能釋政爲我出，同看天門雲海濤。」

康熙二十五年丙寅秋，曹貞吉在新安寄詩與汪懋麟，表達懷念之情，並示意一同遊黃山。而此時的汪懋麟正與友人忙於宴飲，汪懋麟是否和詩回贈，今已不得而知。

〔註 66〕陳康祺《郎潛紀聞初筆》卷七：「康熙壬戌（康熙二十一年）七月，王文簡公士禛、陳文貞公廷敬、徐健庵尚書乾學、王幼華給諫又旦、汪蛟門必部懋麟，集城南山莊。禹愼齋鴻臚之鼎作《五客話舊圖》，蛟門爲紀卷，藏澤州陳氏。」

〔註 67〕曹貞吉《珂雪三集》卷三古近體詩《讀阮亭祭酒贈蛟門詩有作》。

〔註 68〕太平桂一《汪蛟門懋麟年譜初稿》第 97 頁。

〔註 69〕太平桂一《汪蛟門懋麟年譜初稿》第 99 頁。

《珂雪三集》卷三《寄汪蛟門》:「馬箠打門索君飲，披帷輒得眞吾曹。高閣張燈奮頤頰，劇談莊雅窮秋毫。我官可稱蟣虱吏，子才直欲奴僕騷。新詩脫口唳秋鶴，方麴細字如牛來。別來阻風鑾江口，薄命遂使舟人操。驚風入夜卷蘆荻，荒煙滿眼堆蓬蒿。豈有江魚供晨飯，定無村店沽濁醪。石城南下峭颿駛，以風爲馬車爲尻。小邑斗大富岩壑，芒屩日與蒼山鏖。習久能無工顏膝，囊慳所恨無錢刀。方塘芙蕖二畝闊，訟庭碧柳千尋高。草蟲盈砌鳴嘖嘖，響泉聒耳流滔滔。驅除疾憂賴白墮，圖畫雲漢憎劉褒。甘瓜略同仙掌露，嘉果遙比綏山桃。饑蚊嚼膚甚錐刺，老鴞啼樹難網絛。練溪水滿當速去，會須一看黃山濤。」

康熙二十七年四月十一日，汪懋麟卒於揚州里第，〔註 70〕曹貞吉賦詩爲祭。

《珂雪三集》卷三《哭蛟門》:「回首雞壇道益孤，蒼茫天地歎無徒。名高豈合爲身累，才大眞成與患俱。人說龍蛇爭晚歲，哪知詩酒送潛夫。驚聞老淚枯難下，解脫輸君在夜途。

鳳凰池上定交年，骯髒襟懷不受憐。燈火九微連午夜，熊羆千帳扈甘泉。鯫生憔悴江潭日，夫子流傳鸚鵡篇。痛飲高歌一彈指，孤墳宿草已芊芊。

天道從來有變更，吾曹底用氣難平。休論華屋山丘事，且受千秋萬世名。咫尺紅橋餘索寞，飄搖黃葉感淒清。梧桐閣下殷勤別，念爾眞同蒿里行。

儒臣法吏兩闌珊，似海君恩欲報難。金矢精嚴群吏肅，銀鉤卓犖御屏看。平山堂下重陰合，第五泉邊夕照殘。此是先生棲隱處，他年鏡具更來觀。」

曹貞吉曾作《沁園春》、《賀新涼》兩詞贈柳敬亭，汪懋麟亦和作贈柳敬亭，見《錦瑟詞》長調第十五、十六頁。汪懋麟賦《爪茉莉（抹麗）》一詞，曹貞吉和作。

《錦瑟詞》中調《爪茉莉（抹麗）》:「最喜炎天，趁薰風放蕊，枝兒上，白溶溶地。晚涼院落，月照處、清芬似水。安排下、鈿盒

〔註 70〕王士禛《蠶尾集》卷六《汪比部傳》。

金簪，穿斋慣須小婢。鬆鬆鬢嚲膩蘭膏，味偏細。私嗅處、早醒殘醉，還留數朵。待朝來，上雲髻，將幾枝安放枕頭根底，夢魂杳相伴睡。」

《珂雪詞》卷上《爪茉莉・本意和蛟門用宗梅岑韻》：「玉蕊離離，只飛瓊可比，添多少、晚窗清氣。風前小立，微嗅處，記人嬌意。黃昏後、雨過新涼，金蟲簪兒串起。新妝倭髻紗櫥旁，鴉鬢底。窺斜月、花光流墜，餘香幽約，收來枕畔合子。待明朝淡抹遠山相對，碧天澄澄似水。」

（四）曹貞吉與李澄中交遊唱和考

李澄中，字渭清，號漁村，崇禎二年生，康熙三十九年卒。世爲四川成都府人，明初遷諸城。年十九補諸生，兵備副使周亮工按部至縣，索其詩，愛之，引置署中，與樂安李煥章、壽光安致遠、安丘張貞講業員意亭。煥章、致遠、貞專攻古文，澄中兼爲詩賦，與同縣劉冀明、趙清、徐田、隋平、張衍、衍弟侗諸人，日放浪山海間，醉歌淋漓，有終焉之志。久之，拔入成均，年五十爲康熙十八年召試博學鴻儒，授檢討，預修《明史》。二十七年升右春坊右中允。二十八年轉左晉侍講。二十九年典雲南鄉試，轉侍讀。三十年列名直隸學政，爲忌者所中，改調部曹，乃歸。澄中學問淹博，詩沖和，宗盛唐，文雅潔有法。又好闡揚鄉人，鄉人多賴以傳。爲人龐達慷慨，晚年出田百二十畝，宅一區，爲外祖邱雲肇立嗣，而家計蕭然矣。〔註71〕

康熙十一年壬子，張貞、李澄中等人拔貢入京，〔註72〕蓋緣於張貞介紹，曹貞吉結識了李澄中。李澄中在京期間，兩人時相宴遊唱和。是年七夕前一日，曹貞吉與李澄中、汪懋麟、張貞、吳遠度集會周雪客齋，李澄中賦詩，曹貞吉和作。

《臥象山房集》卷四《七夕前一日，同曹升六、張杞園、汪蛟門、吳遠度、集周雪客寓齋》：「曲巷塵如霧，涼風晚拂襟。長安無此客，高館似空林。蟲響因燈集，秋懷入夜深。明朝愁七夕，杯酒任殘霖。」

〔註71〕《諸城縣志人物傳》、李澄中《自爲墓誌銘》。

〔註72〕張貞《曹貞吉墓誌銘》：「壬子，余充貢賦入京師。」
李澄中《臥象山房集》第246頁：《閻介石先生傳》：「康熙壬子，與予同貢於雍。」

《珂雪三集》卷一《七夕前一日，同蛟門、渭清、杞園、集雪客寓齋，用渭清韻》:「幾人依曲徑，幽興各披襟。雪酒初開甕，銀桃乍出林。涼宵星漢過，匹練水雲深。犢鼻明當曬，居然愁夕霖。」

是年七月間，李澄中因長期羈旅生病，〔註 73〕病中懷人，賦詩寄曹貞吉，曹貞吉和作並致以問候。

《珂雪三集》卷一《和渭清雨中見寄之作》:「一雨連朝暮，冥冥失遠山。蛩聲依壁近，樹影帶秋還。曉角千門裏，重雲午作間。短衣策馬入，空憶釣蓑閒。」

《珂雪三集》卷一《問渭清疾》:「側聞遊子病，可是怯西風。獨臥秋陰裏，長貧逆旅中。角聲吹亂葉，鄉思入鳴蟲。莫夢牛涔好，岩花正待紅。」

《臥象山房集》卷四《病中答曹升六見訊，次原韻》:「小室炎蒸滿，安知有朔風。衰成秋氣外，病感旅愁中。鄉思隨清角，羈魂引夜蟲。山廬何處是，側望菊花叢。

病餘憐問訊，瘦骨不禁風。生事加餐裏，天涯歸夢中。寒霜聞夜鴂，高露咽秋蟲。何日拋藤杖，相攜賦桂叢。」

康熙十二年癸丑冬，曹貞吉讀劉翼明子羽詩，賦絕句五首寄送。此後，劉子羽又讓李澄中依曹貞吉韻和作。此時李澄中已離京歸里。

《珂雪三集》卷一《讀劉子羽詩有寄》:「一卷新詩手自評，黃昏風雪暗燈檠。幽燕老將悲歌甚，疑聽當年擊筑聲。

五陵俠氣羨如雲，老厺常隨麋鹿群。他日琅琊臺下路，濤聲澎湃最思君。

散厺殘編不自聊，半生詩卷壓牛腰。世間莫有桓譚在，留取長江處士瓢。

坎壈長爲揚子悲，重蘿山上跨驢時。英雄失路尋常事，何必青衫始淚垂。

懷人時夢海東頭，兩點浮勞氣未收。留得蕭條白髮在，談仙說鬼亦風流。」

《臥象山房前集》卷五《曹升六題鏡庵集四絕句，子羽命余依

〔註 73〕李澄中《臥象山房集》卷四《湖山道中遇雨》注:「是歲餘三走歷下。」

韻和之》:「老人詩在許誰評，白髮蕭蕭對短檠。不信狂奴留故態，卷中聽取海潮聲。

山南山北總春雲，海上漁樵各有群。共説燕昭憐駿骨，黃金臺上不逢君。

逢人賣賦倍無聊，鳥篆圖書日在腰。君自饑驅我能解，杖頭新掛許由瓢。

詩卷長流萬古悲，杉松海日記當時。唾壺敲盡窮途淚，白日晴虹不敢垂。」

是歲冬至前，曹貞吉書劉翼明詩後兼懷李澄中。

《珂雪三集》卷一《書劉子羽詩後兼懷渭清》:「七十年光萬首詩，嶔崎歷落驗鬚眉。愁中吾倍憐蜣轉，老去君猶唱竹枝。好友自來明月共，神仙擬近海風吹。牛涔有路很能到，大雪空岩足夢思。」

康熙十四年乙卯夏，劉翼明詩集刻成，寄與曹貞吉，曹貞吉賦詩兼致李澄中、張貞。

《珂雪三集》卷一《劉子羽詩集刻成見寄，悵然有懷，兼致渭清、杞園》:「老去悲歌慨以慷，一緘冰雪動光芒。敢云針芥同欣賞，如有鬚眉對激昂。別後更誰償酒債，年來眞怪減詩囊。寄書故里洪沱長，夢裏琅琊道路長。」

李澄中在劉翼明那裡得到曹貞吉的消息，於歲秋賦詩寄與曹貞吉，曹貞吉和作。

《珂雪三集》卷一《和渭清見懷之作步韻》:「盧溝折柳已三年，又是清秋玉露天。書寄琅琊無雁影，愁多湖海亂烽煙。車塵馬足勞何已，流水高山曲未傳（來箚知擬刻小集未成）。爾困青袍餘白髮，可能俱是少人憐。

海上仙人去復回，雲書鳥篆出蓬萊。龍沙有路誰能到，石髓無緣之自哀。夢里長林麋鹿健，秋來短褐雪霜催。殷勤問訊山中友，輸爾常栽處士梅。

入洛曾遊碣石宮，夜闌擊筑動悲風。蕭條誰續荊高飲，落拓吾懷大小東。病榻維摩仍好在，愁吟詩句苦難工。遙天萬里晴如洗，悵望青煙九點中。

相對無能更捋鬚，驚聞好語自菰蘆。幾年越客同莊舄，一卷《離騷》愧左徒。侯館蟲鳴燕市月，秋風人醉大明湖。便思驢背從君去，遊倦常披谿落圖。」

李澄中於康熙十七年戊午，應博鴻之召再次入京。〔註 74〕

康熙十八年己未重九，李澄中與潘次耕遊黑龍潭，遇曹貞吉一行。

《臥象山房後集》卷十《九日與潘次耕遊黑龍潭，遇陳其年、曹實庵、喬石林、田子綸、汪舟次、曹頌嘉、汪蛟門，小飲紀事》：「今歲重陽氣瀟灑，閉門兀坐何爲者。亭午大笑潘生來，便覺胸懷向君寫。兩人快語謀登高，當簷白日風騷騷。丈夫已老壯氣盡，終年常苦心鬱陶。徐行並轡得幽致，蒼崖細路逶迤至。座中況遇同心人，三蕉牛飲酩然醉。田子攜我觀龍池，咫尺黝黑堆琉璃。潭面沉沉雷雨碎，勺水亦可藏蛟螭。廟傍禿頂雙古楊，松濤深杳流膏香。南臨雉堞作遠勢，蘆荻被岸秋雲黃。人生相逢莫相失，轉眼歡呼難自必。聖朝幸際太平年，吾曹始有休暇日。斜陽半沒月色寒，紛紛車馬滿長安。若逢佳節不盡興，明朝霜落菊花乾。」

《臥象山房後集》卷十《子綸、其年、實庵以九日黑龍潭長歌見寄，和原韻》：「墨漬古潭流不歇，龍帶黑雲時出沒。何時爲寄洞庭書，一笑欲見凌波襪。連年山左大荒旱，麥田五月皆糠麧。今來得官依舊貧，命宮眞苦同磨蠍。是日秋風吹薊門，天半晴霞捧瑤闕。老饕簡懶晚始來，快啖梨桃僅餘核。拇站風生醉敢辭，渃淖杯斝聲相搰。地震昨聞罪己詔，皇心坐使四妖孛。百僚承旨詡聖明，中外從茲少干謁。我輩雲水作性情，偷閒寧顧俸錢罰。城南無數冢中人，太息生前興徒發。放懷對景卻忘言，靜聽喧呼雜排訐。起行仰見歸飛鴉，座中聚散同飄忽。丈夫生不把節鉞，便須踏碎蛟螭窟。斜陽弄影光在衣，倒看西山如列笏。」

康熙十九年庚申，李澄中將從其表侄丘霞標處得來的龍鬚贈與京城諸友人，並邀諸人爲龍鬚題詩賦詞，曹貞吉賦詞一首。

〔註 74〕李澄中《臥象山志》：「康熙戊午歲，予出山如京師。」
李澄中《臥象山房集》：《孟元輔詩序》：「己未春，予應召至京師，僑寓古寺。」
李澄中《自爲墓誌銘》：「：「戊午春，君室中書香出戶外，適今上詔徵海內文學之士，君被召入京。」

《珂雪詞》卷下《霓裳中序第一・詠龍鬚爲渭清賦》：「崢泓勢猶怒，誰向層波剪冰箸。憶當日、青天乍擘，伴火鬣朱鱗，度雲穿霧。清秋島嶼，抱驪珠、濃睡腥雨。莫也是、洧淵戰罷，飄落翠蓬路。羈旅，生涯幾許，還藏得、鮫宮幾縷。輕綃鈿合潛貯，怕一夜驚雷，破壁飛舞，何人抬鳳羽。便鬥草、休教換去。他年事、天風鶴背，拔下幾重數。」

《臥象山房集》：《龍鬚小記》：「諸城大山滿東南，其北最小孑立者曰白龍。又北側九龍嶺，俗傳有九龍鬥其上，故名諸濱海龍鬥。蓋其常云予表兄丘氏家白龍山下，種竹樹萬竿，每雨輒披蓑坐竹中。一日忽雷電大作，雨汩汩如注，既晴，見龍頷尺許，墮竹根，血淋漓，須猶怒張。鬚莖從龍頷骨出，映日作魚腦紋，後歸表侄丘霞標，舉以相贈。長安諸君子見而異之，共得詩詞若干首。夫自延津化後，所傳多荒誕不可信。昔辛卯歲，予嘗聽龍吟如馬嘶，又憶五齡時，群龍捕蛛邑西村，又何怪幻，近於古所云也。須收之三十餘年，今始爲士大夫所吟賞，豈虯龍片甲，其顯藏亦有時歟？」

《臥象山房尺牘》：《與王阮亭少詹》：「龍鬚二莖奉獻，然柔細殊甚，大有霧鬚風鬟之態，非火鬣朱鱗比也。」

《迦陵詞全集》卷二十八《賀新涼・諸城李渭清贈我以龍鬚數莖，同曹舍人實庵、陸編修義山、沈大令融谷，賦余篋中舊有虎鬚，故篇中及之》。

康熙二十二年癸亥秋，李澄中過訪曹貞吉齋並賦詩，曹貞吉有詩作答李澄中。

《臥象山房後集》卷十四《過曹實庵寓齋即事》：「昨宵相憶甚，阻雪過君遲。一見還傾倒，三年怨別離。行藏知命後，身世固窮時。左右圖書滿，惟應靜者知。」

《珂雪三集》卷二《答渭清》：「積雪明虛牖，柴門盡日關。客來驚剝啄，只似到深山。落葉莽蕭摵，孤節自往還。聞君發高詠，聲滿碧空間。」

是年冬，李澄中客興，曹貞吉有詩和李澄中。

《臥象山房後集》卷十四《客興》：「蕭條客興水中鹽，永夜寒燈伴軸籤。欲把怨情酬李白，卻將《別賦》弔江淹。尺書不到人千里，鄉夢初回月滿簾。窗外雪霜深幾許，朝來變盡舊長髯。」

《珂雪三集》卷二《和渭清客興次韻》：「懶漫誰歌昔昔鹽，飄零藥裹與書籤。遨頭自愛山間好，屐齒翻從雪後淹。獨夜寒風生老樹，他鄉明月掛疏簾。只今容鬢蕭條甚，何處重尋舊紫髯。」

康熙二十三年甲子正月，李澄中與曹貞吉諸人飲吳在公戶部齋。

《臥象山房詩集》卷二十四《與寶詒、實庵、方山、愚菴、正子飲吳在公户部齋》：「帝京行樂在春初，草閣邀賓罷掃除。蠲稅時聞天子詔，重農應上地官書。滿城簫鼓風前動，四海交遊病後疏。爲惜流光需盡醉，玉壺頻倒莫躊躇。」

是年冬，李澄中以楊水心墨竹圖贈曹貞吉，並賦長詩，曹貞吉答謝和作。

《臥象山房詩集》卷二十四《以所藏楊水心墨竹贈曹實庵舍人》：「天下何人畫墨竹，吳生太草馮太莊。吾友笠子具奇氣，小道要有神明將。一別五年各南北，爲我下筆森琳琅。鐵幹怒茁帶雪霜，墨痕斷除連穹蒼。密葉沉沉忽洞黑，彷彿似有黑雨藏。新筍萌芽未盈尺，片片籜落龍鱗張。戛摩枝幹暗淇澳，陂陀島嶼通瀟湘。黃陵路遠鷓鴣叫，美人遲暮悲風篁。曹子過我一相見，左右觀者皆稱羨。今朝出笥持贈之，爲畫擇主何足戀。試向晴窗掛粉壁，三子同堂儼覿面。昨歲楊生來長安，倉卒不及索筆硯。別後鄉思隔鄉縣，翠竹翛翛月如練。明歲春風予亦歸，人生萬事同流電。我與楊生轉憶君，更有何人寫竹箭。開卷把酒且盡歡，簾外濃雲下飛霰。」

《珂雪三集》卷二《渭清以楊水心墨竹見貽，且賦長篇，歌以誌謝》：「無肉令人瘦，無竹令人俗。老生之常談，醫俗莫如竹。繄！余之俗不可醫，惟憑修竹淡鬚眉。燕山早寒飽霜雪，此君不減珊瑚枝。時於楮墨求形似，眞而不妙恒癡肥。文同不作子瞻死，何人能寫蒼蒼姿。金溪吳宏工草竹，筆筆篆籀兼獻羲。當年爲我染方麴，動搖白日無炎曦。繡頂瀟湘管仲姬，蘭披薤倒識者誰。吾友齋頭得巨幅，煙雲變怪何葳蕤。猩紅小印圖輔峭，崚崚瘦骨當窗敧。數竿排空破晴碧，老龍出霧垂其鬈。交柯接叶窈深黑，此中無乃藏妖魑。墨光古淡神理足，滿堂動色皆諮嗟。我識楊君二十載，手奪造化非心期。連宵夢入篔簹谷，琅玕片片清風吹。長鬚打門來好語，脫手持贈眞如遺。先以長句力扛鼎，彷彿杜老夔州詩。砰訇大聲出金石，鼓盪元氣流肝脾。愧我小巫邾莒耳，敢以壁壘當雄師。避之三舍不獲命，旗靡輒亂心能知。寒日閉門等蝟縮，抽萌凍芋吟酸嘶。似聽冰花響乾籜，湘君環佩來何遲。」

稍後，曹貞吉又爲李澄中題《明月蘆花圖》。

《珂雪三集》卷二《爲渭清題明月蘆花圖兼懷輔峭》：「爐燼燈昏此憶君，故山明月照離群。荻花如雪天如水，一一鴻聲何處聞。

似卷怒潮江浩蕩，疑飛弱絮夜空明。漁船隻在最深處，欸乃一聲秋水青。」

康熙二十四年乙丑夏，李澄中以所藏小幅草蟲畫贈曹貞吉，二人賦詩酬唱。

《臥象山房詩集》卷二十五《以所藏草蟲小幅題贈曹實庵舍人》：「在昔棲象峰，百蟲響哀玉。今來披此圖，如循灝水曲。細草蔓絲蘿，山花開躑躅。咫尺野色來，遙情暗相屬。移贈君子庭，瑤華映仙籙。齧穗不聞聲，頭甲淨寒綠。」

《珂雪三集》《渭清以詩來贈硯潭草蟲一幀，賦此奉答》：「早年事耕稼，林居友麌犢。豆葉作繭黃，秋卉上眉綠。草蟲於此時，飛鳴各有族。嘤嘤兩股動，趯趯一躍速。爲類誠瑣細，天機恍幽獨。《爾雅》詎能名，《豳風》聊復讀。何人當奇寫，情生輒盈幅。山草與山花，演染成小簇。卷歸四壁間，秋聲動茅屋。白露倏然集，庭砌沙雞宿。入夜數聲啼，與爾或相續。」

是歲秋，曹貞吉出任徽州，李澄中等人爲其餞行賦詩。

《臥象山房詩集》卷二十五《送曹實庵郡丞之任徽州》：「羨五馬新安去，離魂已到江邊樹。丈夫作郡古所榮，知己分攜屢回顧。憶昔相逢年正少，白眼青天發長嘯。那知轉盼成老蒼，十年雨散嗟同調。近日薄宦來京師，鮭菜一器酒一卮。丹崖宮允沉湛思，吾家洗馬風雲姿。光祿孟滋行步遲，舍人含藻多微詞。風前月下常追隨，狂歌謔笑雷雨垂。人生離合良可感，臨岐正值秋風時。鴻雁連天送行客，落葉颯颯山雲碧。放衙散發掃風煙，擊缽高歌動金石。白嶽峰頭月華白，黃山瑤草紛狼藉。軒轅皇帝煉藥處，三十六峰森劍戟。煙霞散漫湏主人，大雅定屬文章伯。黃海名集何雄哉，況君夙負鄴下才。鳳皇池上已數載，縱橫詞賦淩八垓。即今攬轡懷抱開，有書倘附春前梅。待君政成還內召，吾老歸臥超然臺。」

另《珂雪三集》有曹貞吉爲李澄中《燕磯獨眺圖》題詩。

《珂雪三集》卷一《題李渭清燕磯獨眺圖二首》:「雲際孤峰杳靄中，振衣千仞許誰同？山圍故國仍朝北，潮落空江盡向東。回首欲占龍虎氣，披襟獨對海天風。輕舟渺渺不歸去，恐有漁燈傍晚紅。

我友青鞋汗漫遊，風煙幾點望中收。千帆靜落平江色，兩岸悲生荻影秋。詩思可隨流水變，名山應許酒人留。慚余亦是登高客，只似孤雲到眼浮。」

（五）曹貞吉與顏光敏交遊唱和考

顏光敏，字遜甫，曲阜人，顏子六十七世孫。康熙六年進士，除國史院中書舍人。帝幸太學，加恩四氏子孫，授吏部主事，歷吏部郎中。其爲詩秀逸深厚，出入錢、劉。吳江計東謂足以鼓吹休明。雅善鼓琴，精騎射蹋鞠。嘗西登太華，循伊闕，南浮江、淮，觀濤錢塘，溯三衢。所至輒命工爲圖，得金石文恒懸之屋壁。有《樂圃集》、《舊雨堂集》。〔註 75〕

顏光敏與曹貞吉結交，蓋始於二人同在京師時，然兩人諸集中，其最早的交往記載是康熙十二年立秋，曹貞吉在顏光敏宴席上觀劇。據《顏修來先生年譜》載，康熙十二年癸丑，顏光敏買宅西城宣武坊，蓋此時寢食穩固，可以在家宴集諸友。另《年譜》云:「康熙乙卯，府君年三十六歲。退食之暇，從宣城施公閏章、新城王公士禛論詩。世傳都門十子……」蓋此間顏光敏常與諸友人集會，切磋詩道。顏光敏與曹貞吉唱和雖然不多，但二人交往甚密。

康熙十六年丁巳二月，顏光敏因喪歸里，後又南遊，至康熙二十一年七月抵都。顏光敏在外時，與曹貞吉時常有書信往來，僅《顏氏家藏尺牘》就有六通曹貞吉覆箚。據箚中內容推測，這些信札主要集中在康熙十八年前後。其間與曹貞吉書信較多，蓋有以下幾個原因:其一，其間正值王漁洋選刻《十子詩略》，王士禛曾寫信催促顏光敏，讓其與曹貞吉聯繫。〔註 76〕其二，康熙

〔註 75〕《清史稿》卷四百八十四第 13330 頁。

〔註 76〕《王漁洋集外文輯遺》卷三與顏光敏札:「至《十子》之刻，葉慕廬、林澹亭、宋牧菴諸君，皆已刻竣。惟大集未梓，殊爲憾事。且年兄實首商此舉，詎可反遺而登他人。苫塊之中，特自已廢業，若友人代選付刻，義初無傷。祈以集稿，即寄曹實菴、田漪亭。刻貲先予五金，余襄事後全寄之，亦無不可。」

十七、十八年適值博鴻，所以文士雲集京師。顏光敏寄了很多摺扇與曹貞吉，讓曹貞吉在京師請諸文士題扇。《顏氏家藏尺牘》中曹貞吉覆札中，每每提及此事辦理情況，如：「佳箑領到，但恐無如許善書者，謹留以待時，或託人轉求亦可。」又「月來諸博學，皇皇得失，佳箑未得悉徵，俟此局小定，可以匯寄矣。」又「因入冬宏詞之士方大集，歲底始得散完，又最難收……」又「扇又得八柄寄上，所餘不多矣。」據曹氏覆札看，二人在信中多談及各自的創作情況及詩集選刻。曹貞吉在信中還提及其弟曹申吉曾稱讚顏光敏詩，歎「服其秀絕」，更「欲求全集一觀」。曹貞吉亦時常在同人面前稱讚顏光敏詩。〔註 77〕顏光敏書法擅一時，曹貞吉嘗求其小楷爲楷模，此札亦在《顏氏家藏尺牘中》。以下是二人交遊唱和行跡。

康熙十二年癸丑，顏光敏買齋西城宣武坊，立秋日，顏光敏邀請諸人在家集宴並觀劇，曹貞吉在席上賦詩。

> 《珂雪三集》卷上《立秋日修來席上觀劇》：「淡雲疏雨過高城，秋作長安一片清。斗酒欲謀良夜醉，狂歌不減故人情。飄揚貴主還宮曲，慷慨荊卿變徵聲。無那畫堂簫鼓歇，霏霏玉露滿金莖。」

康熙十五年丙辰三月初二，曹貞吉同田雯、顏光敏郊原看花，晚至廣恩寺。

> 《珂雪三集》卷一《春日郊原看花，晚至廣恩寺，同子綸、修來賦》：「漫漫春晝長，三月初破二。祓禊未及期，出郭了花事。名園結伴人，飛英已滿地。杯酒溫旅顏，嫩草供濃睡。花影落深卮，淡沲難成醉。是日重陰合，雨腳森欲墜。塵沙浩茫茫，郊原但一氣。白塔鬱崢嶸，丹樓聳蒼翠。俱似霧中看，殊有蕭然意。探幽興不違，駕言尋古寺。數折得石橋，山門封薜荔。拄杖僧頭白，指點說榮瘁。畫壁辨龍蛇，斷碑臥贔屭。當階覆老松，虯枝工位置。危蹬苔衣滑，空廊鼠塵細。健足等猿猱，未遽愁顛躓。所憂暝色迫，荏苒春城閉。何當結茅屋，遂署休休字。」

> 《顏光敏詩文集箋注》五言古詩《王北山邀同升六、子綸飲西郊花下》：「久輟郊坰遊，因君驅我懶。望遠徒離憂，爲歡欣得伴。雖無岩壑奇，出郭欻蕭散。矯首聞喧囂，始擬塵氛斷。花林出層霄，

〔註 77〕《王漁洋集外文輯遺》卷三與顏光敏札：「昨見升六兄，極口吾兄新詩，以爲無字不千錘百鍊。」

紆曲逢池館。繁英落繽紛，細蕊猶纂纂。野曠天風柔，雨蒸香氣暖。花間鐃蠓蠛，遊颺無停緩。韶光逐物化，何由得款款。我昔泗水濱，傾榼屢揮碗。醉誦蘭亭詩，狂歌笑迂誕。棲遲金馬門，野性迷町畽。顧我壯心驚，窺君鬢髮短。趺坐空踟躕，飛花墮衣滿。」

按：曹貞吉、田雯詩皆無提及王北山，蓋僅顏光敏與北山交往稍密。王曰高，字鑒茲，號北山，山東茌平人。順治十五年進士，改庶吉士，授編修。歷官禮科都給事中。有《槐軒集》。

是年八月，曹貞吉與顏光敏郊行，二人皆有詩作。

《珂雪三集》卷上《郊行同修來作》：「出郭騁遠目，曠然天宇大。脩塗膩如膏，野水紛瀠帶。始悟昨夕雨，茲地乃滂霈。人家住翠微，渺渺煙蘿外。荒原一以登，海氣浮沆瀣。秋風入鳴雁，霽色澄關塞。草蟲食豆葉，應侯發天籟。嗒焉驢背人，與爾共長慨。」

《顏光敏詩文集箋注》五言古詩《同曹升六郊行》：「八月欻炎熱，半夜風雷驕。城闉射朝霽，水漲東溪橋。空陂絕蟲魚，風定淪漪消。倒影看飛鴻，歷歷排煙霄。美人去荒江，松桂不可要。披襟坐修阪，俯瞰滄海潮。駑馬行屢卻，終日鳴蕭蕭。斯遊悵難再，何爲戀場苗。

西山接蒼穹，遠色同靉靆。落日燒霞紅，峰巒漸深黛。萬壑積秋霖，百里明素瀨。前行陂隴高，未覺村墟礙。鬱鬱河橋柳，分行疊旌旆。秋色何匆匆，颯然變關塞。獵騎歸城隅，蟲聲向天外。與君歌楚辭，千古同遙慨。」

是年九月十日，田雯邀王漁洋、曹貞吉、林堯英、朱彝尊、汪懋麟、謝重輝、顏光敏等泛遊通惠河，賦詩唱和。

田雯《古歡堂集》卷五有《九月十日，同北山、阮亭兩先生，實庵、蛟門、方山、修來、子昭、良哉諸子，介眉家兄，泛通惠河，屬郁生作圖，歌以紀之》詩，次於《丙辰生日放言》後，附曹貞吉、林堯英、朱彝尊、汪懋麟、顏光敏、謝重輝、丁煒諸人和作。

《珂雪三集》卷一《泛舟行》。

《顏光敏詩文集箋注》七言古詩《九月十日，子綸邀同人泛舟東河醉歌》：「我生隨地逢重陽，放船獨數金陵快。江心柁樓一丈高，坐見洪濤納千派。赤波萬頃連扶桑，突立江豚向天拜。爛醉豈知津吏迎，狂呼每犯舟人戒。自從都市飽塵鞅，常憶秋空浮沆瀣。故人持節來東河，衙前綠水添澎湃。鈉鏦金伐鼓羅眾賓，短詠微吟出官廨。昨宵雨阻龍山飲，曉雲散落如崩壞。遊魚波刺跳相濺，菊花細瑣沿村賣。金臺已平馬骨朽，當杯豈暇論興敗。慶豐閘水急須臾，煦沫漩渦轉幽怪。人生富貴會有涯，摧眉折腰天所械。嶺上松筠常自寒，空中雕鶚誰能鎩。何時攜手三山巔，下瞰神州似纖芥。」

康熙二十三年甲子三月，王漁洋邀曹貞吉〔註 78〕、顏光敏、王又旦、謝重輝、趙執信、吳雯、朱載震等人雨中聖果寺看桃花，諸人賦詩，顏光敏詩作今其集中不見。在《珂雪詞》中，曹貞吉有《蝶戀花》一闋，詠顏光敏宅中海棠，但此詞具體作於何時，不得而知。

《珂雪詞》卷上《蝶戀花・修來席上詠海棠》:「涼月娟娟流細影，道是秋花，卻帶春花字。何限嫣紅思婦淚，玉壺亂滴珍珠碎。籬畔幾枝才放蕊，任是春花，不比秋花媚。簪向個人倭鬌髻，晚霞一點明於洗。」

曹貞吉《珂雪詞》許多館藏及書目注有康熙十五年刻本，但據康熙十七年歲暮，曹貞吉與顏光敏一札中曾提到自己詞集刊刻的事情，云:「詩餘一道，向因少事，藉以送日，結習所在，筆墨遂多。其年、錫鬯日督付梓，所以未即災梨者，作者林立，羞事雷同。一囊無餘貲，難修不急；二心懶憚於檢校；三草草結構，不敢自信；四俟年兄入都後再加斧斤，方可出以示人耳。」此時顏光敏正在里居喪，曹貞吉希望顏光敏入都後能幫助他勘正詞集，可見至康熙十七年底，《珂雪詞》仍未刊刻。

（六）曹貞吉與施閏章交遊唱和考

施閏章，字尚白，號愚山，安徽宣城人。少失怙恃，鞠於祖母。順治六年進士，授刑部主事。歷員外郎，引經斷獄，期於平允。尋以試高等，充山東學政。取士必先行而後文，崇雅黜華，有冰鑒之輿。秩滿遷江西參議，分守湖西道。康熙二十年充河南鄉試正考官。二十二年轉侍讀，尋病死。平生廉謹而解推不倦。廣置義田以贍宗戚，篤窮交好，扶掖後進，才士失志，多方爲之延達，死喪困危，振衂備至。天下士皆歸其門，奉爲楷模。文章率原

〔註 78〕《珂雪三集古今體詩》卷上《暮春雨中阮亭招，同臥雲、幼華、孝堪、修來、悔人、杞園、天章、仲符、遊善果寺，分韻得禪字》

本道義，不欲馳騁張皇，意樸氣靜，守歐、曾矩度。與萊陽宋琬，有南施北宋之稱。其五言詩，溫柔敦厚，得風人之旨，而清辭麗句，疊現層出。施閏章是清初文壇、詩壇的名家大家，與山東宋琬齊名，有「南施北宋」之譽，其詩被稱爲「宣城體」。所著有《學徐堂文集》、《學徐堂詩集》、《端谿硯品》、《蠖齋詩話》、《矩齋雜記》等。〔註 79〕

施閏章於順治十三年丙申出任山東按察使司僉事，〔註 80〕在曹貞吉舉於鄉之前，即已受知於施閏章。〔註 81〕按理說，二人交往應當非常親密，但考察二人諸集，其交往記載並不多見。在施閏章的集子中，只有一首詩是寫給曹貞吉的，即曹貞吉在其母謝世後歸里奔喪之前，〔註 82〕施閏章作《曹升六舍人歸奔母喪》一詩。

> 施閏章《學餘堂詩集》卷三十三《曹升六舍人歸奔母喪》：「北海層冰路，看君復此行。蓼莪元掩淚，風木重吞聲。宦薄憎爲累，詩窮悔得名。不堪搔短發，萬里鶺鴒情。」

談到曹貞吉與施閏章交往，不能不談到另一個人，那就是曹貞吉的外祖劉正宗。施閏章在任山東學政時，主持鄉試時，時任文華殿大學士的劉正宗，爲其落選的親屬說情，被施閏章當即拒絕。事後，劉正宗託人傳話相威逼：「禍福繫此，何固爲？」施閏章不畏強悍，回答云：「徇一請，失一士。吾寧棄此官，不忍獲罪於名教。」〔註 83〕經過此事，施閏章便得罪了劉正宗。〔註 84〕

曹貞吉與施閏章沒有多少唱和之作，另外考察王士禛歷次所招同人集會，也幾乎沒有二人同時出現的記載，是二人的交往果眞受到劉正宗事件的影響？抑或是二人有所隱晦？在施閏章去世之後的康熙二十六年丁卯，曹貞

〔註 79〕蔡冠洛《清代七百名人傳》。

〔註 80〕《清世祖章皇帝實錄》卷一百二第 32 頁：「癸酉，陞刑部主事施閏章爲山東按察使司僉事。」
施閏章《獨樹軒記》：「予以丙申冬十月抵歷下受事。」《施愚山文集》卷十二。

〔註 81〕《曹貞吉行狀》：「而於學憲施愚山先生，則尤受國士之知。」

〔註 82〕袁起旭《朝天集引》：「今上之庚申，旭彈劍入都門。是時安丘曹公實庵，掌敕綸扉，與新城王學士、商丘宋比部、予裏施侍讀日事酬唱，文酒過從，殆無虛日。旭以布衣晚學，得執櫜鞬，以從事左右。諸鉅公皆不以旭爲不肖，而引之同 聲之末。未幾公丁內艱去。

〔註 83〕施璟《施氏家風述略續編》。

〔註 84〕《郎潛紀聞二筆》卷十六：「施愚山分守江西，政聲籍甚，時論以爲不日當開府，忽遭柬閣。蓋安丘劉相國正宗，當愚山持節山左時，有所干請不遂，至是修怨焉，然亦見愚山之不畏彊禦矣。」

吉適宛陵，借機拜施愚山墓，賦《拜愚山先生野殯三首》，〔註 85〕詩云：「最是長安風雪裏，含情相對夜深時。」可見，二人的交往並未受多少影響，只是有所隱晦。

《鴻爪集》之《拜愚山先生野殯三首》：「杜宇聲中飛紙灰，野棠開處長青苔。荒林寂寞應含笑，白髮門生鏡具來。

幽宮一拜一潸然，絮酒何能到下泉。記否生存華屋處，兔葵燕麥已芊芊。

文章華國竟何爲，逝水東流有盡期。最是長安風雪裏，含情相對夜深時。」

施閏章與曲阜顏光敏關係甚好，曾爲顏光敏作過詩序，在其序中曾將曹貞吉與田雯並提，並稱讚其「皆蔚然深秀，日進於古。」〔註 86〕可見施閏章並未因爲劉正宗的事情，而影響到他對曹貞吉的評價。

在施閏章謝世後，曹貞吉曾不遺餘力地接濟其後人。

《曹貞吉行狀》：「丁卯暮春，有事於宛陵，因得展拜愚山先生野殯，荒煙宿草，爲之大慟，賦詩三章，清詞淒惻，經濟其後人，不遺餘力，一時大江南北莫不高先大夫之義焉。」

《拜施愚山先生野殯・汪士鋐評》：「《野殯》三章，低徊欲絕。嘗從先生論施公往事，先生涕交頤，遂共飲泣，不復語。施公沒，先生經紀其後，不遺餘力。嗚呼！此眞古人情事，而作詩者之本也。」

《拜施愚山先生野殯・王煒評》：「丁卯春，先生去宛陵，友人汪栗亭以試事從之，哭拜於施愚山先生之殯宮。先生昔以諸生受知施公，癸卯發解，即走宛陵拜謁。及是往哭，宿草荒煙，爲之大痛。歸與栗亭長慟旅社，經紀其後人不遺餘力。」

據陳康祺《浪潛紀聞》云：「宣城施先生提學山東時，取士先行後文，敦

〔註 85〕《曹貞吉行狀》：「丁卯暮春，有事於宛陵，宛陵故先大夫舊遊地也。郡中諸賢豪多於先大夫稱素心交。至是文酒流連，詩篇往復，清讌敬亭，有『鴻爪重尋感舊遊』之句，遂以『鴻爪』名集。因得展拜愚山先生野殯，荒煙宿草，爲之大慟，賦詩三章，清詞淒惻，經濟其後人，不遺餘力，一時大江南北莫不高先大夫之義焉。」

〔註 86〕施閏章《顏修來詩序》：「既八年來，京師輦下盛傳十子詩，修來其一也。觀集中山左詩人，如曹子升六、田子子綸，皆蔚然深秀，日進於古。」見《學餘堂文集》卷七第 1 頁。

重儒術。過鄒平，拜伏生墓，以經學日微，授受宜亟，至於垂涕而示諸生。先生少孤露，事叔如父。已貴，叔少不悅，猶冠服長跪。母馬氏，夙失歡於大母，抑鬱而卒。先生請大母命，循例乞褒封，據地哀陳，始獲焚黃祔廟。順孫孝子，循吏通儒，實兼有之。」〔註 87〕曹貞吉能受知於施閏章，亦與曹貞吉品行有關。

（七）曹貞吉與宋琬交遊唱和考

宋琬，字玉叔，號荔裳，山東萊陽人。順治四年進士，授戶部主事。順治七年庚寅，因誣下獄，事白後遷吏部郎中。其後歷仕隴西道、永平道、寧紹臺道、皆有政聲。順治十八年擢浙江按察使。時于七在登州反清，宋琬因族人誣陷與于七有牽連，被逮下獄，累及妻孥。後賴巡撫蔣國柱力白其冤，康熙二年冬得旨免罪放歸（見《感皇恩》小注：「冤繫二年，一朝解網，感荷天恩，歌以代泣。時癸卯十一月朔三日也。）其後閒居吳越之地長達八年。康熙十年有詔起用，復來京師。康熙十一年，授四川按察使。十二年入覲，值吳三桂叛，成都陷，琬家屬皆在蜀，聞變驚惋遂以疾卒，年六十。其生平所交者有方文、施閏章、宋實穎、曹爾堪、王士祿、劉雪舫、張舉之等人，與給事中嚴沆、部郎施閏章、丁澎輩相唱和，有燕臺七子之目。〔註 88〕

王漁洋《池北偶談》卷十一「施宋」：「康熙已來，詩人無出『南施北宋』之右，宣城施閏章愚山，萊陽宋玩荔裳也……宋浙江後詩，頗擬放翁，五古歌行，時闖杜、韓之奧。康熙壬子在京師，求予定其詩筆，爲三十卷。其秋，與予先後入蜀。予歸之明年，宋以臬使入覲。蜀亂，妻孥皆寄成都，宋鬱鬱歿於京邸。此集不知流落何地矣。」

宋琬在京師時，常與王士禛兄弟及施閏章相唱和。〔註 89〕宋琬與王氏兄弟的交遊，要遠密於與曹氏兄弟的交往。可能由於宋琬際遇與王士祿相似，年齡又相差不多。王士祿於康熙三年下獄，康熙十年賜環，後二人竟然皆於康熙十二年去世。〔註 90〕另外，宋琬亦是紅橋唱和者，再加上年齡際遇因素，宋琬與王氏兄弟的交往自然要比與曹氏兄弟的交往密切。康熙十年正月，曹申

〔註 87〕陳康祺《郎潛紀聞初筆》卷十二。
〔註 88〕蔡冠洛《清代七百名人傳》。
〔註 89〕《漁洋詩話》：「康熙辛亥，宋荔裳琬、施愚山閏章皆集京師，與余兄弟唱和最久。」
〔註 90〕《王考功年譜》：「康熙十年辛亥。在吏部。先生山居八載，蒙恩賜環。」

吉以工部右侍郎兼督察院右副都御使巡撫貴州，蓋臨行前，宋琬爲其賦詩餞行。〔註 91〕在此之前，宋琬還曾作《贈曹澹餘中丞》一詩，〔註 92〕並在詩中稱讚兄弟二人「地擅三齊勝，人稱二陸名。（時與令兄升六舍人文名並重京洛，世比雲間二陸。）」蓋此時曹貞吉與宋琬有過第一次正式會面。康熙十一年壬子春，宋琬在京邀王漁洋、曹貞吉等人宴飲，曹貞吉在席上依王漁洋韻賦詞一首。

> 《珂雪詞》卷上《蝶戀花・荔裳席上作，用阮亭韻》：「吹面東風能解纈，雨弄柔絲，過了清明節。脆滑鶯兒聲不歇，池塘淡淡霏香雪。好倩吳儂翻一闋，宮錦氍毹，顧影清神絕。銀燭光消銀箭徹，一鈎斜掛城邊月。」

是歲六月，宋琬入蜀任按察使，臨行前招王士禛、曹貞吉等人集飲梁園，並觀伶人演其所編《祭皋陶雜劇》，諸人並未其餞行，曹貞吉賦《蝶戀花》二闕。

> 《國朝名家詩餘》選梁清標《棠村詞》，宋犖注於《蝶戀花・宋荔裳觀察招飲觀劇，次阮亭韻》曰：「初夏，僕將往蜀，同芝麓諸公讌集梁家園。伶人演僕所編《祭皋陶雜劇》，座上各賦《蝶戀花》詞一闋。」

〔註 91〕《安雅堂未刻稿》：《送曹澹餘少宰開府黔中》二首：「青門一相送，陌上雪初消。前導騎馴象，殊恩解御貂。山川分五嶺，風壤半三苗。幕府陳琳在，征途慰寂寥。（謂李武曾）
八尺連錢馬，銀鞍玉鑿蹄。賜從天廄内，直到夜郎西。文網寬邊吏，壺漿拜遠黎。應憐謝康樂，春草獨含凄。（謂令兄升六舍人。）」

〔註 92〕宋琬《安雅堂未刻稿》：《贈曹澹餘中丞》：「雲門連泰岱，澠水接蓬瀛。地擅三齊勝，人稱二陸名。（時與令兄升六舍人文名並重京洛，世比雲間二陸。）雕龍原宅相，繡虎自家聲。士稚鞭先著，徐陵賦早成。鑪煙分上苑，襆被宿承明。文采翔鸞集，豐神洗馬清。書從芸閣校，詩向柏梁賡。暫借公曾出，爭看召伯行。搴帷桐柏觀，問俗棘陽城。旋整驅朝駕，重來宣室榮。禁林思樂令，天子問韓翃。共羨還池鳳，俄遷出谷鶯。焚魚驅北闕，驅馬復南征。圭璧虔朱鳥，山川迎翠旌。登臨攄偉盼，憑弔見深情。屈宋魂堪語，孫劉恨不平。蒼茫王粲宅，蕭瑟呂蒙營。遺跡悲鸚鵡，搴芳採杜蘅。錦帆過鄂渚，彩筆振韶韺。中夜魚龍泣，荒江魑魅驚。丹崖題句遍，白雲壓裝輕。壇坫無餘子，池塘有哲兄。（謂升六舍人。）鹿鳴周小雅，鷺薦魯諸生。薇省聯珠勒，天街散玉珩。交箴歌集木，拜母補吹笙。鉅典推三禮，崇班晉貳卿。神休歆七鬯，公望割臺衡。籬棘何勞設，鈞陶必至精。賤常收筦庫，貴不避高閎。宛馬輸天廄，薪槱盡國楨。九流歸藻鏡，雙闕矗金莖。帝曰需舟楫，君其劑鼎鐺。問年齊鄧禹，開閣陋孫弘。濩落身將老，艱危命獨攖。梁鴻曾逝越，椒舉未還荊。幸免豺狼吻，違同雞鶩爭。羈棲眞蹙蹙，奔走倍煢煢。忽愜登堂願，應慚倒屣迎。飲醇叨泛愛，推轂念孤惸。翹首青雲上，鹽車試一鳴。」

《珂雪詞》卷上《蝶戀花·看演祭皋陶劇，仍用前韻》:「水面綾紋堆亂纈，一曲清商，寫出清流節。枉矢離離光未歇，若盧閉處飛霜雪。呵壁左徒聲乍闋，南北甘陵，鴻影冥冥絕。尺霧消來天問徹，一鞭好弄山間月。」

《珂雪詞》卷上《蝶戀花·送荔裳入蜀，再用前韻》:「濯錦江頭濤作纈，萬曆蠶叢，重建相如節。渝唱巴童渾未歇，一簾曉映峨嵋雪。紅濕海棠歌正闋，帽影鞭絲，點染三川絕。散發瞿塘清欲徹，半輪流送平羌月。」

宋琬曾在入蜀的舟中賦詩八首，〔註 93〕後將此詩寄給曹申吉，曹申吉又賦長詩贈答。〔註 94〕康熙十二年宋琬入覲不久，聞四川為吳三桂所佔，家眷皆陷成都，驚悸病亡。宋琬入京後，不知曹貞吉是否與之有過會面，現有資料無有記載。限於時地，曹氏兄弟二人與宋琬交遊可謂短暫。

〔註 93〕宋琬《入蜀集》:《舟中即事》八首 :「葭菼汀州路，蒼茫問楚都。鼋鼉朝出浴，鳧鴨夜相呼。隔岸人煙渺，中流月影清。衰遲還自笑，行止任檣烏。　春水櫓聲柔，揚舲觸白鷗。買薪矮柳鎮，沽酒散花洲。漁父舟如屐，江村竹作樓。西來羨估客，昨夜宿巴丘。　侵曉鵁鶄鳴，江流黃歇城。長魚如土賤，高浪與船平。岸坼蘆根出，泥鬆薺葉生。興來攜弱子，故作踏青行。　卜日勞龜策，南征判隔年。踐更諸僕倦，逆浪小僮牽。病齒尋藥案，看棋抵晝眠。忽聞津吏報，覓得峽中船。　清盥攤書坐，餘寒捲晝簾。沙痕三尺減，劉色一分添。巴徼官元冷，蠻方氣漸炎。少陵詩句好，愁絕蜀山尖。　戍鼓夜憑憑，勞人寢復興。我行才赤壁，何處是黃陵？鷺起還依槳，魚跳不受罾。浮生如退鷁，風伯未須憎。　墟落沿沙岸，江黃舊俗遺。雨來神女暮，風是庶人雌。竹柵深防虎，桑弓出射麋。楚巫春社醉，猶唱九歌辭。　老作成都客，飄搖愧卜居。招魂詞賦客，訪古歲時書。鳥道王程速，猿啼鄉信疏。同舟親串喜，新食武昌魚。」

〔註 94〕《黔寄集古近體詩》:《宋觀察荔裳自蜀寄新詩八章，走筆奉答，遂成三十四韻》:「蜀國昔蠶叢，開闢五丁鑿。紀勝須名筆，奇蹟恣探索。太白輕去鄉，僅傳蜀道作。偉矣浣花老，著述窮溟漠。艱辛越歲年，忠憤聊寄託。詩力俟禹功，山川益開拓。後來眉山翁，逸氣工磅礴。翱翔遍海隅，未睹歸蜀樂。涪翁晚流竄，黨論追孟博。范陸擅中興，唱酬忘寂寞。千秋此數公，余僅辨輪郭。我友阮亭子，乘傳無束縛。入蜀窮南北，高天橫秋鶚。歸裝光陸離，寄我動魂魄。吟哦屢經旬，懷抱傷今昨。觀察盛文藻，新秉西川鑰。奇氣蕩心胸，扁舟歷岩壑。低徊瀼西東，高詠興寥廓。鳥道薄青冥，猿聲互參錯。筆底流淙淙，勁敵兩崖削。青城及峨眉，倒影蠻中落。尺幅堪臥遊，披覽窺大略。殊方快意難，數篇欣在握。籬藩抉唐宋，二子庶無怍。吾生艱良覿，恨未隨芒屩。回憶二載前，單車指尨笮。曲折沅江清，髡髻黔山惡。有作充一囊，惜哉才具弱。位置慚甲乙，造化容孱薄。何時當把臂，登堂發君橐。入手富珠璣，不殊過市攫。屈指商古今，頡頏竟誰若。因風報短什，開緘應大噱。敝廬同海畔，相期踐宿諾。」

（八）曹貞吉與宋犖交遊唱和考

宋犖，崇禎七年甲戌正月二十六日酉時生於京邸（見《漫堂年譜》），字牧仲，號漫堂，又號西陂，河南商丘人，大學士宋權之子。順治四年，犖年十四，應詔以大臣子列侍衛，逾歲考試，注銓通判，康熙三年授湖廣黃州通判，八年丁母憂，十六年補理藩院判，十七年遷刑部員外郎，出榷贛關，還遷本部郎中，二十二年授直隸通永道，二十六年二月，擢山東按察司，十月，遷江蘇布政使，三十一年十一月，內升吏部尚書，四十七年閏三月，以衰老乞罷，康熙五十三年三月，赴京祝聖壽，詔加太子少師，九月卒於家，年八十。著有《西陂類稿》、《筠廊偶筆》、《滄浪小志》、《漫堂墨品》、《綿津山人詩集》。〔註95〕

曹貞吉與宋犖交遊，主要集中在自康熙十一年宋犖進京候補至康熙二十四年曹貞吉出任徽州時，其後二人亦時有書信往來。宋犖為人豪放，〔註96〕宋犖與王漁洋關係甚好，與曹貞吉較投合。在曹貞吉出任徽州時，二人常常互通音訊。曹貞吉與宋犖同為「長安十子」成員。宋犖嘗稱讚曹貞吉詠物詞可與姜白石相稱，宋犖在跋曹貞吉詠物詞時云：「今人論詞，動稱辛柳。予觀稼軒詞以『佛狸祠下，一片神鴉社鼓』為最。耆卿詞以『關河冷落，殘照當樓』與『楊柳岸，曉風殘月』為佳。它亦未盡稱是。迨白石翁崛起南宋，玉田、草窗諸公互相唱和，如野雲孤鶴，去留無跡。此朱垞論詞所以必推南宋也。今讀實庵詠物十首，彷彿《樂府補題》著作，擬諸白石『暗香疏影』何多讓焉？阮亭讀之，拍案稱善，曰：『曹大乃爾』，奇絕予亦云。」〔註97〕以下將依時間順序，梳理曹、宋二人交遊唱和。

康熙十一年壬子五月，宋犖入京候補。是年宋犖有詩《綠牡丹》二首，曹貞吉賦詞和之。《漫堂年譜》卷一：「十一年壬子，余三十九歲。五月如都候補，寓柳湖寺。龔尚書鼎孳、王吏部士祿、民部士禛、玉叔兄琬，時過寺觴詠。」

> 宋犖《西陂類稿》卷三《古竹圃續稿》：《綠牡丹》二首：「小院名葩絕代無，雨餘新翠出叢孤。芳姿點染勞青帝，媚態依稀見綠珠。色借苔紋春自占，影分竹葉望來殊。徐熙好倩閨中黛，別寫雕闌富貴圖。

〔註95〕蔡冠洛《清代七百名人傳》。

〔註96〕汪懋麟《百尺梧桐閣集》卷二《宋牧仲詩集序》：「上嘗獵，過滹沱河，牧仲從，時天大寒，河冰闊二丈餘，牧仲揚鞭大呼，一躍而渡，上壯之。」

〔註97〕宋犖《西陂類稿》卷二十八題跋。

異種遙分洛下春，青霞碧水鬥精神。香傳蘿逕花難辨，蕊映蕉窗色竝新。翠被鄂君元獨擁，黛眉西子正宜顰。何當倒掛來麼鳳，點綴風光穀雨辰。」

《珂雪詞》卷上《天香二調·詠綠牡丹爲牧仲作》：「國色凝香，露華垂檻，苔痕欲上階砌。不就輕黃，還成嫩碧，接葉交柯無二。石家金谷，供妙舞、珠珠濃睡。渲染春光好處，掩映一天空翠。魚子暮雲微起，帶蕉窗、幾分涼意。阿誰是眉黛，遠峰如此。倒掛嶺南麼鳳，莫藏影花間、覓花蕊。芳草成裀，碧旗硃試。」

宋犖曾在《漫堂說詩》中云：「康熙壬子、癸丑間，屢入長安，與海內名宿尊酒細論，又闌入宋人畛域。」〔註 98〕而此時的曹貞吉、汪懋麟等人，已經開始學習宋詩，可以推測，期間宋犖與曹貞吉、汪懋麟等人談論宋詩的事情是很自然的。

康熙十七年戊午春，曹貞吉與宋犖等人宴飲，並各賦絕句。〔註 99〕是年十二月，宋犖攜錢維介等人出都赴任，諸人以詩文相送。曹貞吉作《鶯啼序·送牧仲榷贛關》送行。《漫堂年譜》卷一：「十七年戊午，余四十五歲。十二月，偕錢維介柏齡、男至，出都。時博學鴻詞諸公集闕下，以詩文相送者甚夥。朱竹垞彝尊題曰《使虔錄》。」

〔註 98〕《昭代叢書乙集》卷二十七《漫堂說詩》。

〔註 99〕《珂雪三集》：《春晚同牧仲、湘舞、二鮑、顯士、元禮、寓匏，偶過祖園小飲，各賦絕句》：「一年只合餘三月，上巳韶光兩度遊。瘦馬獨吟何處去？撩天煙絮淡生愁。咫尺花源路尚迷，人家遙隔板橋西。到門一曲風潭靜，萬樹陰中老鸛啼。蘼蕪十里亂如絲，綠入長堤柳半垂。惆悵東園春事晚，黎花一樹正參差。紅藥怒生如靺鞨，老藤斜掛作虯龍。酒酣風起松濤湧，彷彿清秋萬壑鍾。幾回爛醉少年場，急管哀絲聞夜諒。太息頭顱今種種，竹林闌入一神傷。分湖紫蟹想輪囷，陶莊黃雀已沾唇。老饕老去無多望，願往江南作好春。腰鼓當筵唱柘枝，風前玉樹繫人思，音徽歇絕今如許，不是花間好酒悲。數尺殘陽入短籬，隔牆猶露蒨桃枝。最憐人影匆匆散，不及銀塘月上時。」宋犖《古竹圃續稿》：《遊祖園雜詩七首》：1323-29「春光偏向客中催，選勝城南並馬來。多少閒愁消欲盡，路旁茅屋絳桃開。插天高柳碧絲絲，一片東風淡蕩吹。彷彿隋家題上過，露條煙葉鬥黃鸝。園林晴日散芳菲，曲逕藤梢欲罥衣。愛殺水亭風景好，蒲芽才吐燕雙飛。亭北名葩取次看，一枝將放倚雕闌。梁園記得春深日，斗大花開綠牡丹。高臺突兀俯紅亭，樹杪西山一抹青。誰繫斑騅花塢外，故吹長笛使人聽。名園自昔追隨數，回首俄驚二十年。最是夕陽花底坐，遊絲依舊落尊前。折得風前赤玉枝，帽簷斜插醉歸時。重遊好待將離放，還唱旗亭絕妙詞。」

《珂雪詞》卷下《鶯啼序．送牧仲榷贛關》：「憶隨羽林十二，作英雄指顧。正補袞、黃閣初開，城南尺五韋杜。屬車下，參差豹尾，新豐樹杪旌旗度。佩雙鞬、馳電長河，馬嘶冰路。獵騎才回，小篆乍蝸，誦琳琅好句。燕梁園、賓客鄒枚，勝流齊奉樽俎。泛扁舟、重尋赤壁，是玉局、舊曾遊處。歎臨皋、一段風流，杳然千古。京塵再染，屬國旂常，九賓看拜舞。又移入、白雲司裏，雞舌香賜，綽約雙鬟，旗亭歌賭。衍波紙寫，驚心動魄，廣平冰鐵梅花賦。問枝頭、紅杏今能否？銅龍命下，持衡賧布賨，片帆欲飛南浦。清江似鏡，章貢分流，是天開大府。最好向、鬱孤臺上，極目夕陽，幾道蠻煙，亂垂平楚。乘槎漢使，登樓清嘯，驚濤拍拍千尋下，聽榕陰、木客吟詩苦。載將廉石歸來，滿酌蒲桃，歌翻舊譜。」

康熙十九年庚申五月，宋犖奉命由里還京，刻《雙江唱和集》〔註100〕。曹貞吉、王漁洋等人集林堯英寓所飲酒賦詩，諸人爲宋犖題《雙江唱和集》，曹貞吉有題詩，〔註101〕此詩亦見於《雙江唱和集》。是年十月七日，曹貞吉曾與宋犖、高珩、王漁洋謝重輝夜集聯句。

《珂雪三集》之《初冬夜集聯句（念東、實庵、阮亭、方山、牧仲）》。

《西陂類稿》卷二十二《聯句集》：《初冬夜集聯句（同高念東先生曹實庵王阮亭謝方山）》。

康熙二十三年甲子冬，曹貞吉有詩贈宋犖之子宋基。是年除夕，宋犖、曹貞吉等人宴飲，宋犖用曹貞吉贈宋基詩韻賦詩。

《珂雪三集．古近體詩》：《贈宋維德》：「君家丞相天人姿，手扶大化流淳熙。雲雷事業勒彝鼎，金貂閥閱森蘭芝。觀察風期美無度，雪園壇坫稱雄師。三十年來傳著作，巋然魯殿靈光遺。燕山文酒未索寞，好風忽送雙江湄。鬱孤高臺入雲漢，老鳳雛鳳聲相隨。維德清新開府句，山言豪放夔州詩。一時作者誰抗席，眉山父子差

〔註100〕宋犖《漫堂年譜》卷一。

〔註101〕曹貞吉《珂雪三集》：《爲牧仲題雙江唱和集》：「浩思臨風不易裁，振衣獨上鬱孤臺。扁舟誰破澄江色，白板橋頭處士來。納納溪聲走白沙，魚床蟹舍兩三家。吟安主客圖中句，輸爾青山出菜花。吹浪船頭豚拜趨，峭帆如鶩下彭湖。一雙斑管凌江去，玉立分明大小。雛鳳教隨老鳳哦，中原文筆宋家多。他年名字溪壇上，爭許人間喚小坡。」

似之。今歲京國大比士，摩挲倦眼衡盤倕。乙夜青燈得巨軸，天孫文錦光離離。驪珠已落老夫手，失之眉睫爭毫氂。撤棘知爲宋伯子，鐵網正陋珊瑚枝。古戰文場今在眼，冬烘頭腦叢嘲譏。文章誰信有眞契，由來遇合非人爲。桐魚石鼓發異響，淵淵屽聽鳴咸池。」

宋犖《漫堂草》:《甲子除夕，同悔人賦，用曹升六舍人贈基兒韻》:「當今天子龍鳳姿，坐致太平民物熙。上陵瑞雪孝思感，豈必甘露麒麟芝。沿牒良愧此臥理，維齊蓋公眞吾師。香凝畫戟溯先烈，兩世姓字豐碑遺。瞻言祖德詠迪志，偱牆而走潮河湄。竭來歲序如轉轂，千門爆竹聲相隨。一時賓從得老輩，掀鬚抵掌談風詩。願與周旋屬橐鞬，松陵皮陸堪繼之。自顧往往出下駟，敢分壇坫稱工倕。漫堂守歲燔兔首，明燈積雪光離離。盈觴湹酒莫遽醉，五更三照起祝釐。憶昔佽飛值此際，執戟恒拂宮花枝。只今短鬢白頗鑷，但未龍鍾來嘲譏。盤山老衲屢招我，咫尺不去將何爲。春風幾日杏花發，相期濯足紅龍池。」

宋犖有《楓香詞》一卷，詞集刻成，請諸同好題詞，曹貞吉爲宋犖題《楓香詞》。

《珂雪詞》卷上《珍珠簾・爲牧仲題楓香詞》:「烏絲閒寫柔情句，吟紅豆、才子梁園新賦。高調和人稀，似引商荊楚。憶佩雙鞬隨豹尾，諳出塞、淒風冷雨。辛苦，早中年易感，鬢絲添素。又向粉署爲郎，聽薰香侍史，鵝笙曲度。動魄復驚心，耿一天星露。江上青楓聞鐵撥，扺多少、海飛山怒。休訴，倩岑牟狂客，撾殘羯鼓。」

另外，曹貞吉《珂雪詞》有詠柳絮之作，宋犖亦有和作。然《珂雪詞》與《與楓香詞》皆以調編排，此詞具體作於何時，今已不得而知。另外曹貞吉還有一首《綺羅香》作於宋犖席上。〔註102〕

《珂雪詞》卷下《水龍吟・詠柳絮用坡公楊花韻》:「千紅萬紫誰留，頻驚暗裏韶光墜。飛來何處，漫天香雪，撩人情思。才過平橋，又穿小徑，柴門深閉。任蜂鬚燕嘴，交銜不定，三眠了、還三

〔註102〕曹貞吉《珂雪詞》卷下《綺羅香・宋牧仲座上聞歌》:「抹麗凝香，池塘過雨，屈注明河天際。雪酒銀桃，六月燕山風味。倩數聲、玉笛聲來，似一串、驪珠擲碎。看盈盈、初日芙蕖，雙瞳剪水兩眉翠。青衫留落舊客，遮莫嬌絲脆管，難令沉醉。幾點熒光，猶照蒼苔無寐。好宮調、賀老教成，倦心情、屏風立地。漫流連、入破伊州，記楓香曲子。」

起。記得鵝黃初揉，等閒間、又成虛綴。曉風乍引，離魂難定，杜鵑聲碎。漂泊無心，輕狂有態，恨拋流水。願年年常傍，永豐坊側，看伊清淚。」

宋犖《楓香詞》：《永遇樂・柳絮和曹實庵》：「望去非花，飄來疑雪，輕狂如許。未作浮萍，已離深樹，此際誰爲主。隋堤三月，幾回翹首，一片漫天飛舞。最堪憐，無根無蒂，總被東風弄汝。踏歌魏女，離情多少，問道春光何處。乍撲空簾，旋沾芳逕，好倩鶯銜取。還思往日，鵝黃初染，變態頓分今古。枉垂著，長條踠地，綰伊不住。」

康熙二十四年秋，曹貞吉出任徽州。曹貞吉在徽州外任時，嘗寫信與宋犖，宋犖覆信，並託靳熊封轉交曹貞吉。（此信蓋已遺失，不見於宋犖諸集。）曹貞吉於熊封處得到宋犖信札，回覆宋犖，並稱讚宋犖文如唐宋，信中云：「捧讀大札，灑灑洋洋，唐宋名家無以復過。」〔註 103〕信中還對宋犖近期的詩作稱讚道：「新作日新月異，何屢變而不窮耶？佩服佩服。」信中還向宋犖傾訴了他在安徽任職的苦寂心情，云：「某一官潦倒心事，猶如死灰。」此時曹貞吉仍未擺脫喪失胞弟的痛苦及仕途坎坷的苦悶心境。宋犖於是年七月收到曹札，並很快覆札。〔註 104〕回信中對曹貞吉黃山諸作大家讚賞，云：「每念足下奇人，黃山奇境，必有不朽之篇，爲山靈增重。今讀《紀遊》諸什，其高則天都、信始諸峰拔地參天也。其浩瀚無際，則文殊臺下之雲海也。其離奇夭矯則擾龍臥龍諸松之盤空聳翠，駭人心目也。此山名作寥寥，雖有傳者，今被實庵壓倒矣。熊封和章森秀雄姿有韓蘇氣，掌霖長短句駸駸奪玉田之席。足下拍肩揖袂，其樂可知。」在信中，宋犖亦向曹貞吉表述了其在江西爲官的寂寥心境，並願意效法曹貞吉雅遊黃山之舉，並抱怨江西乃鄙陋之地。《書》云：「江西文官大小六百餘人，無一好文墨、商風雅者。昨一人過東林寺，囑其訪王新建遺跡，歸而見復，云：『新建詩在屏風上，已破壞，無足取。聞有一僧名惠遠，能詩，偶他出，未及見。』嗟哉！即此事令人如何發付，眞可笑殺也。匡廬林壑幽邃，相望咫尺，恨不能曳杖一遊。欲如足下與黃山結緣，何可易得。犖於足下不過多輿夫四人，門前鼓吹一部，實則青鞋布襪，挹泉嚼蕊之樂，遜足下不知何等矣。」在此通信時，宋犖還將近作及《清江三孔

〔註 103〕曹貞吉《珂雪文稿・上宋大中丞書》。
〔註 104〕宋犖《西陂類稿》卷二十九尺牘《答曹實庵書》。

集》寄與曹貞吉，並且還捎帶寄去四件官窯瓷器。

（九）曹貞吉與鄧漢義交遊唱和考

鄧漢儀，字孝威，號舊山。原籍吳縣，甲申事變，棄吳縣諸生籍，舉家徙泰州。康熙十八年，召試博學鴻儒，以年老授內閣中書。「試歸，日以吟觴自適，暇或扁舟至郡，坐臥董子祠中，執經問業者，車馬塞路。尤工詩，稱騷雅領袖。」〔註 105〕生平著述甚富，有《淮陰》、《過嶺》、《慎墨堂》諸集，嘗輯《詩觀》三集行於世。曹貞吉和鄧漢儀交往並不密切，二人唱和甚少，目前可考的唱和僅有一次，而曹貞吉《珂雪集》中的《哭漢儀》一詩，卻引起不少人的誤解。他們的交遊雖然甚少，但有關他們交遊的諸多細節，對於瞭解清初文壇的選政和文集的刊刻都能有所幫助。

曹貞吉所著《珂雪二集》中有《哭漢儀》一詩，目前諸多研究者和文學愛好者認爲此詩是哭吳縣詩人鄧漢儀。茲將諸誤解者選其二三，按時間順序羅列以下，僅爲行文需要，絕非攻乎其短。認爲此詩是哭鄧漢儀的，如刊於 1999 年《中國韻文學刊》第一期的薛祥生先生所撰《曹貞吉行年簡譜》，將《哭漢儀》一詩直接繫在曹貞吉康熙二十八年行年之後：「鄧漢儀卒。詩：《哭鄧漢儀》。」康熙二十八年鄧漢儀辭世，薛先生誤認爲此詩是曹貞吉爲鄧漢儀而作，且又在詩題中衍一「鄧」字，將「哭漢儀」誤成「哭鄧漢儀」。再如胡曉蓓女士在其 2006 年碩士畢業論文《曹貞吉交遊》一節中寫道：「貞吉於順治九年春因鄉試不第歸里時，即得與鄧漢儀交——當三十七年後鄧漢儀去世時，貞吉以『壬辰之春識君面』之語，追憶了他們初相遇時的情景。」茲就此詩詳加考述，希望能還其本來面目。

> 《哭漢儀》：「壬辰之春識君面，於時鎩羽歸鄉縣。憔悴風塵千里間，入門下馬忩歡燕。斗酒相看脫寶刀，鬚眉顧盼眞人豪。淳于意氣東方舌，笑談磊落輕時髦。荏苒公車二十年，春明常放孝廉船。相逢寂寂對無語，顧予每惜終寒氈。皇帝改元歲在癸，槐黃天碧明湖水。自愧邯鄲步未工，得失搖搖心欲死。先生長笑爲余言，第一科名今在子。桂樹秋高咫尺中，片言契合古人風。電光石火偶然耳，多君水鏡懸雙瞳。陸機入洛還年少，李廣難封歎數窮。潦倒緇塵隨計吏，今年仍策青門騎。志大寧甘伏櫪羞，形朧猶擅雕龍事。涼宵

〔註 105〕《清史列傳·文苑傳二》，中華書局 1987 版，第 5793 頁。

風雨黑如盤，半醉掀髯憂失意。明珠按劍鮫人愁，毾㲪長安過夏秋。半刺知君非所願，重來或可追騂騮。詎識廣寧門外路，滔滔不返江河流。噫嘻吁！客遊已經年，還家才一日。琴書那復陳，稚子空繞膝。悲哉山陽笛，絕矣廣川筆！燕市故人爲此歌，階下秋蟲鬧唧唧。」〔註 106〕

曹貞吉在此詩中敘述了初識「漢儀」的時間地點以及當時的情景，詩中所云「壬辰之春識君面，於時鎩羽歸鄉縣」，有研究者據此推測，曹貞吉於順治九年壬辰春，因鄉試不第歸里時，結識了吳縣詩人鄧漢儀。我們先從曹貞吉的科舉情況進行考察。據考證，順治九年壬辰，山東並未舉行鄉試，所以也不會出現曹貞吉於是年鄉試不第歸里的事情。況且清代的科舉制度，鄉試一般在秋季舉行，又稱爲秋闈。曹貞吉鄉試不利當在順治八年辛卯秋。此年山東鄉試，曹貞吉的弟弟曹申吉中舉，而曹貞吉失利。曹貞吉曾在《歲暮感舊書懷二十八韻》一詩中寫道：「迨乎辛卯秋，初較文壇藝。季世著先鞭，而余獨留滯。」〔註 107〕詩中所說即此事。可見《哭漢儀》提到的「於時鎩羽歸鄉縣」者，並非曹貞吉，而是指這位科場失利的「漢儀」。而曹貞吉在《哭漢儀》中所說的壬辰之春的「於時鎩羽」又是指何事？據法式善《清秘述聞》卷一記載，順治九年壬辰科會試，考官爲內閣大學士希福等人，考題是「君子有大」二句、「參乎吾道」全章和「經正則庶」一句，會元是廣東南海的程可則。〔註 108〕可見順治九年壬辰春，京師舉行會試。《哭漢儀》所謂的「於時鎩羽」，可以推斷出是這位「漢儀」春闈不利。另據曹貞吉行履，此時的曹貞吉正居鄉讀書。曹貞吉科場也不順利，前面提到他於順治八年辛卯鄉試失利，所以詩中才有「相逢寂寂對無語，顧予每惜終蹇氈」之語。當他看到這位「漢儀」科場不利，同情之餘，不免暗自傷懷。康熙二年癸卯，曹貞吉再一次參加了山東鄉試，由於上次失利，心裏可能惴惴不安，曹貞吉在詩中追憶了當時的心情，「自愧邯鄲步未工，得失搖搖心欲死。」這位「漢儀」曾寬慰過曹貞吉，「先生長笑爲余言，第一科名今在子。」恰如這位「漢儀」所料，曹貞吉在康熙二年的鄉試中取得第一，奪得解元稱號。自此，曹貞吉諸友人常以曹解元稱呼曹貞吉。

〔註 106〕曹貞吉《珂雪二集》第三十頁，《山東文獻集成》影印康熙十一年刻本。
〔註 107〕曹貞吉《珂雪集》卷一第二頁，《山東文獻集成》影印康熙十一年刻本。
〔註 108〕法式善《清秘述聞》，中華書局 1982 年版，第 15 頁。

繼而曹貞吉又在《哭漢儀》詩中歷數這位「漢儀」科場坎壈遭遇：「荏苒公車二十年，春明常放孝廉船」，「陸機入洛還年少，李廣難封歎數窮。潦倒緇塵隨計吏，今年仍策青門騎。志大寧甘伏櫪羞，形臒猶擅雕龍事。」可見這位「漢儀」雖然熱衷科舉之事，但卻科場坎壈，終無所售。今檢曹貞吉弟曹申吉《黔寄集古近體詩》，有《亡友篇》一詩，詩中悼念了五位逝去的好友，其中一位亡友恰是「漢儀」，只不過詩中的「漢儀」姓李，而非鄧氏。曹申吉《亡友篇》云：「膠西李生數迍邅，昂藏把酒羞問天。年年布帽青門邊，騎鯨入門倏已仙。（曹申吉於此處題注：「李孝廉漢儀」。）諸君與我昔周旋，別離次第歸九泉。斷腸遺跡如雲煙，世間萬事無不然。」〔註 109〕按曹申吉詩中所云「諸君與我久周旋」，可見這位李孝廉漢儀與曹申吉關係甚密，亦可推測，曹貞吉也一定認識與其弟關係甚密的這個好友。曹申吉《亡友篇》中的這位李孝廉漢儀與曹貞吉《哭漢儀》中所謂「荏苒公車二十年，春明常放孝廉船」的「漢儀」，情形極其相似，據此可推斷，曹貞吉所哭的「漢儀」，大概是指這位科場不利、生命短促的膠西「李孝廉漢儀」。曹貞吉在《哭漢儀》末寫到「燕市故人爲此歌」，這與曹申吉《亡友篇》中的「膠西李生」可以互相佐證，僅憑這一點，亦可排除曹貞吉所哭「漢儀」爲吳縣詩人鄧漢儀。按：膠西一般指的是高密、諸城、膠州、安丘等地，今查諸地相關方志，都沒有李漢儀的蹤跡可尋。清代常以孝廉稱呼舉人，縣志中的選舉志大都僅記姓名，並無字號，並沒有李漢儀的字樣，漢儀可能僅是字號，並非其名。另外縣志中的藝文及鄉賢等錄中也沒有查到李漢儀的相關資料，可能由於這位李漢儀在世時間短促，而又忙於科考，並無其他建樹。

曹貞吉《哭漢儀》提到的這位「漢儀」熱衷科場，卻屢遭不利，「荏苒公車二十年，春明常放孝廉船。」我們再來看看吳縣詩人鄧漢儀的科場情況又是如何？據王卓華博士所撰《鄧漢儀簡譜》，明朝崇禎八年乙亥，鄧漢儀 19 歲，補吳縣博士弟子員。崇禎十二年己卯，鄧漢儀 23 歲時，應鄉試未售。順治元年，鄧漢儀棄吳縣諸生籍，由蘇州舉家遷往泰州。《哭漢儀》一詩，按《珂雪二集》的編排次序來推算，當作於康熙九年，而不是作於康熙二十八年鄧漢儀謝世之時。此詩在《珂雪二集》中的編排次序介於《病中步蛟門韻》一詩之後，《寄劉玉少遷安用蛟門韻二首》之前。而前詩作於康熙九年夏，後詩作於康熙九年秋。（關於此兩首詩作時間的考證，可以參考《曹貞吉與汪懋麟

〔註 109〕曹申吉《黔寄集古近體詩》，《山東文獻集成》影印清安丘曹氏鈔本。

交遊唱和考》一節，茲不贅述。）所謂的「荏苒公車二十年」，大概是指康熙九年以前和順治期間的這個時間段。然而根據上面有關鄧漢儀科考的經歷，這個時間段中的鄧漢儀，並未有過任何的科考行爲。鄧漢儀也僅於康熙十八年勉強參加了博學鴻詞，並且故意落選。由於康熙帝刻意籠絡人才，安撫士人，鄧漢儀雖未中式，仍授以內閣中書舍人，但他隨即返鄉。返鄉後，蟄居鄉里，吟觴自適，繼續從事《詩觀》的編選事業。可見吳縣鄧漢儀與曹貞吉所哭的「漢儀」，他們在對待科舉的態度和行爲上，是迴然有別的，這又是一條強有力的證據，由此也可以斷定，曹貞吉所哭「漢儀」並非鄧漢儀。

下面我們再從曹貞吉所哭「漢儀」和吳縣鄧漢儀兩人的性格來做對比，看看二人是否同爲一人。曹貞吉《哭漢儀》所云：「憔悴風塵千里間，入門下馬恣歡燕。斗酒相看脫寶刀，鬚眉顧盼眞人豪。淳于意氣東方舌，笑談磊落輕時髦。」曹貞吉筆下的這位漢儀，性格豪放，談吐不凡，頗與能言善辯的淳于髡、東方朔相似。而淳于髡和東方朔又都是山東人氏，大概在曹貞吉的眼裏，這位「漢儀」就是當今的淳于髡或者東方朔。而在曹貞吉的心目中，吳縣詩人鄧漢儀又是個什麼樣的人呢？今檢曹貞吉《珂雪詞》，恰有他寫與鄧漢儀的一首《賀新涼・寄鄧孝威》，詞中寫道：「才子生南國，坐江樓、擁書十萬，百城難敵。高密元侯門第在，伯道清風奕奕。」〔註110〕按：高密元侯是指漢高密侯鄧禹，伯道是指晉人鄧攸，據《晉書》記載，鄧攸「清和平簡，貞正寡欲」。吳縣詩人鄧漢儀是「坐江樓、擁書十萬」，「伯道奕奕」、「清和平簡」、「貞正寡欲」，而《哭漢儀》中的漢儀是「斗酒相看脫寶刀，鬚眉顧盼眞人豪。淳于意氣東方舌，笑談磊落輕時髦」，兩人的性格可謂是迴然有別，由此可以推斷兩個「漢儀」亦絕非一人。

曹貞吉在《哭漢儀》中所說「壬辰之春識君面」，我們再考述一下吳縣詩人鄧漢儀和曹貞吉的行履，看看他們在順治九年壬辰有無結識的可能。據王卓華博士所撰《鄧漢儀簡譜》，順治九年壬辰歲暮，鄧漢儀來到京師，曾客居龔鼎孳家，龔鼎孳有《歲暮喜孝威至都門同賦》一詩，可見鄧漢儀是康熙壬辰歲暮至京，而不是壬辰之春。此時的曹貞吉是否在京師呢？據薛祥生先生所撰《曹貞吉行年簡譜》，順治八年辛卯秋，山東鄉試，曹申吉中舉，曹貞吉落榜，兄弟二人返里，曹貞吉發憤下帷，攻苦益力。順治九年壬辰，曹貞吉與其弟曹申吉就讀外塾。可見順治九年壬辰之春，曹貞吉也不曾在京師。所

〔註110〕曹貞吉《珂雪詞》卷下第二十九頁，《山東文獻集成》影印康熙刻本。

以說曹貞吉和吳縣鄧漢儀於康熙九年壬辰之春在京師結識的可能性也是不存在的，這又進一步證明了曹貞吉所哭的「漢儀」並非鄧漢儀。

另外，我們還可以從古人的稱謂字號上，也可以推斷出《哭漢儀》中的「漢儀」並非吳縣鄧漢儀。據我考察，但凡與曹貞吉交往的諸人，出現在曹貞吉詩文中的，曹貞吉皆以字號相稱，沒有直呼其名者。如果此詩果眞是寫吳縣詩人鄧漢儀，曹貞吉爲何要一反常態直呼其名「漢儀」呢？況且鄧漢儀要長曹貞吉近二十歲，直呼其名是非常不尊的行爲，這與常情不符。所以從稱謂字號上，可以首先懷疑此詩是悼念吳縣鄧漢儀的，因爲吳縣鄧漢儀字孝威，如果曹貞吉有悼念之作，那詩作的名字可能就是「哭孝威」，而不是「哭漢儀」。

此外，如果將曹貞吉《哭漢儀》的寫作時間和曹申吉所作《亡友篇》的時間加以比照，也能推斷出曹貞吉所哭的「漢儀」並非鄧漢儀。前面已經提到，從《哭漢儀》一詩在《珂雪二集》中的編排次序來推算，此詩當作於康熙九年壬辰，而不是作於康熙二十八年鄧漢儀謝世之時。而曹申吉《黔寄集古近體詩》諸作也是按時間順序編排，據推算，他所作有涉「膠西李漢儀」的《亡友篇》，當寫於康熙十二年癸丑，詩中悼念了五位先後逝去的好友。曹貞吉的《哭漢儀》作用康熙九年，曹申吉的《亡友篇》作於康熙十二年，都和鄧漢儀謝世的康熙二十八年相去甚遠，據此也可以斷定曹貞吉所哭「漢儀」並不是鄧漢儀。

最後，一個最便利也是最直接有效的途徑就是查驗鄧漢儀《詩觀》，查清《詩觀》刻錄曹貞吉詩作的情況。今查鄧漢儀《詩觀》二集卷六第二十八頁，鄧漢儀在曹貞吉名下題注：「升六、實庵，山東安丘人。《珂雪二集》。」曹申吉在爲其兄曹貞吉所撰寫的《珂雪二集》序言中曾說：「是集也，始於己酉（康熙八年）之二月，迄於壬子（康熙十一年）之四月。予與李子武曾（李良年）論定而付之梓人，得若干篇，因歷敘生平聚散之感，而繫諸簡末。」曹申吉這篇序寫於「康熙壬子歲夏至前二日」，而《哭漢儀》正是《珂雪二集》中的詩作，前面已經推算出此詩作於康熙九年。鄧漢儀死於康熙二十八年，如果《哭漢儀》是爲吳縣鄧漢儀而作的，曹申吉怎麼會將康熙二十八年的詩作濫入康熙十一年所編的《珂雪二集》呢？況且曹申吉死於康熙十九年，也不可能看到其兄康熙二十八年的詩作。另外，《珂雪二集》是曹申吉與李良年一同審定的，不可能出現這麼明顯的作品濫入的情況。胡曉蓓女士在其碩士論文的《曹貞吉的詩文創作概況》一節中指出：「《珂雪二集》中有《哭漢儀》一詩，當為貞吉於鄧漢儀辭世的康熙二十八年之後所作，不知何故誤入此集之中。」可見，並不是此詩誤入《珂雪二集》，而是對此詩解讀有誤。

吳縣詩人鄧漢儀生於明萬曆四十五年丁巳，曹貞吉生於明崇禎七年甲戌，鄧漢儀長曹貞吉 17 歲。前面已經考察了二人在順治九年壬辰結識是不可能的事情，下面從順治九年以後查勘二人的交遊。

據薛祥生先生所撰《曹貞吉行年簡譜》，順治九年至順治十二年這段時間內，曹貞吉一直居鄉讀書。順治十三年曹貞吉雖然到過京師，但僅停留數日就返回鄉里，正如其弟曹申吉所作《珂雪二集》序言所述：「丙申春，兄來視予京邸，數日而歸。」據王卓華博士所撰《鄧漢儀簡譜》（下文中有涉鄧漢儀行履者，皆依此簡譜），順治十二年，鄧漢儀再次來到京師，到了順治十三年初，即離京返回揚州。所以順治十二年到順治十三年，曹、鄧二人在京師並沒有結交的可能。鄧漢儀自順治十三年初離開京師至康熙三年的這段時間，一直在南方遊歷。而曹貞吉於康熙三年在京中進士後，於是年六月返鄉。此段時期內，二人亦無結交的可能。康熙四年，鄧漢儀曾遊歷山東，與顏光敏相遇於曲阜。此次山東之遊，鄧漢儀還到過濟北和聊城一帶，並沒有遊安丘的記載，且於此年初夏離開山東前往河南。康熙四年的曹貞吉一直居鄉，且有為其先大母守喪之事。所以，康熙四年鄧漢儀雖然來過山東，但並沒有發現有關他與曹貞吉交往的記載。曹貞吉雖然於康熙三年考中進士，但康熙四年到康熙五年的大部分時間內，都在為其先大母守喪。曹申吉曾在《珂雪二集》序中說：「丙午（康熙五年），兄來京邸，時方居先大母憂，未赴選人。而兄之稱詩，自此始矣。」〔註 111〕由於居喪未赴選人，需次里居，康熙六年初夏，曹貞吉遂有吳越之遊。據張貞《祭曹實庵先生文》記載，曹貞吉此次南遊，「泛棹長淮，艤舟邗上，時四方名士多僑寓其間，投壺贈縞，論交甚眾」，「歡聚月餘，始各散去」。〔註 112〕此次曹貞吉南遊，是否與身在江南的鄧漢儀謀面，諸多文獻不見記載，二人於此時結交的可能性很小。且此時曹貞吉剛剛從事詩歌創作，在詩壇上並未嶄露頭角，聲聞於鄧漢儀的可能性不大。另外再從曹、鄧二人的行履來看，康熙七年至康熙九年鄧漢儀編選《詩觀》時，二人南北異地，一直也沒有面晤的可能。

〔註 111〕曹貞吉《珂雪二集》曹申吉序第二頁，《山東文獻集成》影印康熙十一年刻本。
〔註 112〕《曹貞吉集》，王佩增、宋開玉點校，山東大學出版社，1994 年版，第 394 頁。

曹貞吉與鄧漢儀的交遊始於何時，就目前所掌握的資料來看，並無明確記載。從二人所留存作品來看，亦僅有一次唱和。曹貞吉《珂雪詞》中有《賀新涼》一詞，鄧漢儀的《愼墨堂詩餘》有次韻答贈曹貞吉之作，這是目前所知的他們二人唯一的一次唱和。

《賀新涼・寄鄧孝威》:「才子生南國，坐江樓、擁書十萬，百城難敵。高密元侯門第在，伯道清風奕奕。看威鳳、轡龍氣色。屈指騷壇誰執耳？羨葵丘、玉帛長干側。千古事，名山得。慚余潦倒東溟客，望龍門、清塵濁水，蓬蹤疏隔。八月西風吹雁羽，漫學秋蟲唧唧。攜布鼓、雷霆偷擊。汪季比來情更好，似桃花、流水深千尺。空夢到，邗溝碧。」〔註113〕

《賀新涼・次韻答贈曹舍人京師見寄之作》:「名士盈東國，更曹家、賦詩橫槊，英豪無敵。珥筆縱隨丞相後，聲價由來赫奕。看落筆、群公動色。日轉宮槐催貰酒，笑停鞭、大道青樓側。如此事，何人得。昔年也作燕臺客，到於今、攀龍屠狗，人都間隔。萸水西風黃葉下，落得啾啾唧唧。喜雄篇、蒼鷹怒擊。寄到邗溝明月下，快高吟、紅蠟銷三尺。空遠望，西山碧。」〔註114〕

曹貞吉《賀新涼》具體作於何時已無從考證，詞之上闋對鄧漢儀充滿讚美之詞，「高密元侯門第在，伯道清風奕奕。看威鳳、轡龍氣色。屈指騷壇誰執耳？羨葵丘、玉帛長干側。千古事，名山得。」下闋自述境遇，「慚余潦倒東溟客，望龍門、清塵濁水，蓬蹤疏隔。」詞中還表達了自謙之意，「八月西風吹雁羽，漫學秋蟲唧唧。攜布鼓、雷霆偷擊。」並且流露出了對鄧漢儀的思念之情，「汪季比來情更好，似桃花、流水深千尺。空夢到，邗溝碧。」從詞中用語「坐江樓、擁書十萬」,「千古事，名山得」,「空夢到，邗溝碧」，此詞大概作於鄧漢儀寓揚州文選樓選刻《詩觀》之時。鄧漢儀答贈之作，上闋表達了對曹貞吉的賞讚，「名士盈東國，更曹家、賦詩橫槊，英豪無敵。珥筆縱隨丞相後，聲價由來赫奕。看落筆、群公動色。」下闋亦述及自身曾客居京師的際遇，「昔年也作燕臺客，到於今、攀龍屠狗，人都間隔。」在詞中，鄧漢儀還希望曹貞吉能將詩作寄來賞鑒，「喜雄篇、蒼鷹怒擊。寄到邗溝明月下，快高吟、紅蠟銷三尺。」

〔註113〕曹貞吉《珂雪詞》卷下第二十九頁，《山東文獻集成》影印康熙刻本。
〔註114〕鄧漢儀《愼墨堂詩餘》，《四庫禁燬書叢刊補編》影印民國漢畫軒鈔本。

鄧漢儀在《詩觀》初集凡例中寫道：「僕歷年來浪遊四方，同人以詩惠教者甚眾，藏之行篋，不敢有遺。庚戌（康熙九年）家居寡營，乃發舊簏，取諸同人之詩，略爲評次，蓋閱兩寒暑而始竣厥事。」〔註 115〕鄧漢儀將歷年來諸同人投贈的詩集，點評入選《詩觀》。《詩觀》初集卷三選刻了曹貞吉《珂雪集》。此《珂雪集》也就是《珂雪初集》，這是曹貞吉的第一個集子。據曹申吉所撰《〈珂雪集〉跋》，「兄五年中著述盈篋，予同阮亭王子擇其優雅者若干篇，付之梓人而爲識志大概如此。康熙己酉歲上巳日弟申吉謹跋。」〔註 116〕此集所收諸作，大致是曹貞吉康熙三年至康熙七年的作品。從曹申吉跋文可知康熙八年己酉，曹貞吉《珂雪集》已經刊行。鄧漢儀在選刻《詩觀》初集時，手頭很可能有曹貞吉的《珂雪集》。鄧漢儀曾在《詩觀》二集卷二魏裔介詩後題注：「辛亥有《詩觀》之役，僅從友人選本採十餘首登梓。」〔註 117〕鄧漢儀雖然說《詩觀》初集是據友人選本而定，但就曹、鄧二人的行履來看，康熙八年至康熙十一年，二人南北異域，曹貞吉沒有親自將《珂雪集》送達鄧漢儀手中的時機。至於《珂雪集》是如何送達鄧漢儀之手的，很可能是同人所贈，抑或是曹貞吉知道鄧漢儀在從事選政，遂將自己的集子寄與鄧漢儀。另據曹申吉跋文，《珂雪集》是曹申吉和王士禛一同選定，「予同阮亭王子擇其優雅者若干篇」。據王卓華在《鄧漢儀與王士禛、孔尚任交遊考》一文中的推算，鄧漢儀與王士禛的交識時間大概在順治十二年至康熙四年這段時間。所以，曹貞吉的《珂雪集》也有可能是通過王士禛這條渠道送與鄧漢儀的。另外一條渠道，很可能是通過汪懋麟。

康熙九年初，汪懋麟應閣試，考授內閣中書。此時汪懋麟與曹貞吉同官內閣中書，二人時時遊宴唱和，關係甚密。汪懋麟又與鄧漢儀早有交往，肯定知道鄧漢儀選刻《詩觀》之事，他在向鄧漢儀投贈詩作之時，很可能將曹貞吉的《珂雪集》一併送與鄧漢儀。今檢汪懋麟《百尺梧桐閣集》卷九辛亥（康熙十年）古今體詩，恰有《寄鄧孝威》一詩，詩中回憶了二人往昔一起在揚州的時光：「往昔揚州白露天，池塘猶有未開蓮。」詩中還提及鄧漢儀選刻《詩觀》之事：「著書能事輸君久，顧我羈棲只醉眠。」鄧漢儀還曾在《詩觀》初集卷十選錄的汪懋麟《庚戌九月客京得家信詠懷五百字寄叔定家兄》一詩後，在寬慰汪懋麟的時候提到過曹貞吉，詩後題注：「寄語舍人，古來天

〔註 115〕鄧漢儀《詩觀初集凡例》，《四庫禁燬書叢刊》集 1～193 頁。
〔註 116〕曹貞吉《珂雪集》卷末，《山東文獻集成》影印康熙刻本。
〔註 117〕鄧漢儀《詩觀》二集，《四庫禁燬書叢刊》集 2～19 頁。

祿燃藜，金門據地，自是名輩風流，勿以索米維艱，向軟塵十丈中自傷寥落。夫固曰：『航酒需微祿，狂歌託聖朝』，行與肯齋、實庵諸同官勉之。」〔註 118〕實庵即曹貞吉，鄧漢儀於此處提及曹貞吉，很可能是汪懋麟在與鄧漢儀的書信往來中時常說起曹貞吉，起碼讓鄧漢儀對曹貞吉有了比較深的印象。

康熙十二年，鄧漢儀著手《詩觀》二集的選刻，至康熙十七年始成。鄧漢儀在《詩觀》二集卷六選錄了曹貞吉的《珂雪二集》中的數首詩作，其中《哭漢儀》一詩就在《珂雪二集》中，但此詩並未入選《詩觀》。鄧漢儀在選刻《詩觀》二集的這段時間內，曹貞吉一直居京任內閣中書，所以二人也未曾有相見的機會。

前此，鄧漢儀兩次客京一次北遊，都沒有與曹貞吉謀面的機遇。曹貞吉曾於康熙六年的南遊，也未見與鄧漢儀面晤的記載。我們下面考察鄧漢儀第三次客京以及曹貞吉出任徽州同知時，二人的交遊情況。

康熙十七年戊午，鄧漢儀完成《詩觀》二集的選刻，時值博學鴻詞之召，由於受人舉薦，推辭不得，鄧漢儀於是年九月抵京，於次年五月南歸。在鄧漢儀客京近一年的時間內，有無與曹貞吉見面的可能呢？據鄧漢儀抵京後同當時人的交往唱和來看，鄧漢儀經常與施閏章、朱彝尊、陳維崧、李良年、王士禛等人遊宴唱和，過往甚密，而這些人又都是曹貞吉的篤交，按常理來說，曹貞吉應該有和鄧漢儀遊宴或者唱和的事實。但就目前鄧漢儀和曹貞吉以及他們二人好友所流傳下來的文集查勘，並無二人遊宴唱和的明確記載。

曹貞吉所居內閣中書，其實是個閒職，他在康熙十七年末寫給好友顏光敏的信中曾談及自己填詞的一個原因，「詩餘一道，向因少事，藉以送日。」〔註 119〕曹貞吉爲了打發時間，借填詞以度日，如此清閒，爲何不去見見遠道而來的鄧漢儀呢？其中的原因，很可能與曹貞吉的弟弟曹申吉有關。曹申吉於康熙十年巡撫貴州，後因吳三桂反叛清廷，貴陽城陷，曹貞吉便失去了和曹申吉的聯繫，這對於朝夕承歡，連床夜語的同胞兄弟來說，內心是何等的煎熬。另據《清聖祖實錄》卷四十四記載：「康熙十二年癸丑十二月二十二日，四川湖廣總督蔡毓榮疏報吳三桂反，僞稱天下都招討兵馬大元帥，以明年甲寅爲周王元年……貴州巡撫曹申吉降賊，賊兵遂逼鎮遠，漸入楚境。」可見這時的京師，已有曹申吉從逆的傳聞。曹貞吉居內閣中書長達十五年之久，

〔註 118〕鄧漢儀《詩觀》初集，《四庫禁燬書叢刊》集 1～562 頁。

〔註 119〕顏光敏輯《顏氏家藏尺牘》卷二第八六頁，中華書局《叢書集成》據《海山仙館叢書》排印本。

也極可能與曹申吉的事情有關。曹濂在《曹貞吉行狀》中曾這樣描述曹貞吉在這個時期內的境遇：「先大夫獨留京國，常鬱鬱不自樂。然驛使星馳，月或三四至，萬里倡酧，歲常盈帙。迨自甲寅亂後，南天鮮雁足之書，故鄉有垂白之母，先大夫欲歸不能，欲留不可，日夕惟以眼淚洗面。」〔註 120〕可見，鄧漢儀抵京的這段時間內，曹貞吉正處於「欲歸不能，欲留不可，日夕惟以眼淚洗面」的人生低谷。另外，鄧漢儀此次赴京，是應博學鴻詞之召，雖然他自己曾極力推脫，但還是迫於無奈而應試。此時和鄧漢儀時相唱和的諸多友人，諸如陳維崧、朱彝尊、李良年等，也都是應博學鴻詞之召者，可謂是個博學鴻詞的小群體。但曹貞吉的身份卻和他們不同，或許是因爲內閣中書的官階低下，抑或是因爲曹申吉之事，本來有可能舉薦他的人怕因事牽連，也只能作罷。喬萊曾在他寫與顏光敏的書信中提到此事，信中寫道：「弟以譾陋，濫叨曠典，所惜者升六不與題薦，蛟門薦而不試，椒峰試而不得，若子綸則可得可不得，無甚關係矣。」〔註 121〕可想而知，此時的曹貞吉內心極度抑鬱，大概是沒有什麼心情參與到諸多的宴飲唱和中。

曹貞吉與鄧漢儀有記載的一次面晤，見於《詩觀》三集卷八曹貞吉詩後的題注，鄧漢儀說：「實庵先生之從中秘出補新安郡司馬也，朝臣共惜之。抵維揚小泊，瀕行，知余在董子祠，肩輿過訪。時落葉滿地，霜雪在眉。念余貧不能振，太息而去。其往來詩筒，相訂以吳子劍宜爲轉遞。今春劍宜果以所郵《珂雪》稿見授，余爲細加評跋，以示劍宜，互相擊節，促之登梨。其詩高秀蒼老，七古尤爲出色。張子山來亦爲捧手讚歎，固爲世寶。」〔註 122〕康熙二十四年乙丑秋，曹貞吉出任徽州府同知，此時的鄧漢儀寓居揚州的董子祠，著手《詩觀》三集的評選。從鄧漢儀所說「（曹貞吉）抵維揚小泊，瀕行，知余在董子祠，肩輿過訪。時落葉滿地，霜雪在眉」，知曹貞吉過訪鄧漢儀當在康熙二十四年秋。此次面晤，二人相互約定，曹貞吉可以將詩作先送與歙縣的吳劍宜（吳荃），再由吳劍宜轉遞給鄧漢儀。曹貞吉此次過訪鄧漢儀，看到他因選刻《詩觀》而生活困窘，但由於自身的貧困，卻又愛莫能助，也只能「太息而去」。曹貞吉於次年春，通過吳劍宜將《珂雪集》寄與鄧漢儀，鄧漢儀讀後大加賞讚。按：此時鄧漢儀選刻的《珂雪集》諸作，當爲《珂雪

〔註 120〕《安丘曹氏族譜》卷二，民國二十二年安丘曹氏石印本。

〔註 121〕顏光敏輯《顏氏家藏尺牘》卷一第三十三頁，中華書局《叢書集成》據《海山仙館叢書》排印本。

〔註 122〕鄧漢儀《詩觀》三集卷八，《四庫禁燬書叢刊》集 3～128 頁。

三集》中的作品。當時《珂雪三集》並未成書，《珂雪三集》是後來曹貞吉後人所編，《詩觀》三集所收詩作，都在《珂雪三集》中。《珂雪三集》有安丘曹尊彝鈔本，藏於山東省圖書館。

曹貞吉與鄧漢儀可以推測的另一次面晤是在康熙二十五年丙寅春。《詩觀》三集卷九，鄧漢儀在選刻的曹申吉詩後寫道：「實庵曹公到任四十日，即代覲北上。維時冰雪載途，車煩馬殆。公則據軾朗吟，所過名城大都，荒墟古寨，窮簷廢井，一一譜之於詩。比至邗，出詩見示，余爲三歎，復爲點次授梓。」〔註 123〕曹貞吉於康熙二十四年乙丑秋出任徽州同知，據曹貞吉子曹濂所撰《曹貞吉行狀》，「(乙丑) 十月抵徽，適當輯瑞之期，未踰月，復隨計冊入覲。」靳治荊也在曹貞吉《朝天集》跋語中說：「是年輯瑞期近，公尋牒入覲，雨雪往而楊柳還。於其途次所經歷，京邸所興懷，共得詩若干首，題曰《朝天集》。」〔註 124〕跋語中稱「雨雪往而楊柳還」，可知曹貞吉於次年春返回徽州。按鄧漢儀所說「比至邗，出詩見示」，可知曹貞吉在返回徽州的途中取道揚州時，又去拜訪了鄧漢儀，並出示其行旅中所作《朝天集》。鄧漢儀在選刻《朝天集》時，還將張潮和吳荃對《朝天集》的評語一併刻錄。

在康熙二十五年春的這次面晤中，曹貞吉還從鄧漢儀那裡得到一個關於曹申吉《黔行集》、《黔寄集》的重要消息。曹申吉詩名早著，鄧漢儀在《詩觀》初集卷六刻錄了曹申吉詩作。鄧漢儀想藉此次機會，從曹貞吉那裡得到曹申吉的詩作，入選《詩觀》三集。「因問君家開府詩，公爲揮涕，曰：『吾弟《黔行》、《黔寄》二詩，久苦散失。』余曰：『昔壬子歲，江孝廉闓，在貴陽上謁開府，開府曾以二稿手授。江君轉寄，今尙在篋衍中。』公喜甚，曰：『能爲表章，則亡弟感深泉壤。』因爲附刻《朝天集》之後。」曹申吉在出任貴州巡撫後，由於吳三桂反叛清廷，早在康熙十二年癸丑時，就受到監視，不能隨便與外界聯絡。他曾在《甲寅軼詩》中寫道：「予自癸丑歲杪，已廢筆墨，偶成小詩，亦不敢輕易示人。」〔註 125〕其他詩作，據他自己所言，也皆「行草行毀」。在這種情勢下，連家人也不能互通消息，更何況是詩集了。曹貞吉意外得到有關曹申吉詩集的消息，甚是驚喜，並對鄧漢儀打算選刻曹申吉詩入《詩觀》三集表示感激。鄧漢儀把從江闓那裡得到的《黔行集》、《黔

〔註 123〕鄧漢儀《詩觀》三集卷九，《四庫禁燬書叢刊》集 3～161 頁。

〔註 124〕《曹貞吉集》，王佩增、宋開玉點校，山東大學出版社，1994 年版，第 366 頁。

〔註 125〕《黔寄集古近體詩》，《山東文獻集成》第二輯第四十三冊，748 頁。

寄集》，分別選刻三十首入《詩觀》三集。曹申吉在康熙十一年壬子手授江闓的《黔行集》，今已不見傳世。今天所見到的《黔行集》，乃曹氏後人曹尊彝抄自《詩觀》三集。曹氏後人曹益厚曾在乾隆年間補刻曹申吉《南行日記》，並在卷首題記說到：「當我曾大父儀部公出二新安，遇鄧孝威先生於邗上，得江闓孝廉在貴竹中丞所授二冊，爲刻入《詩觀》六十餘首。張山來先生潮曰：『二集久埋塵土，今一出而光彩射人……《黔行》猶家藏一冊，《黔寄》三卷遂無從追覓。」〔註 126〕落款時間爲乾隆三十五年五月，可見乾隆年間《黔行集》猶存於世，但《黔寄集》已「無從追覓」。今天見於《安丘曹氏家學守待》中的《黔寄集》三卷，是曹氏後人抄本，前有李良年序，序稱：「歲癸丑春，中丞公匯在黔所得詩，命曰《黔寄集》，以授良年，俾校而序之。」〔註 127〕可見《黔寄集》曾有兩個本子，一個是康熙十一年曹申吉交與江闓的，一個是康熙十二年交與李良年的。另外，《曹氏家學守待》中有《黔寄集古近體詩》一卷大都是康熙十二年癸丑的詩作，並於其後附曹申吉康熙十三年甲寅軼詩數首，是曹氏後人曹尊彝補抄而成。

康熙二十五年春的這次面晤，鄧漢儀也從曹貞吉那裡見到了王士禛的《漁洋續集》，並選入《詩觀》三集。《詩觀》三集卷二王士禛詩後記：「漁洋先生以宮詹奉使南海，與豹人遇於匡廬之麓，索其嶺南之詩，不肯出。而曹司馬實庵向余極稱嶺外之作，然苦不得見，於司馬行笥中搜得漁洋續稿，亟爲選入三集。余當俟其郵寄，再爲丹黃。丙寅舊農識。」〔註 128〕王士禛於康熙二十三年甲子冬奉命祭告南海，於二十四年乙丑八月抵京，其嶺南諸作，爲諸同人傳閱。當曹貞吉見到鄧漢儀時，向鄧漢儀極力稱讚了王士禛南海諸作。康熙二十二年，盛符升裒輯王士禛康熙十年至康熙二十二年詩作，共十六卷，重爲編次，合爲《漁洋續集》，於康熙二十三年刻於吳中。康熙二十三年，王士禛在與友人梁熙的書信中提及《漁洋續集》可能於康熙二十四年夏秋之際刻成，信中寫道：「刻成，來年夏秋可奉寄也。」〔註 129〕曹貞吉於康熙二十四年出任徽州同知途經鄧漢儀時，「時落葉滿地，霜雪在眉」，並未有《漁洋續集》的消息，很可能本年夏秋之際《漁洋續集》還未竣工，並未能如王士禛所料。曹貞吉於次年春返徽州時行笥中即有《漁洋續集》，很可能此書刻成於

〔註 126〕《南行日記》，《山東文獻集成》第二輯第四十三冊，565 頁。
〔註 127〕《黔寄集》，《山東文獻集成》第二輯第四十三冊，724 頁。
〔註 128〕《詩觀》三集卷二，《四庫禁燬書叢刊》集 2～558 頁。
〔註 129〕蔣寅《王漁洋事蹟徵略》，人民文學出版社 2001 年版，294 頁。

康熙二十四年末或康熙二十五年初。

《詩觀》三集卷十三有曹貞吉《娑羅樹歌寄答汪扶晨》一詩，此詩是通過汪士鋐寄與鄧漢儀的，鄧漢儀將其選評入《詩觀》。鄧漢儀在《詩觀》三集卷十三汪士鋐詩後題注：「今夏汪子扶晨，以曹、靳兩公及己作長歌寄我。留滯維揚，未之見也，重九抵邗，乃得批閱。曹公詩健拔，靳公詩超雅，俱稱絕倫，而扶晨二章得胎韓、蘇，較前益進，因並付梓。新安風雅藪窟，乃有二公提唱在前，諸子愈奮厲。正如金石互宣，錦繡各出，能無欣羨？」〔註 130〕汪士鋐將自己和曹貞吉、靳治荊二人的詩作一同寄給鄧漢儀。鄧漢儀於康熙二十七年戊辰重九返回揚州，「重九抵邗」，「今夏汪子扶晨」，可以推測汪士鋐於是年夏天，將曹貞吉詩作寄給鄧漢儀。曹貞吉詩作在《詩觀》三集卷八、卷九和卷十三中三次出現，很明顯，鄧漢儀非常欣賞曹貞吉的才華。

（十）曹貞吉與吳雯交遊唱和考

吳雯，字天章，蒲州人，原籍遼陽。父允升，任蒲州學政，卒官，歲家焉。雯少朗悟，記覽甚博，尤長於詩。遊京師，父執劉體仁、汪琬皆激賞之。王士禛目爲仙才。嘗與葉方靄同置，誦其警句，方靄下直即趨訪，名大噪。大學士馮溥出扇索詩，雯大書二絕句答之，其坦率類是。卒以不遇，不悔也。試鴻博不中選。後居母憂，以毀卒。雯著《蓮洋集》，詩體俊潔，有其鄉人元好問之風。〔註 131〕

吳雯第一次入京，是在康熙七年戊申三月，拜謁王士禛，受到賞識，由是名聞京師。〔註 132〕而是歲八月，吳雯歸里，王士禛招陳維崧等人爲其送行。〔註 133〕而此時的曹貞吉，適有吳越之遊，已經離開京師，二月即已客廣陵。〔註 134〕所以吳雯第一次進京，並未與曹貞吉結識。

康熙十六年丁巳二月，吳雯再遊京師〔註 135〕，此次入京，蓋由王士禛介紹，曹貞吉結識了吳雯。但吳雯於是年九月，便急忙歸里。〔註 136〕在吳雯離

〔註 130〕《詩觀》三集卷十三，《四庫禁燬書叢刊》集 3～313 頁。

〔註 131〕《清史稿》卷四百八十四第 13358 頁。

〔註 132〕《漁洋文略》卷七《吳臨穎墓表》:「戊申三月，蒼頭通賓客，視其刺則雯也，躍起相見。稍稍與談藝，多微中。自是與雯數飲酒賦詩，歡相得也。」

〔註 133〕《湖海樓詩集》卷三《王禮部阮亭席上送吳雯歸中條山》。

〔註 134〕曹貞吉《客廣陵送杞園之金陵》。

〔註 135〕《蓮洋集・湯右曾序》:「去年丁巳，識蒲州吳天章，慕其文人，與之交。」卷八《題袁士旦小照即以爲別》:「二月來京　　師，京塵何浩浩。」

〔註 136〕《蓮洋集・湯右曾序》:「天章方急歸蒲州，予亦以事去京師，未嘗誦其詩也。」

京城之前，曹貞吉等人爲其餞行，並賦詩。詩中有「草草定交良不惡」之句，蓋其結交不久。

> 《珂雪三集》:《寒夜飲酒歌即送吳天章歸河中，時陶季蒼石在座》:「中條千仞青冥開，長河雪浪如驚雷。山川盤鬱古蒲坂，扶輿間氣生奇才。吳生卓犖名公子，詞源屈注蛟龍摧。垂棘之璧不入貢，行年三十猶蒿萊。燕山雪花大如手，騎驢一弔昭王臺。荊高築聲未銷歇，行吟碣石悲風來。我有濁醪色味劣，藏之不減葡萄醅。夜闌與子共斟酌，徑須飲滿三百杯。短裘蒙茸亂鬚髮，高談跌宕凌鄒枚。贈我新詩力扛鼎，五十六字琅玕排。行間蕭散復兀奡，猩紅小飲吳綾裁。維時歲莫佳客集，形骸脱落無嫌猜。處士淮南掛席至，舍人河北從軍回。草草定交良不惡，縱横酒氣浮罇罍。出門驚沙撲燈滅，大星磊落垂天街。拂衣明日歸山去，人生聚散何爲哉。」

康熙十七年，吳雯應鴻博之召入京，由於落選，於次年四月離京，見《漁洋事蹟徵略》。

但此時期內，並無曹、吳二人交往的記錄，二人亦無唱和之作。而另一次二人有明確記載的集會是在康熙二十三年，王士禛招集諸同人聖果寺看桃花。

> 王士禛《蠶尾詩集》卷一《甲子暮春，邀修來、紛華、升六、千仞、仲符、天章、悔人聖果寺看桃花二絕句》。

> 曹貞吉《珂雪三集古今體詩》卷上《暮春雨中阮亭招，同臥雲、紛華、孝堪、修來、悔人、杞園、天章、仲符遊善果寺分韻得禪字》。

> 吳雯《蓮洋集》卷一《暮春雨中阮亭先生招，同諸公集善果寺，得曲字》:「古寺城西隅，寺路直還曲。幽人此來往，漸與山僧熟。煮茗石幢下，石鼎輕煙覆。一花餘春榮，眾陰長夏綠。松深鶴唳靜，竹動鳥飛速。人生一世間，光景如轉燭。宇宙曠無垠，何爲自刺促。勝侶欣招邀，佳時值休沐。名香風過院，仙梵雨垂屋。向晚孤霞明，白雲傍簷宿。蒼蒼林月上，世界明金粟。歸途重回首，遙山寄遐矚。」

曹貞吉與吳雯的交往，亦可屬泛泛之交，但吳雯與趙執信關係頗深。其原因大概與吳雯性格及生活習慣有關。吳雯性格亦有些恃才傲物，常大放厥詞。有一次與王士禛等人集飲時，酒後失態，大放厥詞，事後曾專門寫詩向王士禛謝罪。〔註 137〕據趙執信的描述，吳雯生活十分邋遢，衣服經歲不洗，常遭人嘲笑。〔註 138〕這些與持身謹重的曹貞吉當然顯得格格不入。

（十一）曹貞吉與趙執信交遊考

趙執信，山東益都人，福建按察使趙進美從孫。康熙三十八年進士，改翰林院庶吉士，散館授編修。爲朱彝尊、陳維崧所引重，訂忘年交。性喜諧謔，士以詩文贄者，合則投分，不合則略視數行，揮手謝去，以是得狂名。二十三年充山西鄉試正考官，尋擢右春坊右宮贊。二十八年，國恤中，在友人寓讌飲觀劇，爲給事中黃儀所劾，遂消籍，時年未三十也。既歸，放情詩酒。性好遊，嘗踰嶺南，再涉嵩少，五過吳閶，維揚、金陵間，所至冠蓋逢迎，乞詩文書者紛至。徜徉五十餘年，年八十三卒。其詩自寫性眞，力去浮靡，嘗問古詩聲調於王士禛，士禛靳之，遂交惡。士禛詩以神韻縹緲爲宗，執信詩以思路劖刻爲主。士禛之規模闊於執信，而流弊傷於膚淺廓；執信之才銳於士禛，而末派亦病於纖巧。嘗手定《因園集》十三卷，後人有裒其所著爲《飴山文集》六卷、《詩餘》一卷。〔註 139〕

考趙執信行履，康熙十八年趙執信進京赴試時，年僅十八歲，而此時的曹貞吉已四十六歲，二人年齡相差甚大，趙執信可謂是後輩。二人交往，蓋始於趙執信在京時，但交往並不甚密，趙對曹的態度可謂是「遠而敬之」，也許是出於二人年齡相差甚大，矧執信有疏狂刻薄之名。〔註 140〕就目前資料考證，曹、趙二人最早的面晤時間記錄是在康熙二十三年初的一次家宴上，曹貞吉爲趙執信小像題詩。

> 《珂雪三集古近體詩》卷上《爲趙伸符題像》：「目送行雲意態閒，三毛頰上有無間。老夫自笑頭如雪，猶及樽前對玉山。
>
> 葡萄潋灩潑春醅，屈注詞源激電來。文酒只今誰第一，匆匆懷抱爲君開。」

〔註 137〕《蓮洋詩鈔》卷三《臨發，阮翁招飲，醉後狂言，書以謝過四首》。

〔註 138〕《怡山詩集》卷十八《懷舊集・吳雯》：「蒲州吳雯蓮洋，拙於時藝，困躓場屋中。體貌粗陋，衣冠垢敝，或經歲不盥浴，人咸笑之。而詩才特超秒，余嘗比之溫飛卿云。」

〔註 139〕蔡冠洛《清代七百名人傳》。

〔註 140〕王應奎《柳南隨筆》卷一：「益都趙宮贊秋谷執信，少負才名，於近代文章家多所訾謷，獨折服於馮定遠班。」

是年春，王士禛曾邀曹貞吉、趙執信、顏光敏、王又旦、謝重輝、吳雯、朱載震等人雨中聖果寺看桃花。

《蠶尾詩集》卷一《甲子暮春邀修來、幼華、升六、千仞、仲符、天章、悔人聖果寺看桃花二絕句》：「古寺尋春已後期，東風猶爲絳桃遲。禪扉靜掩殘春雨，細逐茶煙嬰鬢絲。京華宮裏細腰身，移入招提又幾春？一樹夭斜忒無賴，也須著莫白頭人。」

《珂雪三集古今體詩》卷上《暮春雨中阮亭招，同臥雲、幼華、孝堪、修來、悔人、杞園、天章、仲符遊善果寺，分韻得禪字》：「緊余性懶慢，好結物外緣……」

就二人文集考察，在曹貞吉出任徽州同知前，除了上面兩次聚會的記載，並無其他交往的資料。康熙二十四年曹貞吉出任徽州同知，於歲暮入覲，將其途次所經歷，京邸所興懷之詩輯爲《朝天集》，並將此集出示諸同人，其中就有趙執信。趙執信閱後，亦贈詩讚賞其作。

《安丘曹氏族譜·曹貞吉行狀》：「益都趙秋谷先生投贈詩云『除卻鳴騶兼束帶，更無一點世間塵。』眞得先大夫之曠懷雅致也。」

按：趙氏詩今不存於其集。

據蔣寅《王漁洋與康熙詩壇》考證，此時的趙執信與王士禛的關係已漸漸疏遠，並時常指謫王士禛及其周圍人士，如評王士禛、朱彝尊爲「王愛好朱貪多」；批田雯「通惠河」之作「徒言河上風景，徵引故實，誇多鬥靡而已。」批批汪懋麟「諸葛銅鼓」之作「楊家姊妹顏妖狐」等。批洪昇「才力窘弱，對其篇幅，都無生氣。」〔註 141〕此時的趙執信題詩稱讚，雖然二人關係不甚密切，但趙執信對曹貞吉的態度可以說是「遠而敬之」。其後，趙執信在其所著《談龍錄》中，歷數山左詩人時，又將曹貞吉與王士禛同舉。

《談龍錄》：「本朝詩人，山左爲盛。先清止公與萊陽宋觀察荔裳琬同時。繼之者新城王考功西樵士祿及其弟司寇，而安丘曹禮部升六貞吉、諸城李翰林漁村澄中、曲阜顏吏部修來光敏、德州謝刑部方山重輝、田侍郎、馮舍人後先並起。」

曹、趙交遊，更多限於二人性格及年齡差距。即使是曹貞吉平時多提拔獎掖後進，但趙執信的種種「於近代文章家多所訾謷」的表現及其文學成就，不能不讓曹貞吉感到「後生可畏』，以致二人交往並不甚密，矧趙執信與王士

〔註 141〕趙執信《談龍錄》。

禎的關係惡化。〔註 142〕

（十二）曹貞吉與袁啟旭交遊唱和考

袁啓旭，字士旦，號中江，安徽宣城人。以國子監生遊公卿間，宗室紅蘭主人稱爲「南中第一才子」。困於場屋，不遇而終。士旦多才負氣，善詩、古文及行草。著有《中江紀年詩集》。〔註 143〕

袁啓旭於康熙十九年庚申入都，以晚學身份事從曹貞吉。〔註 144〕是年十月十七日，曹貞吉母劉氏卒，〔註 145〕曹貞吉丁憂離都，既而袁啓旭亦歸宣城。康熙二十五年春，曹貞吉與在沙城客居的袁啓旭再一次相遇，並將其新作《朝天集》示與袁啓旭，袁啓旭爲曹貞吉作《朝天集引》。〔註 146〕

康熙十九年庚申立冬日，袁啓旭過飲曹貞吉齋，並以近作兩首投贈曹貞吉，曹貞吉依韻賦詩。

> 《珂雪三集》卷下《立冬日，袁士旦過飲，以二詩見投，依韻賦答》：「委巷經過少，跫然到草堂。人家籬菊靜，珮有芰荷香。易水初成釀，燕山正落桑。故鄉歸未得，且認醉爲鄉。
>
> 斗酒娛今夕，花寒暗入冬。妙香參鼻觀。爛醉起眉峰。軋軋遲鳴雁，迢迢引暮鐘。昭亭多秀色，句裏暫相逢。」

康熙二十五年丙寅秋，袁啓旭過訪曹貞吉，二人在荷亭飲酒唱和。

> 《珂雪三集》卷下《丙寅新秋，士旦過飲荷亭，依韻和之》：「入秋三日快新涼，摒擋生衣面曲塘。上客偶同文字飲，微風偏送芰荷

〔註 142〕陳康祺《郎潛紀聞初筆》卷十二：「常熟馮班鈍吟，論詩不取嚴滄浪妙悟之說。趙秋谷宮贊見其遺書，至具朝服下拜，以私淑門人刺焚班墓前。蓋秋谷方掊擊漁洋，引以自助也。（按：漁洋平日論詩，實以嚴氏爲宗旨，極取其香象渡河、羚羊掛角之說。）秋谷不滿漁洋，故與異同，見馮氏書亦屏棄神韻，遂不覺五體投地。其實《談龍錄》一書，非不博辯，究非風雅之公。」

〔註 143〕《國朝耆獻類徵初編》卷四百三十。

〔註 144〕袁起旭《朝天集引》：「今上之庚申，旭彈劍入都門。是時安丘曹公實庵，掌敕綸扉，與新城王學士、商丘宋比部、予裏施侍讀日事酬唱，文酒過從，殆無虛日。旭以布衣晚學，得執櫜鞬，以從事左右。諸鉅公皆不以旭爲不肖，而引之同聲之末。未幾公丁内艱去。旭以懶拙，不善趨走，非京洛所宜，遂濩落歸江表。」

〔註 145〕曹禾《曹公墓誌銘》：「（劉守貞）生於明萬曆甲寅十一月十六日，卒於康熙庚申十月十七日，的年六十七歲。」

〔註 146〕袁啓旭《朝天集引》：「今歲丙寅春杪，偶客沙城，爲歙中諸子約遊黃山，探幽問政，適公雙旌初返，歡然 相對，猶如曩年京洛時。因得捧讀其《朝天》一集，高蒼清勁，一往情深。」

香。泉流虢虢常虛敞，山翠霏霏易夕陽。曾是當年歌舞地，孤雲猶自駐溪旁。」

康熙三十一年壬申十二月二十六日，王漁洋招曹貞吉、孔尚任、謝重輝、馮廷櫆、袁啓旭、蔣景祁諸友夜飲齋中，以「夜闌更秉燭」分韻賦詩。

《珂雪三集古今體詩》卷下《壬申歲暮，同士旦、京少、方山、大木、東塘集新城司農邸舍，以夜闌更秉燭爲韻》:「歲暮寒氣銛，濃霜堆屋瓦。短裘各蒙茸，旅酒供傾瀉。萍散近十年，星聚始今夜……」

袁啓旭《中江紀年詩集》壬申詩有《臘月二十六日阮亭先生招，同曹實庵、謝方山兩員外，孔東塘博士，馮大木舍人，蔣京少司馬宴集，用夜闌更秉燭爲韻，各賦五首》。(轉引自蔣寅《王漁洋事蹟徵略》)

二、曹貞吉與清初詞人交遊唱和考

(一)曹貞吉與朱彝尊交遊唱和考

朱彝尊，字錫鬯，號竹垞，浙江秀水人。明大學士國祚曾孫。康熙十八年詔舉博學鴻儒科，與富平李因篤、吳江潘耒、無錫嚴繩孫皆以布衣入選，皆除翰林院檢討，與修《明史》。康熙二十年充日講起居注官，康熙二十二年入南書房，命紫禁城騎馬，賜居禁垣東。康熙二十三年，因私自鈔書，爲學士牛鈕劾，降一級。二十九年，補原官，尋乞假歸。彝尊詩不名一格，少時規橅王孟，未盡所長，中年以後，學問愈博，風骨愈壯，長篇險韻，出奇無窮。益都趙執信論清代之詩，以彝尊及王士禛爲大家。彝尊又好爲詞，其體近姜白石、張玉田。所著有《經義考》、《詞綜》、《日下舊聞考》、《曝書亭集》、《瀛洲道古錄》等。〔註 147〕

曹貞吉與朱彝尊的交往，一直籠罩在一種同是天涯淪落人的情愫之中，曹貞吉對朱彝尊飄零棲遲的人生際遇，給予一種悲天憫人的同情及惺惺相惜的自悲情懷。在曹貞吉與朱彝尊的唱和之中，無論是普通的寄懷之作，還是詠史和作，都深深地浸染在一種將自己身世際遇，融入歷史感悟之中，尤其是後者唱和之作，這方面尤爲突出。況二人詞風相近，都藩籬於白石門下。二人交往，亦主要集中於同在京師時。朱彝尊於康熙六年八月至京，〔註 148〕

〔註 147〕蔡冠洛《清代七百名人傳》。

〔註 148〕《曝書亭集》卷二十四《八歸・丁未(康熙六年)燕京除夕同表兄舟石、家兄夏士守歲作》。

並訪王士禛、孫承澤等人，並於次年春往山東，此次進京，朱彝尊羈留不到一年，而此時的曹貞吉適有吳越之遊，就現有資料看，其間並無二人交往的記錄。朱彝尊於康熙九年八月再次入都，蓋於此次入都，結識了曹貞吉等人。次年三月，朱彝尊離都前往揚州前，曹貞吉、李良年等人爲其餞行，並賦詩送別。

《珂雪二集》:《清明同人野集，送朱錫鬯之揚州四首》:

「長條拂地柳毿毿，潦倒離情客自諳。欲強從君過韋曲，斷煙芳草似江南。

酒旗歌扇間流鶯，路入郊原送客行。一帶寒蕪迷遠近，天涯何處不清明。

風颺幾尺青簾子，雨濕一枝紅杏花。共向樂遊原上望，鈿車流水日初斜。

竹西歌吹紅橋路，疏雨斜風記得無？此去恰逢櫻筍熟，清和時節泛菰蘆。」

《曝書亭集》卷第八古今詩《將出都門，曹舍人貞吉、黃舍人仍緒、沈舍人胤范、喬舍人萊、曹舍人禾、汪舍人懋麟招，同高上舍層雲、李秀才良年賦詩贈行，口占留別》:「鳳池才子各翩翩，攜客城南釀酒錢。滿眼鶯花無奈別，河梁愁思復今年。」

是年正月，以曹申吉出任貴州巡撫，李良年應曹申吉邀請，也一同前往貴州。李良年與曹申吉關係甚好，與曹貞吉亦有密切交往。當李良年在貴州時，朱彝尊曾寄詞與李，〔註 149〕曹貞吉亦依朱韻和作，〔註 150〕蓋朱、曹二人之詞，一同寄與李良年。

〔註 149〕《江湖載酒集》中《金縷曲・寄李武曾在貴竹》:「誰共金臺醉，記年時，酒徒跋扈，盡呼朱李。上巳浮杯怱怱別，雲散風流天際。報一一、平安書寄。鄴下雙丁齊入座。有多才，繡虎稱前輩。交唱和，令公喜。」
離群最易添憔悴，況而今，相如賦賤，鷫鸘都敝。老去沉吟無長策，仰屋著書而已，但疑義，須尋吾子。秋錦堂前凋錦樹。問灌園，何日歸長水。倚閭望，幾年矣。」

〔註 150〕《賀新涼・寄李武曾用朱錫鬯韻》:「潦倒壇松醉，是何人、單衣白袷，維朱與李。十日盧溝橋下別，上巳清明之際。看匹馬、蕭然高寄。幾度見詩詩總好，詠蠻花、犵鳥無前輩。古鼎倡，誰侯喜？杜鵑聲裏人憔悴，問何如、東方索米，千金裘敝。身世頓成風六鷁，不僅文章而已。慚鹿鹿、遂同餘子。夢裏故人頻握手，送離愁、幾捺瀟湘水。可想見，吾懷矣。」

康熙十七年，朱彝尊應博學鴻詞之召入都，此際其《蕃錦集》成，曹貞吉題其詞。《蕃錦集》是集唐人詩句爲詞的詞集，沉雄曾在《古今詞話》中轉引他人對此集的評價：「李容齋曰：『錫鬯集唐句爲詞，曰《蕃錦集》，不惟調協聲和，又覆文心妙合，眞傑構也。』」〔註 151〕曹貞吉在詞中稱讚朱彝尊爲「妙手針神，絲絲無縫」。曹貞吉並於題詞的次日過訪朱彝尊，適值朱彝尊不在家，曹貞吉悵然賦詞一首。詞中評價朱彝尊詞「白石小山門徑在」，具有姜夔、張炎詞風，曹貞吉還期待著朱彝尊能「重來同醉煙月」。

《珂雪詞》卷下《摸魚子・題錫鬯蕃錦集》：「蝂茶煙，吟成樂府，旗亭畫壁無數。龍梭一擲光凌亂，碎剪碧霞千縷。紅豆譜，彷彿似、方圭圜璧冰花鑄。高岑李杜，入主客圖中，新聲古調，總屬麗情句。前身是，白石仙人非誤。精靈虎僕輸汝。長安簫鼓千門熱，閉門著書良苦。寒欲去，又早是、春燈金薤琳琅處。天衣重補，羨妙手針神，絲絲無縫，莫被夜來妒。」

《珂雪詞》卷上《百字令・朱錫鬯過訪不值，悵然有寄》：「春風吹面，又匆匆過了，傳柑佳節。羸馬敝裘何處去，一剌懷中磨滅。日跳如丸，臣饑似朔，那得名心熱？思君一話，瞥然鴻爪留雪。記得昨天夕燈前，流連蕃錦，（錫鬯詞名）無縫天衣接。白石小山門徑在，天半峨嵋幽絕。火樹連宵，歌鍾匝地，奪我冰腸結。因風寄與，重來同醉煙月。」

康熙二十三年秋，沈暤日將赴來賓任知縣，朱彝尊〔註 152〕及其子朱昆田與曹貞吉〔註 153〕、嚴繩孫、彭孫遹等人賦詞送別，曹貞吉與李符、嚴繩孫、彭孫遹等均用《喝馬一枝花》賦詞。〔註 154〕是年十一月，田雯授湖廣湖北督糧道布政使司參議。歲暮，朱彝尊、曹貞吉、謝重輝等人爲其餞行，

〔註 151〕尤振中、尤以丁《清詞紀事會評》第 185 頁。

〔註 152〕《江湖載酒集》下《一枝花・送沈融谷宰來賓》：「露腳飄籬柱，翠濕牽牛花吐。一繩新雁底，幾行樹，天末垂籤，數了還重數。行偏衡湘路，六槳衡煙鳥，蠻山在何處。蜒户兼龍户，多向竹棚頭住，琴堂吟不盡。荔支雨，畫便垂簾，待夜月、修簫譜。瘴鄉休道苦，須勝似泉明，折腰彭澤晨暮。」

〔註 153〕《珂雪詞》卷上《喝馬一枝花》：「絕遠賓江路，亂水輕舟頻度。瀟湘行欲盡，瘴雲苦，千樹桄榔，月黑鵑啼處。到日清秋好，蜒户鮫人，滿城看笑舞。　椰子傾甘露，照眼紅蕉初吐，推琴小拄笏。訟庭暮，龍目香中，早暗送、年華去。吟情應不減，問寫就蠻箋，重寄昭王臺否？」

〔註 154〕胡曉蓓《曹貞吉年譜》第 88 頁。

賦詩送別。〔註 155〕

曹貞吉於康熙二十四年秋出任徽州，朱彝尊曾爲曹貞吉賦詩送別。《曝書亭集》卷十二康熙二十三年古今詩有送行曹貞吉之作。

《曝書亭集》卷十二《送曹郡承貞吉之官徽州》:「勝絕新安郡，高秋擁傳行。江流清見底，山色翠當楹。萬壑雲爲海，三都石作城。漆林分井社，松蓋辨陰晴。墨愛麋丸漬，茶先穀雨烹。由來風土美，見説訟庭清。之子齊東彥，才華鄴下並。詞源白石叟，詩法玉谿生。鳳沼趨晨久，鸞臺典籍榮。後來薪愈積，老去驥長鳴。豈厭承明出，遙思廄吏迎。名山謝康樂，隱吏許宣平。晚飯桃花米，春廚竹筍萌。麥光題素紙，龍尾滌金坑。暇有懷人作，知同惜別情。十年呼蒯酒，雙調譜秦箏。忽漫登長道，沉吟數去程。跡猶淹旅食，心已定歸耕。七里岩陵瀨，千秋黟帥營。相尋試酬和，編筏採紅蘅。」

按：此詩編排於朱彝尊康熙二十三年詩作中。

在曹貞吉從事詞作的道路上，朱彝尊對曹貞吉的影響非常重大，且二人詞風相近，都藩籬於姜夔、張炎之下。(關於朱彝尊對曹貞吉的影響，參看《曹貞吉詞學淵源考》部分。）另外，朱彝尊與曹貞吉有著同樣的淒涼身世，曹貞吉幼年喪父，青年又遭遇劉正宗罷黜事件，康熙十九年又逢曹申吉罹難滇南，一生可謂淒苦備至。朱彝尊少年時家道中落，青年時入贅歸安教諭馮鎮鼎家爲婿，順治二年清兵入浙，朱彝尊出走，並參與抗清運動，後又離開廣東，客曹溶幕府，其足跡可謂「南逾五嶺，北出雲朔，東泛滄海。」他的《江湖載酒集》編成於康熙十一年，他的《解佩令・自題詞集》一詞中，道出了他飄零生活的淒苦心境：「十年磨劍，五陵結客，把平生、涕淚都飄盡。老去填詞，一半是空中傳恨。」除了以上能具體考證出時間的唱和外，曹貞吉還有許多和作《江湖載酒集》的詞。由於詞集是按調編排，具體時間已不可考。現列出二人其他唱和之作，以資參考。

《曝書亭集》卷二十四《江湖載酒集》上《滿江紅・吳大帝廟》:「玉座苔衣，拜遺像、紫髯如昨。想當日，周郎陸弟，一時聲價。乞食肯從張子布，舉杯但屬甘興霸，看尋常談笑敵曹劉，分區夏。

〔註 155〕《曝書亭集》卷第十二古今詩（閼逢困頓康熙二十三年）《送田少參雯之楚，分韻得江字》:「前年白下君送我，臨當解纜拔柳樁……座中曹（貞吉）謝（重輝）鬥奇句，掉險類舞都盧橦。」《曝書亭集》卷十二第五頁。

南北限，長江跨。樓櫓動，降旗詐。歎六朝割據，後來誰亞？原廟尚存龍虎地，春秋未輟雞豚社。剩山圍、衰草女牆空，寒潮打。」

《珂雪詞》卷上《滿江紅・和錫鬯吳大帝廟下作》：「遺廟江東，舊日是、紫髯天下。英魂在，靈風雨夢，卷旗飄瓦。獅子雄才原足惜，孝廉嫵媚還能霸。笑周郎帷幄慮偏長，忘中夏。羞銅雀，東風借。軍衣白，艨艟駕。彼孫劉之睦，姻盟何假？自惜江山吳子國，於今父老新豐社。聽石頭、戰鼓似寒潮，空城打。」

《曝書亭集》卷二十四《江湖載酒集》上《滿庭芳・李晉王墓下作》：「獨眼龍飛，鴉兒軍至，百戰眞是英雄。沙陀去後，席卷定河東。多少義兒子將，千人敵，一一論功。爭誇道，生來亞子，信不愧而翁。前驅囊矢日，三垂岡上，置酒臨風。歎綠衣天下，回首成空。冷落珠襦散盡，殘碑斷、不辨魚蟲。西林外，哀湍斜照，法鼓影堂中。」

《珂雪詞》卷上《滿庭芳・和錫鬯李晉王墓作》：「石馬無聲，鐵烏作陣，白楊風急蕭蕭。珠襦玉匣，曾此藏人豪。河朔同盟藩鎮，分帶礪，只汝功高。眞樂事，錦囊三矢，意氣快兒曹。銀刀，新霸府，十年征戰，兗鄆之郊。奈優伶日月，粉墨親調。惆悵諸陵寒食，青青草、麥飯誰澆？豐碑臥，牛羊礪角，壞磴走山樵。」

《珂雪詞》卷上《金菊對芙蓉・和錫鬯蟂磯弔孫夫人》：「蜀國夫人，孫郎小妹，腰間龍雀刀環。歎東南人物，弱女登壇。錦帆搖曳江如練，望瞿塘、道路慢慢。永安龍去，蠶叢夢杳，紅粉凋殘。靈澤遺廟江干，有雲車風馬，霧鬢煙鬟。悵西風白帝，鸞馭難還。千尋鐵鎖銷沉後，家何在、兩地悲酸。千帆落照，漁歌唱晚，露白楓丹。」

《曝書亭集》卷二十四《江湖載酒集》上《夏初臨・天龍寺是高歡避暑宮舊址》：「賀六渾來，主三軍隊，壺關王氣曾分。人說當年，離宮築向雲根。燒煙一片氤氳。想香姜、古瓦猶存。琵琶何處，聽殘勒勒，銷盡英魂。霜鷹自去，青雀空飛，畫樓十二，冰井無痕。春風婀娜，依然芳草羅裙。驅馬斜陽，到鳴鐘，佛火黃昏。伴殘僧。千山萬山，涼月松門。」

《珂雪詞》卷下《百字令·天龍寺高歡避暑宮遺址和錫鬯》:「蒼苔古瓦，是人天法界，雪山深處。燕麥兔葵荒草地，人道高王曾住。水殿風涼，瑤臺露白，院靜渾無暑。流螢閃閃，宮牆飛入無數。遙想渭水邙山，東西蠻觸，五技窮鼯鼠。敕勒老公歌慷慨，早見英雄黃土。馬稍功名，人龍意氣，總逐西風去。繁華銷歇，紞然朝暮鐘鼓。」

《珂雪詞》卷下《柳黃色·對雨和竹垞》:「柳絮爲萍，梅子漸黃，天氣如許。溪雲乍起遮山，釀作幾絲微雨。東西不定，搖曳淡霧輕煙，荷錢一一跳珠露。庭樹碧參差，蔭青苔無數。平楚，斷塘遙指，如發秧針，綠迷南浦。暗想空江，軋軋唯聞柔櫓。亂江無影，寂寞靜掩疏籬，銅街濕糁香塵路。倩斗帳高眠，小窗邊聽去。」

《曝書亭集》卷二十四《江湖載酒集》上《消息·度雁門關》:「千里重關，憑誰踏徧，雁街蘆處。亂水滹沱，層霄冰雪，鳥道連勾注。畫角吹愁，黃沙拂面，猶有行人來去。問長塗，斜陽瘦馬，又穿入離亭樹。猿臂將軍，鴉兒節度，説盡英雄難據。竊國眞王，論功醉尉，世事都如許。有限春衣，無多山店，酹酒徒成虛語。垂楊老、東風不管，雨絲煙絮。」

《珂雪詞》卷下《消息·和錫鬯度雁門關》:「蕭瑟關門，西風吹雪，貂裘都偃。蟻垤行人，羊腸驛路，哀角邊聲怨。魚海寒冰，龍沙戍斷，歷亂蓬根飛卷。悵青衫，暮雲驅馬，望盡蒼蒼修阪。絕壁祠堂，趙家良將，入夜靈旗如電。折戟沉沙，老兵拾得，磨洗前朝辨。塞雁南飛，滹沱東注，可憐英雄人遠。問誰是、封侯校尉，虎頭仍賤?」

(二)曹貞吉與陳維崧交遊唱和考

陳維崧，字其年，江蘇宜興人，明左都御史於廷孫。父貞慧，以節概稱，著書自娛。維崧資廩穎異，十歲代祖作《楊忠烈像贊》。比長，侍父側，聆諸名士議論，學日進。嗣偕王士祿、王士禛、宋實穎、計東等唱和、名益大噪，時有江左三鳳凰之目。補諸生，久之不遇。因出遊，所在爭客之。性落拓，饋遺隨手盡。獨嗜書，無不漁獵，雖舟車危駭，咿語如故。嘗由河南入都，與朱彝尊合刻一稿，名《朱陳村詞》。年五十，會鴻博，以大學士宋德宜薦，試列一等，授翰林院檢討，與修明史。在館四年，嘗懷江南山水，以史局需人不果歸。康熙二十一年以疾卒，年五十八。維崧於諸弟篤友愛，其遊公卿間，謹愼不泄，遇事匡正，以故人樂近之。所著有《兩晉南北史珍》、《湖海樓詩》、《迦陵文集》、《迦陵詞》等。於人少許可者汪琬，謂其駢體唐以前不敢知，自開寶後七百年，無此等作。詩始爲雄麗跌宕，一變而入杜甫沉鬱之調，橫絕一世。其詞尤淩厲光怪，變化若神，前此未有。其駢文導源庾信，氾濫於初唐四傑，故氣脈雄厚，綺則追步李商隱，以秀逸勝。〔註 156〕

陳維崧於康熙十七年應鴻博抵京，在京僅四年便以病故。其間與曹貞吉意氣相投，過從甚密，二人經常一起參加朋友的集會，互相唱和。陳維崧還經常將自己的朋友介紹給曹貞吉。曹貞吉的朋友宋犖在其《楓香詞》集刻成後，遍邀題詞，曹貞吉爲宋犖賦《珍珠簾・爲牧仲題楓香詞》，陳維崧亦依次曹貞吉韻爲其賦詞《珍珠簾・題宋牧仲楓香詞次曹實庵韻》，蓋陳維崧結識宋犖，即由曹貞吉推介。陳維崧曾選評《珂雪詞》，並爲其《詠物詞》做序，〔註 157〕曹貞吉亦曾爲陳維崧題詞。在陳維崧謝世後，曹貞吉曾參與了《迦陵文集》的選編。如《迦陵文集》卷三即由曹貞吉、商丘宋犖、武陵胡徵獻、宣城梅庚同選，《迦陵詞全集》卷七由合肥龔士稹、安丘曹貞吉、無錫嚴繩孫、宣城沈埏選。《迦陵文集》卷三，乃曹貞吉與商丘宋犖、武陵胡獻徵、宣城梅庚同選。

> 《珂雪詞》卷上《珍珠簾・爲牧仲題楓香詞》:「烏絲閒寫柔情句，吟紅豆、才子梁園新賦。高調和人稀，似引商荊楚。憶佩雙鞬隨豹尾，諳出塞、淒風冷雨。辛苦，早中年易感，鬢絲添素。又向粉署爲郎，聽薰香侍史，鵝笙曲度。動魄復驚心，耿一天星露。江上青楓聞鐵撥，抵多少、海飛山怒。休訴，倩岑牟狂客，撾殘鶡鼓。」
>
> 《珍珠簾・題宋牧仲楓香詞次曹實庵韻》:「當時紅杏尚書句，宋玉今朝風賦。螢火柳綿詞。鬬陽阿激楚（牧仲詠螢詠絮二詞尤爲絕調）。五色蠻箋螺子墨，渲染穀、微雲疏雨。淒苦，滿歌坊粉壁，舞巾紈素。一曲減字偷聲，聽小屏風後，玉簫潛度。低囀隔林鶯，碎一庭花露。鵾雞又砉關山調，似萬馬、憑秋而怒。相訴，我中年以後，冰弦怕鼓。」

〔註 156〕蔡冠洛《清代七百名人傳》第 1758 頁。
〔註 157〕陳維崧《迦陵文集》卷七《曹實庵詠物詞序》。

《迦陵詞全集》卷二十七《賀新涼・題曹實庵珂雪詞》：「滿酌涼州醖，愛佳詞，一編珂雪，雄深蒼穩。萬馬齊瘖蒲牢吼，百斛蛟螭囷蠢。笄蝶拍、鶯簧休混。多少詞場談文藻，向豪蘇、膩柳尋藍本。吾大笑，比蛙黽。蓺殘樺燭剛餘寸，歎從來，虞卿坎坷，韓非孤憤。耳熱杯闌無限感，目送塞鴻歸盡。又眼底、群公袞袞。作達放顛無不可，勸臨淄、且傳當筵粉，城柝沸，夜烏緊。」

康熙十七年夏，陳其年應鴻博之召抵京。康熙爲籠絡文士，於十七年戊午詔書薦舉鴻博。此詔一下，應者雲集，雖有誓死不從者，但大勢所趨，即使本來徘徊於隱匿或是出仕之間左右掙扎的文士，亦決計北上。康熙藉此，籠絡了大批文士碩儒，從而在文治上奠定了清初穩定的局面。曹貞吉因無人舉薦，〔註 158〕未能應試鴻博，但此次鴻博集會，對曹貞吉的交往產生了重要的影響。許多「各在天一涯」而無機會結交的文人名士，此番皆云集京師，從而提供了曹貞吉與其交往的機遇，陳其年就是其中一位。康熙爲了籠絡人心，還不惜從寬錄用，使本來可能無法入圍者，也都順利通過，如朱彝尊、汪琬等。

王應奎《柳南隨筆》卷四「康熙戊午正月二十三日，上有薦舉博學鴻儒之詔，於是在京三品以上及翰銓科道官，在外督撫藩臬，各舉所知以應。計北直與薦者十有九人，江南與薦者五十有八人，浙江與薦者四十有七人，山東與薦者十有二人，山西與薦者十有一人，河南與薦者四人，湖廣與薦者六人，陝西與薦者十人，江西與薦者四人，福建與薦者二人，貴州與薦者一人。取中一等二十名，二等三十名，皆授翰林職，令入館纂修《明史》。其有舉到京老病不能入試，及入試而不與選者，年近七十以上，加中書、正字等銜以寵之。」

陳康祺《郎潛紀聞》卷十六「康熙朝鴻博科，讀卷諸臣，照前代制科分等第、進士科，分甲乙例，判作四等。拆卷日，上問：『有不完卷者，何以列在中卷？』蓋嚴繩孫僅作一詩也。眾對曰：『以其文詞可取也。』上又問：『賦首有或問於予曰，中有唯唯否否語，豈

〔註 158〕《顏氏家藏尺牘》卷一喬萊信札：「弟以譾陋，濫叨曠典。所惜者，升六不與題薦，蛟門薦而不試，椒峰試而不得，若子綸則可得可不得，無甚關係矣。」

以或指朕、予自指耶？』蓋汪琬卷也。衆對曰：『賦體本有子虛亡是之稱，大抵皆寓言，似不必有實指也。』上曰：『詩中云「杏花紅似火，菖葉小於釵」菖葉安得似釵？』蓋朱彝尊卷也。衆對曰：『此句不甚佳。』上曰：『斯人固老名士，故略之。』……可見當時法律之寬，聖心愛賢之篤。」

康熙十七年戊午閏三月二十四日，釋大汕爲陳維崧作《迦陵填詞圖》。〔註 159〕後陳維崧應鴻博時攜此畫入京，〔註 160〕遍徵題詠，曹貞吉亦題其圖。

《珂雪詞》卷下《八歸・題其年填詞圖》散聖安禪，烏衣白袷，淡宕風流如許。酒旗戲鼓人間世，博得蕭然驢背，鬚眉塵土。凌轢詞壇三十載，寫六代、興亡無數。翻墨瀋，歷落嶔崎，看海奔鯨怒。誰拂生綃作照，維摩清冷，坐對散花天女。三疊霓裳，一聲河滿，曲項琵琶金縷。問英雄紅粉，可到相逢斷腸處？想歌闌、深卮微勸，銀甲春寒，水沉香慢炷。」

《珂雪詞》卷下《賀新涼・爲其年填詞》：「光怪騰蛟蜃，化髯公，壺中墨汁，離奇輪囷。海若驚飛天吳走，翠節靈旗隱隱。憑誰話、六朝金粉。譜入鵾弦三千曲，寫冰車、鐵馬無窮恨。數紅豆，記宮本。烏衣王謝江東俊，是當年、將軍猿臂，虎頭猶困。羸馬敝裘銅駝陌，博士賢良待問。賦朱鷺、黃驄惟謹。擊筑且隨屠狗輩，任西風、吹老滄浪鬢。秋氣肅，雁聲緊。」

康熙十七年戊午夏，米紫來〔註 161〕行取入都，〔註 162〕與陳維崧、曹貞吉

〔註 159〕陳康祺《郎潛紀聞四筆》卷六《康熙朝三圖》：「康熙朝，海内老輩傳有三圖：一爲朱竹垞《煙雨歸耕圖》，一爲李秋錦《灌園圖》，一爲陳迦陵《填詞圖》。蓋三君皆命世才，仗劍出門，窮老盡氣，所交皆天下奇士，胸中鬱律不可一世，一題一詠，其詩詞盡古今之環寶也。三圖今不知落何許，以康祺所聞，惟《填詞圖》流傳最久，其題詠補續亦最多。蓋迦陵後人世守儒素，粵寇以前，尚有巍科顯官者。故乾、嘉至道光，名流翰墨，羅致非難，而迦陵名高，後之文人，亦樂得而附名簡末也。」

〔註 160〕陸勇強《陳維崧年譜》第 391 頁。

〔註 161〕王士禛《香祖筆記》卷三：「米紫來漢雯，宛平人，明太僕友石萬鍾之孫也。紫來以順治十八年辛丑登第，多技藝，工書畫，書仿南宮，尤工金石篆刻。以長葛縣行取，適有博學宏詞之舉，改翰林院編修，以典試罣誤。久之召入，供奉内廷，遷侍講，賜宅西華門，尋病卒。紫來少喜交遊，所交皆海内名士，與予最相善，破有唱和。其詩惜爲書畫所掩，亦散佚無傳矣。」（節錄）

〔註 162〕王士禛《池北偶談》卷十九：「康熙戊午夏，公孫紫來漢雯知長葛縣，行取入都。」

論詞，陳維崧序其詞集《始存集》，〔註 163〕曹貞吉亦爲其詞題詞。〔註 164〕其年祖父陳于廷與米紫來祖父米萬鍾爲同年進士，曹貞吉結識米紫來，蓋因陳維崧推介。是年十二月，宋犖奉命出榷贛關。曹貞吉、陳維崧、朱彝尊等人送別。據宋犖《漫堂年譜》卷一：「十七年戊午，余四十五歲。十二月，偕錢維介柏齡、男至，出都。時博學鴻詞諸公集闕下，以詩文相送者甚夥。朱竹垞彝尊題曰《使虔錄》。」

康熙十八年正月，清兵攻陷岳州，並於二月二日宣佈岳州大捷，〔註 165〕陳其年聞之賦詞，曹貞吉和作。陳維崧記載事實、描述民生的詞作很多，但許多隱含了故國之思、亡國之痛，如其寫於康熙十二年的《夏初臨・本意癸丑三月十九日用明楊孟載韻》。但此首《賀新涼》則是站在清廷的立場，並無亡國之恨抒發。三藩割據，至民生於水火，曹貞吉聽到清兵捷報，亦是興奮，和陳維崧之作，也是正常之事。再者就是曹貞吉的弟弟曹申吉羈留黔中，死活渾然不知，此時京師更有流言蜚語傳其已經從逆。曹貞吉得到清兵攻陷岳州的消息，意味著「吳逆」勢力江河日下，也意味著自己能早點得到有關曹申吉的音信。

> 《迦陵詞全集》卷二十八《賀新涼・岳州大捷（上以二月二日宣凱門外，是日正值大雪）》：「紫陌春如綺，正巴陵，征南昨夜，捷書飛至。閶闔門開排彩仗，夾道笙歌鼎沸。都不用、魚龍百戲。頃刻鳳樓抛鈿屑，算今朝、玉做人間世。洗兵馬，豐年瑞。臨軒彌覺天顏喜，喜春城、九衢花滿，千宮珠綴。更向銀刀都裏望，小襯粉侯殊麗。想入蔡、軍容如是。讌罷不須宣翠燭，水晶球、萬盞天邊墜。長似晝，晃歸騎。」

> 《珂雪詞》卷下《賀新涼・二月二日宣岳州捷，是日大雪，和其年》：「鐵騎連營下，羨奇謀、眞同六出，烽銷荊野。試問洞庭深

〔註 163〕陳維崧《陳迦陵儷體文集》卷七《米紫來始存詞集序》。

〔註 164〕《珂雪詞》卷下《玉女搖仙佩・與米紫來論詞，即書其集後》：「才人剩技，消玉團香，有得離奇如此。繡嶺宮前，苧蘿溪上，一一傾城姝麗。更把繁絃倚。似飛仙劍客，乘風遊戲。怨別離、青衫紅袖，消向琵琶、羯鼓聲裏。沙石砉然驚，苦竹黃蘆，暗啼山鬼。省識紅鹽妙理，換羽移宮，墮盡關河人淚。細數名家，晚唐南宋，漫説蘇豪柳膩。海岳當年裔。平分取、書畫船中風味；又徵入、金荃蘭畹，小山白石。天花亂撒珊瑚碎，酒邊珍重烏絲字。」

〔註 165〕《清史稿》卷六《聖祖本紀》：「十八年己未……甲寅，貝勒察尼督水師圍岳州，賊將吳應麒遁，復岳州。上御午門宣凱。」

幾許，春水才堪飲馬。露布到、甘泉宮也。殿上雲迷三素色，正仙人、玉戲飄鴛瓦。簾影動，冷光射。方圭圓璧渾無價，近蓬萊、天顏喜氣，玲瓏欲化。白虎幢前霜戟擁，萘作軍容豈借。積三尺、瑤華不夜。遙想瓊樓歌舞處，延鄒生、枚叟珠璣瀉。恩波淼，入清灞。」

是年三月，翁介眉出任黃州同知，陳維崧、〔註 166〕曹貞吉、王士禛、施閏章、吳雯、朱彝尊、秦松齡等人爲其送行。〔註 167〕在曹貞吉諸集中，翁介眉僅出現過一次，蓋其與曹貞吉並沒有過多的交往。曹貞吉此次送別翁介眉，亦或因同人相邀。

是年七月七日，陳其年有懷人之作《玉簟涼》，曹貞吉、梁清標和作。陳其年欲迎其妻褚氏進京，終因貧困未果，値此故有感懷之作。

《迦陵詞全集》卷十五《玉簟涼・己未長安七夕》:「太液荷香，悵良夜今秋，仍臥他鄉。輪他天上景，又塡鵲成梁。一從上苑入直，金魚佩、誰放疏狂。瓜果讌，奈更樓高處，風露偏涼。秋光。舊家節物，往日心情，贏得無限思量。一鈎眉樣月，記曾照幽窗。紛雲此夜千里，盼不到小院疏廊。銀漢低，料有人和淚凝粧。」

《珂雪詞》卷上《玉簟涼・七夕有感和其年》:「十載長安，記如此良宵，團扇拋殘。龍梭初罷織，赴碧落幽歡。幾多鈿合蟢子，陳瓜果、乞巧樓前。驚夢醒，但絳河千尺，雲氣漫漫。無端。嫩苔繡瓦，斜月窺窗，汝做秋意闌珊。去年當此際，正同倚危欄。定識涼生玉簟，盼鵲駕不到人間。天似水，擲淚珠荷露爭圓。」

是年七月二十八日京師地震，田雯移居粉房巷，作《移居詩》，曹貞吉、陳維崧等人和作。八月十五日，陳其年賦《念奴嬌》感懷，曹貞吉和作。

《迦陵詞全集》卷十九《百字令・己未長安中秋（時値京都地震是夜微雲掩月）》:「西風帝苑，正停杯爭盼，一輪圓月。坐久涼蟾猶未吐，藹藹暮雲偏結。低耽冰綃，深藏桂殿，不放姮娥出。也應愁見，有人千里華髮。今夜地軸頻翻，坤輿陡撼，怕被饞蛟掣。那有銀牆和碧井，留待金波堆雪。三市霆轟，九衢電駭，屋瓦昆陽裂。

〔註 166〕陳維崧《湖海樓詩集》卷六己未稿有《送翁錢塘翁武源同知黃州》。
曹貞吉《珂雪三集》:《送翁武源之任黃（原作廣州，蓋誤黃爲廣）州》:「延秋門外馬蹄輕，雪後看山眼倍明。此去髯蘇舊遊地，依然詞賦走江聲。美人文筆接西京，佐都新頒露冕行。七澤三湘無限好，高歌一和郢中聲。」

〔註 167〕陸勇強《陳維崧年譜》第 429 頁。

問誰無恙，天邊惟賸瑤闕。」

《珂雪詞》卷上《百字令・中秋和其年，時甫過地震》：「晚霞成暈，似非煙籠就，霓裳仙闕。只恐清光明作鏡，照見鬚眉愁絕。靜掩朱簾，輕遮團扇，蜃霧樓臺結。憑誰吹散，玉簫聲細如髮。況是一陣罡風，須彌芥子，偶現空花劫。八柱蛟龍還掉尾，穆穆金波無缺。動魄驚心，十年兩度，錯過中秋節。余生瓦礫，他時月底重說。」

陳維崧喜歡吃餅，李澄中曾約陳維崧等人一起吃餅，康熙十八年己未九月，陳其年賦《柬同年李渭清兼申吃餅之約》一首，曹貞吉並合作。

《湖海樓詩集》卷六《柬同年李渭清兼申吃餅之約》：「滿空黃葉喧秋井，颯颯敲窗疑蛸蜢。憶昨重九去登高，山東李生最精猛。作勢橫牽惡馬騎，愛看霜林電光騁。間者闊焉久不見，令我憑闌想形影。一日李生來打門，握手上階幘不整。爲言昨宵吾喪我，甲夜沉迷直至丙。顛擠猶如墜崖谷，昏黑得毋塡坑穽。此後重生極偶然，當時不死良天幸。對君狂笑君須省，身世從來類萍梗。千古疾如羊熟胛，一官贅比肩垂癭。只應拚作半生狂，愼莫徒爲百憂耿。青州麪抵齊紈靚，翠甑炊成雪肌冷。再買京城早韭芽，要趁秋燈來說餅。」

《珂雪三集》卷二《和其年說餅》：「老傖齧面如蚱蜢，齒牙雖鈍猶堪騁。廉公矍鑠未遺矢，有腹纍然疑垂癭。座中三五江南客，常笑吾徒躭食穬。何爲見獵輒心喜，鷙若秋鷹搦兔猛。諸君安坐聽說餅，賤子食經還井井。作䭔貴圜餅貴薄，映紙分明見字影。櫻桃饆饠古所珍，顏色何殊在枝梗。田家餺飥苦膠口，但能飽此亦天幸。今年二麥較不登，篝車欲下層陰冷。荒陂倘或十斛收，爲君更出吳纖靚。快談不覺霜氣濃，出門惟見疏星耿。瓦礫滿街須深省，瘦馬一蹶將墜井。疾風吹燭走驚沙，城上柝稀鄰夜丙。」

是年九月初，葉封〔註168〕因未能入選鴻博罷歸，臨行前，陳維崧、施閏

〔註168〕《漁洋詩話》卷中：「黃州葉井叔封，順治己亥進士，仕爲延平府推官，改登封令，遷兵馬司指揮。初以詩介其宗人訒菴方藹質余，余曰：『君之詩未也，惟嵩山詩足傳耳。』爲序其《嵩陽集》刻之。後以博學宏詞薦，不見收。自楚屢寄新詩，求余刪定。其《郢中懷古》二十首，殆無一字不佳。銓授工部主事，未上而卒。」見《王士禛全集》4782頁。

章、曹貞吉等人送別。〔註 169〕葉封與曹貞吉同為十子成員，但與曹貞吉唱和並不多見，蓋交往不深。是年重九前一日，汪懋麟抵京，與諸人集飲曹峨嵋齋，痛飲至深夜，並相約次日登高。

《湖海樓詩集》卷六《重九前一日喜汪蛟門至，集曹峨嵋齋，同曹升六、田子綸、喬石林、汪舟次限六月韻》：「秋簷滴瀝不肯歇，街泥湱湱雙踝沒。重陰那許洗袍綺，積雨偏令涴靴襪。堆盤不見大官羊，苦被人譏飽糠麧。捫壁惟看畫上鷹，持燈只照牆邊蠍。故人誰為送消息，昏黑昨已抵城闕。便須趣駕車前駒，何用通名鈴下卒。同官南曹老解事，夙叱廚娘辦肴核。拔得吳姬髻底釵，抑鮓蒸豚殊搰搰。京都連月地大震，妖青蒼茫纏彗孛。百僚已說斷嬰遊，三市還聞嚴請謁。吾徒不過文字飲，來日幸免酎金罰。酒三行後氣益振，雞再號時興尤發。談詩說劍莽喧豗，惡弄狂嘲儼排訐。男兒貴賤太超忽，往往送人把節鉞。北風一夜吼新晴，獨樹空潭嵌龍窟。亟須借馬去登高，莫負西山青滑笏。」

《珂雪三集》卷二《喜蛟門至同諸子集峨嵋齋頭限六月》。

重九日，陳維崧、曹貞吉、汪懋麟等人遊黑龍潭登高作詩賦詞，此次出遊，陳維崧與曹貞吉唱和頗多。

《湖海樓詩集》卷六《九日同升六、子綸、蛟門、石林、舟次、峨嵋、渭清、次耕黑龍潭登高，再疊前韻》：「白楊風狂啼不歇，鐵色古潭龍出沒。百年又逢黃菊棧，一笑第少鵶頭襪。男兒饑飽自有命，鵝鴨徒然競糟麧。已拚作客慣聞猿，卻為得官惟見蠍。今晨斷霞赬斑駁，稍喜下缭黃金闕。西山晴髻費梳裹，小者才作巨桃核。臺前古冢太瑣碎，一半已被狐狸搰。只須踏地弄回波，何必憂天占

〔註 169〕陳維崧《湖海樓詩集》己未稿《送葉慕廬歸黃州》：「西風滿長安，落葉那堪數……」

施閏章《施愚山詩集》卷四十《葉井叔暫歸黃州》有「節近重陽不肯留，黃花苦憶故園秋」之句。

曹貞吉《《珂雪詞》卷下《多麗・送葉慕廬南歸》：「恰新秋，一葉涼颸聲急。指湘皋、晚煙淡處，章華臺下荒宅。掛蒲帆、白蘋鄉里，鱠鱸魚破玉盈尺。赤壁江聲，烏林戰地，楚南形勝，依稀記得。擊銅斗、歌成慷慨，棹碎空明碧。東籬畔、黃花滿徑，應待歸客。憶燕市、匆匆文酒，西山亂入遊屐。動公卿、五雲詞賦，才子人稱抹天筆。姑射仙姿，苧蘿姝麗，如君流落也堪惜。悲團扇，班姬未老，永巷青苔隔。桑乾路，驢背書囊，席帽欹側。」

怪字。九逵冠蓋公請謁，獨把深杯領百罰。李潘二子最後來，眼中之人總英發。須臾枯木老鴉叫，嘷沓有若相告許。似言暝色漸蒼茫，所歎流光轉飄忽。生前但得花兼酒，身後還憑哀與鉞。天風天風吾語汝，愼勿簸動蛟龍窟。歸來又報米餅空，醉倚高樓閒拄笏。」

《迦陵詞全集》卷二十九《笛家·九日長安遣興》：「秋士心情，女兒節物；懨懨愁坐，綠樽雖滿何心勸。帝京此夜，鏤棗成斑；煎酥凝獸，題羔才健。麝帕紛貽，繡旗細蒻，點綴侯門讌。正新晴，恣遊賞，天氣不寒不暖。閒筭。去年九日，有人樓上，笑摘黃花，斜倚西風，任他捲簾。今日、懶覓登高伴侶，愁望秋槐宮殿。幾度逡巡，一番追悔，且倚闌干徧。怕萬一，鳳城邊，瞥遇南飛沙雁。」

《珂雪詞》卷下《笛家·九日長安遣興，和其年》：「黃菊浮觴，紫萸盈把；露涼風細，匆匆早是秋將暮。天街如蟻，燕尾鬟松；卓金車響，紛紛兒女。剪綵旗旛，花糕擔子，知送誰家去？葉爭飛、雁初緊，只少滿城風雨。情緒。不堪搖落，龍山戲馬，何處追遊？破帽單衫，一襟塵土。試問、故國荒涼宅樹，草長欲齊階否？深巷人歸，華堂客醉，作陣鳴腰鼓。聊送目，夕陽邊，惟見碧雲千縷。」

《珂雪詞》卷下《笛家·九日蛟門招集諸子游黑龍潭》：「野水拖籃，遙峰疊翠；嫩涼時候，閒人那不登高去？城陰杜曲，幾樹枯楊；幾層頹壁，當年遊處。橘井苔腥，曉堂霧濕，莫作重陽雨。話新寒，晚鴉急，客子羈愁添否？良晤。峭帆乍歇，玉盤蝦菜，斟酌南烹；蟻綠鱗紅，十觴連舉。只少、繞砌黃花爛漫，空負數聲金縷。拂拂鞭絲，垂垂帽影，行過風潭路。月上也，恰當頭，共聽荒畦人語。」

《迦陵詞全集》卷二十九《笛家·己未九日，蛟門招同諸子游黑龍潭，次實庵韻》：「滿目新晴，無邊野興；休論萬事，且須載酒題羔去。靈湫鏡黑，仄磴泥青；有人言是，老龍蟠處。一樣重陽，兩年羈臣，往事零如雨。被遊人、問昨歲，破帽猶然存否？重晤。竹西詞客，剛來京國，亟拉吾徒。洗琖持螯，翩然豪舉。只憶、深院小黃花朵，空顫釵梁髻縷。獨夜茫茫，他鄉惻惻，飲罷迷歸路。風急也，白楊邊，颯颯定和誰語。」

是年蔣景祁〔註170〕鴻博下第遊楚，陳維崧、曹貞吉爲其送別。

《迦陵詞全集》卷十七《渡江雲·送蔣京少下第遊楚，次儲廣期原韻》:「向長安市上，仰天一嘯，悔殺彩爲毫。月明無賴極，又照征南，萬將赤雙袍。掉頭仍向瀟湘去，去採離騷。筭襄樊、幾般往事，一半屬孫曹。舟搖，天低滴黛，竹瘦凝斑，任崖傾峽倒。恨茫茫、一軍鐵甲，九派銀濤。潯陽夜火黃州雪，應爲我、徒倚無聊。吾衰矣，漫勞送上雲霄。」

《珂雪詞》卷下《渡江雲·送蔣京少下第遊楚，步其年韻》:「對西風一笑，碧雲黃葉，怊悵舊霜毫。珠投仍按劍，悔殺平生，未譜鬱輪袍。雪花似翼桑幹路，寒色刁騷。任紛紛、黃金白璧，意氣屬吾曹。帆搖，女兒浦口，新婦磯邊，看江天倒影。問六朝、艨艟鐵鎖，盡逐洪濤。蘆聲琵琶鵾弦急，伴漁火、酒醒無聊。湘岸闊，回頭咫尺青宵。」

據陸勇強《陳維崧年譜》考述，是年陳維崧與李澄中時相唱和。李澄中曾將龍鬚〔註171〕送與王士禛及陳維崧，陳維崧繼而邀請曹貞吉諸人爲其所藏虎鬚題詠，然曹貞吉題詠今未見其集中。

《臥象山房尺牘·與王阮亭少詹》:「龍鬚二莖奉獻，然柔細殊甚，大有霧須風鬟之態，非火鬣朱鱗比也。」

〔註170〕按：康熙三十一年十二月二十六日，王士禛招孔尚任、曹貞吉、馮廷櫆、蔣景祁、謝重輝、袁啓旭夜飲，此次集飲，曹貞吉又一次與蔣景祁相會。《珂雪三集古今體詩》有《壬申歲暮，同士旦、京少、方山、大木、東塘、集新城司農邸舍，以夜闌更秉燭爲韻》，蔣景祁輯《輦下和鳴集》有孔尚任《王阮亭先生招飲，同曹實庵、謝方山、馮大木、袁士旦、蔣京少諸公分韻，得夜闌更秉燭五字》，蔣景祁《東捨集》卷一《歲暮集阮亭先生宅，用夜闌更秉燭爲韻五首，同安丘曹實庵、德州謝方山、馮大木、曲阜孔東塘諸先生暨宣城袁士旦》。見蔣寅《王漁洋事蹟徵略》。

〔註171〕李澄中《龍鬚小記》:「諸城大山滿東南，其北最小子立者曰白龍。又北側九龍嶺，俗傳有九龍鬥其上，故名諸濱海龍鬥。蓋其常雲予表兄丘氏家白龍山下，種竹樹萬竿，每雨輒披蓑坐竹中。一日忽雷電大作，雨汩汩如注，既晴，見龍頦尺許，墮竹根，血淋漓，須猶怒張。須莖從龍頦骨出，映日作魚腦紋，後歸表侄丘霞標，舉以相贈。長安諸君子見而異之，共得詩詞若干首。夫自延津化後，所傳多荒誕不可信。昔辛卯歲，予嘗聽龍吟如馬嘶，又憶五齡時，群龍捕蛛邑西村，又何怪幻，近於古所云也。須收之三十餘年，今始爲士大夫所吟賞，豈虯龍片甲，其顯藏亦有時歟？」見《臥象山房集》第263頁。

《迦陵詞全集》卷二十八《賀新涼·諸城李渭清贈我以龍鬚數莖，同曹舍人實庵、陸編修義山、沈大令融谷賦余篋中舊有虎鬚，故篇中及之》:「猛性何曾改，記當年，玄黄血戰，怒濤澎湃。一自海風吹陣破，神物居然頽僨。冷笑煞，紛紛蟲豸。失勢人豪多類此，有項王，刎死田横敗。也一樣，歸葅醢。虎鬚舊慣裝腰帶，是銅峰，獵徒脱贈，爲防百怪。長恨此生誰佩爾，瑜亮相遭寧再？忍竟使，淮陰伍噲。今日兩雄都入手，便山魈、水蜮逢何害，況自有，吾髯在。」

康熙十九年庚申端午，陳維崧賦詞感懷，曹貞吉和作。

《迦陵詞全集》卷十四《水調歌頭·庚申五日》:「又是女兒節，何處貰香醪。艾裝碧虎閃爍，與汝復相遭。回憶家鄉此際，不少癡兒騃女，綵鷁繡旗搖。蹙起一川雪，崩落半空濤。

渚宮遠，灃水闊，恐難招。古來陳事，何限細數總今朝。楚國湘纍自苦，齊國薛君自樂，一笑等鴻毛。我自飲我酒，卿自讀卿騷。」

《珂雪詞》卷上《水調歌頭·午日和其年》:「何處斸蒲去，俛首飲醇醪。長安十度重午，令節又相遭。不是今朝弧矢，不是今朝魚腹，歌哭總無聊。雲氣挾雷鼓，疑聽廣陵濤。憶當日，觀競渡，趁江潮。天風正怒，彷彿角黍飼饞蛟。憔悴故園心眼，潦倒女兒景物，未足寄吾豪。和汝驚人句，土缶與雲璈。」

康熙十九年庚申閏八月中秋，陳維崧賦詞以瀉鄉愁，曹貞吉和作。

《迦陵詞全集》卷十九《百字令·庚申長安閏中秋》:「姮娥天上，恰晚妝添罷，更臨瑤闕。四十七年才又見，閏了中秋佳節（中秋自甲戌閏後今歲始再閏）。再瀉金波，重懸晶餅，分外鋪晴雪。廣寒宮殿，依然翠鎖齊掣。可惜耿耿孤光，蕭蕭夜景，縱好成虛設。贏得冰輪圓兩度，多照一番華髮。萬里鄉愁，五更寒信，幽恨憑誰說。停杯南望，山中叢桂應發。」

《珂雪詞》卷上《百字令·庚申閏中秋和其年》:「月如無恨，便清輝萬古，長圓難闕。昔我來思，渾不記瓜果中庭重設（余生甲戌是年亦閏八月）。身世斜陽，悲歡逝水，鬢有星星發。驚聞人語，今年兩度佳節。卻憶去歲中秋，輕雲薄霧，黯黮芙蓉闕。造物多情還補得，潑眼明蟾奇絕。再舞霓裳，平分桂影，疑對千峰雪。重陽遲了，幾行白雁能說？」

是年閏八月，王士禛四十七歲，陳維崧與曹貞吉等人賦詩詞以賀。〔註 172〕是年秋，陸進以妻病逝返錢塘，陳維崧與施閏章、曹貞吉賦詩詞相送。〔註 173〕

《迦陵詞全集》卷二十五《沁園春·詠慈仁古松，送陸藎思歸錢塘》。

《施愚山詩集》卷四十一《送陸藎思歸武林兼慰悼亡之作》。

《珂雪詞》卷上《孤鸞·送陸藎思歸武林時新有悼亡之戚》：「新秋天氣，正和鼓星高，牽牛花媚。禾黍西風，驢背一鞭遙指。有人巢青閣上，倚危闌望窮煙水。那識猿啼鵲唱，早斷魂千里。憶去年、瓜果閒庭裏，看二女燈前，乞巧歡意。螢火斜飛處，乍夜涼於洗。而今歸來索寞，最無憀、黃昏窗底。鸞鏡輕塵莫掃，剩盈盈清淚。」

（三）曹貞吉與李良年交遊唱和考

李良年，字武曾，浙江秀水人。與兄繩遠、弟符並著詩名。試鴻博，罷歸。有《秋錦山房集》。〔註 174〕

曹貞吉與李良年交往，蓋始於康熙十年辛亥。李良年於康熙六年丁未客京，次年離都，又於康熙八年己酉同汪懋麟一起進京。〔註 175〕而康熙六年初夏，曹貞吉適有吳越之遊，至康熙八年己酉秋，曹貞吉始進京。查檢二人康熙六年至九年間諸作，並無交往的線索。曹貞吉與李良年的定交，是在康熙十年辛亥清明，同諸人一同送別朱彝尊的餞行集會上。〔註 176〕雖然曹、李在京師僅有短暫交往，但在李良年同曹申吉任職黔中期間，曹貞吉與李良年時常有書信往來，並且時相唱和。二人書信頻繁，其一是因為李良年與曹申吉同在一地任職，曹貞吉不免有託付李良年照顧曹申吉之意。其二是李良年亦是一耿介之人，蓋與曹貞吉性情相投。

〔註 172〕陳維崧《湖海樓詩集》卷七《壽王阮亭先生》，《珂雪詞》卷上《百字令·閏八月壽阮亭》。

〔註 173〕陸勇強《陳維崧年譜》第 470 頁。

〔註 174〕《清史稿》卷四百八十四第 13340 頁。

〔註 175〕李繩遠《秋錦山房集序》：「丁未客都下，抵宣府，歷邊徼諸詩為第二卷。己酉年偕汪户部於金陵，復如京師諸詩為第三卷。」

〔註 176〕《珂雪二集》：《讀李武曾南行詩偶題卻寄》：「長水李君天下士，騎驢直上黃金臺。定交痛飲壇松下，三春爛漫桃花開……」

《珂雪詞》卷下《賀新涼·寄李武曾用朱錫鬯韻》：「潦倒壇松醉，是何人、單衣白袷，維朱與李。十日蘆溝橋下別，上巳清明之際……」

康熙十年辛亥清明，李良年與曹貞吉、汪懋麟等人野集送錫鬯之揚州。此後不久，李良年便入黔中曹申吉幕。〔註177〕

《秋錦山房集》卷三《清明日沈康臣、汪蛟門、喬石林、曹升階、黃繼武、曹峨眉諸中翰招，同朱錫鬯、高二鮑飲郊外即席限韻，送錫鬯之維揚二首》：「東風無賴帝城天，前度還家值禁煙。置酒忽從高處飲，楊花燕子又今年。燕草如茵送馬蹄，朔雲南下驛樓低。紅橋白舫青青柳，值得詞人愛竹西。」

《珂雪二集》：《清明同人野集，送朱錫鬯之揚州四首》。

是年九月，曹貞吉同官黃繼武謝世。九日，曹貞吉接到李良年信札及其詩。是日距曹申吉巡撫貴州已有半年多，又逢登高懷人之時，曹貞吉有感而作。見《九日雜感四首》：「登高耐可遠塵寰，濁酒東籬興未刪。幾日舊遊驚白骨，他年歸計剩青山。（時同官黃繼武新逝）……一家骨肉天南北，半載悲歡書去來。別後故人青鳥使，（時李武曾箚至）夢中親串紫萸杯。」此後，曹貞吉讀李良年南行諸詩，並題詩相寄。

《珂雪二集》：《讀李武曾南行詩偶題卻寄》：「長水李君天下士，騎驢直上黃金臺。定交痛飲壇松下，三春爛漫桃花開。東風忽送黔中客，君亦遠遊同掛席。盧溝南區河水黃，瀟湘西來九嶷碧。拂衣欲拜陳思冢，弔古還尋宋玉宅。辰長形勢轉蒼蒼，蠻府參軍道路長。月明雞唱槃瓠館，草深瘴黑牂牁江。瘦馬行吟一萬里，珠璣錯落收奚囊。阿弟從來雙眼放，客裏同君推哲匠。飛雲岩上探龍窟，華岩洞測支筇杖。無限波光歸筆底，一天翠靄來衣上。古今詞客誰夜郎？龍標太白皆投荒。山川盤鬱氣未吐，坤維坐惜終淒涼。君幄毛錐同鬼斧，鑿叢洞闢生文章。一編貽我清神曠，絕勝木棉與蒟醬。他年來賦帝京篇，西園賓客紛酧唱。」

是歲冬，李良年與曹貞吉有書信往來，並寄詩相酬。李詩中提到「舍人新詩三日讀」，是指曹申吉正同李良年一起選定《珂雪二集》的事情。

《秋錦山房集》卷四《酬曹升階中翰》：「我攀垂楊別帝畿，雜花生樹鶬鶊飛。舍人新詩三日讀，群公置酒情依依。春風催渡黃河水，扣舷輟櫂何能已。洞庭張帆武陵泊，楚國青山幾千里。君家中丞愛丘壑，探奇日有登臨作。已得清吟共惠連，更從天際懷康樂。

〔註177〕李繩遠《秋錦山房集序》：「辛亥春從曹侍郎入黔中……」

舍人念我情不疏，一紙傳將京邸書。光芒百丈出几案，中有錦字千璠璵。辰龍巉岏落筆墨，飛雲蒼翠沾衣裙。坐嘯金華腳不到，宛若萬里同巾車。君不見龍標詩句蠻王識，夜郎釃酒祠，太白題留往跡已成塵。盛名千載猶堪噫，羊鼓蘆笙不耐聞。青鞋踏遍轉離群，但得瑤華長見訊，未防蠻府作參軍。」

康熙十二年癸丑秋，曹貞吉侄曹澐自黔中歸里，帶來其弟與李良年的消息，蓋於此時得知李良年將離開貴州歸里。曹貞吉賦詩寄贈李良年，並賦詞一首相懷，並感懷李良年一去，只留曹申吉一人在黔中「孤吟」了，從此也無人能一起飲酒酬唱了。

《珂雪三集》卷上《遙送武曾代柬》:「歸思臨風未易裁，知君端爲倚閭來。山川從此成孤詠，寂寞誰同更舉杯。旁午軍書余汗漫，經秋使節重徘徊。何當便掛蒲帆去，不及春流一棹回。」

《珂雪詞》卷上《木蘭花慢·寄武曾》:「故人知我在，枉尺素、自菰蘆。想秋錦堂中，蕭然四壁，鶴徑親鋤。蘧廬，不堪回首，望青山、一發淚痕枯。九日龍番葉落，三秋葛鏡霜鋪。歸歟，迢遞華歲徂，渺渺正愁予。想夢覺沉吟，鳥名脫佛，魚喚娵隅。南湖，先生健否？正長安、冰雪上鬚須。辛苦馮唐老矣，煙波垂釣何如？」

是年冬，李良年與其弟李符分虎抵家，有詩寄與曹貞吉併兼懷曹申吉。

《秋錦山房集》卷五《寄曹實庵舍人》:「青門折柳記年華，別後傷心百感賒。正憶舊遊紅藥省，遠題清怨木蘭花。(舍人以《減字木蘭花》一闋見懷）仙人隱只宜朝市，才子詩曾說內家。不待斸窓公事了，向來班管是生涯。

飄零庾信江南賦，憔悴蘇公嶺外身。淚濕不緣懷古意，夢來先繞對床人。邊花落後應逢雁，妖鳥啼時只暫春。馬首傳書曾一笑，隴梅池草是前塵。(兼憶令弟中丞公)」

李良年是浙西詞派的重要人物，有「亞聖」之稱，其詞張炎、姜夔之風兼而有之。李良年《秋錦山房詞》均是康熙十八年前之作，其中還有一些與曹貞吉的唱和之作：

《秋錦山房集》卷十一:《疏影・黃梅》:「歲闌記否，著淺檀宮樣，初染庭樹。懶趁群芳，雪後春前，年年點綴寒圃。橫斜月淡，蜂黃影長，只傍短垣低護倚。越鏡裏，先映眉嫵，蓓蕾勻拈，細紋銀絲釵，玉魚偏處還愁。羯鼓催，無力沸，蟹眼膽瓶新注。正暖香、夢惹江南，忘了隴頭人苦。」

《珂雪詞》卷下《疏影・黃梅和武曾》：「春前數點，向水邊林下，孤影凌亂。圓磬開時，一抹檀心，明霞暈去還淺。分他厓蜜余甘後，怕金粟、如來窺見。映短籬、初月微昏，迢遞暗香門掩。蜂凍寒聲細細，偶來覓蕊處，飛入難辨。莫是仙人，淚滴銅盤，幻作此生面。誰家少婦年年織，織不到、乳鶯嬌蒨。趁夜燈、移近樽前，驗取珀光濃淡。」

《珂雪詞》卷下《賀新涼・寄李武曾用朱錫鬯韻》：「潦倒壇松醉，是何人、單衣白袷，維朱與李。十日蘆溝橋下別，上巳清明之際。看匹馬、蕭然高寄。幾度見詩詩總好，詠蠻花、犵鳥無前輩。古鼎倡，誰侯喜？杜鵑聲裏人憔悴，問何如、東方索米，千金裘敝。身世頓成風六鷁，不僅文章而已。慚鹿鹿、遂同餘子。夢裏故人頻握手，送離愁、幾捺瀟湘水。可見否，吾懷矣。」

《秋錦山房集》卷十一《貂裘換酒・曹實庵用前韻見懷有寄》：「羈客心長醉，感瑤華、飛來天末，報之木李。燕市清明如夢寐，人語衣香沙際。誰解惜、閒跡萍寄。丁卯烏絲今代好，記驪歌、次第喬（石林）汪（蛟門）輩。黯然別，暫時喜。蠻花僰草三榮悴，笑蹉跎、灌園人遠，桔槔空敝。中歲行藏須定著，痼疾煙霞已判。便作樵夫漁子。定續吾家盤谷隱，有未荒、松徑鄰長水。書再到，客歸矣。」

康熙十七年戊午，李良年應鴻博入都，曾與曹貞吉促膝長談，並賦《留客住・鷓鴣》懷念曹申吉。〔註 178〕在以後的歲月裏，李良年曾因曹申吉之事，專門寫信慰藉過曹貞吉，其一云：「關河杳邈，傳聞異辭，伏處荒村，追惟囊誼，不獨先生有對床之感矣。此種情懷，非可託諸筆墨，僅以寒暄數字，仰塵掌記，揆之鄙意，未獲所安，是以久負此疏戾之僭也……」〔註 179〕此信蓋寫於曹申吉未遇難之前，此時京城已經有傳聞曹申吉已「從逆」，所以信中云「關河杳邈，傳聞異辭」。第二封寫與曹貞吉的信，可能是在李良年得知曹申吉遇難後，信中有「庭始之變，初聞泣下，再聞駭愕，天道至今日亦不可問

〔註 178〕李良年《秋錦山房外集》卷二《與曹澹餘》：「戊午秋復赴都下，與中翰先生晤對共話。」

〔註 179〕李良年《秋錦山房外集》卷二《與曹實庵》。

矣」〔註180〕之句。

與曹貞吉相同的是，李良年爲人耿介，亦不善於干謁，其兄李繩遠在《秋錦山房集序》中云：「闕下或勸宜有所請謁，弟慨然曰：『窮達天也，進禮退義，聖人猶然，況中庸以下乎？』退而就幕府。」〔註181〕可見曹貞吉與李良年無論是作詩賦詞，還是爲人操守，都有相似之處。

三、曹貞吉與清初理學家交遊唱和考

黃宗羲，字太沖，浙江餘姚人。年十四補諸生。父尊素，明天啓間官御史，以抗直死魏閹之難。宗羲嘗從劉宗周遊，姚江末派援儒入釋，宗羲力摧其說。康熙十八年，詔鴻博，葉方靄欲薦之，宗羲辭以疾，其言母老。十九年，徐元文監修《明史》，薦宗羲，辭如初。二十九年，上訪求遺獻，刑部徐乾學復薦宗羲，仍不出。然宗羲雖不在史官，而史局每有疑事必諮之。〔註182〕

康熙三十年辛未，曹貞吉在新安任職時，結識了黃宗羲。二人結識，蓋緣於靳熊封。〔註183〕靳熊封同爲曹貞吉、黃宗羲的朋友。黃宗羲在靳治荊那裡得到曹貞吉的詩集，並攜至舟中閱讀，既而爲之作序。黃宗羲在《曹實庵先生詩序》中云：「余至新安，得交實庵先生。其爲人淵渟嶽峙，望之使人意消，英辭風譽，播於寰宇，而處之若無。靳使君架上有先生《珂雪詩》淨本，因攜至舟中讀之，其爲詩如江平風霽，微波不興，而洶湧之勢，澎湃之聲，固已隱然在其中矣。世稱李詩得變風之體，杜詩得變雅之體，先生蓋兼有之。余順流而下，惟恐瞬息漁浦，不竟先生之集也……」〔註184〕黃宗羲在序中評曹貞吉詩：「先生之詩，以工夫勝，古今諸家，揣摩略盡，而後歸之自然，故

〔註180〕李良年《秋錦山房外集》卷二《與曹升階》。

〔註181〕陳康祺《郎潛紀聞三筆》卷五：「李徵士良年，即前筆所稱小字阿京者，幼與竹垞太史齊譽，禾中人稱『朱李』，立品尤嶄然峻絕。應召入都，諸公貴人多折節下交，徵士獨高矚雅步，不肯爲翕翕熱。先是御試未有期，寶應喬舍人萊語之曰：『高陽論海內詩家，首推子矣，他日有謂宜造謝者。』徵士曰：『詩小技也，窮達命也，相公知吾詩，孰與相公知吾守乎？』堅不往。聞者以爲誑，及見放始信。」

〔註182〕《清史列傳》卷六十八第5440頁。

〔註183〕黃炳垕《黃梨洲先生年譜》：「康熙三十年辛未，公八十二歲。靳使君熊封治荊任新安，招公遊黃山。公遂之新安，爲黃山之遊，龍鍾曳杖，一步九頓。適汪栗亭《黃山續志》告成，公即爲之序。四月杪，旋里。」《黃宗羲全集》第十二冊第54頁。

〔註184〕《黃宗羲全集》第十冊第84頁。

平易之中，法度歷然，猶（程）不識之治兵也。不求與古人合而不能不合，不求與古人異而不能不異，謂之有所學可也，謂之無所學亦可也。」〔註 185〕

黃宗羲此次新安之行，曹貞吉還請黃宗羲爲其母寫傳——《劉太夫人傳》，〔註 186〕此傳今存於《黃宗羲全集》及《安丘曹氏家譜》中。

康熙三十一年壬申秋七月，黃宗羲大病，文字姻緣，一切屏除。〔註 187〕此時曹貞吉同鄉好友張貞，寫信與曹貞吉，託曹眞吉轉求黃宗羲爲其配李儒人寫墓誌。〔註 188〕黃宗羲因曹貞吉的請求，不便推辭，便爲其撰《李儒人墓誌銘》。〔註 189〕

四、曹貞吉與清初戲曲家交遊唱和考

（一）曹貞吉與孔尚任交遊唱和考

孔尚任，字聘之，又字季重，號東塘、岸塘，別號雲亭山人，山東曲阜人。康熙二十五年由監生授國子監博士，官至戶部員外郎。尚任博學工詩文，精通音律。以戲曲《桃花扇》負盛名。〔註 190〕

曹貞吉與孔尚任交往，蓋緣於王士禛的介紹。據袁世碩《孔尚任年譜》考證，王士禛與孔尚任結識是在康熙二十九年的十一月，〔註 191〕其時孔尚任官國子監博士，而此時的曹貞吉正任職於徽州。康熙三十一年壬申，曹貞吉升戶部廣東司員外郎，並於此年冬入覲。〔註 192〕此時，王士禛趁諸多友人集

〔註 185〕《黃宗羲全集》第十冊第 85 頁。

〔註 186〕黃宗羲《劉太夫人傳》：「余過新安，實庵屬之爲傳，不知能與震川之文並行否也。」《黃宗羲全集》第十冊第 606 頁。

〔註 187〕黃炳垕《黃梨洲先生年譜》：「康熙三十一年壬申，公八十三歲。宋中丞牧仲舉以詩贈，公次韻即寄。秋七月，公病幾革，文字因緣，一切屏除。」《黃宗羲全集》第十二冊第 54 頁。

〔註 188〕《珂雪文稿・李儒人誄言並序》：「康熙二十八年歲在己巳，冬十一月，李儒人以疾終於內寢。」

〔註 189〕《安丘張母李孺人墓誌銘》：「余老病瀕危，幸而得生，反出意外，方斷棄文字，一洗胸中書卷，爲空然無一字之人。乃安丘張君，千里函幣，謂讀予文，不減子政，介曹實庵以其配李孺人幽銘見屬，不能辭也。」《黃宗羲全集》第十冊第 488 頁。

〔註 190〕《國朝耆獻類徵》卷 142。

〔註 191〕袁世碩《孔尚任年譜》第 92 頁：「康熙二十九年庚午。十一月，王士禛招飲。二人交往自此始。」

〔註 192〕《曹貞吉行狀》：「壬申視歙篆未竟，遷户部廣東司員外郎。」孔尚任《王阮亭先生招飲，同曹實庵、謝方山、馮大木、袁士旦、蔣京少諸公分韻，得夜闌更燭五字》：「今同久別人，燈前驗鬢影。（實庵八年佐郡內遷部郎）」

於北京，便於十二月二十六日招飲諸人。這次集飲，蓋是曹貞吉與孔尚任僅有的一次正式照面，據二人諸集考訂，以後便無二人交往的記載。

康熙三十一年壬申十二月二十六日，王漁洋招曹貞吉、孔尚任、謝重輝、馮廷櫆、袁啓旭、蔣景祁諸友夜飲，以「夜闌更秉燭」分韻賦詩。

《珂雪三集古今體詩》卷下《壬申歲暮，同士旦、京少、方山、大木、東塘集新城司農邸舍，以夜闌更秉燭爲韻》:「歲暮寒氣銛，濃霜堆屋瓦。短裘各蒙茸，旅酒供傾瀉。萍散近十年，星聚始今夜……」

《孔尚任詩文集》卷三《岸堂稿》:《王阮亭先生招飲，同曹實庵、謝方山、馮大木、袁士旦、蔣京少諸公分韻，得夜闌更燭五字》:「殘臘逼春風，層冰暖欲瀉。農既休役車，官亦放節假。爲歡慳酒錢，幸逢高賢迓。情話各在胸，已看夕日下。安得乞金吾？放節兼放夜。

夫子耽瀟灑，蘭雪沁肺肝。樂予素心者，忘其冕與冠。掀髯舒長嘯，書畫手共攤。余閒偶然遂，且盡今夕歡。洗手看參轉，高興何時闌。

滿引金叵羅，主人意最盛。豪飲讓群賢，予貧況善病。鄉書無時來，裘敝風猶勁。冉冉度歲除，白髭亂入鏡。不信人言愁，予愁較人更。

諸公予素欽，教言不數領。雖得望衡居，邈如隔峰嶺。今同久別人，燈前驗鬢影。(實庵八年佐郡內遷部郎）一飲間一談，陶然開心境。何以致款誠？疏慵性所秉。

久客驚歲華，懷抱常拘束。既醉重舉杯，詩興紛來觸。出山忽八年，松桂不我屬。若無良宴招，何處寫心曲？白日多塵埃，聯飲須刻燭。」

（二）曹貞吉與洪昇交遊唱和考

洪昇，字昉思，浙江錢塘人。國子生。遊京師時，始受業於王士禛，後復得詩法於施閏章。其論詩引繩切墨，不順時趨，與士禛意見亦多不合，朝貴輕之，鮮與往還。見趙執信詩，驚異，遂相友善。所作高超閒淡，不落凡境。兼工樂府，宮商不差脣吻，旗亭畫壁，往往歌之。以所作《長生殿傳奇》，

國恤中演於查樓，執信罷官，昇亦斥革。年五十餘，備極坎壈。道經吳興潯溪，墮水死。〔註 193〕

據《洪昇年譜》，洪昇於康熙十三年甲寅入京，以詩投李天馥，並得到賞識，既而李天馥又將其推介給王士禛，亦受到王士禛的賞識，因此，洪昇也就成了王士禛的門生。曹貞吉認識洪昇，蓋緣於王士禛的介紹。洪昇性格脫略，常遭時俗之嫉。蓋由於性格差異，曹貞吉與洪昇的交往，可謂泛泛之交。

《洪昇年譜》：「康熙十三年重九，應李天復之招，共遊城南村莊，時風物甚美，昉思浩然長嘯，意氣飛揚。四座頗驚怪之，而天復無所介意也。」

吳雯《蓮洋詩鈔》卷五《懷昉思》：「卑己延三益，狂言罵五侯。」

《珂雪詞》卷下《賀新涼・送洪昉思歸歸吳興》：「且白眼看他詞賦。單絞岑牟直入座，拚酒酣、撾碎漁陽鼓。欹帽影，掉頭去。」

查爲仁《蓮坡詩話》：「洪昉思以詩名長安。交遊燕集，每白眼踞坐，指古摘今，無不心折。」〔註 194〕

洪昇這種類似歇斯底里的，一驚一乍的疏狂性格，很難融於時人。也許是性格原因，洪昇卻與趙執信交往甚好。據趙執信《懷舊詩》所附洪昇小傳，洪昇讀趙執信詩，甚是喜歡，便要求與趙執信結爲朋友。然而當時的趙執信非常自負，於洪昇常有輕鄙之語。

《懷舊集》：「其詩引繩切墨，不順時趨。雖及阮翁之門，而意見多不合，朝貴亦輕之，鮮與往還。才力本弱，篇幅窘狹，斤斤自喜而已。」

《談龍錄》：「才力窘弱，對其篇幅，都無生氣。」

雖然趙執信時常奚落洪昇，但似乎與二人關係並無大礙。康熙二十八年八月，洪昇招伶人於宅中演《長生殿》，往觀者就有趙執信等人。後因給事中黃六鴻劾洪昇於「國恤」期間張樂爲「大不敬」，乃係洪昇於刑部獄，趙執信等人亦以此革職，趙執信遂改字淡修，晚號詒山老人。

趙執信雖然自負，常常指謫時人，但對曹貞吉卻是敬而遠之，並未像對待洪昇那樣，不能不說性格因素，在人際交往中起了很大的作用。

〔註 193〕《清史列傳》卷七十一第 5798 頁。
〔註 194〕《清詩話》第 505 頁。

洪昇雖然投於王士禛門下，但並未與性格持穩的曹貞吉有過密的交往。在曹貞吉的諸集中，除了康熙十六年，曹貞吉爲洪昇賦詞送別，二人並無其他交往的記載。據《洪昇年譜》，康熙十六年冬，洪昇取道大梁南返，擬卜築武康。王士禛、方象瑛、楊瑄皆以詩贈行，曹貞吉賦詞送別。

《珂雪詞》卷下《賀新涼·送洪昉思歸歸吳興》:「年少愁如許，歎羈棲、京華倦客，雄文難遇。廣漠寒風吹轂觫，彈鋏歌聲太苦。且白眼、看他詞賦。單絞岑牟直入座，拚酒酣、撾碎漁陽鼓。欹帽影，掉頭去。湖山罨畫迎人住，溯空江、白雲紅葉，一枝柔櫓。歸矣家園燒筍熟，五嶽胸中平否？學閉戶、讀書懷古。舟過吳門煩問訊，是伯鸞、德耀傭舂處。魂若在，定相語。」

洪昇在京時，迫於生計，時常有干謁公門之舉，如乞李天馥、梁清標等人題跋。這對於「竿牘不至公門」的曹眞吉來說，當然是不被看好的。

《稗畦集·奉寄少宰李公》:「平生自負羞低首，獨冀山公萬一憐。」

《稗畦集·上眞定梁相公》:「微才哪解學干時，空向長安寄一枝。聲譽每教流俗忌，疏狂竊喜正人知……此日掃門多遠客，自憐十載漫追隨。」

《安丘曹氏族譜》卷二《曹貞吉行狀》:「先大夫素性恬淡，通籍三十餘年，所至屢空，不識阿堵爲何物。與郡邑大夫交，即極相引重，而甘貧守約，竿牘不至公門。」

除了性格之外，這也許是二人泛泛之交的另一個原因。

五、曹貞吉與清初數學家交遊唱和考

梅文鼎，字定九，號勿庵，安徽宣城人。崇禎六年生，康熙六十年卒。年二十七，師事竹冠道士倪觀湖，受麻孟旋所藏《臺官交食法》，與弟文鼐、文鼏共習之，稍稍發明其立法之故，補其遺闕，著《曆學駢枝》，倪爲首肯。疇人子弟及西域官生，皆折節造訪，有問者，詳告無隱。所著曆算之書凡八十餘種。康熙己未，《明史》開局，嘗摘《歷志》訛誤五十餘處，作《明史·歷志擬稿》等書。己巳至京師，謁李光地，爲莫逆之交。康熙壬午，聖祖南巡，於德州召見，御書「績學參微」賜之，以年老遣歸。及《律呂正義》書

成，復驛致命校勘。後年九十餘，終於家。特命織造曹頫經濟其喪。〔註 195〕

康熙二十六年春，曹貞吉因事赴陵陽，〔註 196〕並會見梅清、梅賡等諸友人。於吳綺園宅結識了數學家梅文鼎，並詢問梅文鼎有關曆算的事情。梅文鼎爲其悉心講述，並談及自己的治學道路。此次集會，諸人賦聯句詩一首，梅文鼎另賦長韻一首。

《績學堂詩文鈔》康熙二十六年丁卯《吳綺園招同栗亭、方鄴、雨公、家瞿山、耦長、施汜郎集寓宅，陪郡司馬曹實庵即席拈韻（時曹有曆學之詢）》：「江城新雨霽，春光自駘蕩。延陵多好懷，召客集書幌。棐几羅芳尊，軒楹啓閒敞。高言四座清，陳編亦共賞。豈敢耽宴遊，德藝貴相長。君子當代英，詩格黃初上。論交折杯行，彥會車騎枉。識韓方在茲，登龍夙嚮往。迂疏世所遺，殷勤被弘獎。顧余誠譾劣，妄欲窮垓壤。受《易》憶童丱，河圖倚參兩。深維觀察理，闇索方圓象。敬授讀《虞典》，璇璣制攸昉。載稽月令星，乃與義和爽。諸家疏歲差，文繁終惚恍。諮諏曾未由，學淺意徒廣。傍搜及史乘，天官代依仿。古歷雜讖緯，六天皆臆想。《太初》但草創，四分益倘偟。積候稍精密，漢歷唯《乾象》。岌焯鳴晉隋，《大衍》繼洪響。《紀元》與《統天》，步算漸昭朗。許郭起元初，影測判尋丈。始信通經儒，難辨疇人罔。爰征西國傳，談天如視掌。譯用賴吳淞，析義乃吾黨。自愧居方内，窺管見盆盎。以斯重發憤，九數披榛莽。心神似有通，宿疑時豁昶。於世故無裨，棄置殊難強。展轉三十年，回思成悵惘。爲君聊復陳，悠然一俛仰。」

《同梅瞿山、定九、雪坪、沈方鄴、汪雨公、施汜郎、汪扶晨集吳綺園寓宅，與定九談天官家言聯句得四十韻》：「圜蓋迥無垠，磅礴劇深廣。非探罔象殊，誰其窮指掌？（實庵）吾叔耽絕學，疏觀勞俯仰。旁搜歐羅書，巧測璣衡象。（雪坪）南冥皇宅寬，西極帝居敞。旨既洞高深，辭因陳慨慷。（綺園）閶闔自寥廓，橐籥亦規仿。關憑虎豹看，氣作蠛蠓想。（扶晨）我聞事災祥，在天必垂象。熒心以德遷，西彗以奸長。（雨公）靈憲洵足徵，耶蘇頗疑罔。諸家紛聚訟，

〔註 195〕《清史列傳・疇人・梅文鼎》、《四庫總目提要》。

〔註 196〕曹濂《曹貞吉行狀》：「丁卯暮春，有事於宛陵，宛陵故先大夫舊遊地也。郡中諸賢豪多於先大夫稱素心交。至是文酒流連，詩篇往復，清讌敬亭，有『鴻爪重尋感舊遊』之句，遂以『鴻爪』名集。」

折衷孰堪獎？（方鄴）周髀與蓋天，群書昧羅網。（汜郎）秦宓辨固雄，鄒衍談亦莽。何如汝南精，亟荷平陽賞。（扶晨）高會盛陵陽，通守得任昉。振藻戛韺韶，折節到菰蔣。（雪坪）如星聚偶然，揚鑣競吾黨。況復風日佳，清談轉高爽。（瞿山）布算通中西，搜奇遍今曩。旗鼓誰則當，羔雁吾亦倘。煌矣靈臺器，疇雲敞帚享。問業得精專，窮神見佛仿。風雷由節制，垣野辨墳壤。（實庵）運會漸開通，經委自昭朗。積候承古初，妙義本微茫。所愧疏見聞，觀察局盆盎。庶幾賢博弈，敢謂窺參兩。（定九）連朝風雨怒，奔雷助雹響。（瞿山）積靄沉楚山，飛濤擊吳榜。（方鄴）巃壁赭嵯峨，宛練碧流漭。（綺園）歡歌復東軒，旅燕憶西瀼。紫蒂浮杯中，紅藥翻階上。（汜郎）夏氣破春來，遙情倍孤往。（瞿山）縱橫棋一枰，汗漫屐幾緉。（雨公）單衣謝毳罽，豐廚出蝦鮝。筍園歇雨開，茗柯寄雲養。（雪坪）騈羅坐方淹，沉湎趣還強。明發問昭亭，一笑適莽蒼。（綺園）。」

六、曹貞吉與說書藝人交遊唱和考

柳敬亭者，揚之泰州人，本姓曹。年十五，狂悍無賴，犯法當死。變姓柳，之盱眙市中，爲人說書。久之，過江，之揚、之杭、之金陵，名達於縉紳間。寧南南下，皖帥欲結歡寧南，致敬亭於幕府。寧南以爲相見之晚，使參機密，軍中亦不敢以說書目敬亭。亡何，國變，寧南死，敬亭喪失其資略盡，貧困如故時，始復上街頭理其故業。〔註 197〕

柳敬亭在京師名重一時，其實與曹貞吉有著密切的關係。據《珂雪詞》所附錄的曹禾《詞話》云：「柳生敬亭以平話聞公卿，入都時邀致接踵。一日過石林許，曰：『薄技必得諸君子贈言以不朽。』家實庵首贈以二闋，合肥尚書〔註 198〕見之扇頭，沉吟歎賞，即援筆和韻。珂雪之詞，一時盛傳京邑。學

〔註 197〕節錄黃宗羲《柳敬亭傳》，見《黃宗羲全集》第十冊第 572 頁。

〔註 198〕《詞苑叢談》卷九紀事：「淮陽柳敬亭，以淳于滑稽之雄，爲左寧南幸捨重客。寧南沒於九江舟中。柳生先期東下，憔悴失路。垂老客於長安。龍松先生（龔鼎孳）贈《賀新郎》詞云：『鶴髮開元叟。也來看荊高市上，賣漿屠狗。萬里風霜吹短褐，遊戲侯門趨走。卿與我、周旋良久。綠鬢紅顏今盡改，歎婆娑人似桓公柳。空擊碎，唾壺口。江東折戟沉沙後。過青溪弟牀煙月，淚珠盈鬥。老矣耐煩如許事，且坐旗亭呼酒。伴殘蠟、消磨紅友。花壓城南韋杜曲……』又賦《沁園春》：『堪憐處，有恩門一涕，青史難埋。』聽『恩門一涕』之語，直視敬亭知己。」

士顧庵叔自江南來，亦連和二章，敬亭名由此增重。」可見柳敬亭聲名增重，與曹貞吉的兩首題詞有著很大的關係。正是曹貞吉的兩首絕妙題詞，引起諸多重要人士的和作，使柳敬亭更是名聲大噪。

《沁園春・贈柳敬亭》:「席帽單衫，擊缶嗚嗚，豈不快哉。況玉樹聲銷，低迷禾黍，梁園客散，清淺蓬萊。蕩子辭家，羈人遠戍，耐可逢場作戲來。掀髯笑，謂浮雲富貴，麴蘗都埋。縱橫四座嘲詼。歎歷落嶔是辨才。想黃鶴樓邊，旌旗半卷，清油幕下，罇俎常陪。江水空流，師兒安在，六代興亡無限哀。君休矣，且扶同今古，共此啣盃。」

《賀新涼・再贈柳敬亭》:「咄汝青衫叟。閱浮生繁花蕭瑟，白衣蒼狗。六代風流歸抵掌，舌下濤飛山走。似易水歌聲聽久。試問於今眞姓氏，但回頭笑指蕪城柳。休暫住，譚天口。當年處仲東來後。斷江流、樓船鐵鎖，落星如斗。七十九年塵土夢，才向青門沽酒。更誰是、嘉榮舊友。天寶琵琶宮監在，訴江潭、憔悴人知否？今昔恨，一搔首。」

曹貞吉在《沁園春・贈柳敬亭》一詞中，描寫了柳敬亭說書時的場景氛圍，並對其高超技藝大加讚賞。陳維崧後來在爲曹貞吉作《詠物詞序》說:「僕每怪夫時人，詞則呵爲小道。倘非傑作，疇雪斯言？以彼流連小物之懷，無非淘洗前朝之恨……」嚴迪昌在《清詞史》中曾對《賀新涼・再贈柳敬亭》做過簡要分析，其云:「他的《賀新涼・再贈柳敬亭》是康熙十年間在北京首唱之作，『再贈』是因爲這之前他已有《沁園春》贈柳氏一闋……這是一場別有寄慨的專題酬唱，在當時有著微妙複雜的政治色彩……正是『淘洗前朝之恨』的作品。」〔註 199〕

曹貞吉爲何與柳敬亭有著如此密切的交往呢？首先是這段時間內，曹貞吉與柳敬亭兩人都在北京。曹貞吉康熙三年中進士後，一直未授職，康熙九年才授內閣中書這一閒職，他在閑暇之時，經常與眾友人詩酒唱和，自然有機會接觸更多的人士。而此時的柳敬亭早以平話聞於公卿間，邀致接踵，出入各王府，爲名公貴卿、文人雅士說書，這些都爲曹貞吉結識柳敬亭提供了一個契機。其二是曹貞吉與柳敬亭交往密切，還有一個身世因素，那就是曹

〔註 199〕嚴迪昌《清詞史》第 297 頁。

貞吉與柳敬亭同爲曹氏後裔。黃宗羲《柳敬亭傳》記載柳敬亭本姓曹，因犯法當死，爲逃避罪責，不得已更姓柳。1923 年 6 月 3 日出版的《小說世界》，曾刊登過《柳敬亭之世系》一文，文中寫道：柳敬亭，本宋曹彬後。自彬至九世孫玨，均世居眞定府靈壽縣。南渡後，玨官兩浙常鎭等路宣撫使，始卜居於常熟之釜山。至第十二世堯卿，因避元亂，攜弟堯諮、堯民，渡江至通州之餘西廠，遂家焉。通州曹氏族譜，以堯卿父崇壽爲遷通一世祖，堯卿兄弟爲二世祖。其實崇壽並未涖通也。由堯卿至敬亭，其世系如下……永昌，即敬亭，字葵寧。與其父應登、弟永祥，曾播遷至泰州，世因誤以敬亭爲泰人。今通州曹氏子孫，有鋐恩者，與餘習，攜譜示余，並備述其顚末，因記之，以貽《小說世界》社。看來柳敬亭本姓曹是沒有疑問的。曹貞吉與柳敬亭同爲曹氏子嗣，這也成爲二人密切交往的一個身世因素。這一點也能在曹禾所撰《詞話》中得到印證，「學士顧庵（曹爾堪）叔自江南來，亦連和二章」。曹禾、曹爾堪與曹貞吉交往甚密，這時又出現了一個說書技藝高超曹永昌（柳敬亭），定有一種「他鄉遇故知」的感覺，他們也願意結交這個有著傳奇經歷的曹氏人物。至今曹氏後人還常說，天下曹氏是一家，可見這種宗裔因素也成爲曹貞吉與柳敬亭交往的一個原因。

曹貞吉之所以題贈柳敬亭，我想除了柳敬亭那「六代風流歸抵掌，舌下濤飛山走」的技藝博得曹貞吉的賞讚之外，那就是此時曹貞吉坎壈困頓的際遇與柳敬亭「當年處仲東來後。斷江流、樓船鐵鎖，落星如斗。七十九年塵土夢，才向青門沽酒」的遭遇產生了共鳴，有種同是天涯淪落人感懷。曹貞吉可謂出身名門，其外祖劉正宗是順治朝的重臣，歷仕吏部右侍郎、弘文院大學士、文華殿大學士、吏部尚書等職，一度是「炙手可熱」的人物。但不幸的是，順治十六年，劉正宗由於季振宜、魏裔介等人的饞構，陷入官場的權利傾軋中，次年即被革職查辦。順治帝顧及昔日君臣之好，雖從寬免死，但「追奪誥命，籍沒家產一半，歸入旗下，不許回籍」，不久即病逝。劉正宗的失勢，無疑對曹貞吉的仕途產生了極大的不利。曹貞吉康熙三年中進士，康熙九年才授中書舍人，此後數年一直閒居此職。後又因其弟曹申吉陷入「三藩之亂」，仕進之途渺茫，居中書舍人竟達十五年之久。而曹貞吉結實柳敬亭，也恰在曹貞吉人生的低谷時期。這一點在他的《珂雪三集》卷一《贈柳敬亭》的詩中也得到了印證。

> 誰遣開元遺老在，岑牟高座説興亡。醉來齒頰還慷慨，聽去鬚眉盡激昂。洛下青山私上客，鏡中白髮亂秋霜。樽前莫話寧南事，朱雀橋邊淚幾行。

曹貞吉將自己人生際遇無常的感慨，寓於了柳敬亭的「樽前莫話寧南事，朱雀橋邊淚幾行」的人生際遇之中。「閱浮生繁花蕭瑟，白衣蒼狗」，無常的際遇，無限的感慨，即便「人憔悴」空訴「江潭」，又有幾「人知否」呢？無奈，也只能是「今昔恨，一搔首」。柳敬亭本來就是個身繫兩朝的歷史性人物，這一點也和曹貞吉的外祖劉正宗相同，而曹貞吉幼年時，其父曹復植又死於清兵圍剿安丘的壬午之變。正如嚴迪昌先生所說「這是一場別有寄慨的專題酬唱，在當時有著微妙複雜的政治色彩」，在感懷人生際遇的同時，卻又在「淘洗前朝之恨」。曹貞吉雖是順康時人，但無論是他那死於「壬午之變」的父親，還是他那身仕兩朝的外祖劉正宗，都讓他對前朝有著一種難以割捨和言語的情結。而此時他那身爲貴州巡撫的弟弟曹申吉，正陷入三藩之亂的困境之中。這時的曹貞吉也許正想「樽前莫話寧南事」，可在這個時間出現的這個傳奇人物柳敬亭，卻又在「岑牟高座說興亡」，這無疑又勾起了曹貞吉「六代興亡無限哀」的感慨。

柳敬亭死後，當曹貞吉得知柳敬亭的死訊，有感而發，寫下了《弔柳麻子》一詩。在詩中流露出對柳敬亭辭世的惋惜和對這位特殊友人的懷念，並把他的死看作是「遙知此去作頑仙」，只不過是不在人間說書了，而是「抵掌談諧玉帝前」。

> 《珂雪三集》卷一《弔柳麻子》:「昨日驚聞敬亭死，人間無復米嘉榮。淮南小吏尋常事，何處鬚眉更寫生。遙知此去作頑仙，抵掌談諧玉帝前。若問人間堪笑事，激昂短發又成編。」

正是柳敬亭的傳奇身世和他高超的說書技藝，還包括他慷慨激昂的個性，使曹貞吉在這個特殊的歷史時期，有意地結識了這位「六代風流歸抵掌，舌下濤飛山走」曹氏後人。曹貞吉在借助題贈抒發著人生際遇無常的感慨與悲傷之時，也在黯然地淘洗著「前朝之恨」。

關於曹貞吉《賀新涼・再贈柳敬亭》詞作的時間，翁容曾在其《曹貞吉詞及清初詞壇》論文中專門撰文辯駁嚴迪昌先生所考訂的作於康熙十年，認爲這首詞當作於康熙三年或康熙五年，文中寫道:「柳敬亭的生年沒有很確切的記載，但是據有關的記載推斷，他應該出生於明神宗萬曆十五年。柳敬亭是康熙元年到京的，於康熙五年左右離京南歸。嚴迪昌認爲此詞作於康熙十年的看法，是錯誤的。據記載，曹貞吉之前一直在家中苦讀，康熙三年進士及第，六月歸里，康熙六年又爲吳越之遊，其間只有康熙五年在京。詞中又有『七十九年塵土夢』之句，柳敬亭明萬曆十五年出生，到康熙四年是七十九歲。因而這首詞不是康熙三年就是康熙五年作的。」

本人認爲，翁容的觀點欠妥，其推斷的根據有待商量。其一，其所依據的柳敬亭的出生年份，可能是轉引自陳汝衡的《說書藝人柳敬亭》一書。陳氏所說的柳敬亭出生年份，亦是一種推測。其二，翁容認爲柳敬亭離開北京之後就沒再進京，這也是一種誤解。其三，其所依據詞中「七十九年塵土夢」，來判斷曹貞吉作詞時柳敬亭的年齡是很不科學的，「七十九年塵土夢」其實是一句未完之話，其後面還有半句「才向青門沽酒」。如何理解這句「七十九年塵土夢，才向青門沽酒」？《辭源》對青門的解釋是：「漢長安城東南門。本名霸城門，俗因門色青，呼爲青門。漢召平種瓜於此，人稱青門瓜。泛指京城城門。」曹貞吉詞中的這句「七十九年塵土夢，才向青門沽酒」，似乎應當理解爲柳敬亭七十九歲的時候，才進京說書，而不是曹貞吉作詞時柳敬亭七十九歲。當然曹貞吉詞中七十九這個歲數，或者是這個數字，起碼應當有其來源，無論是來自柳敬亭還是來自其周圍的人，肯定是有其依據的。按照翁容的觀點，柳敬亭於康熙五年左右南歸後，有沒有再來京城呢？今檢曹貞吉的好友汪懋麟《百尺梧桐閣詩集》卷八古今體詩有《柳敬亭說書行》一詩，而此詩作於康熙九年庚戌歲秋冬之際，詩云：「吳陵有老年八十，白髮數莖而已矣。」又云：「長安客舍忽相見，龍鍾一老胡來此？剪燈爲我說《齊諧》，壯如擊筑歌燕市。」可見康熙九年柳敬亭仍然在京爲汪懋麟說過書。汪懋麟詩中還提到此時的柳敬亭「年八十」，如果汪懋麟所說的八十是個確數的話，也就是康熙九年庚戌柳敬亭八十歲，與翁容所云康熙四年柳敬亭七十九歲，有很大出入。另據吉林大學碩士研究生朱小桂，在其碩士畢業論文《清初文壇「贈劉」現象考論》中，考訂曹貞吉的《沁園春》和《賀新涼》這兩首詞作於康熙九年。

至於柳敬亭出生年月，歷來聚訟頗多，今人所做考證，多是一種推測，並未有確鑿的證據。翁容所引用的柳敬亭年齡，乃是據陳汝衡《說書藝人柳敬亭》一書。另外《清史論叢》刊發的何齡修《試論柳敬亭的生年問題》一文，何氏得出的結論是柳敬亭生於萬曆二十年。吉林大學碩士研究生朱小桂所編的柳敬亭年譜，也將柳敬亭出生的時間定爲萬曆二十年。柳敬亭本一「舌下濤飛山走」說書之人，爲了逃避罪責，連自己的姓氏都能更改，即便是對諸人謊稱自己的年齡，也是很正常的。至於其爲何謊稱自己的年齡，今已不得而知，或者改姓之後再謊稱自己的年齡，也許是一種更好的逃避方法，或者柳敬亭連自己的出生年份也記不清了。如果僅將推測建立在不確定的依據上，得出的結論也很難有說服力。

另外，從此這兩首詞作的風格上來看，曹貞吉的這兩首詞，不像是他早期的作品。據曹貞吉的弟弟曹申吉介紹，其兄曹貞吉在康熙三年中進士後才開始刻意爲詩的。至於曹貞吉何時開始賦詞，雖沒有確切記載，但肯定比起刻意爲詩要晚。如果在他方著意爲詩的康熙三年，就已寫出如此成熟老到的詞作，在情理上也有所不通。所以本人認爲，曹貞吉的這兩首詞作，按照朱小桂的考訂作於康熙九年，或者按照嚴迪昌的說法作於康熙十年，還是比較確實可信的，認爲作於康熙三年或五年，則有些牽強。

七、曹貞吉與其他人士交遊情況

在與曹貞吉交往的諸人中，張貞是一個非常特別人物。張貞是曹貞吉的同鄉，比曹貞吉小三歲。而且張貞的父親張繼倫，與曹貞吉外家劉氏多有交往。早在順治二年，張貞就從其父口中得知曹氏兄弟異於常人，並且有了想要結識曹氏兄弟的想法。〔註200〕而亦在此年，張繼倫謝世，張貞不得不「以孤童持門戶，早通賓客」。而曹貞吉領著其弟申吉往張家弔唁，張貞藉此機會與曹氏兄弟結識。〔註201〕張繼倫去世時張貞僅九歲，而曹貞吉父謝世時，曹貞吉亦僅九歲，也許是命運的安排，曹氏兄弟自此與張貞可謂是休戚相關、患難與共，並且兩家結爲姻親〔註202〕。曹貞吉與張貞更是「以肺腑相託者，垂五十年」之久。

康熙壬子，張貞「以選拔充賦入都」。曹貞吉以張貞「名譽未彰，爲遊揚

〔註200〕張貞《曹貞吉墓誌銘》：「猶憶順治乙酉，余才總角，吾先君自外歸，曰：『今日於劉太史家見其曹氏兩外孫，爽朗玉立，精神足以蔭映數人，眞一時龍鸞也！』於是余雖不知爲何人，然已竊心識之。」

〔註201〕張貞《曹貞吉墓誌銘》：「既見二曹，始知爲先君所稱者，因與定交。」

〔註202〕張貞《祭曹實庵先生文》：「乃獨與余有水乳之合，每一驟唔，促膝引手，移日分夜。既講同人之好，復締兩姓之歡。熙熙怡怡，白首無間。」按：張貞的兩個女兒分別嫁給了曹貞吉的三子、曹申吉的四子，另外，張貞的兩個孫女也分別嫁給了曹申吉的孫子和曹煌吉的兒子。

於公卿間」，這令張貞感激不已。張貞在京師的這段時間內，曹貞吉經常與張貞宴飲唱和。康熙乙丑，張貞下第東歸，曹貞吉「搤腕累日，賦詩贈行，有『故交失意明朝別，孤燭離筵此夕眞』之句。曹貞吉在安徽任同知時，張貞曾因「悼亡傷逝，居家無聊，買舟南下，羈棲白門。」曹貞吉得知後，「遣平頭挾資斧」邀張貞遊覽黃山，惜張貞因事未赴。此時，張貞還託付曹貞吉，請黃宗羲爲其配李氏撰寫墓誌。曹貞吉晚年因病歸里，猶與張貞「晨夕過從，杯酒言歡」，又與張貞等人「仿白社遺意，結老人之會」。曹貞吉謝世後，張貞爲之涕泗滂沱，並爲之撰祭文、墓誌銘。

從曹貞吉諸集中來看，曹貞吉與張貞唱和頗多，詩詞皆有。惜張貞諸詩作已不傳於世，僅存文集，無從考見其具體唱和情況。另外，張貞是清初篆刻行家，曾輯《印典》一書，曹貞吉曾爲之題詩。據推測，今所見曹貞吉諸印，可能是張貞爲其所制。

同爲金臺十子的曹禾，亦與曹貞吉關係甚好。曹禾與曹貞吉都是康熙三年的進士，繼而又與曹貞吉同官中書舍人，兩人自是時相唱和。康熙十五年時，曹禾爲曹貞吉作《珂雪詞話》數則，對曹貞吉甚爲稱許。曹貞吉之子曹湛，舉於康熙二十年辛酉科山東鄉試，而主考正是曹禾。〔註 203〕康熙二十一年曹貞吉父母合葬之時，曹貞吉請曹禾爲其父曹復植撰墓誌銘。曹禾在稱呼曹貞吉時，因爲是同姓，所以常以「家實庵」相稱，二人關係甚是融洽。曹貞吉雖然爲人端飭，但與曹禾在一起時，亦時而開開玩笑。據曹禾《珂雪詞話》云：「蛟門自負詩歌不可一世，獨以文章讓予（曹禾），填詞推實庵。三人每酒酣爭勝，氣不能下。近予頗爲長短調，實庵怒罵曰：『汝不思壓倒蛟門，乃闖吾藩籬耶？吾將爲古文辭矣。』予曰：『諾，請屬櫜鞬以從。』時田子綸霞、顏修來光敏在座，爲之捧腹倒絕。」曹禾曾有四個最喜愛的扇墜，其中三個給了曹貞吉，一個歸田雯所有，〔註 204〕可見曹貞吉與曹禾關係非常密切。

〔註 203〕曹禾《雲將公墓誌銘》：「余與舍人同舉進士，而同姓相善也。君之子湛，舉東省辛酉鄉試，而余爲座主，益善也。」
法式善《清秘述聞》：「康熙二十年辛酉科鄉試。山東考官：編修曹禾字峨眉，江南江陰人，極爲鴻博。刑部郎中林堯英字澹亭，福建莆田人，辛丑進士。」

〔註 204〕《顏氏家藏尺牘》卷二曹祭酒禾：「昨晤家實庵，知綸老護惜扇墜，以弟所佩爲薦。弟最寶者四枚，三歸實庵，一爲綸老所竊。今存一枚，實不佳，奉去清賞，免年兄復作綸老伎倆。笑笑。」

第二節　曹申吉交遊唱和考

一、曹申吉與王士禛交遊唱和考

曹申吉與王士禛爲同鄉同年，但曹申吉仕宦之始要早於王士禛，且頗得順、康二帝的青睞，在王士禛於順治十七年任揚州推官不久，曹申吉即被擢升大理寺卿。王士禛雖然仕途上不及曹申吉，但他在文壇上的兩次唱和，卻已經奠定了他在文壇上的地位。二人可謂各有過人之處，彼此都傾服對方。王士禛在與曹申吉的交往上，還是比較主動積極的，其在康熙二年就將自己的新刻詩集寄給曹申吉，以示友好。曹申吉在當時的文壇聲名雖不及王士禛，但其詩歌造詣亦非等閒之輩。王士禛將集子寄與曹申吉，其一蓋出於友好，其二大概想在這位仕途宏通同鄉面前博得肯定。曹申吉在讀過詩集之後，便賦詩稱讚其「翹首雲霄振羽翰」。此後王士禛又陸續將《紅橋唱和集》、《蜀道集》、《考功詩選》寄給曹申吉，曹申吉每次都題詩回贈。曹申吉曾借助王士禛在文壇上的地位，爲其兄曹貞吉選刻《珂雪初集》，以此來提升曹貞吉在文壇上的影響。但是康熙十二年十一月吳三桂反於雲南之後，便沒有二人交往的記錄，也許是王士禛政治敏感性很強，也許是曹申吉不便與外界聯繫。以致這一時期，王士禛與曹貞吉的關係也發生微妙的變化。

順治八年辛卯，曹申吉與王士禛同中山東鄉試，此次參加鄉試，也許二人有過照面，但彼此並未交識。

> 曹禾《曹復植墓誌銘》：「辛卯，次子申吉舉於鄉。」
>
> 《珂雪初集》之《歲暮感舊書懷二十八韻》：「迨乎辛卯秋，初較文壇藝。季世著先鞭，而余獨滯留。」
>
> 《居易錄》卷十八：「士禛以順治辛卯羈貫，中山東鄉試。是科同考得人極盛者，餘杭孫應龍海門，以德州知州閱《書經》，得七人，爲安丘曹澹餘申吉，吏部侍郎……士禛以《詩經》出壽州夏侍御敬孚先生人佺之門，忝冠本房。」

順治十二年乙未，曹申吉與王士祿、丘象升、汪琬、傅扆等同舉進士。曹申吉與王士禛初次交識，蓋於此年同應會試之時。康熙五年丙午曹申吉有《贈王阮亭三絕》，詩云：「論交十載忝肩遂，風雅同心更不疑。」此年距康熙五丙午年，恰有十年。

> 《漁洋詩集》卷十九丙午稿《趙北口見秋柳感成二首》題注：

「順治乙未，予上公車，與家兄司勳、傅彤臣御史，賦《柳枝詞》於此，忽忽十餘年矣。」

順治十二年四月初八日，清廷旋改曹申吉爲庶吉士。順治十四年八月十五日，清廷授曹申吉、丘象升等人編修職務。曹申吉於順治十五年戊戌，至順治十七年庚子七月內詔，一直外任。（參《清世祖實錄》）順治十二年，王漁洋未殿試而歸，五月抵里。順治十五年殿試時始再次入都，居京幾近兩年，於順治十七年赴揚州任推官。（見《漁洋山人自撰年譜》）據現有資料來看，此段時期內，並未有曹申吉與王士禛的交往記錄。

《清世祖實錄》卷九十一：（四月壬戌），上親選進士董色、曹申吉、嚴沆、丘象升、秦松齡爲庶吉士，同滿漢一甲進士讀書。

曹申吉《珂雪二集序》：「庚子，予由宛丘內召，七月過裏，與兄別於歷下。」

康熙二年甲辰，王漁洋在揚州以新刻詩集寄曹申吉，曹申吉有詩答之，在詩中對王漁洋甚爲推許。蔣寅《王漁洋事蹟徵略》考訂漁洋寄曹申吉詩集是在是年夏天，而就曹詩語意及是詩編排次序考訂，曹申吉此詩當作於康熙二年秋天。

《澹餘詩集》卷二《讀王阮亭見寄新刻率爾寄懷二首》：「翹首雲霄振羽翰，知君骨節本珊珊。廣陵調絕音乃續，隋苑情深月自寒。江上秋風吹雁鯉，故人佳句重琅玕。盛名海內論交滿，遊子誰歌行路難。

憶爾清標邗水頭，何如杜牧在揚州。懷中蘭芷三湘色，望裏金焦一帶秋。賦就江南人淡蕩，書來淮北事風流。相逢如責元龍禮，把酒還登百尺樓。」

康熙五丙午秋，王漁洋可能又將是年所刻《紅橋唱和集》贈與曹申吉，曹申吉有詩贈漁洋。王士禛於是年九月抵京，結束了揚州之任。

《澹餘詩集》卷三《贈王阮亭三絕》：「論交十載忝肩隨，風雅同心更不疑。幾縷篆煙清欲斷，晴窗一卷阮亭詩。

清新獨許高徐業（謂蘇門迪功也），兄弟偏偏皇甫同。初日芙蕖天際想，陶韋異代得宗風。

縱橫萬里王元美（汪南溟語），落拓千杜少陵。小閣西來晴色滿，同君拄笏最高層。」

是歲立冬之日，曹申吉與其兄曹貞吉，同王漁洋、崔老山、綦松友集滴翠園詩宴。

《澹餘詩集》卷三《立冬日集滴翠園，同崔老山、綦松友、王阮亭暨家兄升階二首》：「秋盡空煙裏，躭幽逐夜涼。庭閒偏受月，樹老迥宜霜。人影浮寒渚，歌聲韻野航。還疑輞川上，同結薜蘿裳。

水氣臨冬斂，平收夕照閒。孤狖寒抱石，群烏晚依山。月淡蘆花白，波明樹影斑。勝遊常可續，何事憶柴關。」

是歲冬，有人送曹申吉梅花，曹申吉既而將之送與王漁洋，漁洋賦詩答謝。

《澹餘詩集》卷三《野人送梅二本，即舊所蓄也，偶賦》：「野人還贈野田梅，位置頻勞手自栽。乍似開簾延舊友，終期映雪試新醅。龍賓靜對雙株老，石丈欣逢二妙來。好護深寒垂短幕，幽花細放不須催。」

《漁洋詩集》卷十九丙午稿有《答曹淡餘廷尉送梅之作，兼示令兄升六解元》：「江南雪霰春凌亂，憶向蟠螭穩泛舟。雙屐曉穿光福樹，萬株香壓太湖流。瑤華久別應無恙，佳句遙傳一畔愁。竹屋紙牕燈火裏，與君斟酌話前遊。」

康熙八年己酉初，曹申吉爲其兄裒輯康熙三年甲辰以來五年詩作，同王漁洋共同論定刊行，即《珂雪初集》。薛祥生先生《曹貞吉行年簡譜》認爲此事於康熙十一年，其誤據曹申吉《珂雪二集序》，是序作於康熙十一年壬子。其實《珂雪二集》乃是曹申吉與李良年共同選定，而非與王漁洋同定。

曹申吉《珂雪初集跋》：「迨甲辰歲，兄冠進賢返里，拈筆即工……凡五年中著述盈篋，予同阮亭王子擇其優雅者若干篇，付之梓人而爲識志大概如此。康熙己酉歲上巳日弟申吉謹跋。」

康熙十二年壬子秋，曹申吉在貴州，得到王漁洋所寄《蜀道集》〔註205〕，並題詩於集後。八月，王漁洋編訂其兄《考功詩選》，寄與曹申吉。曹申吉閱後感懷賦詩。

〔註205〕王士禛《漁洋山人自撰年譜》卷上：「康熙十一年壬子六月，奉命典試四川鄉試，是役也，得詩三百五十篇有奇，爲《蜀道集》。盛侍御珍示曰：『先生《蜀道》諸詩，高古雄放，觀者驚歎，比於韓、蘇海外諸篇。』」

《黔寄集古近體詩》:《即景題王阮亭蜀道集後》:「簷溜聞朝雨，山圍抱夕晴。蒹葭秋月滿，橘柚晚風清。越巂憐烏鬼，峨眉接錦城。故人詩萬首，不負蜀中行。」

《黔寄集古近體詩》:《閱王西樵考功集有懷（時聞西樵新逝）》:「頌帝須才子，琅琊失故人。臨風追把袂，開卷忽沾巾。作達紛高詠，爲郎耐久貧。六朝遺韻在，瀟散見天眞。草堂開十笏，簪紱迥離群。邈矣推同調，逌然想更聞。人琴曠多感，水鏡昔評分。天末增遙慟，寒生日暮雲。」

康熙十三年甲寅，曹申吉羈困黔中，其時已不能輕易與外人通信，痛心疾首。其在《甲寅軼詩》中云:「予自癸丑歲杪，已廢筆墨，偶成小詩，亦不敢輕易示人。」此年有《題王阮亭閬中詩後》之作，蓋困寂之餘，只能讀詩聊以自慰。蓋此以後，曹申吉限於時勢，很少能與外界聯繫，這也許是他最後一次爲王士禛題詩。王漁洋在康熙癸丑至甲寅間，纂平生詩友詩爲《感舊集》〔註 206〕。今查《感舊集》卷十二，有曹貞吉詩六首，曹申吉詩二十五首。後來王士禛在《居易錄》中亦提及在京師爲官時，曾給予自己幫助的諸人名中就有曹申吉。

《黔寄集古近體詩》:《題王阮亭閬中詩後》:「使節遲回乍隔年，閬州城外血成川。舊遊文筆蒼涼甚，月黑江深聞杜鵑。」

《居易錄》卷十八:「予官京師三十年，洊更數署，受同人之益不少，暇日追憶，筆之簡冊，亦欲使兒孫輩知之耳。曹公申吉，順治乙未進士，同年，安丘人，終貴州巡撫……」

康熙十九年曹申吉罹難滇南，若曹申吉沒有此難，可想而知，二人的交往肯定會更加頻繁密切。曹申吉遇難以後，《澹餘前集》板既漫漶，王士禛又將其順治十八年至康熙七年的詩作續編爲《澹餘詩集》四卷。

曹益厚《安丘曹氏家學守待題記》:「故今所見唯《南行日記》與漁洋續訂《澹餘詩集》四卷。四卷原無序曰，暫以前集胡、薛兩相國序並中丞自序弁其端，與《南行日記》並傳，而謹記其顚末於此。乾隆三十五年曹益厚謹識。」

〔註 206〕王士禛《漁洋山人自撰年譜》卷上:「康熙十二年癸丑，四十七歲，廬居。輯考功詩，因撰平生詩友詩爲《感舊集》若干卷。惠注:梅耦長《知我錄》云:『新城先生著述甫脱稿，輒已流佈。獨《感舊集》一書，編成逾廿年不以示人，因別有微指……蓋是集始於癸丑，成於甲寅也。』」

二、曹申吉與李良年交遊唱和考

康熙十年正月，曹申吉以工部右侍郎兼督察院右副都御使巡撫貴州，李良年應曹申吉之邀，亦一同南下。曹申吉此行，先將母親劉氏帶回故里，〔註 207〕既而同諸人南下。李良年跟隨曹申吉一行至安丘，次於安丘曹氏。在行至良鄉時，李良年賦詩呈曹申吉。此次南下，據曹師彬《黔行紀略》云，李良年與曹師彬於四月十一日先行，次於青州旅舍，等侯曹申吉等人。〔註 208〕李良年並與曹師彬一起遊覽了青州的雲門山，李良年見山上亭壁有王世貞詩，依韻和之題壁。〔註 209〕今《秋錦山房集》有《雲門山》一詩，蓋即此詩。

《秋錦山房集》卷四《良鄉道中呈曹澹餘開府》：「萬里正西節，雲中出九閽。同來驅馬地，已後採蘭辰。斷水流紅板，春沙撲錦茵。惟應庾開府，高詠自清新。」

五月底，諸人行至澧江遇阻，李良年等人復送曹申吉返回澧州取陸路南行，〔註 210〕相約在武陵會合，並賦詩送別。

《秋錦山房集》卷四《澧江阻風，送中丞公郤返澧州，取陸路南行，期以武陵相待即次贈別原韻》：「連檣洵雲樂，其柰石尤何。十日荊江泊，村村增夜波。夫子發遙思，因之江上歌。翻然送車塵，坐惜朱明過。欲泛武陵櫂，獨往成蹉跎。殷勤一明月，千里下岷峨。」

是歲六月中旬，曹申吉一行行至沅陵縣，李良年賦詩，曹申吉依韻和作。

《秋錦山房集》卷四《沅陵縣》：「蟹舍漁梁夜渺然，沅陵如晝夜初圓。何當笛裏南征調，吹向沙頭北渡船。蠻俗至今三楚雜，亂山終古一江穿。尊前蘭芷青無限，欲弔湘纍何處邊。」

《黔行集》：《沅陵和武曾韻》：「夜夜松枝徹曉然，〔註 211〕同看明月嶺頭圓。沅江陋入盤瓠俗，黔道難於上峽船。烏速書傳秦代

〔註 207〕曹申吉《珂雪二集序》：「迨辛亥春，予拜黔中之節，奉母南還……」

〔註 208〕曹師彬《黔行紀略》：「孟夏忽作黔中之遊，四月十一日抵青州，遊範公亭，留連至暮，復就旅舍中，因候同行者留一日。嘉禾李武曾欲作雲門之遊，因偕往焉。」

〔註 209〕曹師彬《黔行紀略》：「就望海亭小憩，王鳳洲先生詩在焉，武曾依韻和之題於壁上，載同遊姓名甚悉。」

〔註 210〕曹師彬《黔行紀略》：「（五月）二十八日，因命返棹，欲捨舟登陸，但過澧州已四十里，復回至白楊口入澧江西行。」

〔註 211〕曹師彬《黔行紀略》：「復移山麓下，叢篁茂箐，去不數武，燃松枝驅虎，守更如望歲焉。月傍午，即戒裝夜渡……」

隱，壺頭穴記伏波穿。何年設險標銅柱，炎瘴驅人道日邊。」

曹申吉一行於六月二十八日入黔界，七月二十日始移居撫院。曹申吉此次之行，可謂艱難險惡，洪水猛獸，絕壁懸崖，甚是驚心動魄。即使在夜晚休息時，據曹師彬講，也往往要同「雞犬豕馬同居一室」。〔註 212〕入住撫院之後，曹申吉回想起旅途艱辛，專門寫了一首詩贈與李良年。

《黔寄集》卷一《秋日雜詩十首，用何大復西郊秋興韻》之一：「詞賦期儔侶，風規大雅存。長途書數卷，短燭好同論。柳影侵窗亂，苔痕近夕昏。去鄉俱萬里，納納任乾坤。(此首專贈武曾)」

是歲重陽曹申吉與李良年等人集飲，諸人分韻賦詩，惜李良年之作今其集中不存。

《黔寄集》卷一《九日小集分韻得清字（同秀水李斯年、李武曾，東武丘畬清斟，尋魏樸庵、家叔又魯至）》：「九日微雨歇，斜照臨高城。逶迤峰影見，閒門集友生。東南欽二妙，鄉國來群英。尊罍披情素，賓主絕將迎。浮雲商聚散，落木同淒清。寒菊帶野色，蕩矞東籬晴。殊方感物化，悠然相思並。郁此文酒會，能與瘴癘爭。只覺歲華逼，寧知夕露盈。耿耿玉繩直，淡淡錦雲橫。千秋邛筰外，茲樂誰先鳴。陶公有佳句，朝暮對簷楹。」

是歲仲冬，曹申吉又將所藏陳仁錫《四時山居圖》與李良年一同欣賞，曹申吉與李良年皆題長詩一首。李詩中云：「客攜山居圖，萬里投南荒……中丞賞識精，永玩珍金箱。二美既合併，三絕垂無疆。毋令光出篋，神物須提防。」〔註 213〕據曹申吉詩雲，此圖乃其朋友所贈。此後某一日降雪，曹申吉又與李良年用蘇軾《聚星堂雪》詩韻賦詩，二人在詩中皆流露出思想苦寂之情。蘇詩乃元祐六年十一月一日，蘇軾與客會飲聚星堂時所作。

《黔寄集》卷一《微雪，用蘇子瞻聚星堂雪詩韻》：「夜來飛霰響窗頁，把燭行看一寸雪。映户擁書不忍眠，清光凌亂爐煙絕。荒堞沉沉漏漸稀，夢中愁壓冬青折。臥聽禽聲遞斷續，起看山影紛明滅。無弦尚欲對客彈，有肘何妨任人掣。橫斜一枝吐芳萼，已勝繁花明於纈。天意平銷瘴癘多，當空鬼斧琢冰屑。皓潔由來難久留，瑤華過眼成一瞥。卻似故人惜別離，對酒殷勤不能說。老樹無聲鈴

〔註 212〕曹師彬《黔行紀略》：「夜與雞犬豕馬同居一室，月餘以來，大類如是，殆將與之習而安矣。」

〔註 213〕李良年《秋錦山房集》卷四《題陳明卿四時山居圖》。

閣靜，寂寂臨池研如鏌。」

《秋錦山房集》卷四《微雪，用蘇子瞻聚星堂韻》：「南枝歲晚猶余葉，昨夜青青初覆雪。荒城人語悄不聞，陬隅苦冰飛鳥絕。紫苗劚炭徑尺餘，坐對銅盤紅屢折。窗風蕭蕭穿四壁，燭釭如星耿欲滅。臘盡殊方又一年，靜數韶華如電掣。請君試看官閣西，小梅已復花如纈。手中蘭尊莫暫放，一任寒空吹玉屑。吳綿翠衿那作暖，家山入夢不眠瞥。捲簾遙郭淨於岑，眼前清景誰能說。初陽欲出光離離，又見前峰露青鐵。」

是歲杪，曹申吉又與李良年、曹師彬集飲。曹申吉想起遠在一方的家人，不禁悵然賦詩，並邀二人同作。李詩今已不存《秋錦山房集》中。

《黔寄集》卷一《賦得一年將盡夜，萬里未歸人，以題中平字爲韻，邀李武曾、家叔又魯同作》：「歲晚仍殊服，窮陰釀早春。青山遙對酒，白眼倦逢人。雞肋廿三已，蠶叢寄一身。浮生同遠道，詞賦雜風塵。

寒梅垂屋角，落落惜芳菲。黨論何時定，韶華此日歸。霜侵驚老大，星聚慕庭幃（三人各有母在堂）。迢遞王孫路，春光處處飛。

憶昨馳驅地，關心半載強。客程遙可數，笻杖日相將。天界關河險，春銷瘴癘長。幾時斟社酒，安穩說遐荒。

越客能高詠，爲文許並傳。江山紛舊跡，雨雪暗窮年。夜燭含松影，空庭散柳煙。唱酬思隔歲，目斷北鴻邊（舊歲同家兄守歲燕邸）。」

康熙十一年壬子年初，曹申吉又將自己所收藏的安丘奇石與李良年一起欣賞。據李良年詩中介紹：「奇石大者徑寸，小或不及，質本光緻，沉水則有紋，浮起圖畫天然。中丞以四石見示，名而詠之。見此邦恬熙，爲政不擾，得寄情瑣細焉。」〔註 214〕此詩亦見於《秋錦山房集》卷四，詩題作《渠丘奇石》，個別文字與《黔寄集》所附稍有異同。曹申吉有《文石十二詠》，今錄其四。

《黔寄集》卷一李良年《曹澹餘中丞以文石見示分賦》：

《落花岩》：「二月山間路，紅茵不用攜。春風吹更落，片片出前谿。」

〔註 214〕李良年《秋錦山房集》卷四《渠丘奇石》題注。

《雪浪》:「稠疊煙嵐沒，參差疏影高。只愁梯幾濕，堅坐看雲濤。」

《一片雲》:「連山望不極，飄斷斜陽樹。車蓋爾何心，朝朝復暮暮。」

《霜葉紅》:「鄉樹最相思，谿山別來久。明滅見楓樹，秋光落吾手。」

《黔寄集》卷二《文石十二詠》:

《落花岩》:「家傍桃花源，紛紛滿岩谷。莫引漁父舟，中有幽人屋。」

《雪浪》:「中山一卷石，曾過知音賞。寄語眉山翁，後來每居上。」

《一片雲》:「碧落空明裏，遙遙五色文。願持膚寸影，歸競泰山雲。」

《霜紅葉》:「洞庭青女降，岩壑樹參差。便好停車問，何如二月時。」

是歲二月一日，曹申吉與李良年二人以白居易《二月一日作，贈韋七庶子》韻賦詩。曹申吉詩中已經流露出「安穩歸田園，浮生此願畢」的歸隱之意。

《黔寄集》卷二《二月一日作，用白香山韻兼倣其體》:「二月忽雲至，土中百蟄出。年增道力減，聞十不知一。徒留抱樸篇，愧乏理民術。苗俗挺戈鋋，難用中原律。常恐嵐氣薰，觸眼成昏疾。高樹淡搖風，深簷閒曝日。安穩歸田園，浮生此願畢。作書報朝貴，不堪今有七。」

《秋錦山房集》卷四《二月一日用香山韻》:「晴暉淡濛濛，蜂蝶村村出。獨坐數春陽，三分今少一。妙理閱楞岩，參同悟儒術。但解識浮漚，何煩敍鈿律。繁華皆影事。山水亦痼疾。至人貴無營，小年惜此日。雨歇更風多，紛紛笑箕畢。山花急須開，莫待殷七七。」

是歲春將盡之時，曹申吉賦詩贈李良年，李良年亦賦詩。二人思鄉之情溢於言表，曹詩則歸隱之心愈加強烈。

《黔寄集》卷二《春盡贈李武曾》:「今日春又盡，吾歸竟何時。

積雪暗晨光，茫茫遠山陂。好鳥傍簷隙，翩翩擇樹枝。朱櫻覆左階，綠荷冒前池。溅珠不成圓，結子行當離。浮雲多聚散，草木有榮衰。中懷易慨慷，形跡同拘羈。豈復戀苕華，感此日月馳。素心淡以約，遇物寧推移。我欲奏齊謳，子來續楚詞。唱和誰復聞，一遣疏方悲。抗手招禽尚，永結山中期。」

《秋錦山房集》卷四《春盡》：「孤坐白雲岸，空香來翠屏。春風愁裏盡，谷鳥飲邊聽。靜綠遙當檻，斜陽不滿庭。岩花解人意，片片落新醽。

天末催韶序，風前首重回。吾家五湖曲，花墅幾番開。蠶女行桑柘，谿航載筍梅。只今歸屐晚，猿鶴定相猜。」

是歲夏一夜雷雨至，李良年賦詩，曹申吉和作，二人表達了一種「漸識中年心力減」，「壯志年來已半更」的歲月蹉跎，時不我待的愁緒。

《秋錦山房集》卷四《雨夜》：「石船深樹走雷聲，雲氣江天曆亂行。一片遠村煙外失，半峰斜月雨邊生。簾開楚竹聞香芰，風墮山花入短檠。漸識中年心力減，不免當暑亦三更。」

《黔寄集》卷二《和武曾雨夕韻》：「簾外鳴蟬第幾聲，空階斷續雨絲行。峰巒影過層層碧，荷芰香涵細細生。試茗泉分浮玉盌，褰帷月動讀書檠。不須青鏡催華髮，壯志年來已半更。」

也許是水土不服，李良年自來黔中後，經常失眠，或者是思鄉備切，抑或是愁悶苦寂所致。是歲六月某夜，李良年竟夕不寐，回想起去年六月在辰州出發時，已經整整一年。早上起來照鏡子時，發現已有白髮，感歎光陰荏苒，歲月蹉跎，賦詩一首。曹申吉讀後和作。

《秋錦山房集》卷四《竟夕不寐，覽鏡見白髮感歎成詠》：「去年六月時，行李辰州發。荒崖正苦炎，遊子腳不襪。筍輿窄稱身，未明穿翠樾。日高尚穩睡，意頗忘疲苶。今年六月時，從容枕簟設。蠻江十日雨，涼似三秋節。擁衾翻不眠，坐待朝陽豁。起看明鏡裏，昨夜白吾發。始知蒲柳姿，冉冉不可遏。蚤衰何足道，回首感歲月。學道詎雲晚，毋使修名闕。」

《黔寄集》卷二《和武曾見白髮韻》：「二載忝同遊，晨夕商歌發。落落忘拘束，相對失巾襪。悠然拄笏立，矯首南山樾。竭來四序周，流影何飄忽。獨有靜中業，唱酬無暫歇。愧於齊年生（予與武曾同乙亥），入夏覺衰苶。陴筒那易致，濁醴有時設。投跡瘴癘區，虛負幾佳節。但希性命全，寧顧齒牙豁。我白方在須，君華已生發。高詠披素襟，三歎興莫遏。不朽義在三，浮榮乃其莫。古來賢達人，肥遯常七八。綺言吐高寄，蟬緌非所屑。同調庶相親，萬里得提挈。高堂垂素領，甘旨難久缺。灌園揚清風（武曾有《灌園圖》），桔槔紛可悅。去此類脫屣，幸不滯京闕。鱸蓴引歸夢，松菊光岩穴。攜君筆底雲，慰我鏡中雪。」

宋犖《漫堂說詩》云：「康熙壬子、癸丑間，屢入長安，與海內名宿尊酒細論，又闌入宋人畛域。所謂旗東亦東，旗西亦西，猶之乎學王、李，學三唐也。」〔註 215〕可見康熙壬子時，京師正熱烈地進行著宋詩的探討。而曹申吉離開京師是在康熙十年辛亥春，據曹申吉詩中所云「書卷攜來似故人」，曹申吉在離京南下時即隨身攜帶了一部蘇軾詩集，可見康熙十年京師已經出現宋詩熱的動向。而曹貞吉在康熙十年開始學習宋詩，曹申吉對此肯定有所瞭解。而此時吳之振正纂輯《宋詩鈔》，吳之振又與曹貞吉、汪懋麟等人有來往，曹申吉也定知其編輯《宋詩鈔》的初衷。再者，曹申吉攜帶蘇軾集南下，或許是有感自己同蘇軾境遇相似，有種貶謫遠戍的淒涼心境，這點在其《黔寄集》中隨處可見，並且萌生了退隱的念頭。另外，曹申吉與其兄貞吉關係甚好，這點者恰如蘇軾、蘇轍兄弟二人，如同曹詩中所謂「妒他兄弟連床宿」，這也許又是其偏好蘇軾的一個原因。不論如何，曹申吉已經確確實實地開始關注宋詩，其作於康熙十年冬的那首《微雪用蘇子瞻聚星堂雪詩韻》，就是明確的開端。而此時所作這首長詩，蓋是曹申吉已經讀完蘇軾詩作，與蘇軾有種「心有戚戚焉」的身世及情感共鳴，正如詩中所云「一編入手眉山公」，在這炎熱的夏天，「彷彿松風吹尺幅」。而李良年也在詩中指出「中丞風藻古今同，寸心猶向前賢服」的這種變化。

《黔寄集》卷二《七月二日暑甚，偶讀蘇子瞻詩，為中郎友夏選本，輒題長歌於後》：「炎威炙手何處無，窮年奔走消髀肉。毒淫尚憶武陵深，歲月空傷夜郎速。夏盡黔山十日晴，火雲片片行相逐。閉門經月忘冠帶，高枕北窗差免俗。書卷攜來似故人，葛衫散發開殘簏。一編入手眉山公，彷彿松風吹尺幅。飛泉百道隨地湧，驚濤

〔註 215〕《昭代叢書乙集》卷二十七《漫堂說詩》。

萬里連天蹴。屢謫偏宜留嶺嶠，一生不得歸巴蜀。岐亭文酒易慨慷，彭城風雨關心曲。命中磨蠍誰使然，詩案黨碑人僕僕。倔強何如吏部賢，廣大堪爲樂天續。嬉笑怒罵偶然耳，別有此翁眞面目。公安冷淡竟陵隘，落落行間生拘束。入眼翻疑東野寒，孤峰秋氣低茅屋。時世紛紛作者多，訶詆互尋如專轂。豈必前賢畏後生，大樹蜉蝣眞相觸。我生未老壯心降，逢人便欲低眉服。中年哀樂來無方，陶寫不煩絲共竹。森然老筆稱詩禪，高冠大劍心神肅。就中欲廢阿同篇，妒他兄弟連床宿。古今羈旅同三歎，銅瓶唧唧茶香熟。夢醒繞榻涼風生，寧羨長安冰十斛。」

《秋錦山房集》卷四《讀曹中丞題子瞻集後詩因和》:「男兒墮地無所爲，旅食翻然愧粱肉。越鳥驚心歸計遲，江花過眼韶光速。地偏幕府幸清閒，對理琴尊罷馳逐。豈有文章酬大雅，喜無禮法拘流俗。看寫霜縑付小胥，肯使蠹魚生敝簏。南宮墨本秘三朝，玉局吟篇珍百幅。晴窗凝筆作長句，怪來腕底煙雲蹴。清如湘瑟曉臨江，秀比蛾眉雪銷蜀。就中歷歷寫髯公，似惜當年多詰曲。三語青瀟載簡編，兩番貝錦緣臣僕。意氣猶傳夕召時，便殿無聲淚相續。桄榔白鶴等閒看，嶺表風流宛在目。蕭然種芋酒百觴，絕愛和陶詩一束。布襪今經十載遊，青山屢拜公祠屋。始知作者貴不朽，往往浮雲視華轂。上殿終須作梁棟，建牙自可馴蠻觸。中丞風藻古今同，寸心猶向前賢服。遠從碧海掣鯨鯢，瓦釜斑斑笑青竹。我亦科頭百事無，展卷風前瞻仰肅。勝流遺跡滿人間，烏榜魚刀往來熟。明年釃酒弔黃州，朗吟更洗愁於斛。」

是歲七月，李良年曾與友人讌集並賦詩，曹申吉既而和作。李詩今已不見於《秋錦山房集》，蓋已散佚。

《黔寄集》卷三《和武曾秋日讌集韻》:「近郭峰初暝，江聲細雨催。越醪佳客醉，魯果故鄉來。宿鳥時雙墜，斜陽忽半開。閒階混不掃，金粟點莓苔。

秋光隨意幻，當晝隔暄涼。密坐移疏簟，同心惜異鄉。荷分冰盌碧，橙浸茗甌香。賴子耽清詠，能寬客發霜。」

是歲七月末，李良年病瘉作雜詩十首，中秋過後，李良年將其中四首贈與曹申吉，曹申吉和作。今檢《秋錦山房集》，有《病起書懷》七首，其中一首正有曹申吉所云「寒蕪經雨碧，涼蝶較春輕」之句，也許李良年贈與曹申吉四首就在此《病起書懷》七首中，今錄其中一首。

《秋錦山房集》卷四《病起書懷》:「方書長在手，久矣罷逢迎。豈有驚人句，空慚太瘦生。寒蕪經雨碧，涼蝶較春輕。輸與南鄰叟，忘機事耦耕。」

《黔寄集》卷三《武曾以秋日雜詩十章見示四韻爲贈》:「清秋詩歌鬥鮮新，涼蜨寒蕪句有神（『寒蕪經雨碧，涼蝶較春輕』篇中警句也）。久客那無思汗漫，獨吟翻覺骨嶙峋。衣冠優孟羞諧世，風雨牂牁解避人。蠻府他年傳故事，巡簷擊缽不辭頻。」

是歲十月三日，曹申吉想起遠在故鄉的老母，以自己遠在天邊不能盡孝，有感賦詩，既而李良年和作。

《黔寄集》卷三《十月三日作》:「黔南十月天未霜，疏林遠近分丹黃。昨夕離離眾星光，北斗明滅南箕張。中宵寒霧何茫茫，浮雲掩抑河無梁。欲雨不雨群山蒼，猿猱躑躅蛟龍藏。鴻飛不來神彷徨，怪禽侵曉唬蠻荒。我獨何爲天一方，人生幸免謀稻梁。高臺有母不得將，胡弗翩然歸故鄉。」

《秋錦山房集》卷四《十月三日奉同中丞公作》:「上冬三日浮雲低，預愁玹冥爲凜淒。野風吹雲落城西，少焉霧捲開迴堤。初日焰焰生丹梯，山花無名紅滿蹊。鷗鶬青翠當窗啼，娟娟蜂蝶如春畦。殊鄉物候何不齊，客子矯首思攀躋。怪峰咫尺下有谿，裹糧好作雲門䆗。隱囊唫卷雙童攜，山家酒幔垂虹霓。醉來石壁紛留題，不爾刺促愁羈棲。坐見雨雪花成泥，愧殺鄰翁行杖藜。」

是歲十一月十日曹申吉生日，李良年作百韻長詩贈曹申吉，曹申吉亦依韻和作回贈。〔註216〕按：兩首詩作字數過多，限於篇幅，茲不錄於此。

康熙十二年癸丑元日，曹、李二人有感時光荏苒，更有「歸休」的念頭，分別賦詩抒懷。

《黔寄集古近體詩》有《癸丑元日》:「歲改朝慵起，應嫌齒漸增。物華空荏苒，春色易憑陵。香泛公田黍，寒消玉井冰。承明聞寓直，賜被憶青綾。

〔註216〕李良年《秋錦山房集》卷四《奉贈曹中丞》。
曹申吉《黔寄集》卷三《賤日李武曾見投百韻長律依韻和答兼以書懷》。

杓影看重指，相思莽自仍。春寒蠻地草，曉夢遠山燈。檢歷占風雨，分麾愧股肱。歸休需早計，此外亦何能。」

《秋錦山房集》卷四《癸丑元日》:「霽景蠻雲曉，浮蹤絕檄仍。三年慈母字，昨夜短檠燈。農事行將及，春歸且未能。山中無歷好，免使客愁增。」

是歲初某日夕雨乍晴，李良年觀初春景色有感而發，曹申吉依韻和作，並且表達了願意與李良年一起攜杖而去的心情。

《秋錦山房集》卷四《久雨乍晴春色漸佳偶呈開府公》:「朝來棐几白團扇，昨夜疏燈紅玉缸。不負花時頻中酒，無邊山影恰當窗。沿隄只少沙棠並，覓壘將飛翠羽雙。開府清吟意不淺，楚辭芳草徧春江。」

《黔寄集古今體詩》有《依韻酬武曾》:「晝長漸欲尋高枕，夕坐猶堪話淺缸。蛺蝶經寒疑遠夢，蜘蛛迎日占晴窗。映階桃葉自三尺，窺户鳴鳩時一雙。不惜與君攜杖去，綠蘿如發繞清江。」

是歲二月，正值農人插籬之時，曹、李二人閒來無事，便在牆陰處觀看插籬，並賦詩爲紀。

《黔寄集古近體詩》有《插籬口號》:「短竹編籬故故斜，春煙歷亂野人家。他鄉學圃非吾事，且護堂陰一樹花。隔牆遙拂三眠柳，脊砌低藏二尺松。山雨乍來穿石逕，明朝應見碧苔封。」

《秋錦山房集》卷四第三十一頁《插籬和中丞口號》:「繞堦香草綠生煙，假日分畦竹乍編。更倚輕茵把殘帙，斜陽正在小桃邊。蠻府蕭閒此一時，風流付於後人知。東軒自寫淵明句，小立牆陰看插籬。(中丞嘗寫『悠然見南山』句匾其軒。)」

是歲二月十五花朝日，按照當地習俗，此日多郊游雅宴，在觀景賞花中飲酒賦詩。李良年在宴飲時想起自己的七年羈旅生涯，不禁發出「今辰復何辰，佳名竟奚補」感慨。曹申吉想起自己已近不惑之年，卻仍羈留邊遠之地，其「落拓眞懷土」的思鄉之痛愈加強烈。

《秋錦山房集》卷四《花朝戲作》:「我本汗漫人，七載向羈旅。作詩紀山水，亦頗及時序。一春一花朝，花事堪歷數。憶昔留維揚（丁未），艤船紅橋渚。是日花稍稍，香氣撲遊女。客邀市樓飲，醉眼閱歌舞。東風吹不覺，一枕熱當午。更思蕭后園（戊申），寂寞山間廡。偶訪破寺僧，佛火沸雪醽。其時不見花，凍鷗啄寒圃。度關仲春杪，始見數花吐。兩載客京師（己酉、辛亥），巾韝共佳侶。將迎避裘馬，闌入故侯墅。蓓蕾尚藏英，天涼眾芳阻。別有閏花朝（庚午），千枝石城塢。亞屋更遮籬，川禽飛媚嫵。雖然太爛漫，亦未作紅雨。華蓋有常期，次第悉可譜。蠻俗籲可怪，由來別風土。不可較幽燕，亦不類吳楚。上元櫻趁晴，人日柳垂縷。桃李各匆匆，爭妍鬧嶺嶼。詎煩殷七七，絕倒宋單父。未社已闌珊，誰能待百五。今辰復何辰，佳名竟奚補。翻然花向盡，採掇笑仰俯。客子歷寒暄，節物驚屢撫。賴此春狡獪，勸我杯數舉。九十日園林，花須續爲主。終知付陳跡，幽意關領取。著屐繞千回，相看奈何汝。牽連述風景，瑣屑待嘲詡。回首歲寒枝，青青恰當戶。」

《黔寄集古近體詩》有《花朝用武曾韻》：「中年宜懺悔，花間戒綺語。春色翻易闌，淡若將歸旅。倘無筆墨緣，何以酬四序。上元歷花朝，一一皆堪數。東風太顛劇，平沙散洲渚。佳晨易遊冶，徒跣集蠻女。格磔鷓鴣啼，蹀躞巴渝舞。掩關遣紛囂，晴峰卓當午。栽松影落庭，插槿枝穿廡。片石窺碧苔，一盞傾紅醽。與點初罷瑟，學遲請爲圃。穠桃蕊乍稀，紫薇葉方吐。雖云異鄉國，猶未寡儔侶。油然在遠道，因之懷舊墅。歲月一以賒，岩壑間還阻。芙蕖夏映池，茉莉久藏塢。魚憐朱鬣靜，禽愛畫眉嫵。踏茲十丈塵，疏彼三逕雨。孰作草堂圖，不入名園譜。三十九年中，鬚眉遽如許。逡巡羞索米，落拓眞懷土。卜居身已放，久客言漸楚。芳籬綠幾叢，茶煙青一縷。即此坐銷憂，何殊歸海嶼。只恐江潭畔，憔悴逢漁父。回憶舊讀書，十猶不得五。樹德暨修辭，荏苒嗟何補。未能顏屢伸，寧甘首終俯。泠泠壁上琴，無弦常欲撫。婦病動經時，對我案頻舉。往往藏斗酒，相助成賓主。曠達誰者儔，眞率定可取。少陵亦有言，忘形到爾汝。浮世競誇毗，靡靡笑矜詡。起予發高唱，酌君還大戶。」

是歲三月三日上巳節，此日有祓禊、曲水流觴等習俗，曹申吉賦詩，李良年和作。據曹申吉詩「此日上書乞歸去」，曹申吉此日可能向朝廷上書，乞求離任，其詩注中亦云「時方拜自陳疏」。

《黔寄集古近體詩》有《三月三日》:「殊方重閱歲時頻，上巳能兼穀雨辰。祓禊千秋緣底事，鶯花三月負余春。晴絲亂比殘宵夢，倦鳥慵同久住人。此日上書乞歸去，孤雲納納轉相親。(時方拜自陳疏。)」

《秋錦山房集》卷四第《上巳和中丞》:「攬策雲陂滑不妨，昔耶吹屋雨痕蒼。一觴一詠又今日，三月三年非故鄉。谷口花殘紅釀酒，林間蜂老蜜生房。莫因癸丑追陳跡，終古蘭亭只夕陽。晴絲倦鳥傳佳句，幾淨甌香遣病身。禊飲暗驚前度客，袂衣催試二分春。依然芳草思公子，只有楊花似遠人。料得他時紀風物，最難忘是楚江濱。」

是歲春夏，曹申吉爲李良年題文點爲其所作《灌園圖》。據陳康祺《郎潛紀聞》云，此圖爲著名的康熙朝三圖之一。〔註217〕今日有幸在網上搜的有關此圖拍賣的網頁，據拍賣品介紹，爲此圖題跋吟詠者甚多，所列題詠者中即有曹申吉。據汪琬《灌園詩後序》云:「李子武曾將謀灌園長水之上，乃命其友文子與也爲之圖，京師士大夫聞之遂各賦詩以詠其事。武曾輯成一卷，而又命予爲之序。」〔註218〕拍賣網頁上有汪琬所作《灌園圖記》，今檢汪琬集中不載此《記》。其《記》云:「因乞其友人文與也爲之圖，且告之曰:『年非欲爲名高者也。年母老矣，蓋將歸而求數畝之地以遂吾養焉。』此圖所以志也，於是汪子聞而善之，以爲虛名之不足持也久矣。昔者當衰周之世，人人游說諸侯，思得其金玉錦繡，而陳仲子獨辭三古而灌園，豈非高節之士善於立名者哉？然而以離母之故，則孟子爲之深探其心而刺譏之。傳曰:『孝始於事親，中於事君』，又曰:『資父以事君而敬同，是則君親一也。』十七歲以來，中土內附之士之自詡高節者，蓋不乏矣。夫所謂亡國之臣，感憤壯激無所發抒，不得已而至於毀容變服，自竄寂寞無人之地，固其勢爾也。若布衣韋帶之人，無爵位於朝，無升斗之給於官，及一旦有事，顧亦捨其家室，訣絕其父母兄

〔註217〕陳康祺《郎潛紀聞四筆》卷六《康熙朝三圖》:「康熙朝，海內老輩傳有三圖：一爲朱竹垞《煙雨歸耕圖》，一爲李秋錦《灌園圖》，一爲陳迦陵《塡詞圖》。蓋三君皆命世才，仗劍出門，窮老盡氣，所交皆天下奇士，胸中鬱律不可一世，一題一詠，其詩詞盡古今之環寶也。三圖今不知落何許，以康祺所聞，惟《塡詞圖》流傳最久，其題詠補續亦最多。蓋迦陵後人世守儒素，粵寇以前，尚有巍科顯官者。故乾、嘉至道光，名流翰墨，羅致非難，而迦陵名高，後之文人，亦樂得而附名簡末也。」

〔註218〕汪琬《堯峰文鈔》卷二十八。

弟，而飄搖數千里之外以明其高，吾不知其果何心也。夫亦曰好名之過而已，獨不觀《小雅》之詩乎？《北山》之大夫勞於行役，故其詩有曰：『王事靡盬，憂我父母。』讀其辭疑若怨且懟矣。然而先王許之，孔子刪詩則重有取焉。彼孔子爰取哉，取其猶知有母也。由此言之，雖有爵位於朝，有升斗之給於官，聖人猶不許忘親，況乎布衣韋帶之人，顧可假高節以自詡，而視其母若行路乎？其不生先王之時者，幸耳。使生於先王之時必以爲盜名而欺世，此奸人之尤也，欲求免於大戮，難矣。今武曾讀書懷古，負其有爲之才來遊京師，而惓惓於家貧親老，思以灌園爲菽水三助，此其所事者與陳仲子同，而用心則異。吾故表而出之，以愧夫世之好名而不顧父母之養者。康熙七年冬十一月長洲汪琬記」按：此圖的成交價是四十八萬四千元人民幣。

《黔寄集古今體詩》有《題武曾灌園圖，用蘇子瞻盧鴻學士堂圖韻》：「昔有灌園翁，結茅長白麓。楚相辭若浼，抱甕志長足。今朝圖畫開，清風儼在目。荷鋤此何人，鬚眉淡可掬。養志樂林藪，忘機到草木。君家好兄弟，著述皆堪錄。寧羨世上賢，進退類拘束。異時駕我舟，訪君溪上屋。相對非生客，繞徑看修竹。重吟伐木篇，細認輞川曲。」

《秋錦山房集》卷四《次韻酬中丞題灌園圖》：「我無遺世想，全家住林麓。自非麐麋姿，棲託豈雲足。寫之密理絹，以慰遠遊目。旅僕笑愆期，一卷手頻掬。公詩若春風，活此畫中木。永懷古石隱，良史或見錄。行制水田衣，敢望雜組束。先世本非農，塈茨媿村屋。何用解吾嘲，風人美薖軸。」

是歲初秋，李良年即興賦詩，以瀉思鄉之情，曹申吉和作。

《秋錦山房集》卷四《早秋即事》：「捲簾朝暮隔青溪，欲賦新愁又懶題。斜日正當高柳外，落花多在曲欄西。將相買笑惟棋局（予奕最下故雲），屏當看山有杖藜。若向城東望秋草，沅江何處不萋萋。

寂歷空村見晚鴉，回風頻使帽簷斜。涼雲不度全低樹，旅客將歸始憶家。菡萏已飄沙際水，茱萸催制峽中茶。遙思小隱滄洲畔，載酒何人採石華。

數枝清供續余瓶，幽意相關笑獨醒。承旨煙林生尺幅，點蒼秋崦劃雙屏。籠開鵰羽凌波見，窗對蘭叢向晚扃。白髮有人談往事，不辭拄頰與深聽。

橫琴一曲感無端，隱隱城亭漏向殘。遙夜夢隨三楚闊，故人書到五谿難。平蕪月出灘逾響，閒院風多葉乍寒。鄉路黃花相待否？擬乘輕舸下江干。」

《黔寄集古近體詩》有《初秋即事和武曾》:「仙源曾憶武陵溪，絕巘飛雲立馬題。抱甕三年齋內外，浣花一老瀼東西。苔痕過雨青於發，葵影經秋健比藜。不向江潭悲搖落，柳枝桃葉總萋萋。

晚雲點點類歸鴉，屏當湘簾夕照斜。疏似步兵初中酒，懶如彭澤未還家。懷人烏桕丹楓樹，餉客清泉白石茶。蓮菂不成荷葉老，空令池水怨年華。

紫薇香覆舊瓷瓶，酒盞支頤得半醒。野水遙侵雲外寺，群山橫峙雨中屏。經年病肺倚醫頻到，凌曉攤書戶尚扃。漁父滄浪休鼓枻，靈均憔悴不能聽。

舊遊京洛夢無端，客興蕭疏暑共殘。寂寂孤鵬雙羽健，泠泠四壁一琴寒。羊腸已覺驅馳老，雞肋空嗟去住難。賓主高堂俱白髮，遲余同泛楚江干。」

是歲秋，曹申吉與李良年用秦觀《海康書事》韻賦詩，曹申吉賦詩十首，李良年分得五韻，賦詩五首。

《黔寄集古近體詩》:《早秋雜興，用秦少游海康書事韻》:「昔賢重功名，辛苦開邊州。寧知千載下，遷客多白頭。亦有遠遊子，襏襫牽車牛。回視魯兩生，迂闊難封侯。

弱歲通朝籍，謀國身已許。四十而無聞，空嗟閱寒暑。小人有母在，茲意非懷土。簪組會當辭，吾生寧負汝。

昨宵初月麗，流光矚遙岑。促織乘秋驕，回顧多淒音。危坐感物化，濁醪難獨斟。中庭有桂樹，招隱同山林。

同調得詞客，躡屩輕遠遊。頹然釋冠服，散詠寬離憂。別予先理棹，茲謀非所求。願言酌芳醴，勉爲異鄉留。

長男及舞象，提攜天漏區。指點盤中飧，訝無故鄉魚。小兒強解事，索果如生菹。相將飽藜藿，不敢誇明珠。

親串萬里來，入室延二仲（儉庵、元楷）。棋聲清永晝，簷際蘿煙動。麋鹿有本心，肉食今安用。雨夜更聯床，故山同入夢。

向夕苔色昏，蚊蚋亦時有。無意嚴驅除，敗麈空在手。衛生思越人，吠日憐蜀狗。誰能安卑濕，不傷留滯久。

室有黔婁婦，抱杼時親績。誚予戀一官，浮生甘遠客。幸免女嬃詈，知爲王事迫。臨食暫井臼，閉幃三太息。

龍劍傷離合，光氣戒輕發。造父駕逐影，霜蹄時一蹶。行藏貴斂退，離思紛莫遏。三詠常棣篇，山川莽寥廓。

著述期不朽，古人愛名山。詎希千秋業，且銷片時閒。文章暨建樹，吾其季孟間。筆床兼吟榻，泛宅五湖邊。」

《秋錦山房集》卷四《述懷奉同中丞公，用秦少游海康書事韻，分得十韻之五》：「仙都不可見，下界分九州。涉世如登山，捷足居上頭。扊扅斲爲薪，漢書掛之牛。輸彼棄孺子，談笑覓通侯。

靜女有令姿，含情爲誰許。春葩已尚秋，團扇欲辭暑。本無珠翠妝，蹇修棄如土。攬佩以行遊，江淮河漢汝。

守衷以違俗，操術誠區區。平生鉏菜耦，亦有華子魚。彼爲天際鵠，我作林間狙。暗投古所戒，敢雲明月珠。

三苗別風壤，同儕竟何有。緝葉爲上衣，鏢弩出女手。漏天低咫尺，風箔捲蒼狗。卻顧兩童奴，絮語商客久。

慈母所縫絲，今已解襞績。鄉信幾時來，借問江干客。生兒不爲農，那免租稅迫。西疇倘可營，明當事棲息。」

康熙十二年癸丑秋，李良年聞三藩同撤時，預感大亂將至，與其弟李符離開貴州東歸，並於是歲冬抵家。〔註219〕康熙十七年夏，李良年應鴻博之召入都，在京賦《鷓鴣怨》三章，追念曹申吉，並另賦《留客住》一闋。

《秋錦山房集》卷六《鷓鴣怨（李子夢聞鷓鴣聲，醒而作詩，遂以名篇，懷渠丘公也。）》：「山川何處險，乃在西南陲。劍芒互崩劣，羊腸自委蛇。鷓鴣一小鳥，其聲如有知。荒荒雲木暗，聽者生諮嗟。美人昔同車，攬袂前相持。但歌行路難，詎意別離時。瘴雨

〔註219〕李繩遠《秋錦山房集序》：「癸丑秋，同弟分虎東歸，其冬抵家。」

方毒淫，一朝限天涯。年華同逝水，會合未有期。平生苦憶往，彷彿夢見之。鷓鴣忽告我，聲較昔年悲。亦知行不得，醒淚如懸絲。」

《留客住・鷓鴣》:「楚天杳。憑筍輿、羊腸似發，荒煙墜葉，一片鉤輈蠻鳥。南飛故喚行客，占斷千里，秋山吟不了。蘆衰竹苦，正聽殘、野店酒旗風嫋。江細繞。竿渡人稀，但橫斜照。解語參軍，愁裏暗欹烏帽。記得鄭家留句，花落黃陵，雨昏湖外草。更堪何處，鎮清猿、杜宇和他淒調。」

李良年在康熙十九年時，曾給曹申吉寫過一封信，託付前往貴州的朋友轉交曹申吉，也許此信是此詞的最好的注腳了。信中云:「憶歲在癸丑，載德東遷，驚飆頓起，音塵河漢，斷絕七霜，回思夙夕追隨，眷拂摯深，綿綿寸心，感知己之難，時縈天末也。戊午秋復赴都下，與中翰先生晤對，共話情曲，日望瘴雲開朗，曾賦《鷓鴣》篇三章，以當左卷，至今在篋中……欣慕交馳，恨不能奮飛以侍左右耳。」〔註 220〕而此時的雲貴形勢危急，曹申吉很難與外界有音信來往，即便是賦詩，也多「行草行毀」。此信是否到達曹申吉手中，已不得而知，即便曹申吉能收到此信，恐怕也不便回覆。豈料此信一去，二人遂成永隔。

第三節　曹元詢與汪喜孫交遊唱和考

汪喜孫，清揚州府甘泉縣人，避九世祖汪太孫之諱，更名喜荀，字孟慈，號荀叔，生於乾隆五十一年，父汪中。嘉慶十二年舉人，其後自嘉慶十三年至道光三年，曾八試禮部而不第。嘉慶十九年第三次試禮部不第後，受鮑勳茂之助，入貲爲內閣中書。其後歷任內閣撰文中書、《會典》館覆校官、《玉牒》館校錄官、內閣漢本堂管理誥敕房等。又任戶部山東司兼河南司行走、山東司兼河南司主稿、貴州司主稿、山東司員外郎等職。〔註 221〕

與汪喜孫相同的是，曹元詢科場亦不順利，「曾十試禮部，道光元年薦孝廉方正，以知縣用。」〔註 222〕曹元詢與汪喜孫究竟是何時結識的，今已無法確切推測，但二人關係較爲密切。曹元詢《蘿月山房古文》保存了兩通曹元

〔註 220〕李良年《秋錦山房外集》卷二。
〔註 221〕楊晉龍《汪喜孫著作集・汪喜孫之生平》。
〔註 222〕汪喜孫《曹元詢小傳》。

詢寫與汪喜孫的信。就信中內容來看，這兩封信蓋寫於曹元詢四十歲之後，因爲信中云：「僕年適知命」。第一封信云：「孟慈足下，客歲在都，備領教益，及僕調攝不慎，身抱沉屙，又蒙診視調護，得以生全抵里。」蓋曹元詢在京赴禮部試時，不愼患病，多賴汪喜孫照顧，才得以病癒。至於二人如何能相識，大概跟兩人連年進京應試有關，每次都能碰到熟悉的面孔，可謂同是天涯淪落人。再者，汪喜孫是揚州汪氏的後人，康熙時的汪懋麟就是曹貞吉好友，兩人都可謂是名門之後，二人走到一起，稱得上是再續前緣。曹元詢在信中表達了對汪喜孫的感激之情，「不特僕銘心刻骨，即家嚴慈亦未嘗不感激涕零也。再造之恩，無門可報，惟焚香禱天，遙祈伯母大人百年福壽……」曹元詢還在信中表達了對汪喜孫人格的傾服：「足下誠敬以奉先，義方以啓後，在家爲孝子，入朝爲名臣，不爲眾謗易心，不以群疑改節。都門人海，凡學問經濟表表可稱道者，固自不少，然貞心勁節如足下者，能幾人哉！」另外曹元詢還賦詩一首寄與汪喜孫與李璋煜。〔註 223〕第二封信寫於曹元詢應試後的四個月，信中云：「孟慈足下，闈後一別，瞬屆中秋，彈指之頃，四閱月矣。」汪喜孫在京時，可能向諸公卿推薦過曹元詢，令曹元詢十分感激，云：「僕以襪線小材，弇陋無似，乃足下獨以爲可教，不惜齒牙余馥，揚扢公卿間，欲使朽木加雕琢，犁牛披紋繡，雖落落難合，然心已盡矣。」曹元詢在信中還提到自己的著述情況，云：「《公羊傳》樣本未及呈送，俟晤時再奉繳耳。」《山東通志·藝文志》著錄曹元詢有多部《公羊》著作：《公羊春秋疏證》、《公羊傳說》等，曹元詢此處所云蓋即指此。

汪喜孫的母親朱氏，年七十歲時，汪喜孫爲其祝壽，並將諸友人所作詩、序等輯爲一編，名曰《壽母小記》，其中就有曹元詢所作五言律詩兩首：

> 「貫董修文日，歐陶垂髫年。飄搖廈一木，零落帙千編。寸草春偏永，專家業竟傳。康強閒逸樂，天意慰名賢。
>
> 經世成賢母，庭猶憶鯉趨。健拋鳩作杖，笑指鳳將雛。畫荻心仍切，含飴樂有餘。春暉好摹繪，永續授經圖。」〔註 224〕

曹元詢除了在科場仕途上與汪喜孫有相似之處外，還有很多其他相似之

〔註 223〕曹元詢《蘿月山房詩·寄汪孟慈、李月汀》：「條支羽檄達皇都，三汎長淮利涉無。共道關中留魏尚，更聞江左得夷吾。金莒玉札黃公略，平淮河渠太史書。國士由來多勝算，下風容我拜眞儒。」

〔註 224〕《汪喜孫著作集》第 1060 頁。

處，比如曹元詢於書無所不讀，又好金石文字，這點與汪喜孫可謂是興趣相投。再如二人皆事親至孝，汪喜孫少失怙，每向友人道及其母懿行，輒至流涕。曹元詢後因母喪，哀毀至疾而卒。曹元詢謝世後，汪喜孫嘗寫信與其家人，覓其遺稿以就正。

第五章　安丘曹氏文學淵源考

概述

本章的文學淵源考，採取了一種較爲寬泛的視角，並不僅局限於文學風格、藝術特色的淵源考察，而且還包括作者的師承授受，以及作者在文學創作中所受到的影響等方面。安丘曹氏在文學上成就最高的當屬曹貞吉、曹申吉，尤其是曹貞吉的《珂雪詞》在清詞史上的地位。由於諸多歷史原因和門戶之見，曹申吉的文學成就從未有研究者涉足。雖然王士禛、宋犖、趙執信等人都對曹貞吉的詩學成就給予了肯定，但曹貞吉得以在文學史上立足的，當是他的詞作。其實曹申吉的詩歌成就要超過曹貞吉，本著客觀求實的態度，很有必要對曹申吉的創作作一番考察。其他曹氏後人雖然也有作品傳世，但無論是藝術成就，還是創作數量，都不能同曹貞吉、曹申吉相提並論。這也許同他們的人生際遇有關，他們大都科場不利，這使得他們不能像曹貞吉一樣，可以結識當時的文壇巨匠，從而在創作上得到指授。他們的創作或者境界狹隘，或者過於斧鑿，或者模擬之跡明顯，或者與當時的文壇氣象相左，在題材上也多是酬唱詠物之作。而曹氏後人真正能繼承《珂雪詞》衣缽者，當屬曹霦。其詞作雖然數量不多，但頗具特色。所以本章主要選取了曹貞吉、曹申吉和曹霦爲研究對象。

在《曹貞吉詞學淵源》這一節中，結合曹貞吉的交遊情況，對曹貞吉的詞學淵源進行探述。目前有人提出曹貞吉前期詞風受陳維崧影響，接近陽羨詞派，後期受朱彝尊影響，接近浙西派；或者有人直接將曹貞吉看作陽羨派的人物。如果能結合曹貞吉的交遊情況及創作情況來考察，將會發現這些觀點有待商榷。其實曹貞吉詞無論是在師法對象上，還是藝術風格上，甚至在是吟詠題材上，都與浙西派有著驚人的相似。若再將曹貞吉與浙西派諸人結識的時間，還有與浙西派人士的關係考慮在內，如果不計地域因素而能將王士禛列於廣陵詞派，那曹貞吉應該算是浙西派的重要人物。曹貞吉詩雖然不如其詞的成就大，但在清初詩壇上亦占一席之地，王士禛、趙執信等人對此都已有定論。清初詩壇曾有著激烈的祧唐祖宋之爭，而在這種大的背景下，結合曹貞吉的交遊情況來考察曹貞吉的詩風轉變，無疑更能瞭解當時的情形。王士禛曾選評《珂雪詩》，王士禛嘗言自己的文學活動給周圍人帶來很大影響，其詩風也出現過由唐入宋的轉變。據考察，曹貞吉、汪懋麟等人學習宋詩，要遠遠早於王士禛倡導宋詩。在曹申吉詩學淵源考一節中，重點考察了曹申吉在創作上與劉正宗的關係。正如當時人士所指，曹申吉在詩歌創作上直接淵源於劉正宗。曹申吉在京任職時，深受其外祖劉正宗的影響，因而祖孫二人的詩風非常相似，但隨著時勢的變遷，曹申吉的詩風也出現了明顯的變化，最終也納入到規模宋人的潮流中。曹貞吉、曹申吉後人雖有著作，但除了貞吉次子曹霦有《黃山紀遊詞》一卷曾刊刻於康熙時，其他人士著作皆無刻本行世。雖偶有數首佳作，但都不能與二曹相稱，蓋君子之澤，五世而斬。唯一能承《珂雪詞》衣缽的當屬曹霦《冰絲詞》，其詞小令諸調，淵源小山；長調詠物諸作，亦能奪玉田之席。

第一節　曹貞吉文學淵源考

一、曹貞吉的詞學淵源

曹貞吉從事詞作的時間，沒有明確的記載，今所見《珂雪詞》按調編排，非以時繫，所以不知其作詞最早始於何時。但是可以確定，其從事詞作的時間肯定要晚於其詩歌創作。據曹申吉《珂雪初集跋》:「癸巳甲午間，予從事聲律，時與兄商榷淵源，流連風雅，而兄方耽心制舉業，略不涉筆，無從測其閫奧也。甲辰歲，兄冠進賢返里，拈筆即工。」曹貞吉因科場失利，忙於舉業，其有意從事詩歌創作，始於康熙三年甲辰中進士後，據此推測，其從事詞作，肯定要晚於此時。在曹貞吉從事詞作之前，安丘曹氏是否有人已涉此道，是否對曹貞吉從事詞作有影響，今未見明確記載。但在《安丘曹氏族譜》卷五的家族著述中，有《習勞軒詩餘》一書，此書爲曹一鳳所撰。曹一鳳是嘉靖乙未進士，是曹貞吉曾祖的弟弟。曹貞吉居鄉讀書時，不知道是否見過此書，是否受其影響，今亦無從考證。

曹貞吉從事詞作，蓋受王士禛紅橋唱和影響，始於其康熙六七年間遊吳越之時。〔註 1〕康熙元年，時任揚州推官的王士禛，發起了紅橋唱和，〔註 2〕掀起了清初詞作的第一次高潮。此次唱和影響甚大，和者眾多，甚至在康熙二十五六年間，孔尚任到揚州時，亦追題紅橋之事。〔註 3〕康熙六年，曹貞吉在揚州遊紅橋時賦《浣溪沙・步阮亭紅橋韻》，也許，曹貞吉自此開始了他的詞作道路。

《珂雪詞》卷上《浣溪沙・步阮亭紅橋韻》:「幾曲清溪泛畫橈，綠楊深處見紅橋，酒簾歌扇暗香銷。白雨跳波荷冉冉，青山擁髻水迢迢，三生如夢廣陵潮。

水過雷塘嗚咽流，繁華人逝幾經秋，二分明月自揚州。玉樹歌來猶有恨，錦帆牽去已無愁，平山堂下是迷樓。」

王士禛發起紅橋唱和之時，正値明末雲間詞風盛行之時，謝章鋌曾在《賭棋山房詞話》中這樣評述他:「阮亭沿鳳州、大樽緒論，心摹手追，半在《花間》，雖未盡倚聲之變，而敷詞選字，極費推敲。」〔註 4〕雖然王士禛對雲間詞人「故專意小令，冀復古音，屛去宋調」的做法不滿，〔註 5〕但是其風格上，

〔註 1〕張貞《祭曹實庵先生文》:「憶丁未首夏，先生需次里居，結伴南遊，泛棹長淮，艤舟邗上，時四方名士多僑寓其間，投壺贈縞，論交甚眾，相與登紅橋，過竹西，上下平山堂，籃輿畫舫，郄尊竹杖，歡聚月餘，始各散去。」

〔註 2〕《漁洋山人自撰年譜》:「康熙元年壬寅。其春，與袁于令擇菴諸名士修禊紅橋，有《紅橋唱和集》。惠注：山人作《浣溪沙》三闋，所謂『綠楊城郭是揚州』是也。和者自茶村而下數君，江南北頗流傳之，或有繪爲畫者。於是過揚州者，多問紅橋矣。」

《居易錄》卷四:「予嘗與袁昭令、杜于皇諸名宿宴於紅橋，予自爲記，作詞三首，所謂『綠楊城郭是揚州』是也。昭令酒間作南曲，被之絲竹。又嘗與林茂之、孫豹人、張祖望輩修禊紅橋，予首倡《冶春詩》二十餘首，一時名士皆屬和。予既去揚州，過紅橋多見憶者，遂爲廣陵故事。」

〔註 3〕《居易錄》卷四:「丙寅、丁卯間，曲阜孔尚任東塘，以濬河至揚州，題詩紅橋云:『阮亭合向揚州住，杜牧風流屬後生。廿四橋頭添酒社，十三樓下說詩名。曾維畫舫無閒柳，再到紗窗只舊鶯。等是竹西歌吹地，煙花好句讓多情。』」

〔註 4〕謝章鋌《賭棋山房詞話》卷八。

〔註 5〕《花草蒙拾》:「近日雲間作者論詞有云:『五季猶有唐風，入宋便開元曲，故專意小令，冀復古音，屛去宋調，庶防流失。』僕謂此論雖高，殊屬孟浪。

基本藩籬於雲間派，仍未脫離《花間》、《草堂》之風，他自己也甚是欣賞《花間集》的「蹙金結繡，而無痕跡」。〔註 6〕陳維崧曾在《詞選序》中這樣評論明末清初詞風：「今之不屑爲詞者固無論，其學爲詞者，又復極意《花間》，學步《蘭畹》，矜香弱爲當家，清眞爲本色。神瞽審聲，斥爲鄭衛。甚或爨弄俚詞，閨襜冶習，音如濕鼓，色若死灰，此則嘲詼隱庾，恐爲詞曲之濫觴。所慮杜夔左騤，將爲師涓所不道。輾轉流失，長此安窮？勝國詞流，即伯溫、用修、元美、徵仲諸家，未離斯弊，余可識矣。」〔註 7〕當然曹貞吉亦未能脫離《花間》、《草堂》的藩籬，曹貞吉初涉詞道，亦由花間入手，其早年曾親選《花間詞選》一書。張其錦也在《梅邊吹笛譜序》中指出曹貞吉等清初詞人不脫《草堂》前明習染，其云：「我朝斯道復興，若嚴蓀友、李秋錦、彭羨門、曹升六、李畊客、陳其年、宋牧仲、丁飛濤、沈南渟、徐電發諸公率皆雅正，上溯南宋。然風氣初開，音律無不小乖，詞意微帶豪豔，不脫《草堂》前明習染。」〔註 8〕可見曹貞吉早期詞作，受明季詞風的影響，與《花間》、《草堂》有著直接的淵源。如作於早期的《蒼梧謠》二調，沈鳳于就指出其「仿《惜香》、《片玉》體，風致自佳。」

《珂雪詞》卷上《蒼梧謠》其一：「團，扇舊猶堪贈所歡。秋風起，戀戀故人難。」

其二：「寒，澗水粼粼白石間。終難去，滄海作波瀾。」

曹貞吉作於此際的作品雖然無從考證有多少，但此時他並沒有專力從事詞作，也許僅是作詩之餘偶然賦詞，僅是對發生在揚州的風流餘韻的追敘。康熙三年，王士禛離任揚州之後，便「禁不作詞」，〔註 9〕不復倚聲之道。正如張宏生在《清詞探微》中所云：「能夠體現出王士禛重大影響的不是他的詞創作，而是他的詞壇活動，尤其是群體活動。」曹貞吉也許正是受王士禛的

廢宋詞而宗唐，廢唐詩而宗漢魏，廢唐宋大家之文而宗秦漢，然則古今文章，一畫足矣，不必三墳八索至六經三史，不幾幾贅疣乎？」《王士禛全集》2489。

〔註 6〕《花草蒙拾》：「《花間》字法，最著意設色，異紋細煙，非後人纂組所及。」又：「或問《花間》之妙，曰：『蹙金結繡，而無痕跡。』問《草堂》之妙，曰：『采采流水，蓬蓬遠春。』」

〔註 7〕陳維崧《詞選序》，見《清代文論選》上第 246 頁。

〔註 8〕轉引自姚蓉《明清詞派史論》第 143 頁。

〔註 9〕蔣景祁《刻瑤華集述》：「王詹事阮亭精研詩格，《衍波》以後，禁不作詞。」顧貞觀《與秋田論詞書》：「漁洋復位高望重，絕口不談。於是向之言詞者，悉去而言詩、古文辭，回視《花間》、《草堂》，頓如雕蟲之見恥於壯夫矣。」

這種群體活動的影響，開始從事賦詞之道。

王士禛離任揚州之後，雖然不復談塡詞之事，但曹貞吉卻受其影響，正式走上賦詞之路。而曹貞吉著意賦詞的寬泛時間段當在康熙十年以後，出任徽州同知之前。曹貞吉曾在《秋錦山房詞序》中這樣說道：「予近頗廢詩，以塡詞自遣懷」，而李良年的《秋錦山房詞》所收錄的是其康熙十八年之前的作品，據此，曹貞吉的所謂「予近頗廢詩」，大概是指康熙十八年前後。其實可以將這個時間前後推衍至康熙十年至康熙二十四年其任徽州同知時，因爲在這個時間段內，曹貞吉結識了清初兩位最重要的影響最大的詞人，一位是浙西詞派領袖朱彝尊（按：曹貞吉結識朱彝尊當在康熙九年十年之間，見《交遊唱和考》），另一位是陽羨詞派領袖陳維崧（曹貞吉結識陳維崧當在康熙十七年，見《交遊唱和考》）。而曹貞吉也是在結識這兩位詞壇領袖之後，才開始大量從事賦詞之道。

曾有研究者將曹貞吉從事賦詞的原因，歸結於其興趣的轉移和清初詞壇從事塡詞之道者甚少。〔註 10〕本人認爲，其興趣轉移並不是不喜歡作詩，雖然此段時間內曹貞吉頗廢作詩，但其詩歌創作一直未停歇，數量也未曾減少多少。諸多研究者以未看到《珂雪三集》，便得出曹貞吉在從事賦詞這一時期內，詩作大量減少。其實《珂雪三集》四卷，收錄了曹貞吉康熙十一年以後二十餘年的作品，雖然沒有刻本流傳，但並不能籍此來判斷其詩歌創作銳減，並且將興趣轉移到塡詞上來。有研究者引陳維崧《任植齋詞序》〔註 11〕和李漁《耐歌詞自序》〔註 12〕，認爲清初從事塡詞者甚少，「物以稀爲貴」，眾多好勝的文人紛紛轉向塡詞，將這也歸結爲曹貞吉從事塡詞的原因。〔註 13〕如果瞭解曹貞吉的性格和爲人，很容易得出他並不是一個因「好勝」而爲詞者。況且其大量作詞之時，正是曹申吉羈留黔中，曹貞吉備受煎熬的時期，哪有心情在詞壇上爭勝。據曹貞吉之子曹濂云：「先大夫素性恬淡，通籍三十餘年，

〔註 10〕翁容《曹貞吉詞及清初詞壇》第 11 頁。

〔註 11〕陳維崧《任植齋詞序》：「憶在庚寅、辛卯間，有常州鄒、董遊也，文酒之暇，河傾月落，杯闌燭黯，兩君則起而爲小詞。方是時，天下塡詞家甚少，而兩君獨矻矻爲之，放筆不休，狼藉旗亭北里間。」

〔註 12〕李漁《耐歌詞自序》：「三十年以前，讀書力學之士，皆殫心制舉業，作詩賦古文詞者，每州郡不過一二家，多則數人而止矣……乃今十年以來，因詩人太繁，不覺其貴，好勝之家，又不重詩而重詩之餘矣。一唱百和，未幾成風。無論一切詩人皆變詞客，即閨人稚子、估客村農，凡能讀數卷書、識里巷歌謠之體者，盡解作長短句。」

〔註 13〕翁容《曹貞吉詞及清初詞壇》第 13 頁。

所至屢空，不識阿堵爲何物。與郡邑大夫交，即極相引重，而甘貧守約，竿牘不至公門。此尤通邑所知，無俟喋喋者也。處友交遊間，落落穆穆，不輕爲然諾。然遇人有緩急，則周旋患難，身任不辭，生死窮通，不以易念，或義所當爲，不俟請求，往往陰爲之地，而究亦不以告之。君子之交淡如水，其先大夫之謂矣。先大夫隆準豐頤，氣體凝重，居恒正襟危坐，靜若苦禪，啜茗焚香，意泊如也。」〔註 14〕另外，如果翻閱一下康熙十七年末，曹貞吉曾寫信給顏光敏的信，也不會得出曹貞吉在詞壇上是個喜歡爭勝的人，信云：「詩餘一道，向因少事，藉以送日，結習所在，筆墨遂多。其年、錫鬯日督付梓，所以未即災梨者，作者林立，羞事雷同。一囊無餘貲，難修不急；二心懶憚於檢校；三草草結構，不敢自信；四俟年兄入都後再加斧斤，方可出以示人耳。」〔註 15〕可見曹貞吉從事詞作是因「向因少事，藉以送日」，當然這只是其表層的原因。

也許「向因少事，藉以送日」，以及結交兩位重要詞人是曹貞吉大量從事填詞的外因，其實導致其眞正轉向填詞的內在原因，是曹貞吉此段時間內的痛苦的心境。如果稍加留意，不難發現，曹貞吉刻意填詞時期，正是曹申吉羈留貴州之時。自吳三桂反於黔中，曹貞吉便失去了與曹申吉的聯繫，這對於朝夕承歡，連床夜語的同胞來說，是何等的煎熬。曹濂曾在《曹貞吉行狀》中這樣描述曹貞吉在這段時間內的境遇：「先大夫獨留京國，常鬱鬱不自樂。然驛使星馳，月或三四至，萬里倡酧，歲常盈帙。迨自甲寅亂後，南天鮮雁足之書，故鄉有垂白之母，先大夫欲歸不能，欲留不可，日夕惟以眼淚洗面。」也許這才是曹貞吉「頗廢詩」的眞正時期，也就是康熙十三年與曹申吉失去聯繫至康熙十九年曹申吉遇難的這一段時期。而曹濂也在《曹貞吉行狀》中指出《珂雪詞》成由此際。〔註 16〕曹貞吉之所以「廢詩填詞」，是因爲：其一，詞這種文學體裁更適合抒發作者的悲痛情感，陳維崧就在曹貞吉的《詠物詞序》中提到此點〔註 17〕；其二，作爲詩餘的詞，多少可以避開清初的文字之

〔註 14〕《安丘曹氏族譜》卷二曹濂《曹貞吉行狀》。

〔註 15〕《顏氏家藏尺牘》卷二。

〔註 16〕曹濂《曹貞吉行狀》：「草餘間則同新城今大司寇王先生阮亭、德州今少司農田先生漪亭、商丘今中丞宋先生牧仲、秀水今檢討朱先生錫鬯、宜興故檢討陳先生其年、江都故比部汪先生蛟門及一時諸名公商量風雅，消滅歲月，此《十子詩略》、《珂雪詞》之所由成也。雖著述日富，而心則傷矣。」

〔註 17〕陳維崧《詠物詞序》：「誰能鬱鬱，常縛於七言四韻之間？對此茫茫，姑放浪於減字偷聲之內。」

禁，不爲當權者所注意，可以表露一些不宜在詩中表達的情感，可以「寄託遙深」〔註 18〕。萬里之外是失去聯繫不知生死的同胞兄弟，故里尙有讓牽腸掛肚的垂白之母，而此時京師卻流言四起，謠傳曹申吉已經從逆。其心境之淒涼，從其作於此時的詞作便可看出。在這「誰料而今成幻影，飄零」之際，曹貞吉只能「空房宿，淚偷注」，一個「偷」字，也許最能代表此刻的複雜難言的心情了。

> 《珂雪詞》卷上《南鄉子七調（夏夕無寐，茫茫交集，輒韻語寫之，不求文也。）》其二：「少小憶趨庭，總角齊肩好兄弟。嘗得熊丸心自苦，同聽。夜雨連床十載聲。有約待躬耕，白髮慈親望眼瞢。誰料而今成幻影，飄零。瘴雨蠻煙一帶青。」

> 《珂雪詞》卷下《賀新涼・鴉陣》：「鴉陣來沙渚，逗輕寒，霜天一抹，晚紅如縷。掠下晴窗驚帛裂，影逐斷雲歸去。伴黃葉，蕭蕭亂舞。寒話空林飛且止，似商量、明日風兼雨。聲啞啞，倩誰訴。黃雲城畔知無數，趁星稀、明月三匝，一枝休妒。雁字橫斜紛幾點，極目江村煙樹。惆悵煞，落霞孤鶩。啼向碧紗堪憶遠，最淒涼，織錦秦川女。空房宿，淚偷注。」

與王士禛將詞視爲小道不同的是，無論是陳維崧還是朱彝尊，對待詞體問題，都有一種比較自覺理性的尊體意識。陳維崧曾在《詞選序》中，極力抬高詞體地位，抨擊了將詞視爲小道的觀念。〔註 19〕朱彝尊在對待詞體的觀

〔註 18〕《四庫總目提要》卷一九九。

朱彝尊《曝書亭集》卷四十《陳緯雲紅鹽詞序》：「蓋有詩所難言者，委曲倚之於聲，其辭愈微，而其旨益遠。善言詞者，假閨房兒女之言，通之於《離騷》、《變雅》之義，此尤不得志於時者所宜寄情焉耳。」

陳水雲《清代詞學發展史論》第 221 頁：「曹貞吉詞重寄託顯然與這一特殊的生活經歷密切相關，同時也是當時詞壇尚意傾向在詞學思想上的反映，在四大臣統治的康熙前期清朝統治者對漢族士子極盡打擊之能事，這一惡劣的生存環境使得士人把自己心靈的傷痛藉詞表露出來，在這一創作背景下當時詞壇上出現了主張比興寄託的詞學觀念。」

〔註 19〕陳維崧《詞選序》：「客或見今才士所作文，間類徐、庾儷體，輒曰：『此齊、梁小兒語耳。』擲不視。是說也，予大怪之。又見世之作詩者，輒薄詞不爲，曰：『爲輒致損詩格』。或強之，頭目盡赤。是說也，則又大怪。夫客又何知。客亦未知開府《哀江南》一賦，僕射在河北諸書，奴僕《莊》、《騷》，出入《左》、《國》，即前此史遷、班椽諸史書，未見禮先一飯。而東坡、稼軒長調，又駸駸乎如杜甫之歌行與西京之樂府也。蓋天之生才不盡，文章之體格亦不盡……

點上雖然比較委婉，不如陳維崧那麼明確，但也常提出「昔之通儒巨公往往爲之」，「宋之元老亦皆爲之」的事實來抬高詞體。〔註 20〕當王士禛於康熙四年離任揚州後，不復倚聲之道時，也正是朱彝尊揚名詞壇之時。王士禛將詞視爲小道，而朱彝尊卻藉此以獲大名，這本就是朱彝尊通過自己的實踐，來實現對詞體的一種尊崇。〔註 21〕

與陳、朱相同的是，曹貞吉在對待詞體的問題上，也同樣有著尊體意識。他在《華荊山詞序》中云：「以詞爲詩之餘，則曲亦詞之餘乎哉？推而上之，詩亦文之餘，等而下之，凡《子夜》、《吳歌》、《掛眞兒》、《打棗竿》之類皆曲之餘乎哉？總之元音自在天地，隨其所觸而文生焉，猶之以鳥鳴春，以雷鳴夏之意云爾。故詞者詩之變，而不可謂詩之餘；曲者詞之變，而不可謂詞之餘也。顧其變也，亦出於不得不然之數，而非人力之所能。與謂非天地之元音爲之乎？」〔註 22〕曹貞吉將詩、詞比作鳥鳴、雷鳴，其意思顯而易見，就是將詞與詩看得同等重要，只不過是體裁不同，並無高下貴賤之分。

有研究者認爲曹貞吉詞的早期風格接近陽羨派，而其晚期更似浙西一派。〔註 23〕如果考察一下曹貞吉的與朱彝尊、陳維崧的交遊情況，便會覺得這種說法不夠恰當。曹貞吉於康熙十年或者稍早，結識了朱彝尊，在康熙十年的時候又結識了另一位有浙西「亞聖」之稱的浙西派重要詞人李良年。而曹貞吉結識陳維崧則是在康熙十七年，亦即陳維松應鴻博之召至京時。而在陳維松應召進京時，朱彝尊亦應鴻博入京，而自此時，曹貞吉與朱彝尊、陳維松時相唱和，經常一起探討詞法。（見《交遊唱和考》）

曹貞吉結交朱彝尊不久，最能體現浙西派的代表之作《江湖載酒集》編

爲經爲史，曰詩曰詞，閉門造車，諒無異轍也。今之不屑爲詞者，固亡論。」

〔註 20〕朱彝尊《陳緯雲紅鹽詞序》：「詞雖小技，昔之通儒巨公往往爲之。蓋有詩所難言者，委曲倚之於聲，其辭愈微，而其旨益遠。」
朱彝尊《紫雲詞序》：「自唐以後，工詩者每兼工於詞，宋之元老若韓、范、司馬，理學若朱仲晦，眞希元亦皆爲之，由是樂章卷帙幾與詩爭富。」

〔註 21〕嚴迪昌《我讀朱彝尊詞》：「朱氏早年專擅於詩，與王士禛並稱『南朱北王』，騁雄詩壇。王漁洋於康熙四年離任揚州推官後『絕口不談』倚聲一道，專意爲詩，開『神韻』宗派；朱彝尊則正好自康熙三年『西北至雲中』在曹溶的大同兵備署爲幕僚時始工爲詞，揚名詞壇。」

〔註 22〕曹貞吉《珂雪文稿》。

〔註 23〕陳水雲《清代詞學發展史論》第 228 頁：「然而，時勢的變化也使得曹貞吉後期詞學觀發生轉變，即他論詞已受浙西派思想的影響。」

成於康熙十一年。〔註 24〕曹爾堪在序《江湖載酒集》時曾云：「據鞍弔古，音調彌高」，「時複雜以悲壯，殆與秦缶燕築相摩蕩。」而曹貞吉此時的諸多弔古和作，亦具有同樣風格。

《曝書亭集》卷第二十四《江湖載酒集》上《滿江紅・吳大帝廟》：「玉座苔衣，拜遺像、紫髯如昨。想當日，周郎陸弟，一時聲價。乞食肯從張子布，舉杯但屬甘興霸，看尋常談笑敵曹劉，分區夏。南北限，長江跨。樓櫓動，降旗詐。歎六朝割據，後來誰亞？原廟尚存龍虎地，春秋未輟雞豚社。剩山圍、衰草女牆空，寒潮打。」

《珂雪詞》卷上《滿江紅・和錫鬯吳大帝廟下作》：「遺廟江東，舊日是、紫髯天下。英魂在，靈風雨夢，卷旗飄瓦。獅子雄才原足惜，孝廉嫵媚還能霸。笑周郎帷幄慮偏長，忘中夏。羞銅雀，東風借。軍衣白，艨艟駕。彼孫劉之睦，姻盟何假？自惜江山吳子國，於今父老新豐社。聽石頭、戰鼓似寒潮，空城打。」

《曝書亭集》卷二十四《江湖載酒集》上《消息・度雁門關》：「千里重關，憑誰踏徧，雁銜蘆處。亂水滹沱，層霄冰雪，鳥道連勾注。畫角吹愁，黃沙拂面，猶有行人來去。問長塗，斜陽瘦馬，又穿入離亭樹。猿臂將軍，鴉兒節度，說盡英雄難據。竊國真王，論功醉尉，世事都如許。有限春衣，無多山店，酹酒徒成虛語。垂楊老、東風不管，雨絲煙絮。」

《珂雪詞》卷下《消息・和錫鬯度雁門關》：「蕭瑟關門，西風吹雪，貂裘都偃。蟻垤行人，羊腸驛路，哀角邊聲怨。魚海寒冰，龍沙戍斷，歷亂蓬根飛卷。悵青衫，暮雲驅馬，望盡蒼蒼修阪。絕壁祠堂，趙家良將，入夜靈旗如電。折戟沉沙，老兵拾得，磨洗前朝辨。塞雁南飛，滹沱東注，可憐英雄人遠。問誰是、封侯校尉，虎頭仍賤？」

陳其年在評曹貞吉《滿江紅》時云：「顧盼橫江，英姿颯爽。」李良年評之曰：「睥睨悲涼，如聞廣武之歎。」陳其年評曹貞吉《消息》云：「廢驛荒詞，長吟曼嘯，當今不得不以爭推袁。」諸如此類的和作還有《百字令・天

〔註 24〕曹爾堪《曝書亭集詞序》：「往壬寅夏日與錫鬯首聚湖上時……倏忽已十年矣……頃與錫鬯同客邗溝，出示近詞一帙，芊綿溫麗爲周柳擅場，時複雜以悲壯，殆與秦缶燕築相摩蕩。」

龍寺高歡避暑宮遺址和錫鬯》、《滿庭芳・和錫鬯李晉王墓作》、《金菊對芙蓉・和錫鬯蟂磯弔孫夫人》等，如同朱彝尊一樣，大都有著高亢蒼涼詞風。而王士禛在評《百字令・天龍寺高歡避暑宮遺址和錫鬯》時云：「與錫鬯是一勁對。」高珩也在《珂雪詞序》中云：「初讀《弔古》諸作，慷慨悲涼，羽聲四起，如逢祖士雅、劉越石諸人。」有研究者認爲曹貞吉是受陳其年影響，其詞風變得豪放，其實此種觀點還是欠妥當的，曹貞吉在結識陳維崧之前的詞作，即已具豪放之風。曹貞吉對於自己的豪放詞風，曾在《耒邊詞序》中這樣解釋：「餘家瀕海之鄉，椎魯少文，比學填詞，發音輒爲傖鄙，不可耐正，如扣缶擊髀，其聲嗚嗚，斷不能擁鼻作一情語。」這一敘述正好與曹爾堪評《江湖載酒集》「時複雜以悲壯，殆與秦缶燕築相摩蕩」有相似之處。

朱彝尊在題其《江湖載酒集》的《解佩令・自題詞集》中曾這樣說道：「老去填詞，一半是空中傳恨」，「不師秦七，不師黃九，倚新聲、玉田差近。」而「玉田差近」，則是朱彝尊對其詞風的概括。朱彝尊論詞主張宗南宋，尤其推崇姜白石、張玉田，〔註 25〕其實這也是整個浙西詞派的主張。〔註 26〕與浙西派的主張一樣，曹貞吉亦標榜南宋，推舉白石、玉田。曹貞吉自《賀新涼・答沈融谷》詞中云：「甚《蘭畹》、《金荃》、《尊前》、《復雅》，未抵玉田句」。他在與米紫來論詞時也曾說過：「細數名家，晚唐南宋，漫說蘇豪柳膩。」〔註 27〕曹貞吉不但推崇張炎，而且還經常依張炎等人詞韻和作，如《南浦・春水用玉田詞韻》、《南浦・秋水再疊前韻》、《瑞鶴仙・詠灌嬰廟瓦硯照夢窗詞填》等。

> 《珂雪詞》卷下《南浦・秋水再疊前韻》：「片月映寒汀，碧澄澄，人對江山清曉。綠淨繞柴扉，晴磯上，已有垂楊先掃。蘆花似雪，連拳鷺占圓沙小。淡抹遙天渾一色，夾岸黏天衰草。百川爭赴長河，看魚床燈火，黃昏近了。白露老蒹葭，清歌發，無數採菱船

〔註 25〕朱彝尊《曝書亭集》卷四十《黑蝶齋詩餘序》：「詞莫善於姜夔，宗之者張輯、盧祖皋、史祖達、吳文英、蔣捷、王沂孫、張炎、周密、陳允平、張翥、楊基，皆具夔之一體。」

〔註 26〕《中國文學批評史》第 686 頁：「朱彝尊還鈔錄過張炎《山中白雲詞》，龔翔麟據以刊刻行世，成爲張炎詞集善本之一。其他浙派詞人如李符、厲鶚均爲《山中白雲詞》寫了題辭，予以鼓吹。這些對擴大張炎詞的影響起了很大作用。據此可知，朱彝尊確以姜、張爲宗，而且這又成了浙西派一面旗幟，以至形成『浙西填詞者，家白石而戶玉田』（《靜惕堂詞序》）大體統一的格局。」

〔註 27〕《珂雪詞》卷下《玉女搖仙佩・與米紫來論詞即書其集後》。

到。平湖浩渺，芙蓉落盡空潭悄。又是霜明波冷後，此際撈蝦人少。」

朱、曹二人，對於各自詞風宗尚有著相互的認同，而且已經達成共識。朱彝尊在《詠物詞評》中這樣說道：「詞至南宋始工。斯言出，唯有不大怪者，惟實菴舍人意與予合。」〔註 28〕而曹貞吉在《百字令・朱錫鬯過訪不値悵然有寄》中云：「記得昨夕燈前，流連《蕃錦》。無縫仙衣接。白石、小山門徑在，天半峨嵋幽絕。」〔註 29〕朱彝尊在京時，曹貞吉經常與朱彝尊一起探討塡詞之道，今天雖然沒有確鑿的文獻記載其談到的具體內容，但還是有蛛絲可尋。曹貞吉在《高槎客詞跋》中曾這樣說：「爲題數語，歸之試質之竹垞先生，以僕言爲然否耶？」〔註 30〕民國期間的盧見曾在《望江南・飲虹簃論清詞百家》這樣評價曹貞吉：「標南宋，始自實菴詞。心往手追張叔夏，幽深綿麗已兼之。周、賀不同時」，〔註 31〕直接將清初詞壇宗尚南宋的風氣歸因於曹貞吉，當然此言有所差強，但對曹貞吉標舉南宋的評價不容置疑。

作爲浙西派的另一個顯著特徵，就是大開清初詠物詞的風氣，其實這點亦淵源於宋末詠物的傳統。而曹貞吉的諸詞作，無論在是數量還是在質量上，都可稱得上是詠物詞的行家。清初詠物詞風的盛行，與《樂府補題》的問世，密不可分。而《樂府補題》的傳鈔、刊刻與流行，與浙西一派有著重大的關係。〔註 32〕據嚴迪昌先生考訂，《樂府補題》的刊刻當在康熙十八至二十年間，而此時正是浙西流派構成之期。〔註 33〕蔣景祁曾在《刻瑤華集述》中這樣描述《樂府補題》的影響：「得《樂府補題》而輦下諸公之詞體一變，繼此復擬作『後補題』，益見洞筋擢髓之力。」《樂府補題》所詠之物分別爲：蟬、蓴、

〔註 28〕《昭代叢書・辛集續編》。

〔註 29〕《珂雪詞》卷上。

〔註 30〕《珂雪文稿・高槎客詞跋》：「今天下言詞者，非辛、蘇則秦、柳，然亦襲其貌耳。至於神理都未夢見，若語以南渡諸家，舌撟而不下矣。高子槎客投余一編，大都出入於玉田、碧山之間，而細膩過之。若《畫堂春》之『一痕煙浪長柔藍』、《蝶戀花》之『黃葉清江，換卻來時路』、《燕山亭》之『別院秋韆，閒了樹頭紅影子』、《疏影》之『問取纖痕雨瓣殘紅，可得輕盈如此』，雖使昔人復生，吮毫按拍，無以加也。高子年在終賈，便已凌轢詞壇，遲之數年，吾知有井水吃處，莫不歌《羅裙譜》也。爲題數語，歸之試質之竹垞先生，以僕言爲然否耶？」

〔註 31〕尤振中、尤以丁《清詞紀事會評》第 259 頁。

〔註 32〕嚴迪昌《樂府補題與清初詞風》，見《嚴迪昌自選論文集》第 178 頁。

〔註 33〕嚴迪昌《清詞史》。

張宏生《清詞探微》第 42 頁：「宋代詠物詞的成就，後世學者多予讚賞，清代浙西詞派的發展，甚至以對詠物詞專集《樂府補題》的重新發現爲契機。」

白蓮、龍涎香、蟹，而曹貞吉亦在擬作「後補題」者之中，今以曹貞吉所作「後補題」諸作，與朱彝尊、陳維崧的「後補題」諸作分析比較，來考察在清初詞壇詠物風氣的初期，曹貞吉的詠物詞與朱彝尊的詠物詞更相似。

陳維崧《齊天樂・蟬》:「高柯一碧無情極，誰遞晚來秋信？雁塞琵琶，鳳城砧杵，彷彿一般音韻。悠揚不盡。待隔水聽來，數聲偏俊。譜入哀絲，螳螂捕處倍淒緊。玉盤金掌雖好，餐霞還吸露，此事難準。帽插豐貂，機鳴素穀，幾度愁他相溷。悄然低問：可仍記當初，衛娘低鬢？仙蛻寧遙，料丹霄有分。」

朱彝尊《臺城路・蟬》(《臺城路》即《齊天樂》):「苓根化就初無力，溫風便聞淒調。藕葉侵塘，槐花糝徑，吟得井梧秋到。一枝潛抱。任吹過鄰牆，餘音猶嫋。驀地驚飛，金梭爲避栗留小。長堤翠陰十里，冠緌都不見，只喚遮了。斷柳亭邊，空山雨後，愁裏幾番斜照。黃昏暫悄。讓弔月啼蛄，號寒迷鳥。飲露方殘，曉涼嘶恁早。(嵇聖賦:苓根爲蟬，援神契，蟬無力，故不食。遮了，蟬聲。)」

曹貞吉《齊天樂・蟬》:「前身疑是空山侶，遺蛻杳然仙去。露給資糧，形藏密葉，有得孤高如許。綠陰亭午，引天籟笙簧，移宮換羽。雨後微涼，餘音搖曳過庭樹。依稀銀雁柱緊，被晚風吹斷，曼聲悽楚。八尺琉璃，半簾蒼翠，睡起了無情緒。秋來更苦，咽四壁寒蟲，無聊和汝。且莫哀吟，覓疏林宿處。」

不難看出，三人雖同詠一物，但陳維崧所用手法，與朱彝尊和曹貞吉還是有明顯不同的，即陳維崧善用比興寄託，摹神寫意，朱、曹二人則更多以鋪敘法描述蟬的生命過程，更多的注重其形，體近自然之態。山來在評曹貞吉此詞的時候亦云:「形容盡致」。下面在看三人所題詠的龍涎香。〔註34〕

陳維崧《天香・龍涎香》:「萬斛蛟漦，千堆蜃沫，沉沉碧海今夜。湘娥倚殿，貴主還宮，新搗都梁無價。金盆煎處，趁月裏、桂華初謝。濃染鮫人茜淚，小襯馮夷水帕。天風彩鸞斜跨，杜蘭香、水邊閒話。幾遍龍堂遊戲，蓬萊幹也。多少望陵愁夢，空剩得、分香崔臺瓦。散與人間，鬥他檀麝。」

〔註34〕明王臨亨《粵劍編》卷三:「龍涎香，大海中山島下龍潛處有之，沒人覓取，多爲龍所害。致之甚難，不啻如頷下珠也。每兩價值百金。廣州府庫向有數兩，儲以備官家不時之需，稅使聞之，悉奪而進御矣。余聞是香氣腥，殊不可近，有言媚藥中此爲第一者。」

朱彝尊《天香・龍涎香》：「泓下吟殘，波中煙後，珠宮不鎖癡睡。沫卷盤渦，腥垂尺木，採入蜑船鮫市。南蕃新譜，和六一、丹泥分制。裹向羅囊未許，攜歸金盒先試。炎天最饒涼思。井華澆、帛輔澄水。百沸瓊膏，噓作半窗雲氣。麝火溫香欲焰，又折入犀帷嫋難起。螺甲重挑，茶煙教細。」

曹貞吉《天香・龍涎香》：「島嶼荒寒，斷潮嗚咽，抱珠神物濃誰。蜃霧成樓，綃宮噴雪，點點鮫人清淚。紅薇露濕，早釀就、都梁佳致。巨舶長風破浪，似帶海山鱗尾。春閨夜闌煙細，鬱空青、水天霞氣。漫惹雨絲沾酒，金猊聲碎。鳳脛一枝深燭，偎翠袖、余寒戀纖指。莫放悠颺，繡簾匝地。」

與陳維崧在詞中遙寄故國之思不同，朱、曹二人的詞則純粹賦物，絲毫沒有觸及敏感的故國之思。〔註 35〕

在《樂府補題》的影響下，曹貞吉同浙西詞派一樣，都創作了大量的詠物詞，據統計，《珂雪詞》中的詠物詞就有一百多首。而此時期朱彝尊的詠物詞專著《茶煙閣體物集》，也成了浙西詞派成員群起傚仿的典範。同爲曹貞吉好友的另一位浙西派詞人李良年的《秋錦山房集》，詠物詞也佔了大部分篇幅。但是與朱彝尊不同的是，曹貞吉的詠物詞並沒有按著朱彝尊式的「群芳譜」、「方物略」〔註 36〕的模式走下去，而是繼續著「寄託」之路。

有研究者認爲曹貞吉前期詞風接近陳維崧，後期才開始受浙西派影響，有崇尚醇雅風格的傾向。其實曹貞吉自始至終都與浙西一派有著密切的淵源關係，無論是與浙西派人物結識的時間，還是與浙西派人士交往的關係上。曹貞吉結識朱彝尊、李良年約在康熙十年，遠遠早於結識陽羨派詞人陳維崧、蔣景祁。而浙西六家詞人中，其中有五位與曹貞吉關係甚好，除了朱彝尊、李良年外，另外還有李符、沈皞日、沈岸登。另外，如上所述，曹貞吉與浙派詞人有著共同的特點，那就是詠物詞占大多數，還有就是創作主張上都主南宋，與南宋詞人有著深厚的淵源關係，尤其看重姜夔、張炎等人的詞風。康熙十八年龔翔麟纂輯的《浙西六家詞》刊刻於南京，是書收錄了朱彝尊的《江湖載酒集》、李良年的《秋錦山房詞》、李符的《耒邊詞》、沈皞日的《柘

〔註 35〕嚴迪昌《清詞史》第 253 頁。

〔註 36〕謝章鋌《賭棋山房詞話》。

陳廷焯《白雨齋詞話》：「竹垞《茶煙閣體物集》二卷，縱極工致，終無關風雅。」

西精舍詞》、沈岸登的《黑蝶齋詞》及龔翔麟的《紅藕莊詞》，標誌著浙西詞派的形成。可以做個假設，假如曹貞吉亦生於浙西之地，龔翔麟會不會編輯《浙西七家詞》呢？我覺得這個可能還是有的，只不過曹貞吉生於山左。而爲什麼現在諸多研究者認爲曹貞吉更接近陽羨詞派，或者直接將曹貞吉看作陽羨派人物？我想跟以下幾個原因有關。

曹貞吉諸多詠史懷古之作，頗有豪放詞風，與陳維崧一樣，與辛詞有著直接的淵源。陳維崧曾在《賀新涼・奉贈蘧庵先生》一詞中云：「識得詞仙否？起從前歐蘇辛陸，爲先生壽。不是花顛和酒惱，豪氣軒然獨有。要老筆萬花齊繡。擲破琵琶令破面，好香詞污汝諸伶手。笑餘子，徒雕鏤。秦觀漢苑描難就，矗中原怒濤似箭，斷崖如臼。我有詞人千行淚，撲地獅兒騰吼……」，可見清婉柔媚的詞格不足以表達他的心聲，雄沉豪快、壯彩飛揚的蘇、辛詞風才適合他酣暢地吐洩胸臆。〔註 37〕陳廷焯曾在《詞壇叢話》中云：「陳其年詞，縱橫博大，海走山飛，其源亦出蘇辛，而力量更大，氣魄更勝，骨韻更高，有呑天地走風雷之勢，前無古，後無今。」〔註 38〕而曹貞吉也曾表達過其偏於豪放詞風的瓣香所在，《沁園春・讀子厚新詞卻寄》：「喜風流旖旎，小山珠玉，驚心動魄，西蜀南唐。更愛長篇，嶔崎歷落，辛陸遙遙一瓣香。」曹貞吉還在《耒邊詞序》中解釋自己「粗豪」詞風與地域有著重要的關係，其云：「餘家瀕海之鄉，椎魯少文，比學塡詞，發音輒爲傖鄙，不可耐正，如扣缶擊髀，其聲嗚嗚，斷不能擁鼻作一情語。」其實陳維崧、曹貞吉對彼此的豪放詞風有著相互的認同，曹貞吉曾在《八歸・題其年塡詞圖》中稱陳詞「歷落嶔崎，看海奔鯨怒」，「光怪騰蛟蜃」，「海若驚飛天吳走」。而陳維崧在題《珂雪詞》時亦云：「萬馬齊喑蒲勞吼，百斛蛟螭困蠢」。

雖然兩人有如此的認同，但二人風格畢竟有很大不同。這一點陳廷焯早就在《白雨齋詞話》中道明：「『萬馬齊喑蒲勞吼』，此迦陵題《珂雪詞》語。然直似先生自品其詞，吾恐升六謙讓未遑也。」陳廷焯又指出陳其年題《珂雪詞》所謂，「萬馬齊喑蒲勞吼，百斛蛟螭困蠢。算蝶拍、鶯簧相混。多少詞場談文藻，向蘇豪膩柳尋藍本。吾大笑，比蛙黽。」其實是「其年自道其詞，而特借《珂雪》一發之也。」〔註 39〕其實陳維崧詞風更多的是激昂慷慨，〔註 40〕而這

〔註 37〕王運熙主編《清代文學批評史》第 675 頁。

〔註 38〕陳廷焯《詞壇叢話》，見《清詞紀事會評》第 140 頁。

〔註 39〕陳廷焯《白雨齋詞話》，見《清詞紀事會評》第 161 頁。

〔註 40〕郭麐《靈芬館詞話》：「激昂慷慨，其年爲最。」見《清詞紀事會評》第 139 頁。

種激昂揚厲實在不同與曹貞吉的「雄深蒼穩」。陳廷焯指出，陳維崧雖然詞氣魄絕大，骨力絕遒，只是一發無余，不及稼軒之渾厚沉鬱，發揚蹈厲，而無餘蘊，究屬粗才。〔註 41〕蔣敦復也指出陳維崧詞慷慨激昂過火，其云：「詩至詠古，酒杯塊壘，慷慨激昂，詞亦有之。第如迦陵之叫囂，反覺無味。」〔註 42〕曹貞吉諸多弔古詠史詞其實亦有慷慨之處，但於慷慨中往往蘊藉著悲涼沉鬱，而這點更接近朱彝尊《江湖載酒集》的詞風。高珩在《珂雪詞序》中就說：「初讀弔古諸作，慷慨悲涼，羽聲四起」，而王士禛在評曹貞吉諸作，如《百字令・天龍寺高歡避暑宮遺址和錫鬯》，云：「與錫鬯是一勁對。」王士禛在評曹貞吉《消息・度雁門關》時云：「集中和錫鬯塞上諸作，皆有龍象蹴踏之勢，朱十幾不能堅其壁壘。」

如果稍作統計，在《珂雪詞》中所謂弔古詠史之類的豪放詞並不占多數。在兩百多首的詞作中，詠物詞就有一百多首，其次是大量的寄贈酬唱之作。如果再進一步考察諸人對《珂雪詞》中諸作的點評，就會發現無論是長闋還是短調，具有「豪邁淩雲之氣」的詞作畢竟占很少一部分。其實這也是曹貞吉詞風的兩面性所在，曹貞吉周圍的人也早已指出此點。曹禾在《珂雪詞話》中云：「實庵兄爲人端飭，不苟訾笑。至塡詞，乃婉麗纖媚，時或飛揚跋扈」。王焯也在《珂雪詞序》中指出：「至其珠圓玉潤、迷離哀怨，於纏綿款至中具瀟灑出塵之致。絢爛極而平淡生，不事雕鎪，俱成妙詣。」除了屬於懷古範疇內的詠物詞作外，曹貞吉更多的詠物詞，則是取材身邊事物，如鷓鴣、雁、鷹、魚、雨、荷葉、落照、柳絮、梅、牡丹、竹、海棠等等。在《珂雪詞》中，有一首陳廷焯最喜愛的詠雪詞《掃花遊》，陳廷焯評其「綿雅幽細，斟酌於美成、梅溪、碧山、公謹而出之。」又在《雲韶集》卷十四中云：「詠雪之作，古今佳者多矣，然未有如此作之雅者。傍面點染，亦不傷雅。」

> 《掃花遊・春雪，用宋人韻》：「元宵過也。看春色蘼蕪，淡煙平楚。濕雲萬縷，又輕陰作暈，蜂兒亂舞。一夜梅花，暗落西窗似雨。飄搖去，試問逐風，歸到何處？燈事才幾許，記流年鈿車，畫橋爭路。蘭房列俎，歎蕣華易擲。鬢絲堆素，擁斷關山，知有離人獨苦。漫憑佇，聽寒城、數聲譙鼓。」

孫爾準在《論詞絕句》中曾云：「《炊聞》《玉友》《二鄉亭》，山左才人未

〔註 41〕陳廷焯《白雨齋詞話》，見《清詞紀事會評》第 141 頁。
〔註 42〕蔣敦復《芬陀利室詞話》，見《清詞紀事會評》第 140 頁。

逕庭。只有曹家《珂雪詞》，白楊涼雨耐人聽。」〔註43〕也許曹貞吉詞「耐人聽」的，正是這些「白楊涼雨」之類的詠物詞。除了詠物諸作之外，曹貞吉的寄贈之詞也是膾炙人口，如其贈柳敬亭的兩首詞，一時盛傳，和者眾多。王士禛云：「贈柳生詩詞，牛腰束矣，當以此兩詞爲壓卷。」

如果將曹貞吉與陽羨派稍作比較，便會發現曹貞吉與陽羨派有著很多的不同。陽羨派除了有著慷慨雄健的詞風外，那就是在創作上還主張以詞「存經存史」、「抒鬱通志」，陽羨派「不僅在理論上認爲詞具有『存經存史』的重要功能，而且在創作中也努力實踐著詞的這一功能。他們的作品，涉及社會變遷、家國興亡、民生疾苦、個體遭遇……」〔註44〕陽羨派創作了很多直接描寫歷史事件、社會時事的詞作，比如陳維崧的《夏初臨・本意，癸丑三月十九日，用明楊孟載韻》、《賀新郎・縴夫詞》、《金浮圖・夜宿翁村，時方刈稻，苦雨不絕，詞紀田家語》、《賀新涼・岳州大捷（上以二月二日宣凱門外是日正值大雪）》等等。而曹貞吉此類的作品很少，即便是詠史懷古，也不像陳維崧這樣直露。曹貞吉也曾和作陳維崧的《岳州大捷》，看似是對時事的記載，其實是與其弟曹申吉有密切的關係。因爲此時曹申吉仍羈留黔中，杳無音信，岳州大捷，意味著吳三桂勢力的頹敗，也就意味著能早點得知曹申吉的音信。陽羨派的詞作，普遍蘊含著故國之痛，而且這種故國之痛往往抒發得比較直露，「陽羨詞派在這個『大題目（故國之痛）』上顯得醒豁明朗而主題宏大集中」。〔註45〕比如前面提到的陳維崧的《夏初臨・本意，癸丑三月十九日，用明楊孟載韻》，三月十九日是明崇禎帝甲申自縊於煤山的忌日，而曹貞吉根本沒有這樣直露的詞作。曹貞吉抒發故國之痛的詞作較少，而且往往比較隱含，其詞作中更多的則是寄託著哀生悼逝。也許是這類的作品較少，以致有些研究者以曹貞吉主要生活在順康兩朝爲由，認爲曹貞吉詞沒有故國之痛寄託。如果對安丘曹氏稍做考察，便發現這種觀點值得商榷。曹氏自明初占籍安丘，五世以儒起家，在明朝亦是仕宦之家。曹貞吉的外祖劉正宗，更是明朝翰林院編修，雖然後來降清。曹貞吉的父親曹復植，死於崇禎十五年清兵圍攻安丘之時，其時曹貞吉才九歲。也許正是由於這類故國之痛的作品較少，而且往往又「寄託遙深」，所以四庫館臣才敢將《珂雪詞》收入《四庫全書》。

〔註43〕《清詞紀事會評》第258頁。
〔註44〕姚蓉《明清詞派史論》第109頁。
〔註45〕嚴迪昌《清詞史》第186頁。

二、曹貞吉詩學淵源

曹貞吉從事詩歌創作，最早是受其父曹復植的影響，亦即曹復植是其最早的文學啓蒙者。而其父所教授曹貞吉的恰恰是唐七言詩。據曹貞吉所撰《曹復植行狀》云：「先君於詩律最細，特未及作耳。（曹貞吉）五歲時，即手錄唐人七言一冊付之。丙夜吟誦，畧能上口。」可見，曹貞吉最早接觸的是唐詩，而且是七言唐詩。而這冊七言唐詩選本，究竟是哪些人的作品呢？此冊今已不存，無從可知。但據曹貞吉在《曹復植行狀》中云：「今讀詩遇『巴陵一望洞庭秋』之什，未嘗不泣下沾襟。」「巴陵一望洞庭秋」出自唐代詩人張說《送梁六自洞庭山》一詩。張說是初、盛唐時期的詩人，其詩風接近初唐。據此可以推測，曹貞吉父親所錄的唐七言詩，應當有七言古詩、七言律詩，其時間範圍起碼涵蓋初、盛、中唐。其後，亦即曹貞吉六歲時候，其父便將曹貞吉、曹申吉送到外塾就讀，接受傳統啓蒙教育。據曹申吉《珂雪初集跋》：「憶余六齡時，偕家兄就外塾，自此同几硯者十有四載。」而在這期間，其父曹復植對曹貞吉的影響究竟有多少，似乎可以推斷。崇禎十五年壬午十二月，清兵圍安丘，曹復植死於其時。王訓《續安丘縣志》卷一：「十二月大清兵臨城下，尋釋圍去。」崇禎十五年，曹貞吉僅九歲，「不孝之有父止九年。使九年之中盡能記憶且不足盡先君子也，而又半喪於童昏，半瞀於老病，則先君子之嘉言懿行，將聽之若存若亡也乎？」（見《行狀》）雖然其父於「詩律最細」，但「生平爲制義及雜著若干種，而阨於喪亂，不獲存隻字。」可見其父曹復植對曹貞吉的文學影響主要體現在其所選編的那冊唐七言詩，而曹復植自己的創作對曹貞吉的影響，並沒有占很大成分。這冊七言唐詩對曹貞吉文學影響，在其後來的創作中顯而易見。李良年曾在《珂雪二集序》中云：「先生之詩，發源初盛，折入眉山、劍南，無摹擬之跡，而動與之合，可謂矯然風氣之外這。」後來張貞在《曹貞吉墓誌銘》云：「公生而嗜書，以歌詩爲性命，始得法於三唐，後乃旁及兩宋，氾濫於金元諸家。」如果考察一下曹貞吉《珂雪初集》、《珂雪二集》及《珂雪三集》，不難發現，其七言體占絕對優勢，而五言詩很少，這與其弟曹申吉受劉正宗影響以五言爲主不同。

以上考察的是曹貞吉詩作淵源於其父曹復植所編七言唐詩，雖然曹復植本人的創作並未對曹貞吉產生多少影響，但曹復植的性格及嗜好，卻對曹貞吉產生了影響，進而影響到曹貞吉的創作，這也許是其後來折入兩宋的原因之一吧。據《曹復植行狀》：「性沉毅，寡言詞，孝友出於自然，不務矯飾。」

「先君於書，手不停披，經史子集，莫不研究。先大父性好聚書，連屋充棟，先君子成童以後，即坐臥其間。久之又嘗留心經世之務，談古今利害成敗，瞭若指掌。」張貞在《曹貞吉墓誌銘》中亦提及曹貞吉「然後知公內行醇至，不愧古人」，「生而嗜書」，「博及群書」等。《曹貞吉行狀》:「於一切周秦兩漢六朝唐宋諸書，靡不縱觀。」「先大夫素性恬淡，通籍三十餘年，所至屢空，不識阿堵爲何物。與郡邑大夫交，即極相引重，而甘貧守約，竿牘不至公門。此尤通邑所知，無俟喋喋者也。處友交遊間，落落穆穆，不輕爲然諾。然遇人有緩急，則周旋患難，身任不辭，生死窮通，不以易念，或義所當爲，不俟請求，往往陰爲之地而究亦不以告之。君子之交淡如水，其先大夫之謂矣。」黃宗羲在評《珂雪詩》時云:「其爲詩如江平風霽，微波不興，而洶湧之勢，澎湃之聲，固已隱然在其中矣。」這不能不與曹貞吉的性格閱歷有關。

嚴迪昌先生所著《清詞史》，對曹貞吉詩歌創作有這樣一段敘述:「他乃是順治大學士劉正宗外孫，劉力倡『濟南詩派』，與虞山錢牧齋、婁東吳梅村異幟。曹貞吉詩原得劉指授，從明『七子』入手，居京後詩風趨變……」〔註46〕其實曹貞吉受其外祖影響遠不及其弟曹申吉。限於時地，曹貞吉並未從其外祖那裡得到多少指授。曹貞吉在其外祖謝世之前，雖然有機會接受其外祖的教誨，但這種機會並不多。順治十七年劉正宗受彈劾革職後，對曹貞吉的產生了不少的影響，據曹申吉《珂雪二集序》:「時外王父方謝政，人事變遷，而兄以屢試不見收，未免懷抱爲惡。」可見劉正宗的遭遇，確實對曹貞吉產生了不小的消極影響。在今天所能見到的曹貞吉諸集中，有涉其外祖的並不多見，只在《珂雪初集》中有《哭外祖墓》和《拜先外祖墓》兩首。至於其外祖在文學上「力主歷下」主張，其實對曹貞吉影響並不甚大。正如張貞在《曹貞吉墓誌銘》中云:「公生而嗜書，以歌詩爲性命，始得法於三唐，後乃旁及兩宋，氾濫於金元諸家。」〔註47〕這與劉正宗的「古體非漢魏晉宋不取材，近體則斷自開元大歷以還」，還是有很大出入的。曹貞吉詩集中以七言體占多數，而不是五言體，且「多豪邁之作」，〔註48〕「詩格遒鍊」。〔註49〕但這並不意味著曹貞吉排斥歷下詩派，或許多少還是有其外祖的影響，其對濟南詩派還是頗爲讚賞，在其《讀明詩偶成六首》中，其中有一首是評濟南詩

〔註46〕嚴迪昌《清詞史》第293頁。
〔註47〕《安丘曹氏族譜》卷三。
〔註48〕《晚晴簃詩匯》卷三十五。
〔註49〕《四庫總目提要》卷一百八十三。

派的：「濟南聲調自琳琅，白雪黃金未易方。怪殺竟陵兩才子，一生空做夜郎王。」〔註 50〕可見曹貞吉對竟陵詩派並未有好感。在師法唐詩的態度上，曹貞吉與其外祖劉正宗還是有共同之出。因爲濟南詩派所主張的「詩斷自開元大歷以還」，與曹貞吉的「始得法於三唐」是有契合之處。

三、曹貞吉詩風由唐入宋的背景及誘因

王士禛與曹貞吉同歲，兩人交往密切，且曹貞吉爲王士禛所選定「金臺十子」之一，在一定時期內，二人詩風皆由唐入宋，本節將聯繫清初詩壇狀況及王士禛的詩學主張及其變化，探討曹貞吉的「由唐入宋」是否淵源於王士禛，其詩學主張是否亦「如日之隨影」。

王士禛在晚年曾這樣敘述自己的詩路歷程：「吾老矣，還念平生，論詩凡屢變。而交遊中，亦如日之隨影，忽不知其轉移也。少年初筮時，惟務博綜該洽，以求兼長，文章江左，煙月揚州，人海花場，比肩接跡。入吾室者，俱操唐音。韻勝於才，推爲祭酒。然而空存昔夢，何堪涉想？中歲越三唐而事兩宋，良由物情厭故，筆意喜生，耳目爲之頓新，心思於焉避熟。明知長慶以後，已有濫觴，而淳熙以前，俱奉爲正的。當其燕市逢人，征途揖客，爭相提倡，遠近翕然宗之。既而清利流爲空疏，新靈寖以佶屈，顧瞻世道，惄焉心憂。於是以太音希聲，藥淫哇錮習，《唐賢三昧》之選，所謂乃造平淡時也，然而境亦從茲老矣。」〔註 51〕

上面這段話，王士禛除了歷數自己詩學變化情況，還透漏了另外一種信息，就是王士禛對其周圍人的影響，「而交遊中，亦如日之隨影，忽不知其轉移也。」在明季清初，詩壇承襲前後七子之續。王士禛早年學詩，亦由唐而入，〔註 52〕所異於曹貞吉的是，其所學不限於七言唐詩，〔註 53〕而爲五七字

〔註 50〕《珂雪二集》之《讀明詩偶成六首》：

「司寇才名天下重，龍跳虎臥起江東。假令生在貞元日，廣大寧教屬白公。
吏部蘇門鸞鳳吟，江聲月色見幽尋。比似汝南張助甫，韓非老子可同林。
濟南聲調自琳琅，白雪黃金未易方。怪殺竟陵兩才子，一生空做夜郎王。
明卿詩格本嶙峋，大歷開元共一身。若向五言求妙理，布衣只有謝山人。
寂寞半生田水月，幽墳鬼語動湘靈。更憐撾盡漁陽曲，三峽哀猿不可聽。
一卷詩歸冰雪清，公安旖旎亦多情。彌天四海尋常事，只恐前賢誤後生。」

〔註 51〕俞兆晟《漁洋詩話序》，見《王士禛全集》第 4794 頁。

〔註 52〕《居易錄》卷五：「予幼入家塾，肄業之暇，即私取《文選》、唐詩洛誦之。久之，學爲五七字韻語。先祖方伯府君、先嚴祭酒府君知之弗禁也。時先長兄考功，始爲諸生，嗜爲詩。見予詩甚喜，取劉須陽先生所編《唐詩宿》中

韻語，可見二人的詩學門徑是基本相同的，皆由唐而入。曹貞吉結識王士禛，大概是在康熙五年，次年初夏，曹貞吉南遊，直至康熙八年入京。此段時期內，限於時地，曹貞吉不可能有過多的機會接受王士禛的詩學影響。但康熙八年二月，曹申吉爲其兄裒輯康熙甲辰以來詩作編爲《珂雪初集》，並屬王漁洋選定刊行。在《珂雪初集》中，有王士禛的點評，透過這些點評，恰恰可以看出王士禛此時的詩風。同時，這些點評也向曹貞吉傳遞著信息，從而受王士禛的影響。

《小遊仙詩七首》之一：「瓊臺玉斧倩誰修，天際俄開百尺樓。倦舞霓裳依桂樹，遙知清冷不勝秋。」王評：縹緲。

《日照道中觀海》：「曉起空濛宿霧遮，遲回漸覺海生霞。一天霽色迎朝日，十里潮聲卷落沙。（王評：神道。）寶氣疑從鮫室盡，颶風欲動蜃樓斜。三山縹緲知何處，漫想安期棗似瓜。」

《登舟口號》：「沙鷗幾點浴晴灣，寂寂寒潮去復還。一夜好風吹短棹，輕舟已過大魚山。」（王評：標緻天然。）

《遊翠螺山登三臺閣遠眺》：「絕頂孤峰一徑幽，萬松深處見重樓。芳洲忽送三江碧，釣艇全疑幾點鷗。地近星辰分嶽氣，山連吳楚枕寒流。（王評：妙入自然。）扶筇欲結長林契，鴻跡冥冥不可求。」

《宣城苦雨》：「積雨疏林動客思，宛溪春盡綠楊垂。朝來歸興濃如酒，怕上鼇峰聽子規。」（王評：嫣秀欲絕。）

《蕪陰觀競渡絕句》：「夾岸垂楊映碧湍，隔簾時見影珊珊。最憐子夜笙歌後，更與何人半面看。」（王評：蘊藉處唐人之髓。）

《無題》：「苔影遲遲漏未央，驚烏繞樹已成行。黃梅時節晴偏少，青杏園林晝自長。（王評：絕調。）紈扇頓消花底暈，遊絲虛引午風涼。眉端月樣無人畫，那得芙蓉點翠妝。」

天際微雲薄暮收，盈盈河漢阻牽牛。珠翻南浦螢千點，簾卷西風月一鈎。（王評：妙處又在韓、李之外。）曲沼碧荷方綴露，板橋衰柳已驚秋。飄搖意緒渾如許，不必傷心淚始流。」

王、孟、常建、王昌齡、劉眘虛、韋應物、柳宗元數家詩，使手鈔之。」《王士禛全集》3760頁。

〔註53〕曹貞吉所撰《曹復植行狀》云：「先君於詩律最細，特未及作耳。曹貞吉五歲時，即手錄唐人七言一冊付之。丙夜吟誦，畧能上口。」

《晚興》:「雲開微覺露盈盈，彳亍扶笻繞砌行。窗外癡兒牽蟹影，風前老婢祝雞聲。茶鐺欲沸先驚枕，月色出來暫隔城。(王評：純是神韻。）小院陰沉門閉後，燈昏酒淡是平生。」

《重過遺勝園感賦同翼辰琰公》:「十年潦倒長松臥，結伴重來歲屢更。怪石依舊岩際瘦，小窗猶傍夕陽明。(王評：淡語情至，詩家三昧在此。）斜風亂掩芙蓉色，細雨微添薜荔聲。憶得主人扶杖立，旋收黃葉沸茶鐺。」

《九日琰公招飲東村即事十二韻》:「爲愛山居好，相邀到北堂。瓶花分野色，杯酒淡重陽。(王評：好在『淡』字。）藤密疑穿石，桐疏半掩廊。白雲懸夕照，黃葉過東牆。竹徑蟲吟靜，莎庭鳥跡荒。歡酬忘爾汝，興會各蒼茫。揮麈徵三耳，臨風頌九章。探幽移近圃，扶杖陟崇岡。茗碗傳秋露，簷瓜帶早霜。茱萸仍在佩，薜荔欲爲裳。漸覺涼侵水，行看月到塘。歸途驢背穩，落落足清狂。」

《望岱》:「青岳群峰長，蒼然勢自雄。碑存秦相跡，雪滿漢王宮。橫海開千嶂，彌天劃二東。杖藜曾有約，心怯北來風（王評：可上匹少陵『齊魯青未了』，視滄溟『宇內名山有岱宗』，不免皮相矣。)。」

《重陽前一日留別翼辰》:「自愧鷦鷯策未工，翩然雲際逐飛鴻。愁看孤館三秋月，倦對霜林十里風。籬畔黃花今日醉，夕陽衰草去年同。(王評：三昧處。)欲知別後經行處，匹馬蕭蕭亂葉中。」

《吳山晚眺》:「絕頂吳峰踏碧苔，遙遙西子鏡奩開。山扶靈隱樓臺處，日落錢塘風雨來。(王評：神到。）自有缽龍隨霧現，無煩強弩射潮回。短笻躑躅歸何晚，萬樾清音只自哀。」

《山上聞歌》:「閒亭喜傍碧山幽，何處清歌散客愁。百囀聽來花雨落，一聲飄送海天秋。乍沉溪水疑難續，似隔松風只暫留。最是夜闌簫鼓歇，歸雲無夢到行舟。(王評：似唐人花宮仙梵之什。)」

《德清訪馮令不值歸途暮景可喜詩以志之》:「一棹歸何晚，斜陽半在天。片霞分野水，宿鳥亂鳴蟬。(王評：杜工部《南池》之句，何必多讓。)雞犬桑間入，桔橰隴上閒。更憐垂釣叟，日暮不知還。」

《金山四首》之一:「郭璞墓前凝曉煙，梵音閣下水淪漣。空濛疑見函三色，清冷閒斟第一泉。黃鶴欲來飛近遠，白雲忽起亂江天。（王評：神到。）何當更乞樵風便，爲弔名山焦孝然。」

《贈張參宇山人》：「白髮山人顏尚童，五弦手撫送歸鴻。聲依流水情何遠，彈到春江曲愈工。（王評：對入妙。）散蕩或能窺大藥，悲歡聊復寄孤桐。只今叔夜蓬蒿甚，高調誰堪嗣郢中。」

考察《珂雪初集》及王士禛評語，此時曹貞吉詩作明顯淵源於唐詩，而此時的王士禛，亦未脫離三唐藩籬。

康熙十一年壬子夏，曹申吉同李良年共同選定曹貞吉康熙八年至康熙十一年詩作，輯爲《珂雪二集》。李良年在序中云：「先生之詩，發源初盛，折入眉山、劍南，無摹擬之跡，而動與之合，可謂矯然風氣之外。」可見，曹貞吉此時的詩風開始變化，由始法三唐而入宋。我們先來探討一下曹貞吉詩風變化的背景。康熙壬子前後，是詩壇宗唐祧宋爭論激烈的時期，此時宗唐之風仍占主力，以致談宋詩者動輒遭到譏諷。此時王士禛雖然沒有明確倡導宋詩，但王士禛周圍的人卻在作著模仿宋詩的嘗試。

汪懋麟就曾在《百尺梧桐閣詩集凡例》中提到因學宋詩而遭人譏評：「余學詩初由唐人六朝漢魏，上溯風騷，規旋矩折，各有源本，不敢放逸。庚戌官京師，旅居多暇，漸就頹唐，涉筆於昌黎、香山、東坡、放翁之間，原非邀譽，聊以自娛。詎意重忤時好，群肆譏評，故茲集前後並存，俾賢者知余本末，而自驗所學一變再變，誠不自知其非矣。康熙十七年戊午仲春。」〔註 54〕從汪懋麟的話語中，我們大致可以得到這樣的信息：一是汪懋麟學詩由唐人六朝漢魏始；二是庚戌年間在京師時涉筆宋詩；三是其涉筆宋詩的嘗試遭群肆譏評。

同爲「金臺十子」的宋犖，在《漫堂說詩》中亦提及康熙壬子年間與朋友談論宋詩的事情：「迨筮仕黃州，官衙岑寂，頗究心詩學。然初接王、李之餘波，後守三唐之成法，於古人精意毫未窺見。康熙壬子、癸丑間，屢入長安，與海內名宿尊酒細論，又闌入宋人畛域。所謂旗東亦東，旗西亦西，猶之乎學王、李，學三唐也。」〔註 55〕

如果將以上兩段話語對比起來看，我們不難發現一種巨大的變化：那就是在康熙九年庚戌，汪懋麟涉筆宋詩時，遭到群肆譏評。而宋犖在康熙十一

〔註 54〕《百尺梧桐閣詩集》卷首《凡例七則》。
〔註 55〕《昭代叢書乙集》卷二十七《漫堂說詩》。

年壬子，卻能與海內名宿尊酒細論宋詩，而不是遭群肆譏評。為何時隔一年，變化如此之大？康熙十年辛亥又究竟發生了什麼事情，使得康熙十一年海內名宿皆談宋詩。

談到康熙十年辛亥，不能不提到一部《宋詩鈔》。此書選於康熙二年，刊於康熙十年秋。其實此書對當時詩壇的影響，並不是在其完全刻成之後，而應該在康熙十年之前，因為此書是「以其人自為集，故甫刊一帙，即摹印行世。」〔註 56〕其實早於是書對詩壇影響的，應該是吳之振編輯《宋詩鈔》的這種想法及舉動。即便是吳之振「人微言輕，學宋詩並未立即形成強大的潮流」〔註 57〕，但其周圍的朋友如果得知吳之振有這樣的舉動，肯定會有所反思，而且吳之振的這種行動恰是在「其初厭太倉、歷下之剽竊，一變而趨清新，其繼又厭公安、竟陵之纖佻，一變而趨眞樸，故國初諸家，頗以出入宋詩，矯鉤棘塗飾之弊」〔註 58〕之時。吳之振自己也云：「自嘉、隆以還，言詩家尊唐而黜宋。宋人集覆瓿糊壁，棄之若不克盡，故今搜購最難得。黜宋者，曰腐。此未見宋詩也。宋人之詩，變化於唐而出其所自得，皮毛落盡，精神獨存。（中略）今之黜宋者，皆未見宋詩者也。雖見之，而不能辨其源流，則見與不見等。此病不在黜宋，而在尊唐。蓋所尊者嘉、隆後之所謂唐，而非唐宋人之唐也。」〔註 59〕《宋詩鈔》刻成後，吳孟舉便將此書送與周圍的朋友，汪懋麟就曾在詩中提及吳孟舉贈送《宋詩鈔》的事情。〔註 60〕曹貞吉與吳孟舉亦有交往，〔註 61〕雖然曹貞吉沒有明確提及收受吳孟舉《宋詩鈔》的事情，但吳氏送書亦在情理之中，即便沒送，曹貞吉定於友人汪懋麟等處見過此書。此年曹貞吉有諸首讀陸游詩的感懷之作，雖然不能斷定曹貞吉所讀

〔註 56〕《四庫全書總目》卷一九零《宋詩鈔》。

〔註 57〕《王漁洋與康熙詩壇》第 29 頁。

〔註 58〕《四庫全書總目》卷一九零《宋詩鈔》。

〔註 59〕轉引自蔣寅《王漁洋與康熙詩壇》第 29 頁。

〔註 60〕《百尺梧桐閣集集》卷九《酬吳孟舉》：「新來中酒起常遲，頹放眞宜學宋詩。（孟舉時以《宋詩鈔》見示。）木落關門愁見雁，夢回江上想聽鸝。相逢好訂千秋約，小別還堪十日思。尋暘樓中多奇句，把君一卷足移時。」

〔註 61〕《珂雪三集》之《種菜詩贈吳孟舉》：「我聞古賢豪，不皆老田裏。況復荷鋤耰，辛苦事荊杞。竭來學圃人，乃是州籛子，詎為耗壯心，寓意偶然爾。想當時雨足，菜甲生靡靡。溪流如箭注，桔槔聲在耳。春韭與秋菘，蒙茸差可喜。吾徒躭黃虀，入口葉宮徵。何必大官羊，每食輒減齒。在昔蘇雲卿，結茅東湖溪。陋彼張丞相，不曳朱門履。吳子富經術，抗懷無乃似。安能浮舴艋，一涉浯溪水。看汝著青蓑，蕭然蔬秤裏。便當追沮溺，耦耕從茲始。」

陸游詩即來於《宋詩鈔》，但《宋詩鈔》肯定對曹貞吉產生了影響，無論曹貞吉是主動還是被動接受這種影響，都將成爲曹貞吉詩風轉變的一個誘因。而此書在當時的影響究竟如何，其流行程度又怎麼樣呢？據宋犖云：「至吾友吳孟舉《宋詩鈔》出，幾於家有其書矣。」〔註62〕可見此書在康熙十年秋以後，對文壇產生了很大的影響，海內名宿對宗唐開始反思，既而以宋詩補救時弊。

我們再來考述一下王士禛在康熙八年至十一年這段時間的創作動向及主張。在康熙八年至康熙九年冬，京師文壇恥於言宋詩，動輒遭群肆譏評的這段時間內，王士禛正榷清江浦關。此時的王士禛創作主張雖然未變，但在其詩作中卻能發現他開始注重宋詩的端倪。檢《漁洋詩集》卷二十二己酉稿，是年歲暮之作有《冬日讀唐宋金元諸家詩，偶有所感，各題一絕於卷後，凡七首》。〔註63〕不難發現，在七首詩中有三首是題詠宋詩，即：蘇子瞻、黃魯直、陸務觀。這七首詩也許是閒來無事，聊以慰藉的偶然感懷之作，但亦是這看似無意中的偶然之作，卻往往能透露出王士禛此時的詩學態度，最起碼顯示出他對宋詩的態度。在對蘇軾身世表示哀痛之時，王士禛對他的詩歌作出「淋漓大筆千年在，字字華嚴法界來」的評價。如果單以此詩來考索王士禛對宋詩的態度的變化還不夠明顯的話，那麼只要將之與王士禛在康熙二年癸卯所作的《論詩絕句》中論蘇軾的詩對照起來看，似乎更能說明問題了。王士禛在《戲倣元遺山論詩絕句三十六首》中這樣評價蘇軾：「平生自負廬山作，才盡禪房花木深。」〔註64〕前後對比，不難發現其態度的變化如此之大。

康熙九年十一月王士禛回京任職，於康熙十一年壬子六月離京典試四川，王士禛在京的這段時間內，亦即康熙十年這段時間，除了受吳孟舉《宋詩鈔》影響外，海內名宿開始談論宋詩，是否還與王士禛時常發起的文酒之會有關？《漁洋山人自撰年譜》有這樣一段記載：「康熙十年辛亥。時郝公惟訥敏公爲尚書，程周量可則以員外郎爲同舍，朝夕唱和。而宋荔裳曹顧庵爾堪、施愚山閏章、沈繹堂荃皆在京師，與山人兄弟爲文酒之會，盛有唱和。」

〔註62〕《昭代叢書乙集》卷二十七《漫堂說詩》。

〔註63〕《王士禛全集》第一冊第484頁：《冬日讀唐宋金元諸家詩偶有所感各題一絕於卷後凡七首》：「慶曆文章宰相才，晚爲孟博亦堪哀。淋漓大筆千秋才，字字華嚴法界來。（子瞻） 一代高明孰主賓，中天坡谷兩嶙峋。瓣香只下涪翁拜，宗派江西第幾人？（魯直）射虎山頭雪打圍，狂來醉墨染弓衣。函關渭水何曾到，頭白東吳萬里歸。（務觀）」

〔註64〕《漁洋詩集》卷十四癸卯稿。

〔註 65〕此時諸人文酒之會，也許未必大談宋詩，但是處在這個交遊網中的吳之振《宋詩鈔》的刊行，不能不對看似平靜的詩壇產生影響，就像一枚石子投進平靜的水面，必將產生波瀾。而這個京師文人交遊網絡，又擴大了這一影響，從而導致康熙壬子其間，海內名宿可以談論宋詩。然而無論王士禛在爲宋詩的影響有意無意製造聲勢的過程中起到了多少作用，其對曹貞吉詩風由唐入宋的影響，其實並不顯著，也許並不能和汪懋麟等人及《宋詩鈔》對曹貞吉的影響。況且此時王士禛並未明確提出宗宋的口號，詩風也並未轉變，況且其於康熙十一年壬子六月便典試四川，隨後便在里中服喪，雖中間短暫居京，但至康熙十五年丙辰才赴京。〔註 66〕據蔣寅考證，王漁洋大力倡導宋詩，是在其「鄉居服闋入朝以後」。〔註 67〕

其實在康熙十年辛亥，吳之振等雖然做著選刻《宋詩鈔》的工作，但並未敢公開倡導宋詩。〔註 68〕也許是鑒於自己的微名及地位，但更多的是出於當時詩壇的壓力。在一個談論宋詩動輒遭群肆譏評的時期，公然喊口號、亮旗幟的舉動，比起選刻詩集，將自己的觀點表現在古人的詩篇裏，顯然是不明智也不理智的。縱觀清初熱衷選政者，似乎都看到了這樣做的好處。在康熙十年值得注意的事情還有一件，那就是此年三月，一向抵制宋詩的朱彝尊離開京師，〔註 69〕（朱彝尊於康熙九年八月自濟南進京，見《朱彝尊年譜》）不能不讓想談論宋詩而有所顧忌的諸文人松了口氣。有一個值得注意而且有意思的事情是，在曹貞吉與朱彝尊的交遊唱和中，除了康熙十年三月送別朱彝尊離京時，曹貞吉賦詩相贈，在其二人以後的交往中，曹貞吉與朱彝尊的唱和，都是以詞的形式，而不是以詩的形式。也許是因爲二人詩歌主張不同，

〔註 65〕《漁洋山人自撰年譜》惠棟注：「案：《考功年譜》：『時又有武鄉程崑崙康莊至京師，澤州陳說岩廷敬、合肥李容菴天馥官翰林，泗州施匪莪端教官司成，德州謝方山重輝、安丘曹實庵貞吉、江陰曹峨眉禾與汪蛟門懋麟皆官中書舍人，數以歌詩相贈答也。』」見《王士禛全集》第 5079 頁。

〔註 66〕《漁洋山人自撰年譜》卷上，見《王士禛全集》第 5082 頁。

〔註 67〕《王漁洋與康熙詩壇》第 31 頁。

〔註 68〕吳之振《八家詩選序》：「余辛亥至京師，初未敢對客言詩，間與宋荔裳諸公遊宴，酒闌拈韻，竊窺群制，非世所謂唐法也。故態復狂，諸公亦不以余爲怪，還往唱酬，因盡得其平日之所作而論次之。皆脱棄凡近，澡雪氛翳，一集之中，自爲變幻，莫可方物，豈道園所稱光岳氣全粲然間出者歟？」轉引《王漁洋事蹟徵略》第 176 頁。

〔註 69〕錢鍾書《談藝錄》第 110 頁：「其（朱彝尊）於宋詩，始終排棄，至老宗旨不變。」嚴迪昌《清詩史》第 512 頁：「關於宋詩，朱竹垞在凡屬論詩文字中幾乎不放過任何一次的抨擊……」

一個詆宋，一個由唐入宋，但在詞風上，二人卻有著非常相似的風格。〔註70〕詩雖然可宗唐可祧宋，持不同見解，但詞家就不同了，不得不一致宗宋，這也許是所有詞人的契合點。這也就不難理解曹貞吉從康熙三年以後，在與朱彝尊的唱和中，不再作詩而僅僅賦詞了，這也恰恰說明了曹貞吉詩風自此時開始轉變，由唐入宋了。

康熙十一年壬子時期，詩壇雖然並無大力倡導宋詩的領袖般的人物，但此時的眾多詩人，都在有意無意地進行著師法宋詩的嘗試。康熙九年時，雖然不知道曹貞吉是否在群肆譏評汪懋麟的諸人當中，但可以確定，康熙十一年壬子時，曹貞吉定在與宋犖談論宋詩的海內名宿之中。康熙九年，自汪懋麟進京後，曹貞吉與汪懋麟的交往非常密切，時相唱和，而且經常一起參加聚會。可以斷定，曹貞吉此時的詩風轉變，除了上述吳之振《宋詩鈔》的影響，肯定與汪懋麟等人有關。下面將以《珂雪二集》來分析曹貞吉詩風轉變與其交遊及當時詩壇的關係。

《珂雪二集》詩選自康熙八年己酉二月至康熙十一年壬子四月，縱觀此集，我們不難發現，曹貞吉此時的詩風仍然帶有明顯的三唐風格，受唐詩影響的詩作占大多數。而此時的曹貞吉，也仍然在不停地閱讀、參悟著唐詩。在其康熙九年的詩作中，就有這樣一組詩：

《讀唐人詩偶題》：

「延清秀麗本天然，風流不羨落花篇。

駱丞賓客曾相識，更響空山喚少年。

清淨維摩畫裏禪，琵琶一曲使人憐。

千年凝碧傷心地，何似長齋住輞川。

見說樊川呵綺語，杜秋一曲苦相仍。

兩枝桂仙尋常事，也向城南詑老僧。

達夫五十始能詩，落筆皆成幼婦辭。

一悟九還黍米在，苦吟爭似少年時。

王孫驢背氣縱橫，賈尉長江句自清。

不分都官聲價好，鷓鴣一首便成名。」

我們雖然不能確定此時的曹貞吉非唐詩不讀，但其讀唐詩有感而作，足

〔註70〕朱彝尊《詠物詞評》：「詞至南宋始工，斯言出，未有不大怪者，惟實庵舍人意與余合。」

以說明此時的曹貞吉仍然接受著唐詩的影響，並且在作詩的時候，經常是以唐人或七子詩句爲韻，如：

《賦得日落溪山散馬群限嘶字同蛟門作》：「關河一片暮雲低，望去驪黃杳自迷。乍脫金羈還噴沫，遙憐芳草驟聞嘶。平岡蹀躞來千帳，野水空明走萬蹄。苜蓿正肥沙正軟，恍疑身在大宛西。」

此詩作於康熙十年辛亥，「日落溪山散馬群」一句，出自李夢陽《秋懷》。其他諸如此類的詩作還有此年得其弟家書，感懷而作《得家書感賦以難將寸草心報得三春暉爲韻十首》，另如以李白詩句作《賦得隨風直到夜郎西即用爲起句四首》，另外還有一些歌行體，如《吁嗟行》、《冬日李望石侍御招，同李貞孟編修、李召林楊岱楨兩侍御、李季霖中翰南郊觀射小飲長歌記事》、《墨莊行爲王近微使君作》、《觀樂行》、《古錦歌》、《燈市歎》、《偶然行》等。

李良年在此集序中所稱：「發源初盛，折入眉山、劍南」，曹貞吉也正在此際始折入眉山、劍南。康熙十年詩作中，有《讀陸放翁詩偶題五首》、《別放翁詩》。

《讀陸放翁詩偶題五首》：

「放翁文藻豔當時，開卷臨風一弔之。
憶得鏡湖投老日，杖藜敧帽自吟詩。
錦官城外柳如絲，急管聲催酒滿巵。
怪底逢人誇蜀樂，一生得以劍南詩。
未了功名志可悲，青山別駕老邊陲。
一般不信先生處，學射山頭射虎時。
學仙學劍未爲奇，三萬牙籤手自治。
兒子相看俱不惡，眞能誦得老夫詩。
玉局祠官百萬錢，古人憂老政堪傳。
一囊粟供侏儒飽，自是文章愧昔賢。」

《別放翁詩》：「晤對此翁久，臨歧殊黯然。詩如天半鶴，人是地行仙。氣盛遊梁日，緣深入蜀年。鏡湖三十載，風月足流連。」

其實清初人學習宋詩，最初是對宋詩的接受和解讀，繼而依韻和作，因爲宋詩的精髓不是朝夕之功就能領會的，如果翻閱清初詩人詩集，往往能發現這樣的規律。既然學，就要首先在形式上模仿，至於結果如何，那要看個人的造化。有些人也許只適合祧唐，但未必適合祖宋，就像王漁洋在倡導了一段宋詩風之後，便又回歸了三唐路子，繼續體味唐人的詩家三昧。而此時的學習宋詩的結果如何呢？康熙十一年沈荃曾這樣評述：「近世詩貴菁華，不無傷於浮濫，有識者恒欲反之以質，於是尊尚宋詩以救弊。（中略）今之號爲宋詩者，皆村野學究膚淺鄙俚之辭，求其如歐陽永叔所云『哆兮其似春，淒兮其似秋』，使人讀之可以喜，可以悲者，百不一得焉。此不過學宋人之糟粕，而非欲得宋人之精神。」〔註 71〕可見此時詩壇宗宋，存在一種盲目情況，宗宋只是出於一種補救時弊的手段，而非融化前人的創造，並不能達到「能得其因而似其善變」，「非似其意與辭」。〔註 72〕當然清初倡導宋詩者，不排除心理上的標新立異，大家皆言宗唐，我偏要祖宋，就像汪懋麟所說的是一種「邀譽」。有一個反面的例子，可以很好的說明這點，那就是毛奇齡對待宋詩的態度。據王士禛所云，蕭山毛奇齡不喜宋詩。一日復於座中訾謷之。汪懋麟起曰：「『竹外桃花三兩枝，春江水暖鴨先知云云』如此詩，亦可道不佳耶？」毛怫然曰：「鵝也先知，怎只說鴨？」〔註 73〕毛奇齡這種對待宋詩的態度，恰恰說明其心理上的偏執。正如陳康祺所云：「余謂是句之妙，西河何嘗不知，特其倔強本色，不辯不快。此老生平著述，全是一時火氣，不許今人低首古人，何嘗爲解經講學起見。」〔註 74〕

考察一下曹貞吉交遊情況，不難發現，自康熙九年汪懋麟入都後，曹貞吉與汪懋麟的關係便非同尋常，簡直可以說是形影不離。在曹貞吉的交遊網中，曹貞吉與汪懋麟的唱和是最多的，要遠超王士禛等人。汪懋麟曾在《百尺梧桐閣集凡例》中提及康熙九年在京師時，始涉筆宋詩，《凡例》云：「庚戌官京師，旅居多暇，漸就積唐，涉筆於昌黎、香山、東坡、放翁之間，原非邀譽，聊以自娛。」其實汪懋麟不但學宋詩，其文章亦學宋人。〔註 75〕可

〔註 71〕 轉引自蔣寅《王漁洋與康熙詩壇》第 28 頁。

〔註 72〕 劉聲木《萇楚齋五筆》卷七：「『孟舉於古人之詩無所不窺，而時論孟舉之詩者，必曰學宋。余謂古人之詩，可似而不可學，何也？學則爲步趨，似則爲吻合。學古人之詩，彼自古人之詩，與我何涉。似古人之詩，則古人之詩亦似我，我乃自得。故學西子之顰則醜，似西子之顰則美也。孟舉詩之似宋也，非似其意與辭，蓋能得其因而似其善變也。』云。是並其詩亦佳作矣。」

〔註 73〕 《漁洋詩話》卷下，《王士禛全集》第 4816 頁。

〔註 74〕 《郎潛紀聞初筆》卷十二。

〔註 75〕 《漁洋詩話》卷下：「江都門人汪懋麟，字季甪，亦字蛟門。詩才儁異，古文學王介甫。」《王士禛全集》4816 頁。

《百尺梧桐閣集杜濬序》：「越二日，以書報蛟門曰：『君集文章第一、詩二、詞三。二與三對，文章言之，若孤行，仍不妨第一也。』今蛟門之文，質堅

以斷定，兩個關係這樣好的人，彼此的創作主張及動向，對方肯定會洞悉而且會受彼此的影響。

同為曹貞吉好友的宋犖，在康熙十一年壬子進京候補，並於此時結識了曹貞吉，此後二人關係一直很好，即使以後任職於不同地方，還經常有書信來往。（見前文《曹貞吉與宋犖交遊唱和考》）而此時的宋犖在創作上亦「闌入宋人畛域」，〔註 76〕雖然其後來又踵武漁洋標舉三昧。〔註 77〕其實宋犖早在康熙二年至三年在北京寓居柳湖寺的時候，就開始注意到宋人——蘇軾。〔註 78〕也許此時宋犖如此敬重蘇軾，僅僅是出於精神層面的，而非詩歌層面，但此時蘇軾所代表的那種宋人的精神，卻已植入宋犖的意識之中。其實清初人主張學宋詩，標舉蘇陸等人，主要是清初文人的心態與際遇，多與蘇軾等人有契合之處，從而在宋人哪裏尋找一種精神上的慰藉。就像吳之振在評述宋詩時曾這樣說：「宋人之詩，變化於唐而出其所自得。皮毛落盡，精神獨存。」可見吳之振亦看到了宋詩獨特精神境界。可見宋犖亦是曹貞吉周圍較早師法宋詩的人，也許他們的影響是互相的，但正是這種相互的影響，才使師法宋詩成為一種文壇風尚。

在康熙十一年壬子前後，與曹貞吉交往較多的還有田雯與曹禾。田雯亦

而氣厚，才地有餘，而一稟於裁，不使篇有剩字，高古頓挫，使覽者惟恐其盡。蓋郵驛於王，以達於韓，同志中可與談韓氏之學者，一人而已。雖東鄉首功，未遑及此也。安得不以第一目之乎？」《百尺梧桐閣集》杜序第 1 頁。《百尺梧桐閣集序》：「至於古文，公常自謙退。然獨喜王介甫，其剪裁高雅，得古人法度處，竊謂可與鈍翁後先，如眉山兄弟，似非予之阿論也。康熙乙未孟冬侄荃敬書。」《百尺梧桐閣集序》第 4 頁。

〔註 76〕《昭代叢書乙集》卷二十七《漫堂說詩》：「康熙壬子、癸丑間，屢入長安，與海內名宿尊酒細論，又闌入宋人畛域。」

〔註 77〕顧嗣立《寒廳詩話》：「宋中丞西陂先生犖曰：『李于鱗《唐詩選》，境隘而詞膚，大類已陳之芻狗；鍾、《詩歸》，尖新詭僻，又似鬼窟中作活計。皆無足取！近日王阮亭《十種唐詩選》與《唐賢三昧集》，原本司空表聖、嚴滄浪緒論，所謂『言有盡而意無窮』，『妙在酸鹹之外』者，以此力挽尊宋祧唐之習，良於風雅有裨。至於杜之海涵地負，韓之鼇擲鯨呿，尚有所未逮。』持論極富。然王、李、鍾、譚之謬，後人紛紛辨正，未若虞山馮定遠先生班之論，最為痛快。曰：『王、李、鍾、譚之論詩，如貴胄子弟，倚恃門閥，傲忽自大，時時不會人情。鍾、譚如屠沽家兒，時有慧黠，異乎雅流。』恐王、李諸公再生，亦當赧服。」《清詩話》第 82 頁。

〔註 78〕《漫堂年譜》卷一：「康熙三年甲辰，余三十一歲，除湖廣黃州府通判，得送行詩一帙，汪鈍翁琬為之序。六月抵任。憶餘家居時，嘗命作蘇子瞻像貌，已侍其側，及筮仕，竟得黃州。」

是清初標舉宋詩者，〔註 79〕而「欲以奇麗駕士禛上」〔註 80〕。其實早在康熙八年的時候，田雯從申盟皃學詩時，就對歷代詩歌作了「沿流溯源，分門啓牖」的研究工作，從而得出「敝帚可珍」的判斷，此時當然對宋詩也有了比較理性的認識與判斷。〔註 81〕曹禾也是非常喜歡宋詩的人，他在序陳廷敬詩時云：「先生之詩，眉山氏之詩也。今人動詆訶宋詩，不知承唐人之宗者宋人也，而承杜韓之大宗者眉山也。」〔註 82〕也許正是康熙壬子前後，曹貞吉受其周圍朋友的影響，曹貞吉的詩歌創作才「發源初盛，折入眉山、劍南，當然這種影響是相互的。

與吳之振論詩獨喜宋人不同，汪懋麟與曹貞吉此際雖然有意識的師從宋人，但其創作仍然受以前詩風的影響，仍然未脫離唐詩的藩籬。康熙壬子十一年吳之振離京的時，汪懋麟賦詩送行，而汪懋麟在送行倡導宋詩的朋友時，用的依然是唐人的詩韻。〔註 83〕這也是《珂雪二集》中，「折入眉山、劍南」的詩作僅占少數的一個原因。曹貞吉雖然詩風開始轉變，但其無論對待唐詩還是宋詩，都有一種比較理性的認識，都能認識到宗唐祧宋的弊端，〔註 84〕繼而以一種比較寬容的態度，對待諸代詩歌，從而「始得法於三唐，後乃旁及兩宋，氾濫於金元諸家。」〔註 85〕

〔註 79〕錢鍾書《談藝錄》第 110 頁：「清初漁洋以外，山左尚有一名家，極尊宋詩，而尤推山谷者，則田山薑是也。」

〔註 80〕《四庫提要古歡堂集》：「雯則天資高邁，記誦亦博，負其縱橫排奡之氣，欲以奇麗駕士禛上。」

〔註 81〕田雯《蒙齋年譜》十頁：「（康熙八年）己酉，三十五歲。從申皃盟先生學詩。官舍人時，始學爲詩，與先生上下議論，乃得沿流溯源，分門啓牖。三百漢魏，思考異於全編；六朝唐宋，乞研精於逸簡。久之，捨筏而渡，覺膠柱之爲迂。因茲，敝帚可珍，非筌蹄之堪用。詳諸《古歡堂詩選》中」

〔註 82〕曹禾《午亭集序》轉引自蔣寅《王漁洋與康熙詩壇》第 30 頁。

〔註 83〕《百尺梧桐閣集》卷十壬子詩《宋吳孟舉歸石門用昌黎東都遇春韻》：「比户講風雅，實爲聲律病。州錢有吳子，挺才果奇橫。學古具深識，背目耀雙鏡。藏書富倚頓，一一手批評。論詩喜宋人，豈獨唐爲盛。吐詞洵驚眾，俗耳不敢聽。掇緝一百家，寢興廢朝暝。論斷小序嚴，簡潔頗易省。搇羅盡遺逸，遂使兩宋罄。（節錄）」

〔註 84〕曹貞吉《珂雪文稿》之《袁信菴先生詩序》：「今天下何多詩人也，而守初盛之藩籬者，或病於塵飯土羹而不可用；開宋元之門徑者，亦流於支離率易而無所取裁，二者交譏，其論每斷斷不相下，蓋詩道之敝也久矣。」

〔註 85〕《安丘曹氏族譜》張貞《曹貞吉墓誌銘》。

第二節　曹申吉文學淵源考

一、曹申吉與劉正宗的文學淵源

劉正宗，山東安丘人。明崇禎元年進士，由推官行取，授翰林院編修。順治二年，以山東巡按李之奇奏薦，授國史院編修。六年，遷侍講。九年，由弘文院侍讀學士，遷秘書院學士。十年五月，擢吏部右侍郎，仍兼秘書院學士。閏六月，爲弘文院大學士。十一月，加太子太保，管吏部尚書。十二月，以疾乞休，奉旨慰留，復辭吏部尚書職，命以兼銜回衙辦事，加少保兼太子太保。十四年，考滿，晉少傅兼太子太傅。是年冬，乞假回籍，爲兄正衡治喪。明年，還朝，改授文華殿大學士。順治十七年十一月，劉正宗因魏裔介等人劾奏，雖從寬免死，但著革職，沒家產，不許回籍。順治十八年以病卒。〔註86〕

曹申吉六歲時，即同其兄曹貞吉在外塾讀書。〔註87〕而二人就讀的外塾，正是其外祖劉正宗的東墅。〔註88〕而此時的劉正宗正在北京翰林院。〔註89〕順治元年，李自成攻陷北京，劉正宗棄家南渡，投奔福王。〔註90〕順治二年五月，清兵至南京，福王出逃，明朝諸臣迎降。〔註91〕可以斷定，劉正宗也應當在迎降諸人當中，不然事後，何以山東巡案李之奇奏薦劉正宗。在劉正宗謝世之前，曹貞吉雖然一直居鄉讀書，但其間亦去過幾次北京，〔註92〕而且劉正宗曾歸里暫居。可以推斷，曹貞吉或多或少的接受過其外祖的教誨，祖孫二人在一起探討詩法，亦屬正常之事。而曹申吉就不同了，他接受劉正宗的教誨要遠遠多於其兄曹貞吉。薛所蘊在《澹餘詩集序》中，就明確指出曹申吉詩歌直接淵源於其外祖劉正宗，薛所蘊《澹餘詩集序》云：「蓋錫餘以

〔註86〕節錄《清史列傳・貳臣傳》。

〔註87〕曹申吉《珂雪初集跋》：「憶余六齡時，偕家兄就外塾，自此同几硯者十有四載。

〔註88〕《珂雪二集》之《春日臣鵠招同翼辰遊東墅感賦三首》小注：東墅爲先少傅園亭，余就讀書地也。

〔註89〕王訓《續安丘縣志》卷二十五《列女傳》：「(崇禎十五年）壬戌之變，正宗以翰林居京邸，氏攜子處仁，避亂安東衛。城陷，殺其子，並執氏。遂遇害。」

〔註90〕王訓《續安丘縣志》卷十九《文苑傳》：「會李自成陷京師，棄家南渡。」

〔註91〕蔣良騏《東華錄》卷五：「十五日，我軍至南京，忻城伯趙之龍率魏國公徐文爵、內閣大學士王鐸、禮部尚書錢謙益等迎降。」

〔註92〕曹申吉《珂雪二集序》：「丙申（順治十三年）春，兄來視予京邸，數日而歸。丁酉（順治十四年），兄秋試不得志，十月至都省母。」

憲石相國爲外王父，淵源所自，於詩一道，固有獨得者。」〔註 93〕若考察曹申吉詩歌的「淵源所自」，下面我們先來考察一下劉正宗的詩學主張及其詩風和詩壇影響。

劉正宗仕清之前，爲明翰林院編修，嘗與王鐸、薛所蘊、錢謙益等人共事。其時正值競尚新聲的竟陵派盛行，劉正宗等人爲矯時俗，相約定下了作詩爲文的準則，〔註 94〕即前後七子之說，也就是所謂的「力主歷下」。雖然後來其閱歷漸多，詩風有所變化，〔註 95〕但這是他一貫堅持而未變的文學主張。〔註 96〕所謂的「歷下」，亦即濟南詩派，主要是指前七子中的邊貢，後七子中的李攀龍等人。〔註 97〕前後七子在復古的態度上是一致的，錢謙益在《列朝詩集小傳》中云：「（李攀龍）高自誇許，詩自天寶以下，文自西以，誓不污我毫素也。」王世貞自稱認識李攀龍後，「自是詩知大歷以前，文知西京而上矣。」〔註 98〕李攀龍等人一味復古，卻不免蹈襲前人窠臼，觀其古樂府及古體諸詩，摹擬之跡尤爲明顯。關於前後七子的諸多主張及其創作，此處不宜多談。而劉正宗雖「力主歷下」，但並非一味復古摹擬前人，王辰在序《逋齋集》時云：「先生氣靜調高，塵不到筆，若水洗鶴，白白相濯；若月照川，光光相映。至於悲歌，無婦孺嘔啞之聲；豪吟無傖俚叱之習。歎老感時，不淫

〔註 93〕曹申吉《澹餘詩集》卷首。

〔註 94〕薛所蘊《逋齋詩序》：「遡同憲石讀書史館，一時雁行而稱兄弟，塤吹篪稐者蓋十六人焉。十六人者學爲古文辭詩，咸長憲石，即憲石亦不以執牛耳狎主齋盟自遜謝。乃相與促膝道故，惟是風雅一事共劘切，傷時趨之詭正也，競爲新聲，以枯澹爲清脱，以浮豔爲富麗，咀之無余意，諷之無餘音，均與風雅亡當也。爰訂一約：古體非漢魏晉宋不取材，近體則斷自開元大歷以還。氣必於渾，格必於高。任一時競尚新聲者誚爲平爲襲，終不以彼易此。」前輩覺斯先生，一時風雅宗盟，亦好憲石詩。久之，誚爲平爲襲者，皆廢然返。長安士大夫皆知有憲石詩，風雅一道，亦遂大著。滄溟山左，則憲石同裏。今競爲新聲者，枯澹浮豔之習中於人心，非以氣格矯之不能返之正而歸於風雅。」

〔註 95〕《晚晴簃詩匯》卷二十一：「詩話：憲石簪筆禁近，躬閱興亡，故詩多盛傷，集中如《老婦行》、《對鏡歎》，皆自況也。」

〔註 96〕鄧之誠《清詩紀事初編》：「正宗當國，有權奸之目。丁酉順治十四年科場之獄，爲其一手把持，與愼交水火。自負能詩，力主歷下，與虞山、婁東異帙。擠二陳一死一謫，而獨得善終。其詩筆力甚健，江南人選詩多不及之，門戶恩怨之見也。」轉引自《清詩紀事》。

〔註 97〕《漁洋詩話》卷上：「歷下詩派，始盛於弘、正四傑之邊尚書華泉，再盛於嘉、隆七子之李觀察滄溟。」《王士禛全集》第 4765 頁。

〔註 98〕《明代文學批評史》第 235 頁。

不傷，隻字單句，琢玉敲金，使人索橄欖味於衣耶。」〔註 99〕王序雖不免有揶揄之嫌，但觀《逋齋集》諸詩，其「五言古詩，氣格遒上，在陳拾遺、張曲江間。」〔註 100〕後來胡世安在序其（順治四年）丁亥以後詩時云：「此詩草四卷，逋齋丁亥後所著也。五言古詩沉鬱敦和，俯仰余致，七言古蒼勁流連，時樓豪放，五七近體整潔風華，遠探高寄，洵得風雅遺旨。雖筆墨所託，自喻適志，而一時格格，難緘胸手相逼，不能不如此者，固丁亥後之情之意所移導。余稔夫志之舒以應也，其聲諧婉以憺也，其節衍淒以厲也，其思長繩以規也，其辭蘊超以歷也。其神徐抑有常如此，而能不如此者，又逋齋情意所日變化而不居也。」

劉正宗雖持歷下復古之說，但其詩卻是以「復古」的形式，抒發時遇，所以也就有了氣運、格調。前後七子限於閱歷、胸次，所以在復古上只能形似，而不能如劉正宗「山川風物，觸目成遇，發爲聲而徵爲氣，有所爲而爲，亦有所爲而不爲者，故淋漓痛快，一洩之於詩。讀其篇章可以觀事變，觀詩變矣。」〔註 101〕這也恰恰應了「庾信文章老更成」這句詩。

以上是劉正宗的詩學主張及詩風，下面考察一下他在清初即順治詩壇上的影響。由於劉正宗的特殊身份，又備受順治尊崇，〔註 102〕勢必對順治詩壇產生一定影響，起碼是北方詩壇。考察某人能否對當時文壇能否產生影響，起碼應具備三個條件：其一是社會地位，其二是文學造詣，其三是當時文壇形勢。劉正宗以宰輔之位，以沉鬱蒼勁之筆，補竟陵新聲之陋習。關於其影響，在薛所蘊所作序中曾這樣寫道：「久之，誚爲平爲襲者，皆廢然返。長安士大夫皆知有憲石詩，風雅一道，亦遂大著。滄溟山左，則憲石同里。今競爲新聲者，枯澹浮豔之習中於人心，非以氣格矯之不能返之正而歸於風雅。」其後張縉彥又在序其丙申以後詩時云：「《逋齋》大集，鏤金戞玉，當世亦已

〔註 99〕劉正宗《逋齋集》卷首。

〔註 100〕《續安丘縣志．文苑傳》：「（劉正宗）於書無所不窺，而最工聲律。其論詩以法爲準，晚唐而下，置不複道。尤精五言古詩，氣格遒上，在陳拾遺、張曲江間。」

〔註 101〕《逋齋集二集》卷首張縉彥《詩序》。

〔註 102〕《續安丘縣志》卷十九《文苑傳．劉正宗》：「而文字尤爲世廟所眷，凡得法書名畫，必命公品陷隲，始爲珍藏。故御府圖書，率公手跋。」

《澹餘筆記．賜畫像》：「世祖寵禮大臣，命內廷待詔爲金太傅之俊及先外大父寫像，凡數易稿，必極肖而後止。極裝潢模寫之工，經年始成，復親臨直房頒賜。一時傳以爲榮，多爲詩歌詠之。（時爲諸大臣寫像者多，然皆從龍舊勳，不佞所見者，此二軸也。」見《藕香零拾》616 頁。

奉爲月蕊天珠矣。」〔註103〕康熙十七年庚子，薛所蘊在爲曹申吉《澹餘詩集》所作序中，又一次肯定了劉正宗的影響：「今海內士大夫鼓吹休明，振起風雅，渢渢乎欲比隴唐人。而樹幟登壇，執此道牛耳者，咸首推相國劉憲石先生。（中略）相國爲斯道主盟……」看來劉正宗的主張，確實對補救時弊起到了一定作用，並且其詩作亦有較大的影響。

鄧之誠在《清詩紀事初編》中云：「（正宗）自負能詩，力主歷下，與虞山、婁東異帙。」錢謙益爲清初大家，已是共識，能與其異帙的人，也絕非等閒之輩。錢謙益早期亦踵武前後七子之說，在其四十歲左右，「始稍知講求古昔，撥棄俗學。」所謂的俗學，即前、後七子詩文風習。後來，前、後七子成了錢謙益攻擊最多的一個流派，「余之評詩，與當世牴牾者，莫甚於二李及弇州。」〔註104〕

今天看來，無論其文學造詣，還是其文壇影響，都應在清初詩壇上有一席之位。但觀清人諸多選集，很少看到劉正宗的身影。以沈德潛所編「以詩存人」〔註105〕的《清詩別裁集》個例來看，其首選錢謙益三十二首，而與錢謙益異帙的劉正宗，卻不見蹤跡。也許就是鄧之誠所說的「江南人選詩多不及之，門戶恩怨之見也。」

曹氏兄弟二人，受劉正宗家學教誨最多最早的應該是曹申吉。曹申吉於順治十年癸巳進士及第，並於此年進京，曹申吉也是在此期間開始從事詩歌創作。〔註106〕此後，曹申吉便正式開始接受其外祖劉正宗的教誨了。關於曹申吉所受劉正宗影響究竟有多大，我將從三個方面來考察：其一是別人的評價話語，其二是曹申吉自己的表述，其三是將曹申吉詩作與劉正宗詩作比對。下面先進行第一方面的考察。

順治十七年，薛所蘊在序《澹餘詩集》時，就對曹申吉的創作淵源歸之於劉正宗，並指出與其「無錙銖毫髮爽」。其序云：「今海內士大夫鼓吹休明，振起風雅，渢渢乎欲比隴唐人。而樹幟登壇，執此道牛耳者，咸首推相國劉

〔註103〕張縉彥《憲石先生詩序》。

〔註104〕《中國文學批評史》第115頁。

〔註105〕沈德潛《清詩別裁集・凡例》：「是選以詩存人，不以人存詩。蓋建豎功業者重功業，昌明理學者重理學，詩特其餘事也。故有功業、理學可傳，而兼工韻語者，急採之。」

〔註106〕曹申吉《珂雪初集跋》：「癸巳、甲午之間，予從事聲律，時與兄商榷淵源，流連風雅。而兄方耽心制舉業，略不涉筆，無從測其閫奧也。」曹申吉《澹餘詩集序》：「自憶甲午，初學聲律。」

憲石先生。憲石與余共相切劘者二十餘年，論詩必先格調，通之性情，期於近法李唐，以遠追三百篇遺音，務使言有盡而意無窮。斯非苟作者常操是法，以相海內人之詩，合焉者之謂正派，離焉者之謂時派，不失尺寸，故憲石蔚爲斯道主盟。其相業之端正特介，亦復如是。今讀錫餘詩，古、近體皆雋上奇警，才氣過人，而揆以法度，無錙銖毫髮爽。如程不識之兵，鉦鼓嚴明，坐作進退，皆合步伐。此幽燕老將之風，豈少年時賢所可幾及耶？蓋錫餘以憲石相國爲外王父，淵源所自，於詩一道，固有獨得者。（中略）何難與外王父輝映先後，寧獨詩耶？」薛所蘊不但對劉正宗、曹申吉這種文學淵源關係做了肯定，而且還舉出歷史上諸多外祖外孫相淵源的例子，來證明劉正宗與曹申吉這種淵源關係的合理性。〔註 107〕

另外，胡世安在《澹餘詩集序》中亦有相似觀點：「獨於言志一道，有不欲自覆者，匯梓館課、宦遊諸什，就正於外祖。（中略）邇來風雅壇坫，共宗安丘，型範在前，冶鑄尤易。以慧識神力，如錫餘日就而月將，其所詣烏乎可既哉。」〔註 108〕看來曹申吉詩歌創作，直接淵源於其外祖劉正宗，是有目共睹的。

在曹申吉自己的詩文表述中，亦能發現其文學創作受其外祖影響。曹申吉《澹餘前集》不存，其現存著作中有關其外祖劉正宗的記述也很少，但是仍然有片段性的記述，可以推知其與外祖文學淵源的蛛絲馬蹟。曹申吉在其《澹餘詩集》自序中云：「憶自甲午歲，初學聲律，及入館後，以詩爲課。」順治十一年甲午，是曹申吉入京的第二年，也即是在此年開始學習聲律。顯而易見，自然是向其外祖劉正宗學習。今天所見四卷本《澹餘詩集》，已非原來的順治時所刻《澹餘詩集》。在今本澹餘詩集中，有幾首詩涉及劉正宗，其一是在劉正宗生前時所寫，另外兩首都是寫於劉正宗去世後。《澹餘詩集》卷一，有一首留別外祖之作，其中有這樣一句：「數載相依地，蒼茫別思凝。」〔註 109〕所謂「數載相依」，亦即祖孫兩人相處數年，其間有足夠的時間接受劉

〔註 107〕薛所蘊《澹餘詩集序》：「嘗考史平通楊侯惲、司馬遷外孫，讀外祖太史公之記，以材能稱當世。羊開府母爲蔡中郎女，子遂爲一代宗臣。子錫餘年未及壯，文章政事已自籍甚天壤，異日者，名山之藏，端揆之業，何難與外王父輝映先後？白太傅有云：『中郎餘慶鍾羊祜，子幼能文似馬遷』，余舉似以當錫餘之於憲石，其誰曰不然？」

〔註 108〕胡世安《澹餘詩集序》。

〔註 109〕《澹餘詩集》卷一《初秋留別外祖二首》：「自怪抽簪急，天涯骨肉稀。經時悲閱歷，臨別戀音徽。皓首年年雪，鄉山處處薇。午橋渾未改，竚見袞衣歸。

正宗的教誨。在劉正宗去世的第二年春，曹申吉在《拜外王父遺像誌感》中云:「家學儀型情倍切，毫端髫雪句空傳。」〔註110〕曹申吉面對外祖畫像，回憶起當時外祖殷切教誨的情形，而如今只有詩句相傳了。康熙六年清明，曹申吉祭奠外祖時，道出了無限哀思，詩中有云:「寒食雨沾寒食土，異鄉人拜異鄉墳。」〔註111〕哀思之切，以致「日暮荒風至，不惜言歸遲。」〔註112〕可見其外祖對其影響之深，情感之切。

曹申吉受其外祖家學影響，接受前後七子復古主張，而其本人對前後七子又是何種態度呢？《澹餘詩集》卷二有《讀弇州詩集四首》，「弇州」乃後七子之王世貞，其主張同李夢陽、李攀龍一樣，即:「文自西京、詩自天寶而下俱無足觀。」〔註113〕在《讀弇州集》中，曹申吉稱「濟南詩格峻」，並以王世貞知音自稱:「寥寥百載下，應不廢知音。」〔註114〕當然，此處所謂知音，不單是曹申吉一人，而應當包括以其外祖爲代表的「力主歷下」一派。

下面將以《逋齋詩集》和《澹餘詩集》爲個案，比對祖孫二人的詩風。今所見順治刻本《逋齋詩集》，大都爲劉正宗仕清之後所作。而《澹餘詩集》四卷，已非順治刻本，而爲王士禛後來所續編，其曾孫曹益厚補刻，其詩大

數載相依地，蒼茫別思凝。秋來詩力健，患過道心增。出處天難問，是非理可憑。應憐驅馬後，回首白雲層。」

〔註110〕《澹餘詩集》卷一《拜外王父遺像誌感》:「近睹鬚眉尚儼肰，當年頒自九重天。肖形已入商王夢，繪閣堪追漢代賢。家學儀型情倍切，毫端髫雪句空傳。鶴姿臒立常憂國，彷彿清風到几筵。」

〔註111〕《澹餘詩集》卷三《展外大夫墓》:「西州遺痛客思紛，寂寂林花暗不分。寒食雨沾寒食土，異鄉人拜異鄉墳。鶯聲迴出長堤柳，野哭遙生薄暮雲。清絕高梁橋畔水，閒來細數鷺鷗群。」

〔註112〕《澹餘詩集》卷三《清明書所見》:「清明臨廣陌，徘徊安所之。壺觴羅道左，丘壟何累累。人鬼誰賓主，野草空離披。士女既雜坐，少長互參差。行樂冢墓間，寧知歡與悲。桃李不復花，荊棘蔓枯枝。好鳥鳴乍歇，唯多鳶共鴟。勸酬久無序，衣冠行傾欹。日暮荒風至，不惜言歸遲。何如京洛客，修褉伊川湄。」

〔註113〕袁震宇、劉明今《明代文學批評史》第250頁。

〔註114〕《澹餘詩集》卷二《讀弇州集四首》:「銷閒憑一帙，紙上見生平。何事千秋業，徒高七子名。蒼茫司寇筆，寄託少陵情。而美心全折，誰雲此道輕。
爲溯嘉隆際，弇州孰與儔。盛名人自妒，大雅爾何憂。好客開三徑，冥心問十洲。濟南風格峻，眞不忝同遊。
北地誰堪嗣，婁東此再振。詩源薄大歷，文筏指先秦。禹穴書全出，蘭臺志未伸。一朝虛信史，老卻五湖深。
調大難爲學，眞源尚可尋。終年營筆箚，半世老山林。獨樹中原幟，常懷國士心。寥寥百載下，應不廢知音。」

都爲順治以後，撫黔之前所作。胡世安序《逋齋詩集》云：「五言沉鬱頓和，俯仰余致。」薛所蘊序云：「五言古詩，渢渢乎晉宋以上，屹然稱長城。」《續安丘縣志・文苑傳・劉正宗》亦云：「尤精五言古詩，氣格遒上，在陳拾遺、張曲江間。」可見劉正宗最擅長的是五言古體，今以其五言古詩與曹申吉五言古詩稍作比較。

> 《逋齋詩集》卷一《歸雁》：「歸雁自瘴海，摧隤羽半傷。哀鳴如有謂，浮雲萬里長。萬里還朔天，何用迫中腸。避就與時偕，非爲謀稻粱。斯意恐莫白，凌厲讓鷲鶬。晨風負健翮，初未去故鄉。苦樂雖云異，物性各得常。所驚防矰繳，關河影彷徨。陰山雪色霽，塞草變舊黃。飲啄幸弗違，豈敢競翱翔。」

> 《澹餘詩集》卷一《送終》：「送終豈不悲，欲泣神已傷。如何反無淚，至痛結中腸。終知有永別，不謂遽分張。春華方敷榮，胡爲罹清霜。上壽無百年，今古等彭殤。一氣倏聚散，生死固其常。生豈戀京闕，死當歸故鄉。送爾出都門，四顧但茫茫。青陽慘不暉，微雲曖曦光。舉觴臨再奠，征馬嘶路旁。不知泉路遙，止念歸途長。兼傷兒女別，掩涕一彷徨。我非漆園叟，安得中情忘。人生同落葉，回首各飄揚。」

《歸雁》爲劉正宗初仕清時所作，詩中表述了出仕新朝的複雜心情；《送終》作於曹申吉爲其外祖送終之時，悲痛欲絕，欲哭無淚。兩首詩同爲生命意識的吟詠之作，只不過前者是如何對待「生」，其內涵是「避就與時偕」的人生態度。後者則是對「死」的態度，雖然「生死固其常」，但作者「我非漆園叟，安得中情忘。」二詩皆有沉鬱悲涼之氣，直逼漢魏古風。在二人詩集中，諸如此類「渢渢乎晉宋以上」者，不勝枚舉，茲不多述。值得注意的是，在《逋齋詩集》與《澹餘詩集》中，五言體詩都占很大比重，尤其是五言古體，這與曹貞吉《珂雪詩》以七言爲主，形成明顯對比，這也恰恰說明了曹氏兄弟二人文學淵源有自，各有所師。曹貞吉更多是受其父早年所編七言唐詩影響，而曹申吉則受其外祖劉正宗的「沉鬱頓和」，「渢渢乎晉宋以上」的五言古體影響。

二、曹申吉詩風及其變化的原因和背景

曹申吉的創作可以分爲三個時期，而這三個時期內的詩風往往隨著人事

的變遷而變化，有著明顯的歷史印跡。如果以時間來劃分的話，第一個時期當爲順治十八年之前，此時期受其外祖影響，其文學淵源於魏晉；第二個時期當爲康熙七年之前，此時期頗受王維、岑參影響；第三個時期則爲其自南嶽歸後直到滇南遇難，此段時間前期受杜甫影響較深，後期開始由唐入宋，深受蘇軾影響。

曹申吉《澹餘前集》四卷，自康熙十九年曹申吉罹難後，板既漫漶而不可得，今所見《澹餘詩集》四卷，乃是王士禛所續訂，收錄了曹申吉順治十七年至康熙七年的詩作，但是仍然保留《澹餘前集》的序言。從《澹餘前集》的序言中，我們仍然可以得知曹申吉早期的詩風。即其早起創作淵源於其外祖劉正宗，「古體非漢魏晉宋不取材，近體則斷自開元大歷以還」。〔註 115〕薛所蘊還在《澹餘詩集序》中指出曹申吉與劉正宗「無錙銖毫髮爽」，「錫餘詩古近體皆雋上奇警，才氣過人」，「此幽燕老將之風，豈少年時賢所可幾及耶」。雖然《澹餘前集》已不得而見，但如果考察《澹餘詩集》中早期的作品，仍然能推知其早期的作品特色，如作於康熙十七年的《河畔柳》，作於康熙十八年的《即事》，皆頗似漢魏古風。

《澹餘詩集》卷一《河畔柳》：「悠悠河畔柳，入夏未成陰。枝葉豈不繁，斧斤時相尋。斧斤丁丁聲不已，新株未茂舊株死。玄圭自昔告安瀾，隨山刊木理如此。長堤勢共長河爭，馮彝顧笑但安行。濁流淺淺鳴日夜，千古常懸怨歎聲。怨歎猶未絕，歲歲金錢歇。民幸免爲魚，何辭柳枝折。嗚呼！柳枝折，還再生。民力竭，寧再盈。滔滔黃河何時平。」

《澹餘詩集》卷一《即事》：「淩晨出國門，道旁足魚鳥。螺生何細微，隨筐任傾倒。豎子索金錢，雲供放生料。網絡豈不勞，忘機古所寶。市人競刀榷，初夏日已杲。死生半屈伸，物命難自保。在淵與在林，何如都市好。」

關於曹申吉早起詩風與其外祖的淵源，茲不贅述，參看前文。然自其外祖謝世後，曹申吉謝病歸里，其詩風開始變化，如王訓在《曹申吉傳》中所云：「在右丞嘉州之間」。究竟是何種原因，致使這位「而追風之勢，淩雲之槩，麗日鑑水之精光，駸駸乎不可仰視」〔註 116〕的詩人，變得頗似王右丞了？

〔註 115〕薛所蘊《逋齋詩序》。
〔註 116〕胡世安《澹餘詩集序》。

順治十七年庚子，督察院左都御史魏裔介、〔註 117〕浙江道監察御史季振宜彈劾劉正宗任人唯親、貪贓枉法。是年十一月，諸大臣奉旨具奏，羅列劉正宗十一項罪名，請以絞刑。世祖顧念舊情，任用有年，乃從寬免死，僅著革職，追奪誥命，籍沒家產一半，歸入旗下，不許回籍。〔註 118〕這位昔日權傾朝野的重臣，在順治十八年辛丑二月便因病謝世。曹申吉雖受世祖重用，二十六歲就身列九卿。〔註 119〕然而此時其政治上的靠山已經失去，對其寵愛有加的順治帝也已駕崩，而此際又值順康兩朝的交替之期，對於曹申吉來說，簡直就是孤立無援，危如累卵，就像曹申吉在其詩中所云：「死生半屈伸，物命難自保」。〔註 120〕於此如履薄冰之際，他所能做的只有，乞假歸田，以求保全性命了。

順治十八年，曹申吉在料理完其外祖的事情後，便謝病歸田了。〔註 121〕而他此時的心情，可以說是心灰意冷，「三年漸冷五湖心」，有了歸隱之意。

《澹餘詩集》卷一《乞病得請漫賦四首》：「京國悠悠旅病侵，投閒幸遂主恩深。頻開藥裹殷勤曬，漫檢書籤寂寞吟。千里空憐雙髩影，三年漸冷五湖心。故園松菊埋幽逕，到日西風好獨尋。

憶向東籬採故薇，先秋倦羽已知歸。自諳林壑容疏放，敢信風塵有是非。幾曲溪光留午釣，一庭山色掛荷衣。浮生暫喜微名絕，樵牧何妨到竹扉。

幾載金門索俸錢，躬耕猶近汶陽田。鑒湖詔賜曾憂老，廬嶽懷歸只學仙。止足平生原有分，拂衣丘壑不論年。聖朝頻許勞臣退，若待功成恐惘然。

炎蒸競逐興難窮，欲覓清涼六月中。莫訝青蠅喧永晝，可能白

〔註 117〕《世祖章皇帝實錄》卷一百三十六：「六月壬辰，督察院左都御史魏裔介劾奏：『大學士劉正宗陰毒奸險，而大學士成克鞏相爲比附，蠹國亂政，不止一端。』」《世祖章皇帝實錄》卷一百三十六：「六月癸巳，浙江道監察御史季振宜劾奏：『大學士劉正宗身秉銓政，乃濫薦降調……又青州府城向有絲、布二行，每絲一疋，抽銀三分；每布百桶，抽銀錢四五兩，乃鋪行從來舊例。正宗勢要壟斷，強佔二行，以營利。』」

〔註 118〕《世祖章皇帝實錄》卷一百四十。

〔註 119〕曹申吉《澹餘筆記》：「二十四歲不佞申吉爲湖廣布政司參議，二十六歲爲大理寺卿。」

〔註 120〕《澹餘詩集》卷一《即事》。

〔註 121〕張貞《杞田集》卷七《通奉大夫巡撫貴州工部右侍郎兼督察院右副都御使加一級曹公墓誌銘》：「十八年，以疾告歸。」

鳥耐秋風。避人北海開松逕，招隱南山守桂叢。多病何須遊物外，漫成小築且牆東。」

當詩人途經濟南時，聽到田間農夫談論農事，又一次引起了他歸隱田居的念頭。這首《濟南道中》之作，是在詩人心境岑寂的時候，途徑熟悉而又似乎陌生的地點，有感而發。詩中的許多細節，也許是詩人以前並未注意到的，只是在這種特定的心境下，才寫得如此細膩。也許是心中萬籟俱寂，才能如此清晰地聽見小蟲的鳴吟；也許是沒有了那種「王事靡盬、不遑啓處」的身份了，才有了如此閒心聆聽田夫細語。

《澹餘詩集》卷一《濟南道中》：「濼水年來淺，驅車更渡河。馬嘶鄉路熟，人識遠山多。石徑穿村小，蟲吟借日和。閒聆田父語，農事歲如何。」

當詩人回到青州，途徑雲門山，看到荒丘之中蘊含著的千年霸業，竟然還不如山坡上蒼翠的柿子樹那麼富有生命力，更加堅定了曹申吉的歸隱之心，以致其「欲買雲門棲隱處」。

《澹餘詩集》卷一《青州道中》：「沙邊鷗鷺識歸心，迎客群飛更度林。到面山容如故友，近城人語盡鄉音。千年霸業荒丘在，十里西風柿葉深。欲買雲門棲隱處，古岩幽洞許相尋。」

曹申吉謝病歸里後，與其好友張貞過著一種「簾閣焚香，清談移日」的閒居生活。〔註122〕而其歸田在家的這段時間內的詩歌，則更多有著王右丞的風格，如下面幾首。也許是遠離了官場的是非與爭鬥，帶著一種「三年漸老五湖心」的情緒歸鄉後，在一種清淨幽居的狀態下，一切都顯得如此寂靜，無論是遠離塵氛的那顆閱歷已久疲憊的內心，還是苔蘚長滿的松徑上，一切靜得可以讓人聽到窗外微風婆娑的聲音。即使是在春天萬物萌動的時節，那股殘留的余寒，仍能讓心中的萬念沈寂。當深秋的涼雨打濕了臺階上的地衣，彷彿所有的淒冷都聚集在自己的周圍，在這淒冷空寂晚上，只能「閒中躭臥疾，蹤跡類逃禪」了。正如王維詩中的禪意，「集中地表現爲追求寂靜的境界。在詩人心目中，這種境界正是『靜慮』的好地方，居此即可以忘掉現實的一切，消除塵俗的妄念，活得佛教悟解。」〔註123〕曹申吉雖然沒有像王維那樣癡迷於佛教，但其「簾閣焚香，清談移日」的狀態，本身即是對禪意的一種

〔註122〕《安丘曹氏族譜》張貞《杞田集》：「未幾而休沐里居，與余情好益篤，每相過從，簾閣焚香，清談移日，頓忘賓主。」

〔註123〕喬鍾象、陳鐵民主編 《唐代文學史》上第342頁。

體悟。與王維頗爲相似的還有曹申吉這種歸隱的念頭，在以後的歲月裏一直左右著他，雖然身不由己，不能像王維那樣亦官亦隱。當其開府黔中與張貞臨別之際，就向張貞道出了歸隱的想法，曹申吉對張貞說：「此行勿爲久別計，吾年及四十，即返初服，子當迎我於南阡北陌間也。」康熙十二年癸丑，曹申吉在貴州任職時，就曾向朝廷上書，要求離任。

《澹餘詩集》卷一《秋曉即事》：「素蟾晨始沒，户外淡秋容。簾引曦光薄，花分曉露濃。書籤留蝸積，松徑任苔封。漸覺塵氛遠，幽居好自慵。」

《澹餘詩集》卷一《春陰》：「韶華閒裏急，殘雪及春陰。氣轉群芳動，寒銷萬念深。蕭條三徑雨，閱歷十年心。獨聽茅簷外，微風送暮禽。」

《澹餘詩集》卷二《秋深》：「地僻荒城畔，秋深落木前。暗生三徑雨，涼聚一庭煙。苔影侵堦濕，蕉聲入夢懸。閒中躭臥疾，蹤跡類逃禪。」

康熙三年甲辰，曹申吉假滿回都，官復舊職。康熙六年丁未，奉命祭告南嶽，其途中所作諸詩，皆繫於《南行日記》中。曹申吉此行寫景篇什，頗似有岑參「語奇體峻，意亦造奇」的特色。〔註 124〕張貞曾在《曹申吉墓誌銘》中謂其早「早學右丞、嘉州」。〔註 125〕而曹申吉與岑參的早期身世卻十分相似，即二人皆早年喪父。岑參幼年喪父後，便從兄受書。〔註 126〕曹申吉雖然比其兄曹貞吉僅小一歲，無所謂從兄受書，但其兄弟兩人的關係確實非常親密，異於常人。這或許是曹申吉學岑嘉州的一個原因吧。岑參曾兩度出塞，寫下大量的邊塞詩。曹申吉此度祭告南嶽，雖不算是出塞，但亦有與出塞頗爲相似之處，這也許是其詩風與岑參相似一個原因。

《澹餘詩集》卷三《確山紀事兼贈吳令琠》：「何意荒榛裏，孤城背亂峰。寒聲浮遠水，夕景下高舂。樹高通猿穴，雲深響鹿跡。只愁明日路，石經曉霜濃。」

〔註 124〕《河嶽英靈集》：「參詩語奇體峻，意亦造奇。」見《唐詩匯評》787 頁。

〔註 125〕張貞《曹申吉墓誌銘》：「先生工於書，其爲文章，清通粹美，而尤長歌詩。早學右丞、嘉州。」

〔註 126〕唐杜確《岑嘉州詩集序》：「早歲孤貧，能自砥礪，遍覽史籍，尤公綴文。」見《唐詩匯評》第 787 頁。
岑參《感舊賦》：「荷仁兄之教導，方勵己以增修。」

《澹餘詩集》卷四《晚泊》:「寒煙隨夕照,孤棹去來輕。波湧疑星動,帆移覺樹行。暮雲聯紫岫,野火入江明。十月湘難盡,非關戀濯纓。」

《澹餘詩集》卷四《雪夜》:「洞庭北渡氣蕭森,野泊閒銷幾日陰。霜霰隔江明遠岸,驚飆拂樹墮鳴禽。亂雲凍合孤舟影,永夜寒生萬里心。安得折梅還臘屐,滄浪漁父許相尋。」

《澹餘詩集》卷四《過道士袱》:「石影摩空秀,高低矗亂峰。臨江千仞瀑,映雪萬株松。青盡埋猿穴,白多印虎跡。忽聞煙裏響,疑是暮天鍾。」

其他如《雨》:「闊浪侵雲際,長風挾水靈。鴉飛孤棹黑,豚拜亂流腥」,《夜發抵嘉魚》:「野岸平分月,漁簑飽受霜。夜寒雞唱遠,江靜櫓聲長」,《衡山道中》:「萬里奔湍浮野日,半天高霧捲晴巒。鳥聲穿壑煙初動,漁網排空影尚寒」等等,多似岑參「尚巧主景」。〔註 127〕

康熙六年丁未,曹申吉奉命祭告南嶽,並於次年春抵里省親。張貞謂其「自南嶽回,沉鬱頓挫,人比之少陵夔州以後。」〔註 128〕《澹餘詩集》收詩起順治十七年迄康熙七年歲除,今曹申吉康熙八年至九年的詩作已不可見。但曹申吉在康熙七年詩作,已顯沉鬱頓挫的風格了,雖然並不占多數,蓋此時僅僅是個過渡之期。

《澹餘詩集》卷四《夜涼絕句》:「夜涼擊柝罷高城,露下棲烏一半鳴。銀鑰重關渾未啓,西風吹徹御溝聲。」

然而值得注意的是,作於康熙十年辛亥的《黔行集》僅二十餘首詩,其中用杜甫詩韻而作者竟有十首:《虎渡口阻風用少陵韻》、《渡江後得溯河南行遂乘月夜發用少陵韻》、《泊高口渡用少陵韻》、《過澧州四十里江口阻風卻返澧州用少陵五盤韻》、《大龍驛雨中用杜韻》、《早發桃源過白馬渡抵桃川途中作用少陵韻》、《辰州官署用少陵韻》、《立秋日遊華岩洞用少陵韻》、《沅州雜詩用少陵韻》、《舟發荊州寄懷家兄用少陵韻》。

《舟發荊州寄懷家兄用少陵韻》:「舟楫萍跡去此州,春明上巳係離憂。獨來異域誰青眼,相見他時各白頭。出峽遠檣懸落日,背人沙鳥趁江流。楚人秔稻年來秀,小屋深塘看浴牛。章華城外江水

〔註 127〕《吟譜》:「高適詩尚質主理,岑參詩尚巧主景。」見《唐詩匯評》第 787 頁。
〔註 128〕張貞《曹申吉墓誌銘》:「自南嶽回,沉鬱頓挫,人比之少陵夔州以後。」

深，南來卑濕苦相侵。杜陵詩憶羅含宅，湘浦魂悲賈誼心。兩岸葦風吹短榻，一帆蘿月照長吟。高堂制淚殷勤別，報汝臨風雨不禁。」

《黔寄集》卷二《人日》：「故里經年別，殊鄉昨夜春。看雲遙愛日，紀歲乍逢人。澤國湘沅外，山城魑魅鄰。野梅初應候，寒雨幾經旬。赤帖千門換，雕題百帳馴。彩幡迎楚雁，銅鼓賽苗神。瘴癘崎嶇地，艱危老大身。已甘淪井鬼，無復繪麒麟。蓂莢重開子，椒盤屢薦辛。圭牂牁天更遠，屈賈弔何頻？暖律回窮谷，浮生託大鈞。友朋偕僰道，詞賦動芳辰。鬢好覩青鏡，心期理白蘋。鳳樓歌舞處，望斷屬車塵。」

沈德潛評此詩云：「懷鄉戀主，句烹字煉出之，體源應在老杜。」〔註129〕在《黔寄集》中，亦有許多依杜韻而作的詩歌，如《中秋用杜子美萬丈潭韻》、《元夕用杜子美今夕行韻》、《清明用杜子美韻》等。張貞曾在《曹申吉墓誌銘》中指出其「沉鬱頓挫，人比之少陵夔州以後」的原因，即：「蓋先生酷嗜讀書，日新富有，遂臻絕境，非盡得江山之助也。」〔註130〕除了「江山之助」的行旅閱歷外，「酷嗜讀書」，可謂是其有意識的學習前人，以達到深厚的學力。今人所謂杜甫的「沉鬱」，是指其學力深厚，「頓挫」指音調節奏有抑揚緩急的變化。其內涵是「思鄉內容博大深厚，生活體驗的豐富眞切，感情飽滿有力；經過較長時期的積累、醞釀、消化、觸發的過程；以深厚完整的意境，錘鍊精確的語言、鏗鏘瀏亮的音調，頓挫變化的節奏表現出來。」〔註131〕曹申吉的學識閱歷也許不能同杜甫相比，但他那種飽滿的情感及對時事的感受，卻能通過頓挫的節奏和錘鍊的語言表達出來。我認爲沉鬱頓挫是一種儒家特有的精神，在經歷時勢挫折及現實的殘酷之後，這種愈老彌堅的悲憫情懷，不得不通過一種迂折語言抒發出來，在頓挫的語言音節背後，其實蘊含著的是一種迂迴勃鬱的深沉情感，其深層的藝術內涵，還是「溫柔敦厚」詩教的嬗變。這種風格也許只能出現在儒家詩人的詩作中，如果向佛家借道慰藉，那將不是沉鬱而是沈寂。這也許是亦宦亦隱的王維不能沉鬱頓挫的一個原因，也許亦能有助於理解曹申吉巡撫貴州時，開始深受蘇軾的影響。因爲這時的曹申吉，雖然身爲巡撫，臨行前皇帝曾兩次賜宴，以榮其行，但其內

〔註129〕沈德潛《清詩別裁集》卷四第148頁。
〔註130〕張貞《曹申吉墓誌銘》。
〔註131〕喬象鍾 陳鐵民主編 《唐代文學史》第515頁。

心仍有一種貶謫遠戍的情感，如同其在詩中同情蘇軾的貶謫遭遇「屢謫偏宜留嶺嶠，一生不得歸巴蜀」，其實是對自己境況的感懷，況且其臨行前就曾對張貞表示過歸隱的想法。在這偏遠荒蠻之地，曹申吉也只能「我生未老壯心降，逢人便欲低眉服」，也只能與同僚「中年哀樂來無方，陶寫不煩絲共竹」了。也許這時蘇軾那身遮風避雨的蓑衣，才是抵擋那片也無風雨也無晴天氣的最好慰藉了。

在康熙壬子、癸丑間，海內名宿尊酒細論宋詩的這個時期，曹申吉雖然其身處異地，遠在貴州任職，而其詩歌創作亦同其兄曹貞吉一樣，也出現由唐入宋的端倪，開始接受宋詩影響，尤其是受蘇軾的影響。其實在曹申吉的赴黔的行篋中，其所攜帶的書籍就有蘇軾詩集，〔註 132〕可見此時曹申吉即已經開始關注宋詩。作於康熙十年壬子的《黔行集》，第一首詩便是《至江陵將捨陸登舟用子瞻韻》，另外還有《舟中苦熱用子瞻韻》一首。

> 《黔行集》之《至江陵將捨陸登舟用子瞻韻》:「殊方漸卑濕，遠道防蒸溽。生平五嶽屐，登歷未雲足。蜀峽東奔濤，出險漲平綠。渚宮紀勝覽，冥搜笑空腹。指點昔龍山，不復辨岡麓。回憶祝融尊，楚山卑已伏。此都曾全盛，歌舞日相逐。六代擁上游，戰爭紛在目。賢豪歸丘隴，宮殿易茅屋。流光閱興廢，百年飛電速。詠懷發高唱，誰繼少陵躅。離亂悲王粲，儒雅師宋玉。吾久倦緇塵，聊借帆一幅。欸乃傾耳聽，騷賦欹枕讀。靜聞山兕叫，暮對峽猿哭。千里爭險仄，百丈牽仍續。小艇任鷗浮，何須競蠻觸。擾擾拘形役，落落窮岩谷。達人貴坦蕩，老氏觀無欲。未能作蠻語，率爾投荒服。」

曹申吉詩風轉變，受宋詩影響，除了內在的精神層面上的原因外，可能還與曹貞吉及當時詩壇的動向有關。因爲在康熙十年辛亥，曹貞吉創作也開始「折入眉山、劍南」，兄弟兩人同在京師，時常談論詩道，再正常不過。在曹申吉南行後，二人時常書信往來，在信中探討創作及當時詩壇動向亦是極其正常。但現在已看不到其二人當時的信札，只能做如此推測。

除了曹貞吉之外，在康熙壬子前後與曹申吉關係甚好而且經常唱和的是李良年。康熙十年正月，曹申吉以工部右侍郎兼督察院右副都御使巡撫貴州，應曹申吉之邀，是年春，李良年亦同曹申吉一行啓程前往貴州。從康熙十年

〔註 132〕《黔寄集》卷二《七月二日暑甚，偶讀蘇子瞻詩，爲中郎友夏選本，輒題長歌於後》:「書卷攜來似故人，葛衫散發開殘篋。一編入手眉山公，彷彿松風吹尺幅。」

到康熙十二年癸丑歲暮，在李良年離開貴州之前的這一段時間內，曹申吉與李良年頻繁唱和。如果說有一方詩風發生轉變，必然會影響另一方，繼而相互探討，相互影響。當海內名宿在京師尊酒細論宋詩的時候，遠在千里之外的荒蠻之地，也在同樣進行著對宋詩的思考與實踐。

曹申吉在抵黔後，閑暇之時開始著意閱讀宋詩。康熙十一年壬子春，曹申吉有題范成大詩四首，對范成大做出了「異時俎豆配眉山」的評價。此年夏有《七月二日暑甚，偶讀蘇子瞻詩，爲中郎友夏選本，輒題長歌於後》，在詩中曹申吉對蘇軾貶謫的遭遇寄予了同情，並有一種同事天涯淪落人的感慨，詩云：「屢謫偏宜留嶺嶠，一生不得歸巴蜀」，其實曹申吉自己此時何嘗不想回到故鄉與親人團聚呢？詩中還云：「時世紛紛作者多，訶詆互尋如專轂。豈必前賢畏後生，大樹蜉蝣眞相觸」，無論是前人還是時下對蘇軾（宋詩）如何訶詆，也不能動搖蘇軾的「森然老筆稱詩禪，高冠大劍心神肅」，所有這些就如同蚍蜉撼大樹一般。在讀曹申吉題詩後，李良年有感自己的身世遭遇，亦和作一詩。李良年在詩中特別提及自己喜愛蘇軾的《和陶詩》，詩云：「蕭然種芋酒百斛，絕愛《和陶詩》一束」，並且還願意「明年釃酒弔黃州，朗吟更洗愁千斛。」可見曹、李二人如此傾服蘇軾，更多的是在一種精神層面上的共鳴，於相似的境遇之中，只能尋找相同的精神支柱，所以在對待蘇軾的態度上，只能「寸心猶向前賢服」。正如同當年宋犖寓居柳湖寺時，命人作蘇軾像，己侍其側。〔註 133〕此年秋，曹申吉又有《閱宋詩畢題四絕句》。

《黔寄集》卷二《題范石湖詩後》：

「魏闕蕭疏擁傳頻，空將彩筆鬥嶙峋。

千秋奔走文章客，共爾東西南北人。

范陸齊年號中興，枝梧壇坫氣憑陵。

天教入蜀留篇詠，點染江山此最能。

蚍蜉撼樹滿人間，風雅誰知正始還。

晚節衣冠追白傅，異時俎豆配眉山。

四時風物紀田園，鄧尉山前自閉門。

想到奉祠堪納節，於今恨少石湖村。」

〔註 133〕宋犖《漫堂年譜》卷一：「康熙三年甲辰，余三十一歲，除湖廣黃州府通判，得送行詩一帙，汪鈍翁琬爲之序。六月抵任。憶餘家居時，嘗命作蘇子瞻像貌，己侍其側，及筮仕，竟得黃州。」

此年夏天，曹申吉讀蘇軾集題詩，

《黔寄集》卷三《閱宋詩畢題四絕句》:「傖耳人傳蓋代聲，源從屈宋本太清。中興范陸誇南渡，不分誠齋浪得名。(誠齋詩最多而格最下，故云。)

規摹大雅自歐梅，已變西崑別樣裁。
跌宕更憐蘇子美，滄浪一放不曾回。
道學從嗔玩物非，流連風雅見天機。
晦翁詩歌精嚴甚，不及翩翩劉子翬。
落拓涪翁妙入神，宛丘同調亦清新。
時人忘擬江西派，子美何當有後身。」

曹申吉《在閱宋詩畢題四絕句》中，除了對楊萬里有微詞外，對其他諸家評價還是頗爲允當。李良年在讀宋詩後，亦作《題宋人詩後》一詩，歷數兩宋名家，對宋詩作了全面的評價，就連永嘉四靈都不吝褒詞。〔註 134〕從開始接受蘇軾，到現在讀畢宋詩，可見曹、李二人對宋詩有一個比較深入全面的體認和接受。在祧唐還是祖宋，「動詆訶宋詩」的時期，曹、李二人已經較早地認同了宋詩，尤其是蘇軾。正如曹申吉在詩中所云「跌宕更憐蘇子美，滄浪一放不曾回」。曹申吉壬子、癸丑間依蘇軾韻篇什較多，如《七月三日閉門獨坐，念入黔忽已周歲滿，成貴陽雜詩六首，用蘇子瞻荊州韻》、《閱蘇子瞻集有初秋寄子由詩，意子由必有和章，而客中無欒城集，不獲記憶，因用其韻寄上家兄，非代子由也》、《中秋月和蘇子瞻韻》、《春分日作用蘇子瞻韻》、《題武曾灌園圖，用蘇子瞻廬鴻學士圖韻》、《中秋不見月，用蘇子瞻中秋見月詩韻》，可見此時曹申吉已深受蘇軾影響。

第三節　曹霖詞學淵源考

自曹貞吉之後，能繼承《珂雪詞》衣缽的當屬曹貞吉次子曹霖，雖然其

〔註 134〕李良年《秋錦山房集》卷四《題宋人詩後》:「三唐已渺典型在，儼若金石萬古垂。有明晚葉饇可怪，棄厥根本尋其枝。小兒開口笑宋詩，豈知良工意慘淡。能事不貴師藩籬，江南僕射最清越……嗚呼往哲秋雲高，愧從井底論妍媸。少小只解弄柔翰，鼓柁欲涉無津涯。藏書萬卷髮未半，劫火到處寧吾私。擬拋生事訪遺帙，手欲縉輯力已疲。今晨何晨夕何夕，夜光明月紛纍纍。錦幪香襲且歸矣，茲事定可千秋期。作詩聊寄耳食者，蚍蜉撼樹將奚爲。」

他曹氏後人偶有詞作，但無論是數量還是質量，都不及曹霦。曹霦嘗赴省闈，聞主司為其父執友，遂歸馳，人咸高之。曹霦有異質，自幼跟隨其父，故得曹貞吉指授，又往來於其父諸好友間，如朱彝尊、王士禛、田雯等，故發為詩詞，恬淡古雅。其詞作有《冰絲詞》一卷，其中將《黃山紀遊詞》按調編入。《黃山紀遊詞》是曹霦跟隨其父遊覽黃山時諸作，與曹貞吉《黃山紀遊詩》同時刊刻。曹霦以詞紀遊，從出發前的準備到遊畢下山，共得詞三十餘首。靳治荊在《遊黃山詞序》中云：「偶吟一闋，都成鸞鶴之音；細覽全編，悉帶煙霞之氣。辛稼軒之雄放，遜此纏綿；蘇玉局之悲涼，無斯奇創……側帽微吟，名更驚夫小晏。」可見其詞風淵源於小晏《小山詞》。

《冰絲詞》無刻本，只有曹尊彝鈔本，前有武塘柯煜、武密靳治荊及澂溪吳啓鵬題詞。與其父曹貞吉擅長長調不同，曹霦許多小令頗有小山風範，柯、靳二人亦在題詞中說其詞作更似小山詞稿。如《好事近》、《蝶戀花》、《天仙子》諸闋，不是直抒胸臆，而是運用情景互現的手法，營造出一幅幅纏綿婉妙的情感境界。

《好事近・廿七夜枕上聞雨聲，是日不果行》：「山雨打蕉窗，清夢乍回，聽得一夜何曾聲斷，到天明還滴。秋溪幾曲漲平橋，煙水繞城北，不把濕雲吹盡，恨西風無力。」

《蝶戀花・秋夕》：「雨過黃昏苔徑冷。點點流螢，照破秋窗暝。蟬咽無聲池館靜，鴛鴦穩睡人孤醒。綠粉闌干誰共憑。冉冉紅衣，月上華移影。露葉搖風光不定，濕銀磨洗青銅鏡。」

《天仙子》：「一曲清歌歌婉轉，檀槽小撥東風怨。饞燈今夜欠分明，金翠鈿，芙蓉面，又被琵琶遮一半。天上彩雲容易散，紅絲難係離巢燕。珮聲耳畔尚丁冬，人不見，魂空斷，月下西廊花影暗。」

再如《減字木蘭花》、《昭君怨》數闋，皆構思新穎曲折，於常見題材中另闢蹊徑。

《減字木蘭花・紅梅》：「年時大誤，朵朵芙蓉留我住。虛負花期，官閣何曾見一枝。天寒多雪，空署無人愁壓折。問訊歸鴻，說道飄零滿地紅。」

《昭君怨》：「白項老鴉無數，啼遍夕陽煙樹。落葉滿孤村，又黃昏。人被西風吹遠，夢被西風吹轉。人與夢魂通，仗東風。」

曹霂詞語言通俗自然，無雕琢之跡，常常言簡意豐，恰似晏幾道「淡語皆有味，淺語皆有致」，但淡語之中常常蘊藉著深情，往往語淺意深，情思婉曲。小令篇幅雖短，但其構思巧妙，往往能運用種種意象的對比來渲染無奈情感。如穩睡的鴛鴦與人獨醒對照，耳畔叮咚作響的玉佩聲，眼前卻空無一人，此際只能是「魂空斷」。

宋犖嘗稱曹霂「能奪玉田之席」，蓋是指其長調詠物詞。如其《南浦・春水》、《水龍吟・歷下珍珠泉》，頗得張炎「景中帶情，而有騷雅」之旨。

> 《南浦・春水》：「淡沱繞長堤，記夜來，西陂初聽春雨。淰淰麯塵輕，靴紋細，捲到荻芽生處。桃花暗落，魚苗趁暖隨花住。流紅正好無端，被天斜東風吹去。有時照見驚鴻，是載酒溪娘，桃菜村女。撲鹿響沙鷗，橫塘畔，攪亂碎萍無數。人歸遠浦，荷錢青遍牽舟路。清波一碧都將染，垂楊長條千縷。」

> 《水龍吟・歷下珍珠泉》：「一泓玉髓誰留，白雲樓下融融注。神仙遊戲，蚌胎千斛，移來珠浦。細雨跳波，錦鱗吹浪，更添如許。看曉風乍起，荷珠暗落，凌亂也，無尋處。莫是鮫人此住，滴清淚，冰綃凝聚？蓴絲輕引，萍根微漾，細漪容與。記煮雲漿，曾窺蟹眼，試茶分乳。歎浮漚，影裏穠華蕭索，閱人無數。」

曹霂其他詞如《疏影・詠蛛網》、《木蘭花慢・過洞庭湖》等亦有張炎「清空」之境。

主要參考文獻

第一組　安丘曹氏著述

1. 《曹貞吉父子詩稿》不分卷，曹貞吉等撰稿本，山東省博物館藏。
2. 《珂雪集》一卷，曹貞吉撰，王士禛評，康熙十一年刻本。
3. 《珂雪二集》一卷，曹貞吉撰，康熙十一年刻本。
4. 《珂雪三集》四卷，曹貞吉撰，清安丘曹尊彝鈔本。
5. 《朝天集》一卷，曹貞吉撰，康熙二十五（六）年刻本。
6. 《十子詩略》卷三，曹貞吉撰，康熙二十六年刻本。
7. 《黃山紀遊詩》一卷，曹貞吉撰，康熙刻本《珂雪詞》二卷
8. 《珂雪詞補遺》一卷，曹貞吉撰，王士禛等選評 康熙刻本。
9. 《珂雪文稿》一卷，曹貞吉撰，清安丘曹尊彝鈔本。
10. 《珂雪詞補遺》一卷，曹貞吉撰，清安丘曹尊彝鈔本。
11. 《曹貞吉集》，曹貞吉撰，王佩增、宋開玉點校山東大學出版社，1994 年 12 月第一版。
12. 《澹餘詩集》四卷，曹申吉撰，乾隆三十五年曹益厚補刻本。
13. 《黔行集古近體詩》一卷，曹申吉撰，鄧漢儀選評，清安丘曹尊彝鈔本。
14. 《黔寄集》四卷，曹申吉撰，清安丘曹尊彝鈔本。
15. 《又何軒古近體詩》一卷，曹申吉撰，清安丘曹尊彝鈔本。
16. 《澹餘文集》一卷，曹申吉撰，清安丘曹尊彝鈔本。
17. 《南行日記》一卷，曹申吉撰，乾隆三十五年曹益厚補刻本。
18. 《澹餘筆記》一卷，曹申吉撰，《藕香零拾》本。
19. 《棗花田舍古近體詩》一卷，曹霦撰，清安丘曹尊彝鈔本。

20. 《冰絲詞》一卷，曹霂撰，清安丘曹尊彝鈔本。
21. 《蟲吟草古近體詩》一卷，曹溦撰，清安丘曹尊彝鈔本。
22. 《蟲吟草詩餘》一卷，曹溦撰，清安丘曹尊彝鈔本。
23. 《黔行紀略》一卷，曹師彬撰，光緒間鈔《安丘曹氏家集》本。
24. 《蘿月山房古文》一卷，曹元詢撰，光緒間鈔《安丘曹氏家集》本。
25. 《愛思樓古近體詩》一卷，曹尊彝撰，光緒間鈔《安全曹氏家集》本。
26. 《愛思樓詩餘》一卷，曹尊彝撰，光緒間鈔《安全曹氏家集》本。
27. 《望淮集》一卷，曹桂醞撰，光緒間鈔《安丘曹氏家集》本。
28. 《龍津集》一卷，曹桂醞撰，光緒間鈔《安丘曹氏家集》本。
29. 《倚蘭集》一卷，曹桂醞撰，光緒間鈔《安丘曹氏家集》本。
30. 《安丘曹氏族譜》二十卷，曹幹撰，民國二十二年石印本。

以上皆《山東文獻集成》影印。

第二組　明清民國人著述

1. 《袁魯望集》十二卷，明袁尊尼撰，《四庫存目叢書》本。
2. 《逋齋詩集》，劉正宗撰，《四庫未收書輯刊》本。
3. 《澹友軒文集》，薛所蘊撰，《四庫存目叢書》本。
4. 《金文通公集》，金之俊撰，《續修四庫全書》本。
5. 《望古齋集》十二卷，李繼白撰，《四庫未收書輯刊》本。
6. 《學餘堂文集詩集外集》，施閏章撰，文淵閣《四庫全書》本。
7. 《篗落堂集》，王士禛撰，2007年6月齊魯書社排印《王士禛全集》本。
8. 《漁洋詩集》，王士禛撰，2007年6月齊魯書社排印《王士禛全集》本。
9. 《漁洋集外詩》，王士禛撰，2007年6月齊魯書社排印《王士禛全集》本。
10. 《漁洋續詩集》，王士禛撰，2007年6月齊魯書社排印《王士禛全集》本。
11. 《蠶尾詩集》，王士禛撰，2007年6月齊魯書社排印《王士禛全集》本。
12. 《蠶尾續詩集》，王士禛撰，2007年6月齊魯書社排印《王士禛全集》本。
13. 《衍波詞》，王士禛撰，2007年6月齊魯書社排印《王士禛全集》本。
14. 《漁洋文集》，王士禛撰，2007年6月齊魯書社排印《王士禛全集》本。
15. 《蠶尾文集》，王士禛撰，2007年6月齊魯書社排印《王士禛全集》本。
16. 《蠶尾續文集》，王士禛撰，2007年6月齊魯書社排印《王士禛全集》本。

17. 《集外文輯遺》，王士禛撰，2007 年 6 月齊魯書社排印《王士禛全集》本。
18. 《曝書亭集》，朱彝尊撰，《四部叢刊》本。
19. 《浙西六家詞》，龔翔麟編，《四庫存目叢書》本。
20. 《百尺梧桐閣集》，汪懋麟撰，上海古籍出版社（據北京大學圖書館藏康熙刻本影印），1980 年 10 月第 1 版。
21. 《百尺梧桐閣遺稿》，汪懋麟撰，上海古籍出版社（同上），1980 年 10 月第 1 版。
22. 《陳迦陵文集》六卷《儷體文》十卷《詩集》八卷《詞》三十卷，陳維崧撰《四部叢刊》本。
23. 《陳檢討四六》，陳維崧撰，文淵閣《四庫全書》本，臺灣商務印書館。
24. 《古歡堂集》三十七卷，田雯撰，康熙間德州田氏刻本。
25. 《蒙齋年譜》一卷《續年譜》一卷《補年譜》一卷《蒙齋生志》一卷，田雯、田肇麗等撰，康熙間德州田氏刻本《山東文獻集成》本。
26. 《西陂類稿》，宋犖撰，文淵閣《四庫全書》本，臺灣商務印書館。
27. 《秋錦山房集》二十二卷《外集》三卷，李良年撰，《四庫存目叢書》本。
28. 《杞田集》，張貞撰，《四庫未收叢書》本。
29. 《渠亭山人半部稿》，張貞撰，《山東文獻集成》本。
30. 《棲雲閣詩》十六卷《拾遺》三卷《文集》十五卷，高珩撰，《續修四庫全書》本。
31. 《臥象山房集》二十九卷，李澄中撰，稿本，山東省圖書館藏。
32. 《艮齋筆記》八卷，李澄中撰，稿本，《山東文獻集成》本。
33. 《太史尤悔庵西堂全集》，尤侗撰，康熙丙寅刻本。
34. 《鈍翁前後類稿》六十二卷《續稿》五十六卷，汪琬撰，《四庫存目叢書》本。
35. 《堯峰文鈔》，汪琬撰，文淵閣《四庫全書》本，臺灣，商務印書館。
36. 《績學堂詩文鈔》，梅文鼎撰，何靜恒、張靜河點校，黃山書社，1995 年 12 月。
37. 《趙執信全集》，趙執信撰，趙蔚芝、劉聿鑫校點，齊魯書社，1993 年 7 月第一版。
38. 《蓮洋詩鈔》十卷，吳雯撰，文淵閣《四庫全書》本，臺灣商務印書館。
39. 《稗畦集》，洪昇著，古典文學出版社，1957 年 9 月。
40. 《孔尚任詩文集》，孔尚任著，汪蔚林編，中華書局，1962 年 8 月。
41. 《杏村詩集》七卷，謝重輝撰，《續修四庫全書》本。

42. 《織水齋集》不分卷，李煥章撰，《續修四庫全書》本。
43. 《芙蓉集》十七卷，宗元鼎撰，《續修四庫全書》本。
44. 《林蕙堂全集》，吳綺撰，《續修四庫全書》本。
45. 《蜀道驛程記》，王士禛撰，2007 年 6 月，齊魯書社排印《王士禛全集》本。
46. 《粵行三志》，王士禛撰，2007 年 6 月，齊魯書社排印《王士禛全集》本。
47. 《皇華紀聞》，王士禛撰，2007 年 6 月，齊魯書社排印《王士禛全集》本。
48. 《池北偶談》，王士禛撰，2007 年 6 月，齊魯書社排印《王士禛全集》本。
49. 《秦蜀驛程後記》，王士禛撰，2007 年 6，月齊魯書社排印《王士禛全集》本。
50. 《居易錄》，王士禛撰，2007 年 6 月，齊魯書社排印《王士禛全集》本。
51. 《香祖筆記》，王士禛撰，2007 年 6 月，齊魯書社排印《王士禛全集》本。
52. 《古夫于亭雜錄》，王士禛撰，2007 年 6 月，齊魯書社排印《王士禛全集》本。
53. 《分甘餘話》，王士禛撰，2007 年 6 月，齊魯書社排印《王士禛全集》本。
54. 《王考功年譜》，王士禛撰，2007 年 6 月，齊魯書社排印《王士禛全集》本。
55. 《漁洋山人自撰年譜》，王士禛撰，2007 年 6 月，齊魯書社排印《王士禛全集》本。
56. 《漁洋詩話》，王士禛撰，2007 年 6 月，齊魯書社排印《王士禛全集》本。
57. 《帶經堂詩話》，王士禛著，張宗柟纂集，戴鴻森點校，人民文學出版社 2006 年 1 月第 2 次印刷。
58. 《感舊集》十六卷，王士禛輯，盧見曾補傳，乾隆十七年刻本。
59. 《宋詩鈔》，吳之振等編，《四庫全書》本。
60. 《顏氏家藏尺牘》，1985 年，中華書局《叢書集成初編》本。
61. 《清詩話》，王夫之等撰，上海古籍出版社，1999 年 6 月第一版。
62. 《清詩別裁集》，沈德潛，上海古籍，2008 年 4 月第 3 次印刷。
63. 《晚晴簃詩匯》，徐世昌輯，中國書店，1988 年 10 第一次印刷。
64. 《清詩紀事初編》，鄧之誠撰，上海古籍，1984 年。

65. 《庭聞錄》，清劉健著，上海書店，1985 年 7 月。
66. 《騰笑集》，朱彝尊著，上海古籍出版社，1979 年 6 月第 1 版。
67. 《日知錄》，顧炎武撰，嶽麓書社，1996 年 2 月。
68. 《北遊錄》，談遷撰，中華書局，1981 年 8 月。
69. 《郎潛紀聞》，陳康祺撰，中華書局，1997 年 12 月。
70. 《柳南隨筆》，王應奎撰，中華書局，1997 年 12 月。
71. 《清秘述聞三種》，法式善等撰，張偉點校，中華書局，1997 年 12 月。
72. 《陶廬雜錄》，法式善撰，塗雨公點校，中華書局，1997 年 12 月。
73. 《履園叢話》，錢泳撰，上海古籍，1979 年 12 月第 1 版。
74. 《蕉軒隨錄續錄》，方濬師撰，中華書局，1997 年 12 月。
75. 《大清世祖章皇帝實錄》，大滿洲帝國國務院，東京大藏出版株式會社。
76. 《桑梓之遺錄文》，陳介錫編，《山東文獻集成》本。
77. 《國朝山左詩鈔》，盧見曾編，《山東文獻集成》本。
78. 《國朝山左續詩鈔、補鈔》，張鵬展編，《山東文獻集成》本。
79. 《國朝山左詩匯鈔後集》，余正酉編，《山東文獻集成》本。
80. 《清史稿》，趙爾巽等撰，中華書局，1991 年 1 月。
81. 《清史列傳》，王鍾翰點校，中華書局，1987 年 11 月。
82. 《【康熙】貴州通志》，康熙三十六年刻本。
83. 《【康熙】徽州府志》，丁廷楗，趙吉士纂，康熙三十八年刊本。
84. 《【宣統】山東通志》，張曜，楊士驤修，孫葆日等纂，宣統三年修，民國四年至七年山東通志刊印局排印本。
85. 《【咸豐】青州府志》，毛永柏修，李圖、劉耀椿纂，咸豐九年刻本。
86. 《【萬曆】安丘縣志》，熊元修，馬文煒纂，萬曆十七年刻本。
87. 《【康熙】續安丘縣志》，任周鼎修，王訓纂，康熙元年刻本。
88. 《【道光】安丘新志》，馬世珍纂修，張柏恒增訂，民國九年石印《安丘縣新志》本。
89. 《【民國】續安丘新志》，張維均、章光銘、馬步元纂，民國九年石印《安丘縣新志》本。

第三組　今人著述

1. 《清詩紀事》，錢仲聯主編，鳳凰出版社，2004 年 4 月。
2. 《詞話叢編》，唐圭璋編，上海古籍，1986 年 11 月。
3. 《明清詩文研究資料集》第二輯，錢仲聯主編，上海古籍，1986 年 10 月第 1 次印刷。

4. 《洪昇年譜》，章培恒著，上海古籍，1979年。
5. 《孔尚任年譜》，袁世碩著，齊魯書社，1987年4月第1版。
6. 《孔尚任評傳》，徐振貴著，南京大學出版社，2000年6月。
7. 《清初人選清初詩匯考》，謝正光、佘汝豐編著，南京大學出版社，1998年12月第1版。
8. 《中國文學批評通史》，王運熙、顧易生主編，上海古籍出版社，1996年12月第1版。
9. 《清代文論選》，王運熙、顧易生主編，人民文學出版社，1999年1月第1版。
10. 《清詞史》，嚴迪昌著，江蘇古籍出版社，1999年8月第2版。
11. 《嚴迪昌自選論文集》，嚴迪昌著，中國書店，2005年8月第1版。
12. 《王漁洋與康熙詩壇》，蔣寅著，中國社會科學出版社，2001年9月第1版。
13. 《王漁洋事蹟徵略》，蔣寅著，人民文學出版社，2001年10月第1版。
14. 《清代詞學的構建》，張宏生著，江蘇古籍出版社，1999年9月第1版。
15. 《清詞探微》，張宏生著，上海古籍出版社，2008年5月第1版。
16. 《清代詞學發展史論》，陳水雲著，學苑出版社，2005年7月第1版。
17. 《中國文學史》，袁行霈主編，高等教育出版社，1999年4月。
18. 《中國文學史》，社科院文學所總纂。
19. 《中國古代文學通論》，傅璇琮、蔣寅主編，遼寧人民出版社，2005年5月第1版。
20. 《陳維崧年譜》，陸勇強著，中國社會科學出版社，2006年9月第1版。
21. 《明清詞派史論》，姚蓉著，廣西師範大學出版社，2007年7月第1版。
22. 《朱彝尊詞綜研究》，於翠玲著，中華書局，2005年7月第1版。
23. 《清初清詞選本考論》，閔豐著，上海古籍出版社，2008年5月第1版。
24. 《順康之際廣陵詞壇研究》，李丹著，上海古籍出版社，2009年1月第1版。
25. 《全清詞順康卷補編》，張宏生主編，南京大學出版社。
26. 《中國近代史資料叢刊·捻軍》，神州國光社，中華書局，1981年8月。
27. 《顏光敏詩文集箋注》，顏光敏撰，趙傳仁、顏景琴等箋注，齊魯書社，1997年。
28. 《談龍錄注釋》，趙執信著，趙蔚芝、劉聿鑫注釋，齊魯書社，1987年5月第1版。
29. 《詞苑叢談校箋》，徐釚著、王百里校箋，人民文學出版社，1988年11

月北京第1版。

第四組　目錄索引等著作

1. 《四庫全書總目》二百卷，清永鎔、紀昀等撰，1981年7月，中華書局影印本。
2. 《四庫存目標注》，杜澤遜撰，程遠芬編，上海古籍，2007年1月第1版。
3. 《續修四庫全書總目提要（稿本）》，中國科學院圖書館整理，1996年，齊魯書社影印本。
4. 《華延年室題跋》，傅以禮撰，主父志波標點，上海古籍，2009年4月第1版。
5. 《販書偶記》，孫殿起著，上海古籍，2000年4月。
6. 《東北師範大學圖書館藏古籍分類目錄》，東北師範大學圖書館編，1987年。
7. 《中國分省醫籍考》，天津中醫學院編，天津科技出版社，1987年11月。
8. 《山東通志·藝文志》，上海古籍出版社。
9. 《北京圖書館古籍善本書目》，北京圖書館編，書目文獻出版社。
10. 《中國科學院圖書館中文古籍善本書目》，科學院圖書館編，科學出版社，1994年3月。
11. 《中國社會科學院文學研究所藏古籍善本書目》，文學所圖書館，1993年2月。
12. 《北京大學圖書館古籍善本書目》。
13. 《清詞別集知見目錄彙編》，吳和熊，嚴迪昌，林玫儀合編，中研院文哲所，1997年6月。
14. 《山東文獻書目》，王紹曾主編，齊魯書社，1993年12月。
15. 《山東大學圖書館古籍善本書目》，山東大學圖書館編，齊魯書社，2007年1月。
16. 《清史稿藝文志及補編》，章鈺、武作成等編，中華書局，1982年4月。
17. 《江蘇省立國學圖書館圖書總目》，江蘇省立國學圖書館編，《明清以來公藏書目彙刊》本。
18. 《清人詩文集總目提要》，柯愈春著，北京古籍出版社，2002年2月。
19. 《清人別集總目》，李靈年、楊忠主編，安徽教育出版社，2000年7月。
20. 《中國古籍善本書目》，中國古籍善本書目編輯委員會編，上海古籍，1998年4月。
21. 《中國古籍善本書目書名索引》，天津圖書館編，2003年4月，齊魯書社。
22. 《中國叢書綜錄》，上海圖書館編，上海古籍，1986 年 2 月。
23. 《東北地區古籍線裝書聯合目錄》，遼寧省圖書館等編，遼海出版社，2003 年 12 月。
24. 《清代人物生卒年表》，江慶柏著，人民文學出版社，2005 年 12 月。
25. 《明人室名別稱字號索引》，楊廷福、楊同甫編，上海古籍 2002 年。
26. 《清人室名別稱字號索引》，楊廷福、楊同甫編，上海古籍，2004 年 3 月。
27. 《明清進士題名碑錄索引》，朱保炯、謝沛霖編，上海古籍，2004 年 11 月。
28. 《清史稿藝文志拾遺》，王紹曾主編，中華書局，2000 年 9 月。
29. 《中國家譜綜合目錄》，國家檔案局等編，中華書局，1997 年 9 月。
30. 《美國家譜學會中國族譜目錄》，Ted A. Telford 編，臺灣成文出版社。
31. 《中國家譜總目》，上海圖書館編，上海古籍，2008 年 12 月。
32. 《中國地方志總目提要》，金恩輝、胡述兆主編，1996 年，漢美圖書有限公司印行。
33. 《中國地方志綜錄》，朱士嘉編，商務印書館，1958 年 1 月。
34. 《中國地方志聯合目錄》，中科院北京天文臺主編，中華書局，1985 年 1 月。

第五組　論文

1. 《曹貞吉和他的詩詞創作》，王佩增、宋開玉，《文獻》，1996 年第 2 期。
2. 《清代著名詞人曹貞吉行年簡譜》，薛祥生，《中國韻文學刊》，1999 年第 1 期。
3. 《曹貞吉詞及清初詞壇》，翁容著，暨南大學碩士學位論文，2003 年 4 月。
4. 《曹貞吉詞的藝術特色》，翁容，《廣西教育學院學報》，2003 年第 5 期。
5. 《珂雪詞選注》，王曉兵，廣西師範大學碩士學位論文，2004 年。
6. 《曹貞吉及其珂雪詞研究》，胡曉蓓著，南京大學碩士學位論文，2006 年 5 月 26 日。
7. 《獨步清詞曹貞吉珂雪詞評析》，孫彥傑，《德州學院學報》，2006 年 8 月。
8. 《滿紙珂雪論愁腸——從珂雪詞看曹貞吉》，範芳麗，《現代語文》，2006 年 11 月。
9. 《曹貞吉詠物詞的創新意識》，孔麗君，《邊疆經濟與文化》，2007 年第 9

期。
10. 《論曹貞吉詞的詞學尊體價值》，宮泉久，《廈門教育學院學報》，2008年9月。
11. 《甘文焜與吳三桂之亂》，龐思純，《文史天地》，2008年第8期。
12. 《簡論清初以雄放爲主調的多彩詞風》，劉乃昌，《濟南大學學報》，1997年第2期。
13. 《論康熙的文學政策及其影響》，黃立新，《上海大學學報》，1992年第2期。
14. 《康熙時期的選詞標準》，陳水雲，《武漢大學學報》，1998年第1期。
15. 《康熙年間詞學的辨體與尊體》，陳水雲，《華中師範大學學報》，1999年第6期。
16. 《論清代詞選的編纂及其意義》，陳水雲，《滄州師範專科學校學報》，2002年第1期。
17. 《清代詞選研究綜述》，李睿，《中國韻文學刊》，2008年3月。
18. 《〈今詞初集〉與清初詞壇》，張宏生，《南開學報》，2008年第1期。
19. 《論詠物詞創新的前提》，許伯卿，《蘇州大學學報》，2002年7月。
20. 《康熙間宣南的士人交遊》，魏泉，《北京社會科學》，2004年第4期。
21. 《清詞紀事續》，黃君坦，《中國韻文學刊》，1988年第12期。
22. 《順康詞壇樂府擬補題主題考述》，劉東海，《貴州社會科學》，2008年第9期。
23. 《清初京師漢官的生活空間和關係網絡——以陳名夏和劉正宗爲個案》，王蘭成，《江海學刊》，2007年第6期。
24. 《施閏章及其創作》，何慶善，《安徽師大學報》，1992年第1期。
25. 《張貞事蹟著述考略》，王平，《東嶽論叢》，1998年第1期。
26. 《清初大儒張貞》，張志成，《山東檔案》，2008年第1期。
27. 《清初詩壇和詩人田雯》，李景華，《首都師範大學學報》，1994年第2期。
28. 《田雯行年簡譜》，黃金元，《德州學院學報》，2003年第6期。
29. 《清初山左詩人田雯及其詩歌創作》，黃金元，《東嶽論叢》，2004年9月。
30. 《王漁洋與清詞之發軔》，蔣寅，《文學遺產》，1996年第2期。
31. 《王漁洋與清初宋詩風之興替》，蔣寅，《文學遺產》，1999年第5期。
32. 《清詞的中興與衰微》，陳銘，《浙江學刊》，1992年第2期。
33. 《王士禛康熙詩壇的宇內圭臬》，裴世俊，《寧夏師範學院學報》，2007

年第 1 期。
34. 《王士禛與田雯交遊考論》，黃金元，2009 年第 2 期。
35. 《徐釚年譜》，張東豔，《南陽師範學院學報》，2006 年第 1 期。
36. 《宋琬年表》，葉君遠、高蓮蓮，《瀋陽師範大學學報》，2004 年第 5 期。
37. 《清初詞人蔣景祁行年簡譜》，趙秀紅，《南陽師範學院學報》，2008 年 5 月。
38. 《清初河南藏書家宋犖》，徐春燕，《河南圖書館學刊》，2005 年第 6 期。
39. 《宋犖與王士禛交遊考論》，劉書鵬，《商丘師範學院學報》，2008 年 11 月。
40. 《施閏章及其創作》，何慶善，《安徽師大學報》，1992 年第 1 期。

後記

博士畢業已近十年，憶往昔，感慨萬千。感慨總是自己的，總覺得沒有必要強迫別人看，且常常是「欄杆拍遍，無人會，登臨意。」此書承蒙花木蘭文化出版社垂顧付梓之際，想再一次感謝恩師杜澤遜先生和師母程遠芬老師對不敏門生的諄諄教誨和無私關愛。感謝原臺灣東吳大學圖書館館長丁原基老師將其所藏《汪喜孫著作集》慷慨相贈，且經常鞭策後生學業。丁先生雖已仙逝，但想起往事，音容宛在，令人淚目。感謝山東大學宋開玉老師將其所藏胡曉蓓女士的碩士學位論文《曹貞吉及其珂雪詞研究》慷慨相贈，並不時給予指點。社科院文研所蔣寅老師、山東大學文學院吉發涵老師、歷史文化學院陳曉瑩女士，亦給予了諸多指點和幫助。在此謹向以上師長同仁致謝。

在尋找安丘曹氏族譜的過程中，曹氏後人曹勇、曹詠春、曹生成等人提供了諸多幫助，在此一併致謝。

己亥蒲月